【百万畅销纪念版】

再见，萤火虫小巷

[美] 克莉丝汀·汉娜 著

康学慧 译

Fly Away

A novel by

Kristin Hannah

北京联合出版公司
Beijing United Publishing Co.,Ltd.

此书献给班杰明与塔克，你们让我了解了爱的真谛。

也献给我的家人：罗伦斯、黛比、肯特、茱丽、麦肯锡、萝拉、路卡斯，以及罗根。因为有你们每一个人，我才能够努力不懈。

最后，感谢我的母亲——我们都很想念你。

记忆的魅力，或者该说神奇之处，在于其挑剔、随意、难以捉摸：记忆可能对堂皇大教堂不屑一顾，却拍摄下教堂门外站在风沙中吃甜瓜的小男孩，永难磨灭。

——二十世纪英国小说家伊丽莎白·鲍恩

倘若有人在睡梦中前往天堂，并被赐予一朵鲜花作为灵魂曾造访的证据，假使他醒来时发现手中握着那朵花——啊！那会怎样呢？

——引自十九世纪英国诗人柯勒律治的笔记

楔　子

她坐在厕所隔间里，身体往前弯倒，脸上带着泪痕，弄花了几个小时前仔细刷上的睫毛膏。看得出来，她不该在这里，但她确实在这里。

哀伤非常狡猾，总是随意来去，有如不请自来却又不能拒绝的客人。她想要这份哀伤，虽然她从不曾坦承。最近，只有这份哀伤还能让她有种真实感。她发现自己时常刻意想起好友，因为她想哭泣，现在也是如此。她像个得了疥癣的孩子，虽然知道会痛，却忍不住一直去抓。

她曾努力一个人生活，非常努力。现在她依然以自己的方式努力着，然而，有时生命里会有人支撑、搀扶，少了那个人，你将无止境地坠落，无论你曾经多么坚强，无论你多么努力地去保持稳定。

很久以前，她曾在黑夜中踽踽独行，走在一条叫作"萤火虫小巷"的路上，那是她人生中最凄惨的一夜，但她找到了相知相惜的人。

那是我们的开始。事隔三十多年了。

塔莉与凯蒂，永远的好姐妹。

我和你携手挑战全世界。

但故事终将画下句号，对吧？即使失去所爱的人，你也必须找到办法继续走下去。

我必须放手,微笑道别。

这并不容易。

此刻她并不知道,一连串的事件已经启动。短时间内,一切即将改变。

1

二〇一〇年九月二日，晚上十点十四分

她有点昏沉，但感觉不错，像被包裹在刚从烘干机里取出的热毯子里。但清醒之后，她才惊觉自己身在何处，这里绝对不是好地方。

她坐在厕所隔间里，身体往前弯倒，脸上满是泪痕。她在这里多久了？她缓缓地站起来走出厕所，在戏院拥挤的人群中推挤，十九世纪的水晶吊灯璀璨辉煌，光鲜靓丽的人们啜饮着香槟，她不理会那些人批判的眼神。电影肯定结束了。

来到门外，她将可笑的漆皮高跟鞋往暗处一踢，在滂沱大雨中，她只穿着昂贵的丝袜走在西雅图肮脏的人行道上，往家的方向前进。只短短十个路口，她一定能走到，何况晚上这个时候绝对叫不到出租车。

接近维吉尼亚街时，她发现一块闪亮的粉红色招牌，上面写着"马丁尼酒吧"。门外聚集着几个人，在遮雨棚下抽烟聊天。

虽然她发誓决不进去，却发觉自己已转身，推门，走了进去。她进入黑暗拥挤的酒吧，直接朝红木长吧台走去。

"请问要点什么？"酒保很瘦，有着艺术家气息，头发染成亮橘色，脸上的金属配饰似乎比大卖场零件区的还多。

"纯龙舌兰。"她说。

她喝完一杯,又点了一杯。喧闹的音乐带给她安慰,她喝着烈酒随节奏摇摆身体。四周的人都在聊天欢笑,她感觉自己仿佛也在喧闹狂欢。

一个身穿昂贵意大利西装的男人来到她身边。他很高,看得出来身材健美,一头金发经过精心修剪造型,八成是银行高层或公司律师。当然,配她有点太年轻,他顶多三十六七岁。他在这里待多久了?是在寻找酒吧里最漂亮的女人,准备上前搭讪吧?一杯酒或两杯?

终于,他转向她。由他的眼神,她看出他知道她是谁,那一点熟识令她难以自持。"可以请你喝一杯吗?"

"不知道啊。可以吗?"她说话是不是很含糊?不妙。她的头脑也不太清楚。

他的视线从她的脸庞溜到胸前,又回到脸上,眼中毫不掩饰欲望。"喝一杯只是开始而已。"

"我很少接受陌生人搭讪。"她在说谎。最近她的人生只剩下陌生人,其他人与她所重视的人,全部忘记她了。她强烈感受到抗焦虑药物赞安诺在发挥药效,也可能是龙舌兰酒开始发威。

他摸摸她的下巴,沿着下巴爱抚。她全身颤抖。他的动作率直大胆,现在已经没有人会那样摸她了。

"我是卓伊。"他说。

她抬头看进他的蓝眸,感觉到寂寞的重量。有多久没有男人想要她了?

"我是塔莉·哈特。"她说。

"我知道。"

他吻她。他口中有种甜甜的滋味,像是利口酒,此外还有烟味,也可能是大麻。她想在纯粹的肉体感官中放纵,像糖果一样融化。

她想忘掉生命中所有的不如意,想忘掉她是怎么沦落到这种地方,独自和数不清的陌生人在一起的。

"再吻我一次。"她讨厌自己哀求的可悲语调,小时候她就像这样哀求。当年她只是个小女孩,鼻子贴在窗户上等着妈妈回来。我究竟是哪里不好?那个小女孩问过每一个愿意听她说话的人,可惜从来没有得到答案。塔莉伸手将他拉过来,他亲吻她,将身体贴近。尽管如此,她还是感觉自己哭了出来,而眼泪一旦溃堤便无法遏止。

二〇一〇年九月三日,凌晨两点零一分

塔莉是最后一个离开酒吧的人。门在她身后砰的一声关上,霓虹灯招牌发出吱吱杂音闪烁熄灭。时间已经过了两点,西雅图街头一片空荡荡,静寂无声。

她走在湿滑的人行道上,脚步很不稳。一个男人吻了她,而且还是陌生人,她却哭了出来。

可悲,难怪他会打退堂鼓。

雨水打在她身上,几乎让她无法招架。她考虑是否该停下脚步,仰起头,张开嘴,让大雨将她淹死。

好像挺不赖。

感觉像花了好几个钟头,她终于到家了。她走进豪宅大楼,默默从门房身边走过,没打招呼。

进了电梯,她在电梯的镜子里看见了自己。

噢,老天。

她的样子非常吓人。红棕色头发亟须染色,整个乱得像鸟窝一样;晕开的睫毛膏顺着脸颊流下,仿若战士的迷彩。

电梯门打开了,她来到走廊上。她跌跌撞撞,花了很长时间才走到家门口,试了四次才将钥匙插入锁孔。终于打开门时,她头晕目眩,头疼又发作了。

她撞上放置在餐厅与客厅之间的一张小桌子,差点摔倒,所幸在最后一刻抓住沙发救了自己。她叹息一声,重重倒在厚软的羽绒坐垫上。眼前的茶几上堆满信件,主要是账单与杂志。

她将头往后靠,闭上双眼,想着她的人生变得多凄惨。

"去你的,凯蒂·雷恩。"她低声骂着不在场的朋友。这样的寂寥着实让人难以承受,她最好的朋友已经走了、死了,那便是她沉沦的开始。失去凯蒂,有多可悲?好姐妹去世后,塔莉沉溺于悲伤,始终无法自拔。

"我需要你。"她大喊,"我需要你!"

一片死寂。

她的头往前垂下。她睡着了吗?或许……

再次睁开双眼时,她睡眼蒙眬地望着茶几上的那堆信件。大部分是垃圾信件,比如产品目录、杂志,她早就懒得看了,正想转开视线,一张照片让她猛然一惊。

她蹙眉往前靠,拨开信件,露出压在下面的《明星》杂志封面。右上角有张她的照片,照片上的她不但难看,还相当狼狈,照片下只写着三个简单却恐怖的字——瘾君子。

她伸出颤抖的手拿起杂志翻开,翻过一页又一页,终于找到了:她的照片再次出现。

那篇报道很短,甚至不到一页。

　　　　　流言背后的真相

　　对于女性公众人物而言，衰老往往是一大考验，然而塔莉·哈特更是万分不堪。她曾经是大明星，主持红极一时的脱口秀《私房话时间》。哈特女士的干女儿玛拉·雷恩（二十岁）联络《明星》杂志接受独家专访，明确表示五十岁的哈特女士一生与心魔搏斗，最近却节节败退。近几个月，哈特"暴肥到了令人忧心的程度"，并长期滥用药物与酒精。以上是雷恩女士……

　　"噢，我的天……"
　　玛拉。
　　遭到出卖的剧痛令她无法呼吸。她看完整篇报道，然后松手让杂志跌落。
　　几个月、几年来她一直成功抵御的剧痛此时咆哮醒来，将她拖进最荒芜、最孤寂的所在。有生以来第一次，她不知道该如何爬出这个深渊。
　　她摇摇晃晃地站起来，被泪水刺痛双眼，而后伸手拿起车钥匙。
　　她不能继续这样活下去。

2

二〇一〇年九月三日，凌晨四点十六分

　　这是哪里？
　　怎么回事？
　　我浅浅吸气，试着想移动，可是我的身体不听使唤，连手指和手掌

都动不了。

我终于睁开双眼,感觉眼睛很干涩。我的喉咙好干,甚至无法吞咽。

很黑。

有个人和我在一起,也可能是东西。那玩意儿发出巨响,像是铁锤敲钢板的声音,震波沿着背脊传来,一直传到牙齿,弄得我的头很痛。

那个声音无处不在,金属敲击、摩擦的声音在我体外,在空气中,在我身边,在我体内。

砰——刮擦,砰——刮擦。

好痛。

一瞬间,我感觉到铺天盖地的疼痛。

酷刑折磨的剧痛,极度强烈的剧痛。一旦意识到、感觉到,其他感受都消逝了,只剩下疼痛。

我痛得醒过来。我的头像是被火烧、被啃咬,手臂不停地抽痛。我的身体里一定有东西断掉或破掉了。我试着移动,但剧烈的疼痛让我昏了过去。再醒来时,我再次尝试,奋力呼吸着,空气让我的肺部发出怪声。我嗅到自己的血,感觉血液沿着脸颊流下。

救我。我想大喊,但黑暗吞噬了我微弱的意志。

睁开眼睛。

我听见有个声音命令我,瞬间大大松了口气。有别人在。

睁开眼睛。

没办法,身体不听使唤。

她还活着。

更多话语,这次是大喊。

躺好别动。

四周的黑暗变形转换,疼痛再次袭来。有个很吵的声音包围着我,有点像电锯锯杉木的声音,也有点像小孩尖叫。我在黑暗中,看见萤火虫般的光点亮起,这个画面不知为何让我感到伤心又疲惫。

一、二、三,起。

我感觉自己被看不见的冰冷双手拉起抬高,我痛得惨叫,但声音立刻被吞没,也可能这惨叫只发生在我的脑海里。

这是什么地方?

我重重撞上一个东西,痛得大叫。

没事了。

我快死了。

这个念头忽然来袭,攫住我肺里的气息。

我快死了。

二〇一〇年九月三日,凌晨四点三十九分

强尼·雷恩醒来,心里想着:不对劲。他坐起来环顾四周。

没有什么奇怪的地方,一切都很正常。

他在班布里奇岛的家中,又一次忙到睡着。在家办公的单亲父母逃不过这样的诅咒。白天的时间不够处理所有事务,他只好挪用晚上的时间。

他揉揉疲惫的双眼。他身旁的计算机屏幕上显示着十多个定格影像,都是衣衫褴褛的少年,他们坐在满是裂痕的闪烁霓虹灯招牌下,手中的香烟抽到只剩过滤嘴。强尼按下播放键。

屏幕上,凯文开始谈父母的事,他在街头的名号叫鬈毛。

"他们才不在乎呢。"少年耸肩。

"你为何这么笃定？"强尼的声音在镜头外问。

镜头捕捉到鬈毛的双眼，他抬起头，眼神流露出痛苦、愤怒与叛逆。"我在这里，不是吗？"

这段影片强尼至少看过一百次。他和鬈毛聊过很多次，但依然不晓得他在哪里长大、来自何方，也不知道谁会在深夜不睡，忧虑地望着黑暗，等候他。

强尼知道为人父母的忧心，知道孩子会溜进暗处从此消失，所以他才会不分昼夜制作这部探讨流浪少年的纪录片。或许他只要观察得够仔细、询问得够频繁，就能找到她。

他望着屏幕上的画面。因为下雨，拍摄这段影片时街头没有几个少年，不过，每当看到背景出现身影，任何疑似年轻女子的剪影，他便会眯起眼睛、戴上眼镜，用力仔细地看画面，想着会不会是玛拉。

他拍摄纪录片时遇到很多女孩，但就是没看到他的女儿。玛拉离家失踪了，他甚至不确定她是否仍在西雅图。

他熄灭二楼办公室的灯，来到黑暗寂静的走廊。左手边挂着几十张家人的照片，黑色的相框、白色的衬底。有时候他会停下脚步——浏览，看着他的家人，让照片带他回到幸福时光。有时候他会任由自己站在妻子的照片前，迷失在那个曾经照亮他世界的笑容中。

今晚，他没有停留。

他停在儿子的卧室前，轻轻推开门。这是他养成的新习惯，会不由自主地察看十一岁的双胞胎是否安好。人一旦体验过人生能以怎样的速度崩坏，就会努力保护仅存的那些人。他们在房里，睡得很安稳。

他松了一口气，没发觉原来自己一直憋着气。他继续前进来到玛拉紧闭的房门前,这次他并未放慢脚步。看她的房间会令他心痛不已,这个房间仿佛冻结在时空中,依然保留着小女孩的布置,所有东西都和她离开时一模一样,只是主人不在了。

他走进自己的房间,随手关上门。四处堆满衣物、报纸与许多看到一半的书,他打算等生活步调慢下来再继续看完那些书。

他走进浴室,脱下衬衫扔进洗衣篮。在浴室的镜子里,他看到自己的模样。有时他看着自己,会想:以五十五岁而言还不错。但有时,比如现在,他会想:真的还不错吗?

他的样子……很忧伤,主要是因为眼睛。他的头发过长,黑发掺杂银丝,他总是忘记修剪。他叹息一声,打开热水开关,走进淋浴间,滚烫的热水淋在身上,洗去他的思绪。走出浴室,他感觉舒服多了,准备好迎战新的一天。现在去睡觉毫无意义。他用毛巾擦干头发,在衣帽间地上翻到一件旧的超脱摇滚乐团T恤与一条破牛仔裤,穿好后走回走廊,电话正好在这时响起。

是座机。

他蹙眉。都已经二〇一〇年了,在这个新时代,很少有人拨打那个老号码。

一般人不会选在凌晨五点零三分打电话。这种时间铃声响起通常没有好事。

玛拉。

他冲过去接听:"喂?"

"请问凯瑟琳·雷恩在吗?"

讨厌的推销电话。他们都不会更新资料吗?

"凯瑟琳·雷恩已经去世差不多四年了,请把她从名单上删掉。"他没好气地说。他等着对方继续问：请问你是家里做决定的人吗？不过对方只是沉默，他越来越不耐烦，于是质问："你是哪位？"

"西雅图警局，杰瑞·马隆警官。"

强尼皱起眉头："你要找凯蒂？"

"发生了一起事故。我们在伤者的皮夹里找到了紧急联络人资料，上面写着凯瑟琳·雷恩的名字。"

强尼在床边坐下。在凯蒂去世这么久还将她列为紧急联络人的，世上只有一个。她又闯了什么祸？这年头谁还会在皮夹里放紧急联络人资料？

"是塔莉·哈特吧？酒驾吗？假使她——"

"先生，我没有相关资料。哈特小姐在前往圣心医院的路上。"

"伤势多严重？"

"我不清楚，先生，你得联络圣心医院查询。"

强尼挂断电话，从网上搜出圣心医院的号码打过去。他的电话被转来转去，至少过了十分钟才好不容易找到一个能够回答问题的人。

"雷恩先生？"那位女士说，"据我了解，你是哈特女士的亲属？"

这个问题让他的心一抽。他有多久没有和塔莉说话了？

别骗自己，他很清楚有多久了。

"是，"他回答，"发生什么事了？"

"详情我也不太清楚，先生，我只知道她正在前来的路上。"

他看看表。如果动作快，应该能赶上五点二十分的渡轮，一个小时左右就能赶到医院。

"我会尽快过去。"

嘟嘟声响起，他才发觉自己没有说再见。他挂断电话，将电话扔在床上。

他抓起皮夹，再次拿起电话，拨号的同时从衣橱里取出一件毛衣。电话响了又响，提醒他现在时间有多早。

"喂——喂？"

"可琳，抱歉这么早给你打电话，发生了一点紧急状况。可以请你帮忙来接双胞胎，然后送他们去学校吗？"

"出了什么事？"

"我得赶去圣心医院。一个朋友出了意外，我不想让孩子们单独在家，可是又来不及送他们去你那里。"

"别担心，"她说，"我会在十五分钟内过去。"

"谢谢，"他说，"我欠你一次人情。"

他匆忙走到儿子们的房间打开门："起床穿衣服，快。"

他们慢吞吞地坐起来。"啊？"威廉说。

"我得出门。可琳会在十五分钟内过来接你们。"

"可是——"

"没有可是。你们要去汤米家，下午足球练习结束之后，应该也是可琳去接你们。我不确定什么时候可以回来。"

"发生什么事了？"路卡问，被枕头压出痕迹的脸庞流露出担忧。这两个孩子太了解紧急状况的意义，常规生活能让他们安心。尤其是路卡，他很像妈妈，很爱照顾人，经常操心。

"没什么，"强尼的语气有些紧绷，"我得去市区一趟。"

"他以为我们还是小宝宝，"威廉掀开被子，"走吧，天行者[1]。"

强尼着急地看表。五点零八分，他得立刻出门才能赶上五点二十分

---

1 电影《星球大战》中的英雄角色，名为路克，路卡的名字由此衍生而来，故有此绰号。

的渡轮。

路卡下床来到他身边,抬起头,隔着棕色乱发看着强尼。"玛拉出事了吗?"

他们当然会担心。多少次他们匆忙赶去医院看妈妈?而且天晓得玛拉最近惹了什么麻烦,他们都很担心她。

即使已经过了将近四年,他们有时依然感到心有余悸,他怎么忘记了?悲剧在他们所有人心中留下了伤痕,他尽一切所能照顾双胞胎,但就算他用尽全力也无法弥补他们失去母亲的缺憾。

"玛拉没事,是塔莉。"

"塔莉怎么了?"路卡一脸惊恐。

他们非常爱塔莉。去年他们多少次吵着要找她?他又编了多少借口拒绝了?想到这里,强尼不禁感到内疚。

"详细情况我还不清楚,不过我会尽快让你们知道出了什么事。"强尼承诺,"先收拾好上学要用的东西,等可琳来接你们,好吗?"

"爸,我们不是小婴儿。"威廉说。

"踢完足球你会打电话给我们吗?"路卡问。

"会。"

他和两个孩子吻别,从门口的桌上拿起车钥匙。临出门前,他回头看了他们一眼。长相一模一样的两个孩子头发该剪了,他们穿着四角裤和宽松 T 恤站在那儿,因为担忧而皱起眉头。他出门走向车子。他们已经十一岁了,独自在家十分钟不会怎么样。

他上车发动引擎,往码头驶去。上船之后,他没有下车,焦急地敲着真皮方向盘,等候三十五分钟的航程结束。

六点十分,他驶进医院停车场,在街灯的人造光线下将车停妥。距离日出还有半个小时,城市依然一片黑暗。

他进入熟悉的医院,大步走向服务台。

"塔露拉·哈特,"他严肃地说,"我是家属。"

"先生,我——"

"我要了解塔莉的病况,现在就要。"他的语气非常强硬,服务台的护士仿佛被轻微地电到了,在位子上弹跃了下。

"噢,请稍等。"她说。

他离开服务台,开始踱步。老天,他讨厌这个地方,这里的气味太熟悉了。

他沉沉地坐在硬塑料椅上,脚尖紧张地点着复合地板。几分钟过去了,每过一分钟,他的自制力都会削减一些。

失去妻子、失去一生挚爱之后,四年来他学会让日子继续过下去,但这并不容易。他不能回顾过去,回忆令人太痛苦。

但是在这里,他怎么有办法不回顾?他们来这家医院动手术、做化疗与放射治疗;他和凯蒂在这里一起度过无数个小时,互相保证他们的爱绝对能战胜癌症。

骗人。

最后不得不面对现实时,也是在这里的病房,在二〇〇六年。他躺在她身边,抱着她,尽可能假装没发现抗癌这一年来,受尽折磨的她变得多瘦。凯蒂的iPod在床边播放凯莉·克莱森的歌曲:有人等候了一生……只为这样的一刻。

他记得凯蒂当时的表情。痛楚犹如液体火焰,蔓延她的全身,骨头、肌肉、皮肤,无一处遗漏。她不敢用太多吗啡,她希望保持意识清醒,以免孩子害怕。"我想回家。"她说。

看着她,他脑海中只有一个想法:她快死了。现实重重打击了他,泪水涌上眼眶。

"我的小宝宝,"她轻声说完之后笑了,"他们两个早就不是小宝宝了,都已经在换牙了呢。对了,现在牙仙子的行情价是一块钱,记得每次都要拍照。还有玛拉,告诉她我能理解,我十六岁的时候对妈妈的态度也很恶劣。"

"我还没准备好听你说这些。"他讨厌自己的软弱,他在她的眼中看见了失望。

"我需要塔莉。"她接着说。他吃了一惊。他的妻子与塔莉·哈特几乎是一辈子的好姐妹,但是一场争吵让她们绝交,过去两年她们没再说话,而在这两年中,凯蒂面对着癌症的考验。强尼无法原谅塔莉,不仅因为那次争吵(当然,全都是塔莉不好),还因为当凯蒂最需要她时她竟然缺席。

"不行。你忘记她对你做了什么吗?"他愤懑地说。

凯蒂稍微朝他转过身,他看得出来这个动作让她非常痛。"我需要塔莉,"她重复,这次语气更轻柔,"从初二开始,她就是我最好的朋友。"

"我知道,可是——"

"强尼,你一定要原谅她。既然我能做到,你也可以。"

"没那么容易,她伤害了你。"

"我也伤害了她。好姐妹难免会争吵,因为那时我还不清楚什么最重要。"她叹息,"相信我,现在我知道什么最重要,我需要她。"

"都已经这么久了,你凭什么相信打个电话她就会来?"

凯蒂忍痛微笑。"她一定会来。"她摸摸他的脸,要他看着她,"以后……她就交给你照顾了。"

"别说那种话。"他低语。

"她老爱逞强，但其实没那么坚强，你知道的。答应我。"

强尼闭上眼睛。过去几年他不断努力想抚平哀伤，为家人创造新生活。他不愿回忆那凄惨的一年，但是他怎么能够不想？尤其是现在。

塔莉与凯蒂，她们是结交三十多年的好姐妹。若非因为塔莉，强尼也不会遇见一生挚爱。

打从塔莉走进那间破烂的办公室，强尼便对她深深着迷。当时她才二十岁，充满热忱与活力，当时他负责管理一家小电视台，她成功说服他，让她在那里上班。他原本以为自己爱上了她，但那并不是爱，而是另一种东西。他受她的魅力所感，他第一次见到那么活力四射、明亮耀眼的人，站在她身边的感觉好比藏身阴影几个月之后重见阳光。他立刻看出她将会大红大紫。

当她介绍好友凯蒂·穆勒齐进公司时，他几乎完全没有留意她，她显得平淡、文静，只是乘着塔莉的浪头前进。几年之后，凯蒂鼓起勇气吻了他，他终于在一个女人的眸中看见未来。他清楚记得他们第一次欢爱，当时他们都很年轻，他三十岁，她二十五岁，但只有她一个人单纯天真。她轻声问："每次都像这样吗？"

爱情就那样来临，他完全没有准备。他无法对她说谎，于是说："不，不是每次都像这样。"

后来他和凯蒂结婚了，他们从远处看着塔莉快速在新闻界蹿红，有如划破天际的小行星。不过，无论凯蒂的人生与塔莉的差距有多大，她们俩始终亲如姐妹。她们几乎每天通电话，每逢佳节塔莉一定会来他们家报到。塔莉在放弃联播网的工作，放弃去纽约，决定回归西雅图开始自己的日间脱口秀时，恳求强尼担任制作人。那些年非常顺利、非常成功,直到癌症与凯蒂去世让一切分崩离析。

此刻他忍不住开始回想。他闭上双眼往后靠,他清楚地记得一切开始崩坏的那一刻。

近四年前,凯蒂的葬礼。那是二〇〇六年十月,他们在圣赛希莉雅教堂,一家人挤在第一排……

姿势僵硬、眼神空洞,他们深刻感受到自己身在何处。这么多年来,他们无数次造访这座教堂,比如圣诞节午夜弥撒、复活节礼拜,但这次不一样。教堂里没有亮闪闪的装饰,只有无数枝白百合,空气甜腻得令人窒息。

强尼如陆战队队员般直挺挺地坐着,肩膀往后收。他理应为了孩子坚强起来,他的孩子,他们的孩子,她的孩子。他在她临死前承诺过,但现在已经觉得很难遵守了,他的内心干枯如砂。十六岁的玛拉同样僵硬地坐在他身边,双手交叠放在腿上。她不肯看他,已经好几个小时、好几天了。他知道应该主动化解隔阂,强迫她沟通,但看着她,他便失去了勇气。两人的哀伤加在一起有如汪洋般深沉黑暗,于是他呆坐着,双眼刺痛,心中想着:不能哭,要坚强。

视线往左一瞥,他不该那么做的,因为那里的架子上放着一张凯蒂的大照片。画面中的她是个年轻妈妈,站在班布里奇岛家门外的海滩上,头发飞扬,灿烂笑容如同黑夜里的灯塔,双臂大大张开,迎接向她奔去的三个孩子。她特别要求他找出这张照片,那天晚上他们躺在床上紧紧相拥,他听见她的要求,明白其中的含意。"别急。"他在她耳边呢喃,爱抚她的光头。

于是她没有再提。

她当然不会再提。即使到了最后,她依然比所有人坚强,以乐观保护他们全家。

因为担心她的恐惧会让他伤心,有多少话她藏在心里没说出口?她一定感到非常孤单吧?

老天,她才刚走两天而已。

短短两天,他已经懊悔无比。他多么希望能再次拥抱她,对她说:宝贝,告诉我你害怕什么?

麦克神父走向祭坛,原本就很安静的人们变得更加聚精会神。

"看到这么多人来向凯蒂道别,我一点也不感到意外。她生前是许多人重要的——"

生前。

"关于今天的仪式,她事先给了我严格的指示,想必大家一定不觉得奇怪。她希望我告诉大家要互相扶持,她希望各位将哀伤化为能够延续一生的欢喜,她希望你们记住她的笑声,以及她对家人的爱。她希望你们享受人生。"他哽咽,"那就是凯瑟琳·穆勒齐·雷恩,即使生命到了尽头,依然为别人着想。"

玛拉低声呜咽。

强尼握住她的手,她吃了一惊转头看他。当她将手抽走时,眼中有着无尽的哀伤。

音乐响起。一开始感觉很遥远,也或许是因为他脑海中太过喧闹,总之他过了一会儿才听出那首歌。

"噢,不。"他感觉情绪随着音乐激动起来。

那首歌是《为你疯狂》。

婚礼上他们共舞的曲子。他闭上双眼,感觉她就在身边,她钻进他怀中，音乐将他们带离现实。只要一次接触，你就会明白此言不虚。

路卡拉拉他的袖子。贴心的八岁路卡，他最近又开始噩梦缠身，重新依赖起几年前戒掉的婴儿毯，有时甚至因为找不到而崩溃哭泣。"爸爸，妈妈说哭出来没关系。她要我和威廉保证不会害怕哭出来。"

强尼没察觉自己哭了。他抹抹双眼，生硬地点头，低声说："说得对，小家伙。"但他无法正视儿子，那双眼眸中的泪水会让他无法承受，他只能望着前方发呆。神父的话，在他听来仿佛细碎杂音。那些话语如同一个个扔向砖墙的小石子，最终不着痕迹地落到地面。在这个过程中，他专注在控制呼吸上，尽可能地不去想妻子。他要等到夜深人静、身边没有任何人的时候再独自思念她。

感觉像是过了好几个钟头，仪式终于结束了。他召集家人，一起下楼准备招待悼客。席间他转头四顾，感觉既惊愕又心碎——他看到好几十个不认识的人，还有些人他只见过几次。他发觉凯蒂有部分的人生他从不知晓，如此一来他感觉她更加遥远，这种感觉加深了他的痛楚。丧礼一结束，他急忙赶着孩子离开教堂地下室。

教堂停车场满是车辆，但他看到的并非这个。

塔莉在停车场上，仰头对着最后一丝残阳。她大大张开双臂，她在动，摇晃臀部，仿佛有音乐伴奏。

跳舞。她在教堂外的大街上跳舞。

他厉声叫她的名字，身旁的玛拉吓得身体一缩。

塔莉转身，看见他们朝车子走去，她拔出耳机过来找他。

"仪式顺利吗？"她轻声问。

他感觉到一股狂怒，但急忙压制下来。任何感受都好过无止境的哀伤。当然，塔莉先想到自己，因为参加凯蒂的葬礼太痛苦，所以塔莉没有进去。她在停车场跳舞。跳舞。

这是哪门子的好友？！凯蒂或许能够原谅塔莉自私的行为，但是对强尼而言没那么容易。

他转向家人："大家上车吧。"

"强尼——"塔莉伸出手，但他往旁边踏出一步闪开。现在的他无法忍受碰触，无论是谁。"我没办法进去。"她说。

"可不是吗？谁有办法进去？"他苦涩地说。他立刻发现不该看她，塔莉身边没凯蒂，更突显出凯蒂已经不在了。她们两个总是形影不离，有说有笑，莫名其妙地唱起完全跑调的迪斯科歌曲。

在三十多年的岁月里，塔莉和凯蒂是最好的朋友。现在他看着塔莉，心痛到无法承受。为什么死的人不是她？凯蒂抵得上十五个塔莉。

"客人要去家里，"他说，"那是她的愿望，希望你有办法去。"

他听见她大声倒抽一口气，知道她受伤了。

"这种话太不厚道了。"她说。

他装作没听见，不理她，催促家人上车，回家的车程安静得令人痛苦。

傍晚的温柔阳光洒在工匠风格的焦糖色房屋上。前院乱得可怕，凯蒂患癌后，一年来都没人照料。他将车停进车库，带头走进屋子，窗帘与羊毛地毯还残留着淡淡的疾病气息。

"爸，现在怎么办？"

他不用转身也知道是谁问的。路卡。每次金鱼死掉，这孩子都会哭得稀里哗啦的。在凯蒂去世之前，他每天都为她画一张像。这孩子最近又开始在学校大哭，之前举办生日派对时他也只是默默坐着，连拆礼物时都笑不出来。这孩子对所有事物的感受都无比敏锐。在那哀凄的最后一夜，凯蒂说："尤其是路卡，他会思念我到不知道该怎么办，抱抱他。"

强尼转身。

威廉与路卡肩并肩站着。这对八岁兄弟穿着相同的黑色长裤与灰色V领毛衣。今天早上强尼忘记叫他们洗澡,他们头发蓬乱,有几处在睡觉时被压扁了,毫无发型可言。

路卡圆睁的双眼闪着泪光,睫毛被眼泪沾成一束束。他知道妈妈走了,但他无法理解怎么会这样。

玛拉来到弟弟们的身边。她纤瘦苍白,一袭黑裙让她看起来有如一抹幽魂。

他们三个一起看着他。

这是他该说话的时刻,传达安抚,给予他们能够记住的劝慰。身为父亲,他必须使接下来的几个小时成为赞扬妻子人生的庆典。可是,该怎么做呢?

"来吧,你们两个。"玛拉叹息道,"我放《海底总动员》给你们看。"

"不要。"路卡哭喊,"不要《海底总动员》。"

威廉抬起头,握住路卡的手。"尼莫的妈妈死掉了。"

"噢。"玛拉点头,"那《超人总动员》呢?"

路卡郁闷地点点头。

强尼还在努力思考该对伤心的孩子说些什么,这时门铃响了。

那声音让他浑身一颤。接下来他只能隐约察觉时间的流逝,人们围绕着他,门开了又关,太阳下山,夜晚逼近窗前。他不断想着:快动啊,走啊,去打招呼,但他似乎无法踏出第一步。

有人碰了碰他的手臂。

"很遗憾,强尼。"一个女人这么说,他转过身。

她站在他旁边,一身黑衣,端着一个盖了铝箔纸的焗烤盘。真要命,他怎么也想不起来这个人到底是谁。"亚瑟抛弃我和咖啡师私奔的时候，我以为人生结束了，但只要每天从床上爬起来，迟早有一天你会发现没事了。你会再次找到爱情。"

他用尽所有自制力才忍住没怒斥那个女人说死亡和出轨不一样，但他还没想起她叫什么名字，另一个女人又来了。她也认为现在他最大的难题就是没东西吃，因为她那双胖手端了个超大焗烤盘，同样盖着铝箔纸。

他听见有人说着"……更好的地方……"，转身就走。

他在人群中推挤，找到设在厨房中的吧台。途中他经过好几个人身边，每个人都低声说着同样毫无意义的话，"真遗憾""她不用再受苦了""更好的地方"，只是排列组合不同。他没有停下脚步，也没有回应。他不断往前走，没有驻足观看那许许多多的照片，它们有的放在架子上，有的靠在窗户和台灯上。进了厨房，他发现里面有一群眼神忧伤的妇女以效率极高的方式合作，掀开焗烤盘上的铝箔纸，翻抽屉找餐具。他一进去，她们立刻停止动作，同时抬头看他，如同看到狐狸的鸟群。她们的怜悯犹如可以触摸的实体，她们同时也感到害怕，害怕自己会发生这样的不幸。

水槽前，他的岳母玛吉原本正在装水，看到他时她放下水壶，水壶与台面接触时发出咔的一声。头发落在她满是忧愁皱纹的脸上，她将之拨开，朝他走来，妇女们纷纷让路。她停在吧台前，倒了一杯威士忌，加上水和冰块之后递给他。

"我找不到杯子。"实在很蠢，杯子就在他旁边，"巴德在哪里？"

"和尚恩一起陪双胞胎看电视。他不知道该如何面对，我是说，他无法和一大群陌生人分享失去女儿的痛苦。"

强尼点头。岳父向来沉默寡言,唯一的女儿病故令他心碎。玛吉去年生日时还精神矍铄、头发染黑,在庆生会上笑得好开心,但自从凯蒂确诊之后,她一下子老了好多,整个人弯腰驼背,仿佛等候上帝随时再次给予打击。她放弃染发,雪白发丝从两边垂下来,无框眼镜放大了她的迷蒙双眼。

"去看看孩子。"玛吉按住他的手臂,她的手苍白且布满青筋。

"我应该留在这里帮你忙。"

"我忙得过来。"她说,"我很担心玛拉,十六岁这种年纪失去妈妈会特别难熬,尤其凯蒂生病之前她们经常吵架,我觉得她非常后悔。有时候说出口的话会让人忘不掉,尤其是气话。"

他喝了一大口酒,看着冰块在杯中碰撞。"我不知道该对他们说什么。"

"说什么并不重要。"玛吉握紧他的手臂,带他走出厨房。

屋里到处是人,不过即使悼客众多,塔莉·哈特依然十分显眼。她是人们目光的焦点,她身上的黑色直筒裙非常高级,价钱八成和停在外面的几辆车差不多,让她即使在哀伤中也依然靓丽动人。她的及肩长发最近换成了红棕色,而且葬礼结束之后她一定补过妆。她在客厅里被众人包围,夸张地比着手势,显然在说故事,结束之后那圈人全部大笑。

"她怎么笑得出来?"

"别忘了,塔莉很熟悉心碎的感觉,她这辈子都在掩饰痛苦。我还记得第一次见到她的情景——我穿过萤火虫小巷去她家,因为她和凯蒂变成好朋友,所以我想观察她一下。走进对街那间破烂旧屋,我见到她妈妈白云,唉,不能说见到,因为白云呈'大'字形躺在沙发上,肚子上放着一堆大麻,她努力想坐起来却怎么也做不到,于是大笑着骂了几句脏话，然后又倒回去。那时塔莉大约十四岁，在她眼里，我看到了会终生留下烙印的羞耻。"

"你爸是酒鬼，你还不是克服了？"

"因为我恋爱、生子，有了家庭。塔莉认为除了凯蒂没有人会爱她，我猜她还没有真正感受到失去好友的打击，一旦她开始有所感受，恐怕会很惨。"

塔莉将一张CD放进音响，调高音量，喇叭喧嚣播送《天生狂野》。

客厅里的人们一脸愤慨，纷纷后退离开她。

"快来啊，"塔莉说，"谁想来杯烈酒？"

强尼知道应该制止她，但他无法接近。现在不行，还不行。一看到塔莉他就会想到凯蒂走了，伤口会再度裂开。他转身离开，上楼去安慰子女。

他用尽所有意志力才爬上二楼。

他在双胞胎的房门外停下脚步，努力鼓起勇气。

你一定办得到。

他一定要办到，别无选择。这个房间里的孩子才刚体会到人生有时候很不公平，死亡会撕裂人心与家庭，他有责任让他们明白，让他们团结，给他们安慰。

他用力吸一口气，伸手开门。

他第一眼就看到了他们的床铺，没有整理，乱七八糟，带《星球大战》图案的寝具纠缠成一团。深蓝色墙壁是凯蒂亲手刷的，留白处是云朵、星星与月亮的形状。这些年来，墙壁上逐渐贴满了双胞胎的画与他们喜欢的电影海报。五斗柜上荣耀地展示着乐乐安全棒球与足球的金色奖杯。

他的岳父巴德坐在大星球椅上——双胞胎打游戏时会一起挤在这张椅子上，凯蒂的弟弟尚恩躺在威廉的床上睡觉。

玛拉坐在电视前的地毯上，路卡坐在她旁边，威廉则双手抱胸坐在角落里看影片，看起来气愤又孤独。

"嗨。"强尼轻声打招呼，顺手关上门。

"爸！"路卡跳起来，强尼将儿子一把抱起来紧紧拥住。

星球椅太软，巴德困难地站起来。他一身款式老旧的黑西装配白衬衫，系着聚酯纤维材质的宽幅领带。他苍白的脸上点缀着老年斑，过去几周里他脸上又增添了不少皱纹，浓密灰眉下的眼眸流露出哀伤。"你跟他们慢慢说。"他过去拍拍尚恩的肩膀，说："快起床。"

尚恩惊醒，猛地坐起。他一脸迷糊，看到强尼才恍然大悟。"噢，好。"他跟着爸爸出去。

强尼听见门关上的声音，电视屏幕上，穿着大红衣裳的超级英雄在丛林间奔跑。路卡溜出强尼的怀抱，站在他身旁。

强尼看着哀伤的子女，他们也看着他。面对母亲离世，他们三个反应大不相同，各有特色。路卡个性最温柔，因为思念妈妈而难过不已，也搞不懂她究竟去了哪里。他的双胞胎兄弟威廉热爱体育与名气，小小年纪的他已经是个运动明星了，也非常受欢迎。失去母亲让他既愤慨又害怕，他不喜欢表现害怕，转而表现为愤怒。

还有玛拉，十六岁的美丽的玛拉，她习惯一切都轻松如意。在凯蒂对抗癌症的这一年，她封闭自我，变得内向安静，仿佛以为只要不吵不闹、不惹是生非，就可以躲过无法避免的这一天。凯蒂生病之前她们经常吵架，他知道她有多么后悔。

不过他们眼中有着相同的需求。他们期待他修补崩坏的世界，减轻这难以想象的痛苦。

但凯蒂是这个家的心与灵魂,是凝聚家人的黏合剂,一向都是她知道该说什么,现在无论他说什么都是骗人的。他们要怎样疗伤?怎么做状况才能好转?在未来没有凯蒂的漫漫时光里如何给他们慰藉?

玛拉突然站起来,以一般少女罕有的优雅姿态拉直身体。哀伤让她更显窈窕修长,她脸色苍白得仿佛她不属于人间,一头长发乌黑亮丽,黑裙将她的肌肤衬托得近乎透明。他听出她呼吸有些困难,仿佛得用力才能吸进全新的空气。

"我带弟弟们去睡觉。"她向路卡伸出手,"来吧,小家伙,我念故事书给你们听。"

"爸,你真会安慰人。"威廉抿着嘴说,八岁孩子脸上浮现出成年人才有的哀凄。

"一切都会好转。"强尼痛恨自己的软弱。

"是吗?"威廉问,"怎么好转?"

路卡抬头看他:"对啊,爸,怎么好转?"

他看着玛拉,她是如此冰冷苍白,仿佛冰雕人像。

"睡觉会有帮助。"她闷闷地说。

虽然可悲,但强尼万分感激。他知道自己快不行了,他快失败了,他应该给予支持,而不是接受帮助,但他的内心一片空荡荡。

什么也没有。

明天他会好一点,会表现得像样一点。

然而,当他看着子女失望的表情,他知道这只是自欺欺人。

对不起,凯蒂。"晚安。"他有些哽咽。

路卡抬头看他:"爸爸,我爱你。"

强尼缓缓跪下敞开怀抱，两个儿子投入他怀中，他紧紧抱住他们。"我也爱你们。"越过他们的头，他望向玛拉，她似乎不为所动，昂然挺立，背脊笔直。

"玛拉？"

"省省吧。"她轻声说。

"你妈要我们保证一定会坚强，团结渡过难关。"

"嗯，"她的下唇微微颤抖，"我知道。"

"我们一定能做到。"他说，听出自己的声音有些发抖。

"嗯，一定能。"玛拉叹息，接着说，"来吧，你们两个，准备上床喽。"

强尼知道他应该留下来安慰玛拉，但他不知道该说什么。

于是他选了怯懦的方式，走出房间关上门。

他下楼，不理会任何人，硬是从人群中推挤而过，从洗衣房里拿起外套走到门外。

天已经完全黑了，天空被一层薄薄的云完全遮蔽，看不到半颗星星。一阵寒风吹过房屋周围的树木，裙摆般的树枝摇曳舞动。

头顶的枝叶间，粗绳上挂着玻璃罐，里面装了黑色小石头与许愿蜡烛。多少个夜晚，他与凯蒂坐在这里，在烛光映照下聆听波浪拍打海滩，聊着两人的梦想。

他抓住门廊栏杆做支撑。

"嗨。"

她的声音让他既惊讶又心烦。他想一个人独处。

"你扔下我一个人跳舞。"塔莉来到他身边。她裹着一条蓝色毛毯，尾端拖到地上，露出一双赤足。

"看来中场休息时间到了。"他转向她。

"什么意思?"

她的气息有龙舌兰酒的味道,他纳闷她究竟喝了多少。"塔莉·哈特万众瞩目舞台秀,现在是中场休息时间吗?"

"凯蒂要我炒热今晚的气氛。"她后退,全身发抖。

"我不敢相信你竟然没有出席她的葬礼,"他说,"她一定会心碎。"

"她知道我不会去,她甚至——"

"你以为这样就没关系?你有没有想过玛拉很希望你在那里?还是说你根本不在乎你的干女儿?"

她还来不及回答,也不知道该如何回答,他就已经一推栏杆离开她,重新回到屋里,经过洗衣房时随手将外套扔在洗衣机上。

他知道这样迁怒于她很不公平。换个时空、换个世界,或许他会因为在意而道歉。凯蒂会希望他道歉,但现在他挤不出力气,光是保持站立便耗尽了他的心力。他的妻子才离开四十八个小时,他就已经变得比以前差劲了。

3

那天夜里,凌晨四点,强尼决定不睡了。妻子的葬礼刚过,他怎么会以为能找到平静?

他掀开被子下床。大雨敲打着屋顶的瓦片,雨声在整个家中回荡。他来到卧室壁炉前,按下开关,砰的一声,蓝橘色的火焰熊熊点燃,沿着假木柴跳跃,淡淡的天然气味飘来,他站在那里凝望着炉火,失神了几分钟。

接着他发现自己四处飘荡——这是他唯一能找到的词,漫无目的地走过一个个房间。不止一次,他发觉自己呆望着一样东西,却想不起来他怎么会来到这里,也不清楚他为何往这里走。

他不知不觉回到卧室。她的水杯还在床头柜上,她的老花镜也是,以及最后那段日子她睡觉时戴的连指手套——她总是觉得很冷。他听见她的声音,像自己的呼吸一样清楚。她说:强尼·雷恩,你是我的真命天子,二十年来我以每次呼吸深爱着你。她在世的最后一夜对他说了这句话。他们并肩躺在床上,他抱着她,她已经没有体力抱他了。他想起他将脸埋在她的颈窝说:凯蒂,不要离开我,现在还太早。

早在她躺在床上渐渐死去的时候,他就已经辜负了她。

他换好衣服下楼。

水波摇曳的灰色光线隐约照亮客厅,从屋檐落下的雨水为景色增添了朦胧美。走进厨房,他发现流理台上整齐堆叠着洗好擦干的碗盘,下面垫着抹布,垃圾桶里满是纸盘与鲜艳的纸巾,冰箱与冷冻柜里都塞满了盖着铝箔纸的容器。他独自躲在外面的时候,岳母将该处理的事情都处理好了。

他煮了一壶咖啡,试着想象全新的人生。他只看到餐桌的空位,放学时间接孩子的人不对了,准备早餐的人也不对了。

做个好爸爸。帮助他们面对。

他靠着流理台喝咖啡。喝到第三杯的时候,他感觉咖啡因造成肾上腺素激升,手开始发抖,于是改喝柳橙汁。

咖啡因加上糖分,难不成接下来要喝龙舌兰酒?他没打算走出去,只是不知不觉飘出厨房,因为那里有太多关于妻子的回忆,每一寸都满载着她:她最喜欢的薰衣草护手霜;印着"你最棒"的盘子,每次孩子有一点小成就她便拿出来给孩子使用，作为嘉奖；祖母留给她的水壶，她只在特殊场合使用。

他感觉肩膀被碰了一下，全身随之绷紧。

岳母玛吉站在他身边。她穿着高腰牛仔裤、网球鞋与黑色高领衫，露出疲惫的笑容。

巴德过来站在妻子身边，他的样子比玛吉衰老至少十岁。虽然他原本便沉默寡言，但过去一年他变得更少开口。他比所有人都早开始和凯蒂道别，准备接受无法避免的结局，如今她真的走了，他似乎失去了声音。像妻子一样，他的打扮一如往常，棕白相间的西部风格子衬衫和有着银色大扣环的皮带，牛仔裤突显出他日渐消瘦的双腿与大大的啤酒肚。他的头很久以前就秃了，眉毛却越来越浓，似乎达到一种补偿效果。

他们默默地一起回到厨房，强尼倒了三杯咖啡。

"咖啡，感谢老天。"巴德粗声说，用因为做苦工而变形的双手端起杯子。

他们默默对望。

玛吉终于开口说："再过一个小时我们得送尚恩去机场，不过我们可以回来帮忙。只要你需要，多久都没问题。"

她愿意伸出援手，强尼更爱她了。他和岳母很亲，甚至超过从前与亲生母亲的感情，但现在他必须自立自强。

机场。好办法。

今天绝不是平常的日子，他站在这里，非常确信自己无法假装没事。他无法弄早餐给孩子吃、开车送他们去学校，然后回电视台上班，制作低俗的综艺娱乐或生活时尚报道，这种新闻无法影响任何人的生命。

"我要带大家离开。"他说。

"哦?"玛吉说,"去哪里?"

他说出脑海中冒出的第一个地方:"夏威夷可爱岛。"凯蒂很喜欢那里,他们一直想带孩子去。

玛吉透过新配的无框眼镜打量他。

"逃避现实毫无帮助。"巴德声音沙哑地说。

"我知道,巴德,但是我快不行了,每个地方我都看到……"

"嗯。"巴德说。

玛吉碰碰强尼的手臂:"有我们可以帮忙的地方吗?"

现在强尼有了计划,虽然只是不完美的暂时应付,但他觉得好过多了。"我去预约行程。先不要告诉孩子们,让他们睡。"

"什么时候出发?"

"希望今天就能成行。"

"你该打电话跟塔莉说一声,她打算十一点过来。"

强尼点头,但现在他实在无法顾及塔莉。

"好。"玛吉双手一拍,"我来清理冰箱,把所有焗烤菜放进车库的冷冻柜。"

"我打电话告知停送牛奶,然后通知警方,让他们知道要来巡逻。"巴德说。

强尼完全没有想到这些,每次出远门凯蒂都会打点好所有大小事。

玛吉拍拍他的手臂:"去预约行程吧,剩下的事交给我们。"

他向他们两人道谢,走进他的办公室,坐在计算机前,只花了不到二十分钟便完成了所有预约。六点五十分,他买了机票、约了车,也租了一栋房子。现在只需要告诉孩子们就行了。

他沿着走廊往前走,先去了双胞胎的房间。他走到双层床边,发现两个儿子一起挤在下铺,像两只小狗似的缠抱在一块儿。

他揉揉路卡凌乱的棕发。"嗨,天行者,快醒醒。"

"我要当天行者。"威廉半睡半醒地喃喃道。

强尼微笑道:"你是征服者,记得吗?"

"没有人知道征服者威廉是谁。"他坐起来,身上穿着蓝红相间的蜘蛛侠睡衣,"除非有人做出以他为主题的电子游戏。"

路卡坐起来,茫然四顾:"上学时间到了?"

"今天不用上学。"强尼说。

威廉蹙眉:"因为妈死了?"

强尼瑟缩了下:"可以这么说。我们要去夏威夷,我要教你们两个小朋友冲浪。"

"你才不会冲浪呢。"威廉依然皱着眉头,小小年纪已经充满怀疑。

"他当然会。对不对,爸?"路卡抬起眼,隔着长发看他。路卡总是乐于相信。

"我一个星期就能学会。"强尼说,两个孩子一起欢呼,在床上蹦跳。"去刷牙、换衣服,十分钟后我回来帮你们打包。"

双胞胎跳下床冲向浴室,一路互相用手肘推挤。他缓缓走出去,继续前往下一个房间。

他敲敲女儿的房门,听到她有气无力地说:"干吗?"

进门之前,他竟然得先深呼吸。他知道,要说服这个十六岁的万人迷女儿去度假恐怕不容易,对玛拉而言,什么都比不上朋友,现在更是如此。

她站在没有整理的床边,梳理乌黑亮丽的长发。她已经换好衣服准备去上学了,腰部低到荒唐的喇叭牛仔裤,搭配婴儿尺寸的T恤,一副准备和小甜甜布兰妮去巡回演唱的打扮。他暂且放下心烦,现在不适合为衣着争吵。

"嗨。"他关上门。

"嗨。"她完全没有看他。她的语气很冲,自从进入青春期,她一直是这种态度。他叹息,看来就连哀恸也无法软化女儿,而且似乎造成了反效果,让她更加愤怒。

她放下梳子面对他,她的目光仿佛会割人,现在他终于明白为何凯蒂总会因为女儿批判的眼神而受伤。

"昨晚的事,我很抱歉。"他说。

"随便啦。今天放学以后要练足球,我可以开妈的车吗?"

他听出她说妈的时候略带哽咽。他坐在床边等她过去,但她没有动,他感到一阵疲惫。她显然非常脆弱,他们全家人都是如此,但玛拉的个性很像塔莉,她们都不懂如何表现软弱。现在玛拉最在意的就是日常习惯被打乱,她每天准备上学所花的时间比虔诚僧侣晨祷还长。

"我们要去夏威夷一星期,我们可以——"

"你说什么?什么时候?"

"两个小时后出发。可爱岛——"

"不可以!"她高声尖叫。

她的突然暴怒让他吓了一跳,忘记原本要说什么。"怎么了?"

"我不能请假。为了申请大学,我必须保持好成绩,我答应妈会用功念书。"

"玛拉,你的精神令人佩服,但是我们一家人需要换个环境,把事情想清楚。如果你想带作业去,我们可以去学校问老师。"

"如果我想?如果我想?"她重重地跺脚,"你完全不了解高中。你知道现在竞争多激烈吗？假使我搞砸了这个学期，要怎么进好大学？"

"一个星期不至于搞砸。"

"哈！爸，我修了代数二和美洲研究，今年我还参加了足球队。"

他知道有正确的处理方式，也有错误的处理方式，问题在于他不知道正确的处理方式是什么。老实说，现在他太过于疲倦沮丧，根本懒得管这么多。

他站起来："十点出发。收拾行李。"

她抓住他的手臂："让我去住塔莉家。"

他低头看她，愤怒将她苍白的皮肤染红。"塔莉？让她看管你？休想。"

"外公、外婆可以留下来陪我。"

"玛拉，我们一定要去。现在只剩我们四个了，一定要团结。"

她再次跺脚："你毁了我的人生。"

"没这么严重吧？"他知道他应该说些意义深远、隽永睿智的话，但，要说什么？外人总会对遭逢丧事的人说些陈词滥调，像随手递上口香糖一样，他受够了。他不相信时间能够疗伤，也不相信凯蒂去了更好的地方，更不相信他们能学会迎向未来。他不能对玛拉说些空洞滥情的话，她显然只靠一线理智勉强支撑，就像他一样。

她转身走进浴室，用力甩上门。

他知道不必等她改变心意。他回到自己的卧室，拿起电话拨号，同时走进衣帽间找行李箱。

"喂？"塔莉接听，声音听起来像他一样痛苦。

强尼知道应该为昨晚的态度道歉，但每次一想起来，他便感到一阵愤怒。他忍不住提起她昨晚的行为多么令人失望，可他一开口就知道她会辩解,果然她说:"那是凯蒂要我做的。"他更加生气,她继续说个不停。他打断她的话:"我们今天要出发去可爱岛。"

"什么?"

"我们需要时间相处,这不是你说的吗?飞机下午两点起飞,夏威夷航空。"

"时间太仓促了,来不及准备。"

"嗯。"他已经在烦恼这件事了,"我得挂了。"他挂断时她还在说话,讲一些关于那里天气的事情。

二○○六年十月的这个工作日午后,西雅图国际机场异常拥挤。为了送凯蒂的弟弟尚恩搭机返家,他们提早到达机场。

强尼在自动取票机上取得登机牌,然后看看三个孩子,他们各自拿着电子设备。玛拉紧握新手机在发短信。给十六岁女儿买手机是凯蒂的主意。

"我很担心玛拉。"玛吉过来站在他身边。

"显然带她去可爱岛会毁了她的人生。"

玛吉喷了一声。"她是个十六岁的丫头,如果没有毁了她的人生,就不算当她的父母。我担心的不是这个。她很后悔对妈妈那么恶劣,一般而言长大之后自然会改善,但是她妈妈死了……"

在他们身后,机场自动门呼地打开,塔莉朝他们跑过来。她穿着一身连衣裙,脚上搭配了一双超级可笑的凉鞋,头上戴着一顶软趴趴的白帽子,身后拖着行李袋。

她来到他们面前,气喘吁吁。"怎么了?有什么不对吗?我知道我迟到了,但我已经尽力了。"

强尼呆望着塔莉。她跑来做什么？玛吉低声说了一句话，然后摇头。

"塔莉！"玛拉大喊，"感谢老天。"

强尼抓住塔莉的手臂将她拉到一旁。

"塔莉，这趟旅行我们没有邀请你参加，只有我们一家四口，真不敢相信你竟然以为——"

"噢。"她的声音如此低微，几乎听不见，他看出她非常受伤，"你说'我们'，我以为包括我。"

他知道她这一生经常被抛下——被她母亲遗弃，但他现在没精神顾虑塔莉·哈特，他就快掌握不住自己的人生了。他现在只能考虑他的子女，努力奋斗不放手。他含糊地说了几句话，便转身离开她。"孩子们，快走吧。"他严厉地说，只给他们几分钟向塔莉道别。他拥抱岳父母，低声说再见。

"让塔莉去嘛，"玛拉哼哼唧唧，"拜托……"

强尼不停地往前走。现在他只能这么做。

过去六个小时，女儿完全不理强尼，飞行中、抵达檀香山机场之后都一样。在飞机上她没有吃东西、看电影或读书。他和双胞胎坐在一起，她独自坐在走道另一边，闭着眼睛随他听不见的音乐摇头晃脑。

他必须让她明白，尽管她感到孤独，但其实并非如此。一定要让她知道他还在她身边，他们依然是一家人，虽然现在结构有些不稳。

但时机很重要。想对十几岁的少女伸出援手必须慎选时机，否则会只剩一截鲜血淋漓的断肢。

夏威夷时间下午四点，他们在可爱岛的机场降落，但感觉他们好像已经奔波了几天。他走下空桥，双胞胎抢在前面。上个星期他们或许会高声笑闹，但现在他们非常安静。

他赶上玛拉："嗨。"

"干吗？"

"我难道不能跟女儿打招呼？"

她翻了个白眼继续往前走。

他们经过行李转盘，穿着夏威夷传统服饰的妇女拿着白紫相间的花环，准备迎接那些已经报团的旅客。

机场外艳阳高照，停车场栅栏上爬满了盛开着粉红色花朵的九重葛。强尼带头走过马路找到租车区，不到十分钟，他们已经坐上银色敞篷野马跑车，沿着岛上唯一的高速公路向北行驶。他们在西夫韦超市稍作停留，添购必需物品，然后重新上车。

右手边是一片辽阔无际的海岸线，碧波不断拍打着金黄沙滩，沙滩外围有一圈黑色火山岩露头。

"哇，这里很漂亮。"他对玛拉说。她坐在旁边的副驾驶座，弯腰驼背低头看手机、发短信。

"嗯。"玛拉头也不抬地随口应了一句。

"玛拉。"他以告诫的语气说，意思就是：你快超出我容忍的界限了。

她转头看他："我在问阿什莉作业。我早就说过，我不能请假。"

"玛拉——"

她往右边一瞥："海浪、沙子、穿夏威夷衫的肥白人，穿凉鞋配短袜的男人。超棒的假期，爸，我完全忘记妈死掉了，真感谢。"然后继续对着手机埋头发短信。

他放弃了。前方的道路沿着海岸蜿蜒，往下延伸进入哈纳雷伊山谷，一畦畦翠绿农田宛如补丁。

哈纳雷伊镇独具风格,有许多木造建筑,招牌色彩鲜艳,刨冰摊林立。他照导航的指示转弯,立刻被迫减速,因为道路两旁挤满单车客与冲浪客。

他们租的房子是老式夏威夷农庄,位于威克路上,不过当地人显然习惯念成"挥克"。他将车驶上碎珊瑚车道,将车停好。

双胞胎立刻跳下车,因为兴奋,一秒钟也静不下来。强尼将两个行李箱搬上门阶,打开门。小屋铺着木地板,装潢采用了二十世纪五十年代流行的竹质家具,搭配厚厚的印花坐垫,进门左手边是夏威夷相思木打造的厨房与小餐厅,右手边是舒适的客厅。大尺寸电视让双胞胎很满意,他们一进门就满屋子乱跑,看到每样东西都大喊:"我的!"

强尼走向面对海湾的玻璃推拉门。穿过院子的草坪,前面就是哈纳雷伊湾。他忆起上次和凯蒂来这里的情景。"强尼·雷恩,快抱我上床,我不会让你白费力气……"

威廉重重地撞上他:"爸,我们饿了。"路卡小跑步过来:"饿扁了。"

当然,西雅图时间已经九点了,他怎么会忘记孩子需要吃晚餐?"好,有一家酒吧妈妈和我都很喜欢,我们一起去吧。"

路卡咻咻笑着:"爸,我们不能进酒吧。"

他揉揉路卡的头发:"在华盛顿州不行,但这里可以。"

"太酷了!"威廉说。

强尼听见玛拉在后面的厨房收拾刚买来的东西。这似乎是好预兆,他不必哀求,也不必威胁。

他们只花了不到半个小时就收拾好行李,各自选定房间,接着换上短裤与T恤,沿着宁静的街道走向接近闹区的老旧木造建筑——大溪地酒吧。

凯蒂很爱这里的波利尼西亚复古风，这里真的很古老，不只是装潢营造的气氛，据说餐厅内部已经四十年没有变动过。

酒吧里满是游客与当地人，从服装便可以清楚分辨。他们找到一张小竹桌，相当靠近所谓的"舞台"——其实那只是个四英尺乘三英尺的平台，其上放着两张凳子与一对直立式麦克风。

"这里真棒！"路卡用力跳上椅子，强尼很担心他会踏破椅子摔在地上。通常强尼会出声制止，尽可能让双胞胎守规矩，但他们这趟来就是为了让孩子们开心起来，于是他慢慢地喝着科罗娜啤酒，没有开口。一脸疲惫的服务生刚送上比萨，乐团便出来了，两个夏威夷人弹着吉他演唱，第一首歌是夏威夷知名音乐家伊瑟瑞·卡玛卡威乌欧尔改编的《彩虹之上》。

强尼感觉凯蒂出现在身边的座位上，依偎在他身上，用她那不成调的歌声跟着哼唱，但是当他转过头，却只见玛拉蹙眉看着他。

"干吗，我又没有发短信。"他不知道该说什么。

"随便啦。"玛拉虽然这么说，表情却难掩失望。

另一首歌开始了。当你看到月光下的哈纳雷伊……[1]

一位美貌女子走上迷你舞台，她有着一头被太阳晒褪了色的金发及灿烂笑容，她随着歌曲表演夏威夷舞，音乐停止时，她来到他们桌边。"我记得你，"她对强尼说，"上次你们来的时候，你太太想学夏威夷舞。"

威廉瞪着那个小姐："她死了。"

"噢，很遗憾。"她说。

老天，他受够了这种话。"你还记得她，她一定很感动。"强尼疲惫

---

1 歌曲为 *Hanalei Moon*。

地说。

"她的笑容很美。"那个女人说。

强尼点点头。

"唉。"她像朋友般拍拍他的肩膀,"希望可爱岛能帮助你,只要你愿意,一定能被疗愈。再会。"

之后,他们在昏暗暮色中走路回家,双胞胎累到吵起架,而强尼没力气管。回到家,他协助他们做好睡觉准备,帮他们盖好被子,分别给个晚安吻。

威廉困倦地问:"爸,明天可以下水吗?"

"当然啦,征服者,来这里就是要玩水的。"

"一定是我先下去,路卡是胆小鬼。"

"才怪。"

强尼再次亲吻他们,站起身,叹着气将头发往后拨,在屋里四处找女儿。她坐在露台的沙滩椅上。海湾沐浴在月光下,空气带着咸咸的海水味与鸡蛋花香气,浓郁、甜美且诱人。两英里长的弧形海滩上燃起许多火堆,人们在火光下聚集,有些站着,有些跳舞,欢笑声压过了海浪声。

"她还在的时候我们就该来。"玛拉的语气显得稚嫩、哀伤又疏远。

这句话让他心中刺痛。他们一直打算来。有多少次他们计划出游,却出于一些现在已经想不起来的原因取消?人们总以为拥有无限的时间,直到惊觉并非如此。

"或许她正看着我们。"

"哼,最好是。"

"很多人相信这种事。"

"真希望我也相信。"

强尼叹息："嗯，我也是。"

玛拉站起来，看着他，那双眼眸中的哀伤令人心碎。"你错了。"

"哪里错了？"

"美景毫无帮助。"

"我需要离家一阵子，你能理解吗？"

"嗯，可是我需要留在家。"

说完，她转身回到屋里，随手拉上门。强尼站在原处，因为她的话而深感震撼。他没考虑孩子需要什么，没有认真想过，他将孩子的需求与他自身的需求混在一起，以为离开对大家都好。

凯蒂一定很失望。短短时间里他便接连犯错，更不堪的是，他知道女儿说得有道理。

他想要的不是天堂，而是妻子的笑容，但他永远找不回。

美景毫无帮助。

4

即使身在天堂，强尼依然睡不好——或许身在天堂才让他更睡不好，况且他也不习惯一个人睡。他一大早就醒了。外面阳光普照，天空蔚蓝，海水拍打沙滩的声音仿佛在欢笑。通常他都最早醒来，一天的开始，他总会先在露台上喝杯咖啡，欣赏阳光渐渐照亮马蹄形海湾的碧蓝水面。他经常在这里对凯蒂说话，她在的时候就该说的那些话。最后那段时光，凯蒂卧床不起，家里的气氛如墓园般沉重，他知道玛吉让凯蒂说出最害怕的事——离开子女，知道他们会很伤心，还有她的疼痛。但强尼无法听，即使到了最后一天也没办法。

"我准备好了，强尼。我需要你也做好准备。"她的声音轻柔如羽毛拂过。

"我办不到。"他说。他应该说"我会永远爱你"才对，他应该握住她的手，告诉她不必烦恼。

"对不起，凯蒂。"他对她说，但已经太迟了。他试图寻找征兆，想证明她听见了。或许是吹拂头发的微风，或许是落在腿上的花朵，任何征兆，但什么都没有，只有海浪挑逗沙滩的声音。

至少可爱岛对双胞胎有帮助。从破晓到黄昏，他们一直停不下来。他们在院子里赛跑，在浪潮间的泡沫上学习不用滑板直接以身体冲浪，轮流把对方埋进沙子。路卡经常提起凯蒂，在每天的日常对话中几乎都会谈到她，他的语气仿佛她只是去买东西了，很快就会回家。一开始大家都觉得很不自在，但就像不停拍岸的温柔波浪，久而久之，路卡将凯蒂带回他们的生活圈，不让她消失，教他们如何怀念她。"妈一定会很喜欢。"这句话成为他们的口头禅，让全家人得到不少安慰。

或许也不尽然。在可爱岛住了一个星期，强尼依然不知道该如何帮助玛拉。她变得很不像她，虽然不改高雅美丽，依然非常爱漂亮，但她的眼中毫无生气，举手投足仿佛是机器人。他和双胞胎在海边冲浪，她坐在沙滩上听音乐、不停按手机，仿佛将手机当成发信器，盼望有人来拯救她。要求她做的事情她都照做，甚至会主动帮忙，但她变得有如幽魂，好像在又好像不在。有人提起凯蒂时，玛拉总会说她走了，便转身离开。她总是选择离开。她不想来度假，每天都在充分表达她的这一想法，甚至连脚趾都没沾一滴海水。

例如现在。强尼站在深及腰间的温暖蓝色海水中，帮趴在小冲浪板上的双胞胎捕捉海浪,玛拉坐在粉红色沙滩椅上,茫然望着左边。

就在他眼前,一群年轻人正接近她。

"你们几个,最好给我继续往前走。"他嘀咕道。

"爸,你说什么?"威廉大喊,"快推我!"

强尼将他往海浪快要高起的地方一推,叮咛道:"快踢水。"但注意力完全不在儿子身上。

海滩上,那群年轻人包围了他女儿,有如蜜蜂环绕花朵。

他们的年纪比她大,可能是大学生。当他正准备上岸踩着热烫的沙子杀过去,揪住其中一个小鬼的冲浪酷哥型长发时,他们先离开了。

"儿子,我马上回来。"说完,他踩着两英尺深的波浪回到沙滩上,坐在女儿身边,竭尽所能以随性的语气问道:"那些自以为是偶像团体的家伙想干吗?"

她没有回答。

"玛拉,他们的年纪和你不搭。"

她终于正视他,但深色太阳眼镜遮住了她的眼神。"爸,我又没有和他们上床,只是说说话而已。"

"说什么话?"

"没什么。"说完这句含糊的回答,她站起来往屋子里走,进去之后用力关上门。一整个星期,他们每次的对话都不超过三句。她的愤怒有如特氟龙盾牌,他偶尔可以窥见她的痛苦、迷惑与哀伤,但只有短短几秒。她藏身在愤怒中,表面看起来是个防御完美的少女,内心里却是个蹲坐哭泣的小女孩,他不知道该如何突破她的表象,那通常是凯蒂的工作。

那天夜里,强尼躺在床上,双手交叉枕在脑后,茫然望着前方。吊扇懒洋洋地转动着，每转一圈机器就会卡住，扇叶旋转的沙沙声中夹杂着咔咔的杂音。百叶门被微风吹动，发出低低的声响。

假期的最后一天，他依然无法入眠。对此他一点都不觉得奇怪，这趟旅程实在很难称为假期。他确定自己不可能睡着，瞥一眼电子钟：两点十五分。

他掀开被单下床，打开百叶门，走上露台。一轮满月高挂在夜空中，明亮得不可思议，黑色棕榈树在鸡蛋花香中摇曳，沙滩有如一块失去光泽的银片。

他站在那里许久，呼吸香甜的空气，聆听浪涛声。他的心情大为平静，甚至觉得好像可以入睡。

他在黑暗的屋中巡视一圈。这个星期他已经养成了习惯，总会在夜里察看子女。他小心翼翼地打开双胞胎的房门，他们睡在两张并排的单人床上，路卡抱着心爱的玩具——一只虎鲸玩偶，威廉没时间玩这种小孩的东西。

他缓缓关上门，继续走向玛拉的房间，悄悄打开门。

他没想到会看到这种状况，花了一秒钟才反应过来。

她的床上没有人。

"搞什么鬼……"

他打开灯仔细察看。

她不见了，金色夹脚拖鞋和皮包也不见了——只有这两件东西他可以确定是她的，不过这已足以让他明白她并非遭到绑架。除此之外还有敞开的窗户，她上床时明明锁好了，而且只能从房里打开。

她偷溜出去了。

"混账。"他回到厨房翻箱倒柜，终于找到手电筒，便出发去寻找女儿。

海滩上几乎没有人。他遇到几对情侣，或沿着银白水沫散步，或窝在沙滩巾上。一遇到人，他便毫不迟疑地用手电筒照过去。

来到突出海面的水泥码头时，他停下脚步细听。他听见笑声，嗅到烟味，前方有营火。

他还闻到了大麻的气味。

他踏上草地，绕过码头前端，朝当地人称为"黑锅海滩"的地带走去，那里有许多高大的树木。

在哈纳雷伊湾与哈纳雷伊河交汇处，有人生起了篝火。即使隔着一段距离，他依然能听见廉价塑料喇叭大肆播送的音乐，他几乎可以断定那是亚瑟小子的歌曲。几辆车开着大灯。

他看到几个年轻人围着篝火跳舞，更多人围着几个冰桶。

玛拉与一个长发年轻人跳着舞，他打着赤膊，穿着工装短裤。她喝光瓶中的啤酒，跟着音乐扭腰摆臀。她穿着牛仔短裙，布料少得几乎可以充当餐巾纸，背心上衣更是刻意剪短，秀出平坦腹部。

他大步穿过狂欢的人群，竟然完全没有人留意他。他一把抓住玛拉的手腕，她先是大笑，但很快认出是他，不禁倒抽一口气。

"喂，老头。"她的舞伴紧皱眉头，似乎努力想看清楚。

"她才十六岁。"强尼竟能忍住不赏那小子的脸一拳，他觉得真该有人颁奖给他。

"真的？老兄……"年轻人站直往后退，双手在半空中乱挥。

"你那是什么意思？是声明不知情还是承认犯错？"

年轻人一脸困惑地眨眼："什么？"

强尼拽着玛拉离开派对。一开始她不停抱怨，但很快便安静下来，紧接着就呕吐在他的夹脚拖鞋上。回去的路上她又吐了两次,他还帮忙撩起她的头发。走到半路时,他开始扶着她走。

来到农庄门前,他扶着她坐在了露台的椅子上。

"我难受死了。"她呻吟着倒下。

他在她旁边坐下。"女孩子在那种场合会出什么事,你知不知道?你很可能会受到严重伤害。"

"继续吼吧,我不在乎。"她转向他,眼眸中的忧伤令他心碎,更有她对哀悼与不公更深一层的体会。失去母亲将从此重塑她的人生。

他束手无策。他知道她需要什么:安慰。她需要听他说谎,告诉她虽然失去了妈妈,但依然能拥有幸福。可事实并非如此,再也不会有人如此了解玛拉,他们两个都很清楚。他是个差劲的替代品。

"随便啦。"玛拉站起来,"别担心,爸,我不会再犯。"

"玛拉,我很努力了,拜托你——"

她不理他,跺着脚进屋,砰的一声用力关上门。

他回到自己的房间,就算躺在床上也找不到安宁。他躺在那儿,听着吊扇的旋转声与卡住的杂音,努力想象明天之后的生活。

他想不出来。

他也无法想象回家后的情形——站在凯蒂的厨房里,睡在大床的一边,每天早上等她以吻唤醒他。

不可能。

他需要全新的开始,他们全家都需要全新的开始,这是唯一的办法,一个星期的假期绝对不够。

可爱岛时间上午七点,他打了一通电话,在朋友接听后他说:"比尔,你之前说《早安洛杉矶》要找执行制作人,那个位子还空着吗?"

二〇一〇年九月三日，上午六点二十一分

"雷恩先生？"

强尼回到现实。他睁开眼睛，周围一片明亮，空气中有股消毒药水的气味，他坐在医院等候区的塑料硬椅子上。

一名男子站在他面前，一身蓝色手术服，头上戴着手术帽。"我是瑞吉·贝文，神经外科医生。你是塔露拉·哈特的亲属吗？"

他迟疑了一下才说："对。她还好吗？"

"她的情况危急。我们暂时让她稳定下来进行手术，但——"

"蓝色警报，外伤九。"广播响彻走廊。

强尼站起来："那说的是她吗？"

"对。"医生说，"别走开，我会回来找你。"贝文医生没等他回答，便转身朝电梯奔去。

5

这是什么地方？

好黑。

我无法睁开眼睛，或许是睁开的，只是看不到任何东西。说不定我的眼睛坏掉了，我可能瞎了。

后退。

有个东西在猛力击打我的胸口，我的身体失控，我感觉自己全身拱起又往下瘫倒。

无效，贝文医生。

一阵剧痛蹿过,那是我不曾想象过的剧痛,让人想放弃一切的那种痛,接着……什么都没有了。

我整个人静止下来,如同憋住了一口气,环抱我的黑暗深浓寂静。

现在我可以轻松地睁开眼睛了。我依然身在黑暗中,但感觉不同,像是流体,有如海床上漆黑的水。我想移动,但阻力很大,我一再用力,终于坐了起来。

黑暗渐渐转淡,先是阴沉的灰,然后出现了一道光,周围散发光晕,几乎像是远方升起的太阳,而后忽地大放光明。

这是个不知道在做什么的房间。我从高处往下看。

我看见下面有一群人手忙脚乱,大声说着我听不懂的话。这个房间里有很多机器,浅色地板上遍洒鲜红液体,这个画面很熟悉,我以前好像看过。

那些人是医生和护士。这里是医院。他们正在努力救一个人。他们围着轮床上的一个躯体。女人的身体。不,等一下。

我的身体。

轮床上那个破损、流血、赤裸的人就是我,滴在地上的液体是我的血。我看到自己瘀青、流血、割伤的脸……

最奇怪的是我毫无感觉。那是我,塔莉·哈特。在房间里流血的身体是我的没错,但在这里的人也是我,我在角落飘浮,比所有人和东西都高。

一群身穿白袍的人围着我的肉体,他们对着彼此大呼小叫,我看得出来他们非常担心,因为他们的嘴张得很大、脸部通红,而且眉头深锁。他们把机器拖进来,轮子轧过地上的鲜血发出唧唧声响,留下一条条白色痕迹。

他们在说话,但我完全听不懂,就好像史努比动画片里的大人,一开口只是哇哇哇。

病患性命危急。

我应该在乎,但我一点感觉也没有,下面发生的一切有如一部我已经看过的连续剧。我突然转身,墙壁不见了,我看到远方有一道灿烂耀眼的光,召唤着我,温暖着我。

我想着去吧。心念一动,我也跟着动。我飘向一个太过明亮清晰的世界,这光亮刺得我眼睛痛。碧蓝如洗的天空,无比翠绿的草地,雪白鲜花从棉花糖般的云朵上撒落。还有光,美丽耀眼的光,我从没看过这样的光。我感到安详,我已经太久没有体会这种感觉了,都想不起来有多久了。我在草原上前进,前方出现一棵树,原本只是小树,垂头丧气,疙疙瘩瘩,但在我眼前突然开始长大,开枝散叶,最后完全占据我的视野。我犹豫着是否该回头,纳闷这棵树会不会从我身上长过去,纠结的树根最后将我吞噬。树继续长大,黑夜降临。

抬起头,我看到满天繁星。北斗七星。猎户座腰带。小时候我曾经仰望同样的夜空,当时感觉世界太小,装不下我所有的梦想。

我听到一丝幽微的音乐从远方传来。比利,别逞英雄……[1]

这首歌瞬间打开了我的心扉,让我一时竟无法呼吸。十三岁时,这首歌让我感动哭泣,当时我以为歌里描述的是个爱情悲剧,现在我明白其实是人生悲剧。

不要拿生命去做傻事。

一辆脚踏车出现在我面前,一辆老式香蕉型坐垫少女车,装着白色

---

[1]《比利,别逞英雄》(Billy, Don't Be a Hero),是一首关于反战的歌曲。

藤篮，靠在玫瑰篱笆上。我走过去骑上，开始踩脚踏板……去哪里呢？我不知道。车轮下出现一条路，往前不断延伸，在一片星空中央，我忽地高速冲下一道山坡，仿佛回到童年，我的头发好似有了生命，在脸庞周围猎猎飞舞。

我认得这个地方——夏季丘，这里早已织进了我的灵魂。显然我并非真的在这里，真正的我躺在医院病床上，支离破碎，血流不止，所以这只是想象，但我不在乎。

我敞开双臂，继续加速，想起第一次这样做的时候。我们那时候念初二，凯蒂和我，我们骑着脚踏车，在这座山丘骑向一段友谊的开端，那是我这辈子唯一真实的爱。当然，是我强迫她的。我朝她的卧室窗户丢石头，半夜把她拉起来，求她陪我一起偷溜出去。

那次选择让我们的人生从此改变。当时我知道吗？不。但我明白我的人生需要改变，我怎么可能不明白？我妈最擅长遗弃我，童年的我一直假装现实不是真的，只有和凯蒂在一起时我才能诚实面对自己。我的好姐妹，只有她真正爱过我。

我永远不会忘记我们成为朋友的那天，现在回想起来也很合理。当时我们两个都是十四岁，一样没朋友，在各方面都南辕北辙。第一次交心的那个晚上，我告诉我妈要去参加高中派对，她要我玩得开心点——那是二十世纪七十年代，我妈开始自称为白云。

在黑暗的树丛中，我被一个不熟的男生强暴了，他丢下我，让我自己走路回家。在路上，我看到凯蒂坐在她家篱笆的上层栏杆上，我经过时，她对我说话。

"我喜欢在晚上来这里，星星很亮。如果一直看着天空，有时候会觉得星星像萤火虫一样在四周飞落。"她因为戴着牙齿矫正器所以发音不清,"也许这条街的名字就是这么来的。跟你说这些,你八成觉得我是书呆子吧……嘿,你脸色不太好,而且身上有呕吐物的臭味。"

"我没事。"

"真的没事?"

我惊恐地发现自己哭了起来。

这就是一切的开始。我们的开始。我说出羞耻的秘密,她伸出手,我死命握住。从那天开始,我们形影不离,度过高中、大学,以及后来数不清的时光。我所经历的每件事,在告诉凯蒂之后感觉才像真的,我们一天没说话我就觉得浑身不对劲。塔莉与凯蒂,一对好姐妹,没有人能拆散。她结婚生子时我都在场,她想写作时我也在。二〇〇六年,在她咽下最后一口气时,我同样在她身边。

我张开双臂,风从发间吹过,回忆一路相随,我想:我就该这样死。

死?谁说你可以死?

不管在哪里,我都能听出那个声音。

凯蒂。

我转过头,不可能的事情在我眼前发生:凯蒂骑着脚踏车跟在我旁边。看到她我激动得难以自持,我想:大家都说死亡时会走进一道光,而这就是我的版本,她一直以来都是我的光。在那美好的瞬间,我们重新成为塔莉与凯蒂。

"凯蒂。"我惊叹。

她对我微笑,那个笑容仿佛穿透了岁月。

紧接着,我发现自己坐在草地上,在皮查克河泥泞的岸边,就像我们在七十年代常做的那样。一段长满青苔的烂树干让我们可以倚靠休息,潺潺水声在我们四周回荡。

嗨，塔莉。

听到她的声音，喜悦在我心中绽放，如同美丽的白色鸟儿展开双翼。四周一片光明，我们沐浴其中。在光亮中，我再次感受到美好祥和，我得到了抚慰。我痛苦太久了，寂寞得更久。

我转向凯蒂，大肆享受她在眼前的感觉。她几乎是透明的，微微发着光。她移动时，即使只移动一点点，我也能隐约看到她身体下方的草。当她望着我，我在她的眼眸中看到忧伤与欢喜，我不懂为何这两种情感能在她心中达到完美平衡。她叹息，我嗅到一丝薰衣草的香气。

河水在我们身边翻滚激荡，送来新生与腐败的浓郁丰饶气息，流水声变成音乐，我们的音乐，波浪形成音符涌起，我听见加拿大歌手泰瑞·杰克斯的经典老歌《阳光季节》：我们拥有喜悦，我们拥有欢笑，我们拥有阳光季节。多少个夜晚，我们带着我的小晶体管收音机来到这里，一边收听我们的音乐，一边聊天谈心。《舞后》……《你让我想跳舞》……《加州旅馆》……《哒嘟跑跑》……

发生什么事了？凯蒂平静地问。

我懂她的意思。为什么我会在这里——为什么我会进医院？

塔莉，说给我听。

老天，我多么怀念她对我说这句话。我想告诉我的好姐妹，告诉她我怎么会搞成这副德行，她总是有办法让一切好起来，但是我不知道该怎么说。我在脑海里找不到想说的话，每当我想捕捉，话语便如小精灵般跳着舞跑开。

你不需要言语，只要闭上双眼回忆就可以了。

我回忆着错误开始的那天，比其他日子更惨的那天，改变一切的那天。

二〇〇六年十月。葬礼。我闭上眼睛，回想当时在圣赛希莉雅教堂停车场……

我独自一人。四周停满了车，一排排整整齐齐，我发现有很多休旅车。

凯蒂给了我一份临别礼物，一个 iPod 和一封信。她要我听着阿巴乐队的《舞后》独自跳舞，我不想做，但我真的没有选择，一听到"你可以跳舞"这句歌词，那美妙的瞬间，音乐带我离开这里。

然后我又回来了。

我看到她的家人朝我走来，强尼、凯蒂的父母玛吉与巴德、她的子女和她弟弟尚恩。他们有如被押送刑场的战犯，长途跋涉之后忽然得到释放，萎靡不堪，讶异自己还活着。我们聚在一起，有人说话——我不知道说了什么，我回答。为了彼此，我们假装没事。强尼很生气，他怎么可能不生气？

"客人要去家里。"他说。

"那是她的愿望。"玛吉说（她怎么还站立得住？她的哀伤至少比她重一百磅）。

所谓赞颂凯蒂人生的聚会，一想到我就觉得反胃。

让死亡成为正向的转变，这玩意儿我实在不擅长。我怎么可能做得到？我希望她拼搏到底，在咽下最后一口气之前都不放弃。我错了，我应该聆听她的恐惧，给她安慰。我没有那么做，反而保证一切都会好转，她的病一定能治愈。

我也给了她另一个保证。在最后，我发誓会照顾她的家人，陪在孩子身边，我绝不会再让她失望。

我跟随玛吉与巴德上了他们的沃尔沃车。车上的气味让我回忆起少年时在穆勒齐家的生活——薄荷香烟、珍·奈特香水和定型喷雾。

我想象凯蒂回到我身边,和我一起坐在后座,她爸爸开车,她妈妈对着打开的车窗抽烟。我几乎听见了知名乡村歌手约翰·丹佛唱着《洛基山高》(*Rocky Mountain High*)。

从教堂去雷恩家才短短四英里路,但感觉永远走不完。到处都看得见凯蒂的生活:她常去的得来速咖啡店,那家冰激凌店有她最喜欢的牛奶糖口味,那家书店是她每年圣诞采购的第一站。

我们到了。

前院宛如没人照料的荒野,植物长得太过茂盛。凯蒂总是"打算"学习园艺。

车停好,我下车,凯蒂的弟弟尚恩来到我身后。他比凯蒂和我小差不多六岁……现在好像只能说比我小了吧……但是他太瘦、太宅,驼背很严重,所以显得比较老。他的头发日渐稀疏,眼镜早已过时,但镜片后的那双绿眸太像凯蒂,我忍不住拥抱他。

我放开他,等他说话,但他没有开口,我也没有。我们之间一向没什么话可说,今天更不适合聊天。他在硅谷的科技公司上班,明天就要回去了。我猜想他八成独居,打游戏到深夜,每餐都吃三明治。我不清楚他的生活是否真的如此,但我总是这么想象。

他迈步走开,我独自站在车旁,抬头望着那栋房子。我一直觉得那里也是我的家。

我无法进去。

办不到。

但是我一定要进去。

我深深吸一口气。我唯一擅长的事就是往前走,我早已将"否认"这门艺术练得炉火纯青,不是吗?我总是能够忽视痛苦,带着微笑往前走,现在,我也该那么做。

为了凯蒂。

我进门,去厨房找玛吉,我们一起动手准备开派对。我动作很快,变成那种蜂鸟般匆匆忙忙的女人,只有这样我才能撑下去。不要想她,不要回忆。玛吉和我像工人一样,默默布置,准备举办派对,虽然我们两个都不想参加。我在整间屋子里到处放上画架,再摆上照片。凯蒂选了最能代表她人生的照片,我一张都没办法看。

随着每次吸气,我强装镇定硬撑下去。门铃响了,我身后传来鞋子踩在硬木地板上的脚步声。

时候到了。

我转身尽力挤出微笑,但笑容扭曲狰狞,一下子就垮掉。我小心翼翼地在人群间走动,帮忙倒酒、收盘子,每分钟都像是意志力的大胜仗。走动间,我听见人们交谈,他们在聊凯蒂,分享回忆,我不愿意听,那些故事太令我心痛,而我已经快要崩溃了,但每个人都在说。当我听见有人说那次扶轮社拍卖她开的价钱,我意识到他们说的那个凯蒂我并不认识,那一刹那,哀伤刺得更深。不只哀伤,还有嫉妒。

一个女人走过来,她的黑裙尺寸不合、样式老旧,她说:"她常常说你的事。"

我露出感激的笑容:"我们是最好的朋友,交情超过三十年。"

"她接受化疗的时候真勇敢,对吧?"

我无法回答,因为那时我不在她身边。历时三十年的友谊中,有一段两年的空白,因为我们大吵一架,闹得一发不可收拾。我知道当时凯蒂深受抑郁所苦,我想帮忙,不过我总是弄错重点,那次也不例外,最后我深深伤害了凯蒂,而我没有道歉。

我缺席的那段时间,我的好姐妹正与癌症作战,两边乳房都被切除了。她掉光头发时我不在她身边,当检验结果发现癌症恶化,还有她决定放弃治疗时,我也都不在她身边。我活在世上的每一天都将后悔莫及。

"第二轮非常痛苦。"另一个女人说,她好像刚上完瑜伽课,穿着黑色打底裤、芭蕾平底鞋,搭配宽松黑色毛线外套。

"她剃头的那天我在场。"另一个女人说,"她竟然笑了,说自己是凯蒂大兵。我从没看她哭过。"

我用力吞咽了一下。

"记得吗?玛拉演出那天她带了柠檬蛋糕去。"另一个人说,"只有凯蒂在那种时候还会准备点心,她自己都快……"

"死了。"另一个人低声说,那群女人终于闭嘴。

我再也无法承受。凯蒂要求我让大家笑——塔莉,没有人比你更会炒热派对气氛,为了我,你一定要去。

好姐妹,为了你,什么都可以。

我离开那群女人,走向 CD 音响。现在放的这种老人听的爵士乐只会让气氛低迷。"凯蒂·斯嘉丽,献给你。"我放进一张 CD,音乐开始播放,我调大音量。

我看见强尼站在另一头。他是她毕生的挚爱。很悲哀,他也是我人生中唯一的男人,唯一能让我信赖的男人。看着他,我知道他有多么颓丧、多么心碎,和他不熟的人或许看不出来,但我看出来了:下垂的肩膀、早晨刮胡子时漏掉了一块,还有眼睛下方因为太多天没睡变得更深的皱纹。我知道他快被哀伤消磨殆尽,他无法给我安慰。

我认识他大半辈子了，一开始他是我的上司，然后变成我好友的丈夫。我们人生中所有的重大事件都有对方在身边，这对我是一种慰藉。光是看着他，我的孤寂便稍微得到舒缓。我失去了最好的朋友，需要在这一天感觉不那么孤寂，我正要去找他的时候，他却转身离开。

音乐，我们的音乐，如同良药灌注我的血管，将我充满。想都没想，我开始随着节奏摇摆。我知道应该微笑，但悲伤再次醒来、扩散。我看到人们以怎样的眼光看着我、瞪着我，仿佛我做了什么天理不容的事，但这些人不了解她，我才是她最好的朋友。

音乐，我们的音乐，以一种言语无法达成的方式将她带回我身边。

"凯蒂。"我低低呼唤，仿佛她真的在我身边。

我看到大家后退远离我。

我不在乎他们怎么想，我一转身，看见她就在眼前。

凯蒂。

我停在一个画架前，上面放着我和凯蒂的合照。照片里的我们青春洋溢、满脸笑容，互相搂着对方。我不记得是什么时候拍的，但应该是九十年代，因为我顶着完全不适合我的《老友记》"瑞秋发型"，穿着背心和工装裤。

悲伤让我双腿发软，我跪倒在地。强忍了一整天的泪水倾泻而出，伴随着痛苦的剧烈啜泣。音乐换到八十年代知名摇滚乐队旅行者的《不要停止相信》，我哭得更凶了。

终于，我感觉有只手按住我的肩膀，那是温柔的碰触。我抬起头，透过蒙眬泪眼看见了玛吉，她眼中的柔情让我再度大哭。

"来吧。"她扶我站起来，我攀附着她，让她扶我进厨房，里面有一群忙碌的女人在洗碗，我们走进洗衣房，这里很安静，我们互相依靠，但一句话也没说。还有什么可说？我们深爱的人不在了。

不在了。

突然我无比疲惫，不只是累，而是精疲力竭，我像即将枯萎的郁金香那样垂头丧气。睫毛膏刺痛双眼，因为哭泣，我的视线依然蒙眬，我摸摸玛吉的肩膀，发现她变得好瘦，好像一碰就会碎。

我跟着她走出阴暗的洗衣房，欲回到客厅，但立刻发觉我待不下去了。真是可耻，我竟然无法完成凯蒂交代的任务。我无法假装赞颂她的人生，我一辈子都在假装一切很好、非常好、超级好，现在却做不到了。太快了。

接下来，我只知道天亮了，还没睁开眼睛，我已经感觉到现实的打击。她不在了。

我大声哀叹。这就是我的新人生吗，不断反复体会失落？

一下床，我便开始头痛，疼痛聚集在眼睛后方，不断抽动。我又在睡梦中哭泣了，这是小时候的毛病，因为哀伤再次发作，提醒着我是多么脆弱。

这样的状态让我深感愤慨，但我没有力气对抗。

连卧室都感觉好陌生。过去五个月我很少在这里睡。六月时我发现凯蒂患癌，立刻将生活做了全盘调整。我抛下一切，抛下大红大紫的电视脱口秀、豪华公寓，投入全部的精力照顾好姐妹。

电话铃响了，我摇摇晃晃地走过去，很感激有事情可以分散心思。来电显示雷恩家，我的第一个念头是凯蒂打来了，心里一阵欢喜，然后我才想起现实。

我接起电话："喂？"我能听出自己的声音有多么失落。

"昨天晚上你是怎么回事？"强尼连招呼都没打，劈头便兴师问罪。

"我受不了。"我倒在床上，"我尽力了。"

"是啊，真想不到。"

"你是什么意思？"我坐起来，"因为我放的音乐？那是凯蒂交代的。"

"你有没有跟你的干女儿说话？"

"我试过，"我被刺痛了，"她只想和朋友在一起。双胞胎睡觉之前我读了故事书给他们听，可是……"我哽咽，"我实在受不了，强尼。失去她……"

"你们吵架的那两年你不是活得很好吗？"

我猛地倒抽一口气，以前他从不会说这种话的。六月，凯蒂打电话给我，我直奔医院，强尼默默欢迎我重新回到这个家族。"她原谅我了。相信我，我活得一点都不好。"

"是啊。"

"难道你没有原谅我？"

他叹息。"这些现在都不重要了。"他停顿了一下，说，"她爱你，的确没错，可是我们所有人都很伤心。老天，我们要怎么度过？每次看着床铺或衣帽间里她的衣物……"他清清嗓子，"我们今天要出发去可爱岛。"

"什么？"

"我们需要时间相处。这不是你说的吗？飞机下午两点起飞，夏威夷航空。"

"时间太仓促了，来不及准备。"我脑海中绽放出一个景象：我们五个人，在沙滩上一起疗伤止痛，"太好了，阳光和——"

"嗯，我得挂了。"

他说得对，话可以晚点说，现在我得加快动作。

挂了电话之后，我立刻行动起来。我两三下便打包好，准备去度假天堂，不到二十分钟，我已收拾好行李、洗好澡。我将湿答答的头发扎成马尾辫，以最快的速度刷上睫毛膏。强尼最讨厌我迟到，他总说我过的是塔莉时间，而且他说的时候脸上没有笑容。

我走进衣帽间，挑了丽莉·普利策的一条青白相间的印花裙，搭配银色高跟凉鞋和白色草帽。

我套上针织外套，想象着这次假期。这正是我需要的，与我仅有的家人一起去远方度假，我们可以一起哀悼、分享回忆，让凯蒂的精神在我们之间永存。

我们彼此需要，老天知道我多么需要他们。

十一点二十分，我准备妥当，只比理想时间晚了几分钟，但是我叫了礼车接送。我没有迟到那么久，根本没必要提前两个小时到机场。

我抓起带轮子的小旅行袋走出公寓，一辆黑色礼车已经在门口等着了。

"国际机场。"我将行李放在后车厢的走道上。

没想到这个温暖的秋日上午，交通竟然那么壅塞。我不停看表。

"开快点。"我对司机说，脚不耐烦地点着地。一到机场，车子停在航站楼前，司机还来不及开门，我就已经跳下车了。"动作快点。"我催促司机拿行李，同时再次看表。十一点四十七分，我迟到了。

我终于拿到行李，立刻拔足狂奔，一手按着帽子，一手拖着行李。我的大草帽不停滑落肩膀刮痛我裸露的手臂，航站楼里到处都是人，我花了几分钟在人群中寻觅，终于看到他们站在夏威夷航空的票务柜台旁。

"我来了！"我大喊，像游戏节目的参赛者一样拼命挥手，努力让他们看见。我跑过去，强尼困惑地看着我。我做错了什么？

我气喘吁吁地停下脚步:"怎么了?有什么不对吗?我知道我迟到了,但我已经尽力了。"

"你永远都迟到。"玛吉带着忧伤的笑容说,"但问题不是那个。"

"我打扮得太夸张了?我带了短裤和夹脚拖鞋。"

"塔莉!"玛拉满脸笑容,"感谢老天。"

强尼走过来,玛吉同时让开,他们的动作仿佛排练过,像《天鹅湖》的舞蹈动作一样经过设计,我觉得很怪。强尼抓着我的手臂,将我拉到旁边。

"塔莉,这趟旅行我们没有邀请你参加,只有我们一家四口。真不敢相信你竟然以为——"

我感觉肚子上仿佛挨了一记重拳,只能想到一句话:"噢,你说'我们',我以为包括我。"

"你懂吧。"他的语气并非询问,而是断然认为我该懂。

显然我是个傻瓜,因为我不懂。

我变回十岁那年遭到遗弃的自己,坐在市区肮脏的阶梯上,被妈妈遗忘,不停地自问为什么我这么容易被抛下。

双胞胎走了过来,一左一右站在我们旁边,因为要出发冒险,他们显得很亢奋,脸上藏不住欢喜。他们的棕色乱发太长,尾端微卷,蓝眸莹亮,昨天他们就已经找回了笑容。

"塔莉,你要和我们一起去可爱岛吗?"路卡问。

"我们要去冲浪。"威廉说。我可以想象他在水上的英姿。

"我要工作。"我说,虽然大家都知道我抛下节目走掉。

"是啊,"玛拉说,"说得好像你一起去会让这趟旅行变得太有趣,所以才不能去。"

双胞胎和我抱成一团，但我暂时放开他们去找玛拉，她独自站在旁边，拿着手机不知道在忙什么。"不要为难你老爸。你太年轻，不懂真爱是什么，他们找到了，可惜你妈走了。"

"所以呢？沙子能有什么帮助？"

"玛拉——"

"我可以住你家吗？"

我多么希望她能来我家，想得快疯了，不过，尽管我是出了名的以自我为中心，和凯蒂吵架时她会骂我自恋狂，但我还不到不知死活的地步。我并非重点，而且我看得出来，强尼没心情搞这套。"不行，玛拉，这次不行。你必须和家人在一起。"

"我一直以为你也是家人。"

我只能勉强说句"玩得开心点"。

"随便啦。"

我目送他们走远，寂寞像火在烧，像伤在痛，他们没有一个人回头看我。

玛吉过来摸摸我的脸。她满是皱纹的柔软掌心按着我的脸，我嗅到柑橘香——她最爱的护手霜味道，以及一丝若有似无的薄荷烟气味。

"他们需要这趟旅行。"她轻声说。我听出她的声音略带沙哑，知道她一定累坏了——累到骨子里。"你没事吧？"

她的女儿去世了，而她竟然还担心我。我闭上双眼，希望自己更坚强。

我听见她的哭声，轻柔有如羽毛飘落，几乎被机场噪声所掩盖。为了女儿、为了大家，她一直那么坚强。我知道言语无法安慰她，于是我没有说话，只是将她揽进怀中紧紧抱住。之后，她放开后退。

"要跟我们一起回家吗？"

我不想独自待着,但我也没办法回萤火虫小巷的那个家,现在还不行。"我没办法回去。"我看出她能够理解。

而后,我们各自离去。

回到家,我在高楼豪宅中漫步,走过一个个房间。这个地方从来不是家,除了我,没有人住在这里,而我在这里也只是栖身而已。这里没有几件个人纪念品或小摆饰,几乎所有东西都是室内设计师选的,她显然很喜欢象牙白,大理石地板、布面沙发、石头与玻璃材质的茶几,所有东西都是略带灰色的那种白。

虽然确实有种独特的美,且让人知道这个家的主人拥有一切,但我却独自在这里,四十六岁,身边没有半个人。

工作。

一直以来,在面临抉择时,我一向以事业为重。从有记忆以来,我便怀抱着远大梦想,而起点就是萤火虫小巷的那个家,和凯蒂在一起,当时我们才十四岁。我对那一天记忆深刻,就好像昨天一样。这些年来,我曾在受访时说过这个故事,有十几次。那时凯蒂和我在她家,玛吉与巴德在看新闻,玛吉转头对我说:"珍恩·艾诺森改变了世界,她是最早登上晚间新闻时段的女主播。"

而我说:"我长大以后要当记者。"

说出这句话有如呼吸般自然。我想受到全世界崇拜,我办到了,我的梦想一一实现,只有一个缺憾:我需要成就,就像鱼需要水一样。没有成就,我会变成怎样的人?只是一个没有家的女孩,可以轻易被抛在脑后、扔在一边。

我人生中所拥有的就是这个:名声、金钱和成就。

至少我懂这个。我该重拾工作了。

我要借工作度过哀伤。我要用一直以来使用的老办法，我要表现坚强，也要假装坚强，我要让陌生人的崇拜给我安慰。

我走进衣帽间，脱掉鲜艳的裙子，换上黑长裤与衬衫。这时我才惊觉自己变胖了，裤子太紧，拉链拉不上来。

我蹙眉。过去几个月我怎么没察觉到体重的增加？我换了一条毛裙，发现腹部突出、臀部变大。

这下可好，又多了一件要烦恼的事：在高标准的媒体世界里变胖。我拿起皮包出门，不理会大楼管理员放在茶几上的那堆信件。

我家距离摄影棚只有几个路口，通常我还是会请司机来接，但有感于屁股变大，我决定走着去。西雅图今天很晴朗，这种阳光普照的经典美景让这里成为全国数一数二的美丽城市。游客已经回家了，人行道很安静，本地人行色匆匆，眼神互不接触。

我来到一栋仓库风格的大型建筑，我的制作公司在这里：萤火虫有限公司。这里的房价贵得离谱，因为地处先锋广场，距离艾略特湾的蓝色海岸只有一条街。不过，我何必怕花钱？我制作的节目能赚进千百万美元。

我开锁进入，大厅黑暗空荡，无情地提醒当时我走了出去，再也没有回头。角落与通道藏着黑暗阴影。我走向摄影棚，感觉心跳加速，前额冒出一头汗水，好痒，而我的手心也汗湿了。

我终于来到这里，站在红幕布前，这道幕布分隔开后台与我的世界。我拨开幕布。

最后一次站在这个舞台上时，我告诉观众凯蒂的事，她被诊断出癌症，我告诉大家要注意哪些征兆，然后我就闪人了。现在我得谈谈后来发生的事，谈谈我坐在好友的病床边，握着她的手说一定会好转，但其实早已经无法治疗时，我心里有什么感受，以及在收拾她的药物、将放在空床边的水壶倒空时，我心里又是什么感受。

我紧抓住一旁的柱子，触感冷硬，但至少能让我不瘫倒。

我办不到，现在还不行。我不能谈凯蒂的事，而不能谈她的事，我就不能昂首阔步地回到原来的生活，重新站上舞台，再次成为日间时段女王塔莉·哈特。

长久以来第一次，我不知道自己是谁。我需要给自己一点时间重新找回平衡。

我回到街上，发现开始下雨了，西雅图的天气就是这样让人难以捉摸。我抓紧皮包，踏着沉重的步伐走在湿滑的人行道上，抵达住处大楼时，我惊讶地发现自己喘不上气。

我停下脚步。

现在该怎么办？

我上到顶楼公寓，茫然地走进厨房，这里堆着几大沓信件，数量十分庞大。真奇怪，离开的这几个月里，我从不曾想到另一个生活的大小事。我不看电子邮件，账单连拆都没拆，甚至完全没有想过这些。我信赖生活中的机制能让一切维持在轨道上，我的经纪人、财务经理人、会计师、股票业务员会自动把事情处理好。

我知道应该重新投入这种生活，再次掌管一切，找回人生，但老实说，光是想到要整理这堆信件，我就有些气馁。我没有动手，反而打电话给我的财务经理人法兰克，我要将责任交给他，我付他钱就是为了让他帮我缴账单、投资，让我的生活轻松一点，而这正是我所需要的。

电话响了又响，最后转到语音信箱，我没有留言。今天是星期六吗？

或许小睡一下会有帮助。玛吉常说好好睡一觉，醒来一切都会好转。现在的我很需要好好睡一觉。我走进卧室，拉紧窗帘，爬上床。接下来五天，我几乎什么事都没做，只是吃和时睡时醒。每天早上醒来时，我都想：时候到了，就是今天，我要爬出哀伤，重新做自己。每天晚上我都拼命喝酒，直到无法想起好姐妹的声音。

凯蒂的葬礼过后第六天，我终于想到一个好主意。这个点子这么棒、这么完美，真不敢相信我竟然没想过。

我需要画下句号，这样我才能将黑暗的忧伤推开，继续向前迈进；这样我才能被疗愈。我需要直视伤痛的中心，然后说再见。我也需要帮助强尼与三个孩子。

忽然，我知道该怎么做了。

我驶上雷恩家的车道停好车时，天已经黑了。繁星点亮炭黑与深紫的天空，带着秋季芬芳的微风吹拂着标示地界的雪松。我费了好大的工夫将压扁的搬家纸箱搬下流线型小奔驰车，扛着它们走过前院的荒凉蔓草，高高的杂草遮住了孩子四处乱扔的玩具。过去一年来，谁都没有心思整理花园。

屋里一片漆黑寂静，我的印象中这栋房子从不曾这样。

我停下脚步，想着：我办不到。

之前我到底在想什么？

画下句号。

不只如此，还有别的。我想起我和凯蒂最后一次在一起的那夜。她已经下定决心了，我们都很清楚，而这个决定压垮了我们，于是我们步伐变慢、声音变小。我们最后独处了一个小时,只有我们俩。我想爬上床躺在她身边,紧抱她枯瘦如火柴棒的身体。然而,即使服用多种止痛药物,她也早已无法忍受剧痛。她每次呼吸都痛,连带着我也感到痛。

她紧握我的手,低声说:"好好照顾他们,我一直以来都帮他们打点好大小事。"她笑了起来,笑声听起来像是沙哑的喘息,"失去了我,他们不知道要怎么重新开始。帮助他们。"

我回答:"那谁来帮我?"

想起当时,我满心羞惭,胃部仿佛被紧紧攥住。

"我会永远陪伴你。"

她骗人,而这就是她对我说的最后一句话,然后她要我叫强尼和孩子们进去。

我知道她要走了。

我抓紧箱子艰难地走上楼梯,纸箱边缘磕到老旧磨损的楼梯,但我懒得管。到了凯蒂与强尼的卧室门前,我停下脚步,忽然不愿进去。

帮助他们。

我和强尼最后一次说话时,他怎么说的来着?每次看到衣帽间里她的衣物……

我用力吞咽了一下,走进他们的衣帽间,打开灯。强尼的衣物在右边,非常整齐,凯蒂的在左边。

看到她的衣物,我差点失去勇气,膝盖整个发软。我摇摇晃晃地站着,将一个压扁的纸箱恢复原状,用胶带封住一边的开口之后放在身边。我抓起满满一手挂在衣架上的衣物,坐在冰凉的硬木地板上。

毛衣、毛线外套、高领与 V 领上衣,我将每一件仔细折好,态度虔诚,吸进最后一丝她的香气——薰衣草与柑橘。

原本我还算平静,直到拿起一件老旧变形的灰色华盛顿大学运动衫。因为多年来的反复清洗,它变得非常柔软。

回忆如大浪扑来:我们在凯蒂的房间打包,准备一起去上大学。两个十八岁的丫头,多年来一直想象着这一刻,整个夏天说个不停,将梦想一再打磨,直到闪闪发亮。我们将进同一个姐妹会,以后要成为知名记者。

凯蒂轻声说:"她们会抢着要你。"我一直都知道她很害怕,多年前她在学校受到排挤,同学都叫她"矬蒂"。

你知道吧,我不会加入不肯收你的姐妹会。

凯蒂从不明白一件事,至少从不相信:在我们两人之中,我需要她胜过她需要我。

我折好运动衫放在一旁。我要把它带回家。

那夜剩下的时间,我坐在好姐妹的衣帽间里,回想我们的友谊,将她的人生装箱。一开始我努力坚强,但太拼命忍耐让我头痛欲裂。

她的衣物有如我们人生的集锦。

最后,我拿起一件外套,这个款式八十年代之后再也没有流行过。这是我买给她的生日礼物,那时我第一次拿到大笔薪资,这件外套的垫肩上有着货真价实的亮片。

她从盒子中拿出这件深紫色双排扣外套时说:"你怎么买得起这个?"
"我就快成功了。"
她大笑:"是啊,你一定会成功,不像我,被搞大肚子,越来越肥。"
"生完之后,你一定会来纽约看我,所以需要够抢眼的衣服……"

我站起来,将外套抱在胸前,下楼再倒一杯酒。麦当娜的歌声透过客厅音响传向我，我停下脚步聆听，忽然想起午餐时用的盘子还搁在流理台上没洗，晚餐的外带餐盒也早该扔进垃圾桶。可是音乐再次将我包围，将我带回过去，我怎么有心情去处理那些琐事？

这首歌是《时尚》，我们曾经穿着跟这件差不多的外套随歌起舞。我走向 CD 音响将音量调大，这样我在楼上也能听见。我耽搁了一下，抱着她的外套闭起眼睛跳舞，想象她也在，和我撞屁股大笑。接着，我回去继续忙。

我醒来时躺在衣帽间的地上，穿着她的黑色运动裤和那件华盛顿大学运动衫。放在身边的酒杯倒了，碎成几块，酒瓶也空了，难怪我觉得这么不舒服。

我挣扎着站起身，将落在眼睛前方的头发往后拨。这是我在这里的第二个晚上，凯蒂的东西几乎都收拾好了。衣帽间里属于她的那边完全空了，银色吊杆下堆着六个箱子。

地上碎掉的酒杯旁放着凯蒂的回忆录，她用生命最后一个月写下的。

凯蒂将笔记本塞进我手中，说："有一天玛拉会想寻找我，她读这本笔记的时候，你要陪在她身边。至于我的两个儿子……他们想不起我的时候，给他们看我写的这些东西。"

楼下的音响依然大声播放歌曲，昨晚我喝太多了，忘记关掉。那是"王子"普林斯的歌《紫雨》。

我站起来，觉得全身无力，不过至少我做出了一点贡献。强尼回来时生活会稍微不那么痛苦，这份工作很艰难，不需要由他来做。

楼下，音乐突然停止。

我皱起眉，转过身，但还没走出衣帽间，强尼已经出现在门口。

"你在搞什么鬼？"强尼对我大吼。

我万分错愕，只能呆望着他。他们是计划今天从可爱岛回来吗？

他瞥向我身后，看到靠在墙边的一排箱子，分别标示着凯蒂的夏装、善愿[1]、凯蒂等。

我看出他很痛苦但努力保持镇定，因为三个孩子就在他身后。我硬是投入他怀中，等了又等，等他拥抱我，但他没有反应。我退开，感觉泪水刺痛双眼。"我知道你不会想——"

"你怎么敢做这种事？擅自跑进这个家，乱翻她的东西，然后当垃圾一样装进箱子？"他哽咽，声音颤抖，"你身上那件是她的运动衫吗？"

"我只是想帮忙。"

"帮忙？流理台上放着一堆空酒瓶和餐盒，这叫帮忙？！把音乐开到那么大声，几乎让人耳朵发痛，这叫帮忙？！你以为看到她空荡荡的衣柜，对我会有帮助？！"

"强尼——"我对他伸出手，他用力把我往旁边一推，我身体一晃，回忆录差点掉在地上。

"把笔记本给我。"他的语气紧绷如钢索。

我把笔记本紧抱在胸前后退："她交给我保管的。她交代我陪玛拉一起看，我答应过凯蒂。"

"一扯到你，她就经常犯错。"

我摇头。事情发生得太快，我无法消化。"我不该清空她的衣柜吗？我做错了？我以为你——"

"塔莉，你一向只想到自己。"

"爸，"玛拉将两个弟弟拉到身边，"妈不会希望——"

---

[1] 善愿（Goodwill），创立于一九〇二年的美国慈善机构，接受捐助物品并出售，开设非营利商店，并提供职业培训机会。

"她走了。"他厉声说。我看出这句话带来了多大的打击,哀伤让他的表情发生了变化。我低声叫他的名字,不知道还能说什么。他错了,我真的是好意想帮忙。

强尼后退,远离我。他伸手将头发往后拨,注视他的孩子们,他们一脸惊恐、不知所措。"我们要搬家。"他说。

玛拉脸色变得煞白:"什么?"

"我们要搬家。"这次强尼控制住了情绪,"搬去洛杉矶,我接了一份新工作。我们需要从头开始,没有她,我无法继续住在这里——"他指指卧室,他甚至无法看床铺,于是改为看我。

"如果是因为我想帮忙——"

他狂笑,笑声干哑。"当然你会以为是因为你。你究竟有没有听见我说的话?我没办法继续住在她的房子里。"

我向他伸出手。

他往旁边踏出一步躲开:"你走吧,塔莉。"

"可是——"

"你走。"他重复道,我看出他是真的要赶我走。

我紧抓着回忆录从他身边走过,一把抱住双胞胎,紧紧拥着他们,亲吻他们圆嘟嘟的脸颊,尽可能将他们的模样刻印在灵魂上。"你会来看我们吧?"路卡颤抖着说。这孩子失去了太多,他惶惶然的语气让我伤心欲绝。

玛拉抓住我的手臂:"让我搬去你家住。"

在我们身后,强尼苦涩狂笑。

"你应该和家人在一起。"我轻声说。

"这里已经不是我的家了。"玛拉双眼含泪,"你跟她保证过会照顾我。"

我无法继续听下去。我将干女儿拉进怀中用力抱住,传达出我急迫无奈的心情,因为抱得太紧,她忍不住挣扎。我后退离开房间时,泪水让我几乎无法视物。

6

"拜托,你不要哼歌了好吗?"我对凯蒂说,"你一直吵,我要怎么想事情?这些回忆对我而言并不愉快。"

我没有哼歌。

"好吧,那也不要哔哔叫,难不成你是动画片里的那只哔哔鸟?"那个声音一开始很轻微,像是蚊子在耳朵旁飞,但音量逐渐增大,最后变得吵得不得了。"不要再吵了。"我开始觉得头痛。

真正的头痛。疼痛在我双眼后方点燃,往外扩散,变成严重偏头痛,感觉有如榔头在敲。

我可是半点声音都没出啊,安静得像死人一样。

"真好笑。等一下,不是你,感觉像是汽车警报器,搞什么——"

"她快不行了。"有个人说,其实是在吼。是谁呢?

我听见身边的凯蒂叹息,不知为何,她的叹息声很悲伤,像是撕裂旧蕾丝的声音。她低声唤我的名字,说:"时候到了。"我很害怕,她疲惫的语气以及那句话本身都让我惊恐。我已经用尽上天给予的时间?为什么我没有多说一点话、多问一些事?我发生了什么事?她一定知道。

"凯蒂?"

没有回应。

霎时，我开始坠落，一路翻滚下坠。

我听见很多人的声音，但无法理解他们所说的话，疼痛如此剧烈、残酷，我用尽意志力才忍住没有尖叫。

后退。

我感觉精神一点点退去，从我的身体里抽离。我想睁开眼睛，说不定其实已经睁开了，但我无法分辨。我只知道这片黑暗丑恶冰冷，如煤灰般深浓，我尖叫求救，但我知道只是在脑子里。我无法张嘴，我想象的声音不断回荡、渐渐消失，我也一样……

二〇一〇年九月三日，上午六点二十七分

强尼站在外伤科九号病房外。他只花了五秒便决定跟贝文医生来这里，然后用更短的时间决定开门进去。毕竟他是记者，他的职业便是去别人不希望他去的地方。

门一开，他立刻和一个穿手术服的女人撞了个满怀，她用力推开他。

他让路给她，然后溜进挤满人的病房。灯光明亮炫目，一大群穿手术服的人围绕着一张轮床，所有人同时说话，像演奏中的钢琴键一样，有的前进，有的后退。因为被他们的身体挡住，他看不见病患，只看到蓝色床单下露出的脚趾。

警报声大作，有个人高喊："她快不行了。充电。"

高频嗡鸣响彻病房，压过所有人的声音，他觉得骨头都为之震动。

"后退。"

他听见一个尖锐的声响，诊疗台上的身体拱起，又重重落下，一条手臂从旁边垂落，挂在轮床边。

"救回来了。"有个人说。

强尼看见心跳在屏幕上移动,那群人似乎松了口气,几名护士离开,他第一次看到伤员。

塔莉。感觉仿佛空气瞬间回到了病房,强尼终于吸到一口气。地上到处是血,一名护士踩到险些滑倒。

强尼靠近病床。塔莉躺着,失去了意识,满是血迹的脸上伤痕累累,一只手臂骨折,断骨刺穿皮肤露了出来。

他低声呼唤她的名字,也可能这只是他以为的。他溜进两名护士中间,一个正在准备打点滴,另一个拉起蓝色毯子盖住塔莉的裸胸。

贝文医生突然出现在他身边:"你不该进来。"

强尼挥挥手,不把医生的话当一回事,但他没办法开口回答。他有好多问题想问医生,然而,他站在这里,因为她伤势的严重程度而震撼,内心满是愧疚。她如今的惨状可以说是他造成的,明明不是她的错,他却胡乱责怪她,将她逐出他的人生。

"雷恩先生,我们要送她进手术室。"

"她会活下来吗?"

"她的存活概率很高。"贝文医生说,"请让开。"

"拜托救救她。"强尼踉跄着往后退,轮床从他身边经过。

他麻木地走出病房,在走廊上往前走,来到位于四楼的手术等候区,一位妇人坐在角落,一手拿着棒针在哭泣。

他来到护士站,跟护士说明他在等塔莉·哈特的手术结果,然后在关机的电视旁坐下。他隐约感到一阵头痛,于是放松身体往后靠。

凯蒂离开之后的那一年,他犯了很多错,也做了很多蠢事,他尽可能不去回想。妻子死去的那天,他丧失了信仰,但是在女儿失踪那天又重新找回，此刻他对上帝祷告。

他在等候室枯坐了好几个小时，看着人们来来去去。现在还不能联络任何人，必须先知道塔莉的情况。他们一家人已经接到太多报告噩耗的电话。巴德与玛吉搬去了亚利桑那州，除非绝对有必要，否则强尼不希望玛吉赶往机场。虽然时间很早，但他理应通知塔莉的妈妈，可惜他不知道怎么联络她。

还有玛拉，他不确定她是否愿意接电话。

"雷恩先生？"

强尼猛地抬起头，看到神经外科的贝文医生朝他走来。

他想站起来走过去迎接，但没有力气。

医生拍了一下他的肩膀："雷恩先生？"

强尼硬逼自己站起来："贝文医生，请问她还好吗？"

"她撑过了手术。请跟我来。"

强尼茫然地跟随医生走出公共等候室，走进附近一间没有窗户的小会议室。桌上没有花束装饰，只放着一盒面巾纸。

他坐下。

贝文医生坐在他对面。"目前最大的问题是脑部水肿，也就是大脑肿胀。她的头部创伤非常严重，我们装了引流管希望能减轻肿胀，但不确定是否有效。我们降低她的体温，用药物让她进入昏迷状态，借此减轻脑压，但她的情况依然危急。她必须使用呼吸机。"

"我可以去看她吗？"强尼问。

医生点头："当然，请跟我来。"

他带强尼走过一条又一条白色走廊，进入电梯又出来。终于，他们到达加护病房。那里有十二间装设整面玻璃墙的病房，环绕着忙碌的护士站，贝文医生走向其中一间病房。

塔莉躺在一张窄床上，旁边有许多机器。她的头发被剃光了，头盖骨上钻了一个洞，导管与泵浦不停运作以减轻脑压。好几条管子通往她的体内，有呼吸管、喂食管，还有一条插进她的脑袋。床边一台黑色显示器显示颅内压力，另一台监视心跳。她的左手臂打了石膏，惨白泛蓝的皮肤透出冰冷。

"脑部外伤很难预测。"贝文医生说，"我们暂时无法确定伤势的严重程度，我们希望能在二十四小时内进一步了解。我也希望能给你一个确切的答案，但目前真的很难说。"

强尼了解脑部外伤。他以前去伊拉克采访第一次海湾战争时受过重伤，经过好几个月的复健治疗才终于恢复如初，但他到现在依然对那次爆炸毫无记忆。"她醒来时会是正常的吗？"

"她是否会醒来才是重点。她的大脑依然在运作，但是因为我们施予的药物，目前无法判定其功能状态。她的瞳孔有反应，这是好现象。我们希望昏迷状态能让她的身体有时间修复，但是倘若出血止不住，或是脑部继续肿胀……"

他不必说完，强尼明白。

呼吸机每次运行的声音都在提醒着他，她不能自行呼吸。

监视器哔哔叫，压力计嗡嗡响，呼吸机不停呼哧，原来这就是扮演上帝让人活下去的声音。

"她发生了什么事？"强尼终于问。

"听说是车祸，但我并不清楚详情。"贝文医生转向他，"她信仰虔诚吗？"

"不，恐怕很难这么说。"

"太可惜了,这种时候信仰是很好的慰藉。"

"是啊。"强尼语气紧绷地说。

"我们相信对昏迷的病人说话会有所帮助。"贝文医生说。

医生再次拍拍他的肩膀,走出了病房。

强尼在床边坐下。他不知道自己在那里坐了多久,只是呆望着她,心里想着:塔莉,加油啊!喃喃说些他不敢大声说出来的话。这段时间足以让内疚与懊悔变成喉咙里的硬块。

为什么非要等悲剧发生,才能看清人生?

他不知道该对她说什么,现在已经太迟了,他们说了太多不该说的话,也有太多该说的话没说。他只确定一件事:假使凯蒂在这里,一定会狠狠修理他。她走了之后他不仅整个人垮掉,还这样对待她的好姐妹。

他只能想到一个办法与塔莉沟通,虽然觉得很蠢,但他还是做了。他轻声唱起脑海中浮现的歌曲,这首歌总是让他想起塔莉。"只是一个小镇女孩,生活在寂寞世界……"[1]

这是什么地方?死后的世界,活着的世界,还是两者之间?

"凯蒂?"

我感觉一股暖流出现在身边,立刻大大松了一口气。

我转过身:"凯蒂,刚才你跑哪儿去了?"

离开一下,她简洁地说,现在我回来了。睁开眼睛。

我闭着眼睛吗?所以才会这么黑?我缓缓地睁开眼睛,感觉自己像在太阳表面醒来,强光与高热让我惊呼,过了好几秒我的眼睛才适应亮

---

[1] 这是旅行者乐队在一九八一年发行的热门歌曲《不要停止相信》的第一句歌词。

度，习惯之后，我发现自己回到医院病房，和我的肉体在一起。下方正在进行手术，好几个穿手术服的人围着手术台，银托盘上放着闪亮的手术刀与器具。到处都是机器，发出不同的声响，哔哔，嗡嗡，吱吱。

看啊，塔莉。

"我不想看。"

快看。

虽然我不想看，但还是动了。冰冷恐惧攫住我，比疼痛更恐怖。我知道光滑的手术台上有什么。

我。感觉又不是我。

我的肉体在手术台上，盖着蓝布，地上好多血。护士和外科医生在交谈，有个人正在剃我的头发。

没了头发，我显得瘦小苍白，像个小孩。一个穿手术服的人在我的光头上用棕色液体画线。

我听见像是电锯启动的声音，不禁一阵反胃。"我不喜欢这里，"我对凯蒂说，"带我去其他地方。"

我们会一直待在这里，不过你得先闭上眼睛。

"非常乐意。"

这次突如其来的黑暗让我害怕，我不知道为什么。感觉真的很诡异，因为虽然我的灵魂囤积了不少黑暗情绪，但绝不包括恐惧。我什么都不怕。

哈，你最怕爱了，我没看过比你更怕爱的人，所以你才一直试探别人，把他们推开。睁开眼睛。

我睁开双眼，黑暗持续了一秒，而后上方的漆黑冒出色彩往下流，像电影《黑客帝国》中的计算机程序代码那样向下蔓延。首先出现天空，万里无云的完美碧空,然后是盛放的樱花树,大片粉红花朵攀附枝干,在甜美香气中飘落。楼房一栋栋浮现,有如画素描,粉红色的哥特式建筑有着优美的侧翼与塔楼,最后是碧绿青翠的草地,水泥步道穿插而过,通往不同的地方。这里是华盛顿大学,色彩鲜艳得让人眼睛痛。到处都有年轻男女,学生背着背包走动、踢沙包、躺在草地上看书,不知是哪里的音响被开到最大声,喇叭里放送着有些破音的《未曾有过自我》。老天,我讨厌那首歌。

"这一切都不是真的,对吧?"我说。

真实是相对的。

我们坐在草地上,不远处有两个女生并肩伸展身子躺在草地上,一个棕发,一个金发。金发女生穿着跳伞裤搭配 T 恤,前面放着活页笔记本。另一个女生——好啦,我知道她是我,我记得那阵子我把头发整个刷蓬绑起来,系上金属色大蝴蝶结,我也记得那件剪短的露肩白毛衣,那是我最喜欢的衣服。她们——我们——好年轻,我忍不住露出微笑。

我往后躺,感觉草叶搔着裸露的手臂,痒痒的,还嗅到一阵甜美熟悉的香气。凯蒂也一样。我们重新在一起,仰望同一片碧蓝天空。在华盛顿大学的四年,我们这样做过多少次?我们周围的光线非常神奇,有如阳光下的香槟一样清澈,微微冒着气泡。在光的照耀下,我感觉非常平静。在这里,疼痛只是模糊的记忆,尤其凯蒂又回到我身边了。

今天晚上发生了什么事?她的问题剥夺了一些平静。

"我不记得了。"真的,虽然奇怪,但我不记得了。

你可以想起来,只是不愿意。

"或许我有很好的理由不愿意想起。"

或许吧。

"凯蒂,为什么你会在这里?"

你呼唤我,记得吗?因为你需要我,所以我来了,我同时也要提醒你一件事。

"什么事?"

塔莉,记忆造就我们,到了最后,那是你唯一能带走的行李。只有爱与记忆能永久留存,所以人死的时候眼前才会闪过一生的记忆,那是为了让你挑选想要的那些,就像打包一样。

"爱与记忆?那我不就彻底完蛋了?我什么都不记得,而爱——"

快听。

一个声音在说话。"她醒来时会是正常的吗?"

强尼。她说出丈夫名字的语气充满了爱与心痛。

"……她是否会醒来才是重点……"一个男人回答。

等一下,他们在讨论我会不会死,而且可能会有更惨的下场:活着,但一辈子脑部受损。一个影像闪过我脑海——我,长期卧床,靠一堆管子维持生命,无法思考、言语与动作。

我拼命集中心神,终于又回到病房。

强尼站在病床边低头看我,一个穿蓝色手术服的人站在他旁边。

"她信仰虔诚吗?"

"不,恐怕很难这么说。"强尼的语气很疲惫。他感觉好伤心,我想握住他的手,虽然我们之间发生了那么多不愉快,也或许正是因为那些过去,令我更想安慰他。

他在我肉体躺着的床边坐下。"对不起。"他对着听不见的我说。

我等了好久,终于听他说出这句话,可是为什么呢?我看得出他爱我,从他泪湿的双眼、颤抖的双手、低头祈祷的姿势上都看得出来。他从不祈祷——我了解他,知道他不做那种事,那么一定是因为难过而垂头丧气。

尽管经过那么多冲突,他依然想念我。

我也想念他。

"加油,塔莉。"

我很想回答他,让他知道我听见了、我在这里,但是怎么做都没用。"快睁开眼睛,"我对自己的身体说,"睁开眼睛。跟他说你也很抱歉。"

他开始以沙哑哽咽的声音唱歌:"只是一个小镇女孩……"

老天,我好爱他。凯蒂说。

唱到一半时,有人走进病房,一个身材粗壮的男人,穿着廉价棕色运动外套与蓝色休闲裤。"我是盖兹警官。"那个人说。

一听到"车祸"这个词,一个影像闪过我的脑海:雨夜,水泥柱,我双手握着方向盘。回忆几乎快要成形,我感觉记忆渐渐凝聚,代表着某种意义,但我还来不及汇集整理,胸口忽然受到重击,我往后撞上墙,极度痛楚让我无法喘息。

蓝色警报,快呼叫贝文医生。

"凯蒂!"我尖喊,但她不见了。

嗡鸣、敲打、哔响,各种噪声有如雷鸣。我无法呼吸,胸口痛得要命。

后退。

我像小孩玩的破布娃娃般被往上抛,在半空中,我着了火。结束后,我又开始飘浮,与星光一同坠落。

在黑暗中,凯蒂握住我的手,我们停止坠落,开始飞行。我们落在面对海滩的两张老旧木椅上,如蝴蝶停栖般轻柔。这个世界虽然黑,但又莫名明亮,好像点了灯,有无比皎洁的明月、数不清的繁星,老枫树的枝干上挂着玻璃罐，里面的蜡烛火光摇曳。

她的后院露台。凯蒂家的。

来到这里，疼痛变得有如回音，而不是重击。感谢老天。

我听见凯蒂的呼吸声就在身边。她每次呼气我都能嗅到薰衣草香与另一种气味，大概是雪的气味。

强尼离开了。我没想到会这样。她说。

我想起之前在聊什么：我的人生。

"大家都散了。"这个事实令人悲伤且遗憾，"你是将我们凝聚在一起的粘合剂，没有你……"

她沉默许久，我纳闷她是否在回忆她的人生、她所爱的人。少了她大家都无法好好活下去，知道这种事会带来什么感受？知道自己被这么多人爱，又会有什么感受？

他搬去洛杉矶之后，你发生了什么事？

我叹息："难道不能让我直接走进那道光，一了百了？"

是你自己大声呼叫我的，记得吗？你说你需要我，所以我来了。因为你需要回忆，现在就是时候了，快说吧。

我往后靠在椅背上，看着小蜡烛在圆形玻璃罐里燃烧。粗绳固定住罐子，不时吹来的一阵轻柔得难以想象的微风摇动罐子，让烛光洒在较低的枝干上。

"你死了以后，强尼带着孩子们搬去洛杉矶。事情发生得太快，一转眼，他和孩子们已经搬走了。我记得二〇〇六年十一月向他们道别，我和你爸妈站在车道上挥手，之后我回家……"

爬上床。我知道应该重回职场，但我办不到。老实说，光是想到要工作我就受不了。失去了好友，我实在没力气重新展开人生。想到这里，沉重的失落感让我动弹不得，我闭上了双眼。忧郁一阵子应该没关系吧？遇到这种事谁不会忧郁？

不知不觉，我"遗失"了两星期。呃，其实不算真的遗失啦，我知道是怎么过去的，也知道自己在哪里。我像只受伤的野兽躲在黑暗洞穴中，猛舔掌中的那根刺，找不到人帮忙拔掉。每晚十一点我固定打电话给玛拉，我知道她也睡不着。我躺在床上，听她抱怨爸爸决定搬家的事，我告诉她一定不会有问题，但我们两个都不相信。我承诺会尽快去看她。

终于，我受够了，我掀开被子走下床，在家中走了一圈，点亮灯，打开橱柜。每个房间都被照亮，在灯光下，我第一次看见自己的模样：头发纠结邋遢，双眼无神，衣服皱得可怕。

我的样子活像我妈。我竟然在短时间内堕落到这种程度，我感觉可耻又丢脸。

振作的时候到了。

这就对了，这就是我的目标。不可以整天躺在床上思念好姐妹、哀悼失去的一切，我必须放下过去，朝未来迈进。

我知道该怎么做，我这辈子都在做这件事。我打电话给经纪人约时间见面，他在洛杉矶。我要去见经纪人，重新开始工作，然后登门拜访强尼和孩子们，给他们一个大惊喜。

好。完美。有计划了。

约好见面时间之后，我觉得舒服多了。我去洗澡，仔细整理头发，我发现发根露出许多白发。

什么时候长出来的？

我皱着眉头将头发往后梳成马尾辫企图掩饰。我化妆时下手很重，毕竟我要重回世界，这个年头到处都有摄影机。我穿上唯一能舒服塞进大屁股的黑色毛料窄裙，搭配及膝长靴、合身的领口有特殊的不对称设计的黑色丝质衬衫。

进展不错。我衣服换好了，也打电话给旅行社订了机票、饭店，其间我一直保持着笑容，心中想着：我一定能办到，当然没问题。然而，当我打开家门时，却感觉一阵恐慌来袭。我喉咙很干，前额冒出大量汗水，心跳急剧加速。

我害怕走出家门。

我不知道自己怎么了，但我不会任由这种状况继续。我做了个深呼吸，大步往外冲。我走进电梯，下楼到车库，坐上驾驶座，心脏在胸口怦怦乱跳。

我发动引擎，将车开出车库，驶入西雅图繁忙热闹的马路。正在下大雨，雨点滴滴答答地敲打在挡风玻璃上，眼前一片模糊。每一秒我都想掉头回家，但我坚持下去，我强迫自己继续前进，好不容易，终于在飞机头等舱就座。

我对空服员说："马丁尼。"她的表情提醒我现在还不到中午，不过，莫名的恐慌让我觉得很丢脸，只有酒精能帮我度过。

两杯马丁尼下肚，我放松了一些，终于可以往后靠，闭上眼睛。重新开始工作之后状况一定会改善，工作一向是我的救赎。

抵达洛杉矶，我看到一个穿黑制服的司机拿着牌子，上面写着"哈特"。我将装着过夜行李的小牛皮旅行袋交给他，跟随他走出机场，找到停在外面的礼车。从机场去市中心的高速公路非常拥挤，车辆的保险杠贴在一起，司机不停地按喇叭，似乎以为能有什么用处，摩托车在车道间高速蛇行，非常危险。

我靠着柔软的椅背闭上眼睛，花了一点时间整理思绪、归纳想法。

来到这里，开始向前迈进，取回人生，我觉得镇定了一些——也可能是马丁尼的效果。无论如何，我准备好重回舞台了。

车子停在一栋富丽堂皇的白色大楼前，只有一块隐秘的门牌，上面刻着——创意演艺经纪公司。

大楼里是一整片看不到尽头的白色大理石与玻璃，仿佛巨大的雪屋，冰冷的程度也差不多。人人光鲜亮丽，每套衣服都很贵，到处是俊男美女，仿佛在拍摄杂志照片的场景中走动。

年轻的前台小姐不认识我。我报上姓名，她还是不认识。

"噢。"她完全是不感兴趣的眼神，"你和戴维森先生约好了吗？"

"对。"我尽可能地保持笑容。

"请先坐一下。"

老实说，我很想教训这丫头一顿，让她搞清楚自己的身份，但我知道在创意演艺经纪公司神圣的大厅里不能太嚣张，于是我咽下骂人的话，在装潢时髦的等候室坐下。

我等了又等。

等了又等。

过了我预约好的时间至少二十分钟，才终于有个穿意大利西装的年轻人来找我。他像机器人一样，一言不发地带我到三楼的边间办公室。

我的经纪人乔治·戴维森坐在一张大办公桌后。他站起来迎接，我们拥抱，气氛有些尴尬，然后我后退。

"很好，很好。"他指着一张椅子要我坐。

我坐下。"你气色不错。"我说。

他瞥我一眼。我看出他留意到我变胖，而且马尾辫对他无效，他发现了我的白发。我不安地在椅子上动了动。

"接到你的电话,我吃了一惊。"他说。

"没有那么久吧?"

"六个月。我至少留言了十几次,你从来不回。"

"乔治,你很清楚发生了什么事。我的好朋友得了癌症,我想陪她。"

"现在呢?"

"她去世了。"这是我第一次说出这句话。

"很遗憾。"

我抹抹眼泪。"嗯。唉,现在我准备好重新开始工作了,我希望星期一开始录像。"

"你在开玩笑吧?"

"星期一太快了吗?"乔治的眼神让我觉得不妙。

"拜托,塔莉,你那么聪明,应该知道吧?"

"乔治,我不懂你的意思。"

他在椅子上换个姿势,昂贵真皮发出嘎吱声响。"你的节目《私房话时间》去年是同时段的收视冠军,广告商抢着买时段,制造商等不及想送产品给你的观众,而许多人更是不惜开车几百英里、排队几个小时,只为了能亲眼见到你。"

"这些我都知道,乔治,所以我才来找你。"

"塔莉,你抛下节目走掉。你拆掉麦克风,对观众说再见,然后就跑了。"

我往前靠:"我的朋友——"

"谁管你这么多?"

我惊愕地坐回去。

"你突然离开,你觉得电视公司会怎么想?你的员工顿失生计,他们又会作何感想?"

"我……我……"

"没错,你根本没想到他们,对吧?电视公司要告你。"

"我不晓得——"

"我打了那么多次电话,你都不回,"他厉声说,"我拼了老命保护你。他们决定不告你,因为你朋友患了癌,电视台担心造成公关危机所以放过了你。不过他们卡掉了节目,从此停播,你也被换掉了。"

我怎么不知道?"他们换掉我?新人是谁?"

"《瑞秋·雷伊秀》[1],收视率非常凶猛,成长极快。而且《艾伦秀》和《朱迪法官》[2]依然固定吸引大量观众,别忘了还有《奥普拉秀》。"

"等一下,你究竟想说什么?乔治,那个节目是我的,我是制作人。"

"可惜电视台不是你的,而且目前他们掌握了独家重播权,但他们不打算播出,由此可见他们多么生气。"

我完全无法消化这个消息。我一直以来都很成功。"意思是,《私房话时间》玩完了?"

"不,塔莉,我的意思是你玩完了。你没有预先商量便抛下节目,谁还会雇用你?"

好吧,看来确实很严重。"我可以制作另外一个节目,我们自己销售播放权。"

"你最近有没有和财务经理人谈过?"

---

[1] 《瑞秋·雷伊秀》(The Rachael Ray Show),美国知名厨师瑞秋·雷伊主持的脱口秀节目,二〇〇六年开播至今。

[2] 《朱迪法官》(Judge Judy),美国一档著名的模拟庭审节目,由曼哈顿退休法官朱迪主持,一九九六年开播至今。

"没有。怎么了?"

"四个月前,你捐了一大笔钱给演艺界的抗癌基金会 Stand Up 2 Cancer,记得吗?"

"那是给凯蒂的礼物,对公关也非常有帮助,《今夜娱乐》还做了报道呢。"

"没错,那确实非常感人,非常慷慨,问题是你没有收入。塔莉,自从你抛下节目便一毛钱进账都没有。停止拍摄节目之后,你必须支付许多员工的违约金,那可不是个小数目。面对现实吧,省钱从来不是你的强项。"

"你的意思是我破产了?"

"破产?不,你还是相当富裕的。但我和法兰克谈过,你没有足够的资金制作节目,而现在也没有人愿意投资你。"

我感到强烈的恐慌,脚不停点地,手指紧握住椅子扶手。"所以我需要工作。"

乔治看我的眼神很悲伤,在他眼中,我看见我们之间关系的全貌。他担任我的经纪人将近二十年,一开始我只是联播网晨间节目的低级小角色,因为我们都是有抱负的人,所以开始合作。我职业生涯的每个重大合约都是他敲定的,他帮我赚进了千百万美元,但大部分我都乱花在了奢华旅游与礼物上。

"恐怕不容易,塔莉,现在大家都当你是收视毒药。"

"意思是说,我只能在地方电视台工作?"

"意思是,如果走运,你或许能在地方电视台找到工作。"

"十大市场已经不可能了。"

"恐怕没错。"

他怜悯同情的眼神让我无法承受。"乔治，我从十四岁开始工作。高中时在《安妮女王蜂》社区报社打工，二十二岁开始上电视。我从基层开始建立这份事业，没有人给我任何优待。"我哽咽道，"我把一切全部投入工作，一切。我没有小孩、丈夫、家庭，我必须……工作。"

"你冲动行事之前，应该先想清楚。"他的语气虽然温和，但不减这句话造成的刺痛。

他说得对。我了解新闻事业，电视圈更是无情，我知道一旦在荧幕前消失就会被淡忘。我知道做出那种行为，休想重回舞台。

为什么六月的时候我没有想到？

我想过。

一定想过，但我选择凯蒂。"乔治，帮我找份工作，我求你。"我撇过头，不让他看见说出最后那句话让我多痛苦。我不求人，从来没有求过，无论什么事……除了我妈的爱，而那更是白费时间。

我匆匆走过圣洁的白色大厅，不看任何人的眼睛，高跟鞋敲着大理石地板。门外的阳光如此灿烂，刺痛了我的眼睛，头上的汗水往下淌，造成头皮瘙痒。

我一定能解决。一定。

虽然我确实遭到挫败，但我是生存斗士，向来能化险为夷。

我招来司机，重新坐上黑色礼车，车里的阴暗宁静让我万分感激。我的头剧烈抽痛。

"女士，请问下一站要去比弗利山庄对吗？"

强尼和孩子们。我好想去找他们。我好想对强尼倾诉这些困境，听他说一切都会好转。

但我不能去。耻辱令我无法承受，自尊更不准我去。

我戴上太阳眼镜。"去机场。"

"可是——"

"机场。"

"是,女士。"

我努力撑住,一秒一秒地度过。我用力闭上眼睛,默默对自己说:一定会没事。说了一次又一次。

但是有生以来第一次,我无法说服自己相信。恐慌、畏惧、愤怒与失落在我心中乱冲乱窜,涨满我整个人,甚至溢出来。在回家的飞机上,眼泪两度溃堤,我得捂住嘴巴压抑啜泣。

降落之后,我像行尸走肉般下飞机,戴上太阳眼镜遮掩哭红的双眼。

我一向以专业素养为荣,职业道德更是业界传奇——我这么对自己说,虽然我感觉这种自我安慰有如一缕发丝,单薄得一扯就断,但我努力假装没这回事。

在节目上,我经常告诉观众人生可以面面俱到,我告诉他们要寻求协助、留时间给自己,要知道自己要什么。要自私,但也要无私。

老实说,我不知道该如何面面俱到,除了事业我什么都没有。以前有凯蒂与雷恩一家,所以我不感觉匮乏,但现在我清楚地看见了人生的空洞。

将车停在公寓大楼门前时,我全身发抖,控制力岌岌可危。

我开门走进大厅,心脏怦怦重击胸腔,呼吸很浅。大家都在看我,他们知道我多么失败。

有人碰了我一下,我吓了一大跳,差点摔倒。

"哈特女士?"

是门房史丹利。

"你没事吧?"

我轻轻甩头想清醒点。我应该请他帮忙把车开进车库，但我觉得……莫名晕眩，像触电一样。我笑了几声，连自己都觉得刺耳、神经质。

史丹利皱起眉头："哈特女士，要我送你上楼吗？"

我看着他，心跳快到让我反胃，无法呼吸。

我这是怎么了？

感觉像是有一辆小货车开进了我的胸口，剧痛让我倒抽一口气。

我伸手抓住史丹利，低声说"救命"。这时我脚下一绊，重重跌在冰冷的水泥地上。

"哈特女士？"

我睁开眼睛，发现自己躺在医院的病床上。

一个穿白袍的男人站在我旁边。他很高，模样有些不羁，在这个严谨保守的年代，他的黑发略嫌太长。他的脸轮廓分明，鼻子略带鹰钩，肤色像加了奶精的咖啡，可能有夏威夷血统，也可能是亚裔或非裔，很难判断。我看到他两只手腕上都有一圈部落民族风的刺青。

"我是葛兰特医生，"他说，"这里是急诊室。你记得发生了什么事吗？"

我记得一清二楚，如果能失忆该有多好。我不想谈这件事，尤其不想对这个人说，他的眼神仿佛在说我是瑕疵品。

"记得。"我回答。

"很好，塔露拉。"他低头看我的病历。

他不晓得我是谁，我有些失落。"我可以出院了吗？我的心脏恢复正常了。"我想回家，假装心脏病突发这件事没发生过。想到这里，我想到自己才四十六岁，怎么可能心脏病突发？

他戴上一副可笑的旧式老花眼镜："嗯，塔露拉——"

"麻烦叫我塔莉，只有我那个重度脑残的老妈才会叫我塔露拉。"

他从老花眼镜上方看我："令堂重度脑残？"

"我只是开玩笑。"

他不太欣赏我的幽默感。在他生活的世界里，人们很可能自己种菜，睡觉前研读哲学，在我的世界里他是异类，在他的世界里我也是。

"我明白了。重点是，你的症状并非一般所谓的心脏病突发。"

"中风？"

"很类似恐慌症的一些症状——"

我坐起来："噢，不，我才没有恐慌症呢。"

"恐慌发作之前你是否曾服用药物？"

"我没有恐慌症，我当然没有服用药物，你以为我是瘾君子吗？"

他似乎不知道该拿我怎么办。"我自行决定联络一位同事来做心理咨询……"

他话还没说完，帘子就被拉开，荷丽叶·布鲁医生走向我的病床。她高挑纤瘦，给人的第一眼通常很严肃，但仔细看就会发现她眼中藏着温柔。我认识荷丽叶很多年了，她是知名心理医生，曾经多次上我的节目担任嘉宾，能在这里遇到朋友实在是太好了。

"嗨，塔莉，真高兴我刚好在值班。"荷丽叶对我微笑，然后看着那个医生。"戴斯蒙，我们的病患状况如何？"

"对恐慌症发作这件事非常不满，显然她宁愿得心脏病。"

"荷丽叶，帮我叫车，"我说，"我要离开这里。"

"她是有执照的合格心理医生，"戴斯蒙对我说，"不是叫车小妹。"

荷丽叶对我歉然一笑："戴斯蒙不看电视，他很可能也不认得奥普拉。"

医生大人不屑看电视，我一点也不觉得奇怪。学校里总有自认太酷而藐视学校的人,他给人的感觉就像那样。我敢说,他年轻时一定是个狂野坏小子,但中年刺青男不合我的口味,我猜想他的车库里八成有辆哈雷摩托车,旁边还放着一把电吉他。不过,有没有搞错?除非住在山洞里,否则很难不知道奥普拉。

荷丽叶从戴斯蒙手中接过我的病历。

"我给她安排了核磁共振,急救人员说她倒地时撞击相当严重。"他低头看我,再一次,我发现他在批判我,很可能觉得我有毛病:白人中年妇女,一身昂贵行头,莫名其妙摔个四脚朝天。"多保重,哈特女士。"他的笑容和善却令人讨厌,说完,他就离开了。

"感谢老天。"我叹口气说。

终于只剩我们两个了,荷丽叶说:"你恐慌症发作。"

"谷麦医生[1]那么说。"

"你恐慌症发作。"荷丽叶这次的语气比较温柔。她放下病历,往床边走来。她的脸棱角分明,因为太锐利而很难称得上美丽。她气质端庄,给人疏离冷漠的感觉。尽管她表情严肃、态度拘谨,但从双眼能看出她对人抱有深刻的关怀。

"我猜想,你最近相当忧郁,对吧?"荷丽叶问。

我想说谎蒙混过去,想笑笑打发过去,但最后我点头,因为软弱而感到丢脸。可以说,我宁愿得心脏病。

"我很累,但一直睡不着。"我低声说。

"我开抗恐慌药赞安诺给你。"荷丽叶说,"先从五毫克剂量开始,一天三次。我认为心理咨询疗程会很有帮助,如果你准备好对抗它,我们

---

1 葛兰特的英文"Grant"跟格兰诺拉谷麦麦片的英文"Granola"相近。

能够帮助你,让你觉得比较能掌控人生。"

"塔莉·哈特人生大回顾?谢了,不必。我的人生格言向来是:既然不堪回首,又何必回首。"

"我了解忧郁的感受。塔莉,忧郁并不可耻,更不能轻忽,状况说不定会恶化。"她的语气中有着刻骨铭心的悲哀,刹那间我领悟到,荷丽叶·布鲁很清楚悲伤、绝望与寂寞的滋味。

"比今天更严重?怎么可能?"

"噢,有可能,相信我。"

我太累了,没力气继续问下去,而且老实说,我不想知道她会说什么。我的脖子越来越痛。

荷丽叶写了两张处方笺递给我,我低头察看:赞安诺治疗恐慌,使蒂诺斯帮助睡眠。

这辈子我一直极力避免使用麻醉镇静药品,理由非常明显,不需要太聪明就能猜到。从小看着妈妈嗑药嗑得茫茫然,走路东倒西歪、不停呕吐,在这种环境下长大的人最了解药物的黑暗面。

我抬头看着荷丽叶:"我妈——"

"我知道。令堂的问题在于滥用。小心谨慎并不为过,只要遵照指示服用就没问题。"荷丽叶说。名人像活在鱼缸里一样,这是身为公众人物不得不面对的现实。每个人都知道我的悲情故事:可怜的塔莉,嬉皮瘾君子妈妈抛弃她、不爱她。

"能睡一觉应该不错。"

"可以问你一件事吗?"

"问吧。"

"你假装不痛苦多久了?"

这个问题有如重击。"为什么这么问？"

"因为有时候内心会盛满泪水，装不下的时候就会溢出，塔莉。"

"我最好的朋友上个月去世了。"

"啊。"荷丽叶就只那样说了一个字，接着她点点头道，"塔莉，来找我，来预约门诊，我能帮上忙。"

她离开后，我沉沉地倒回到枕头上，叹了口气。我的真实处境跟着爬上床，占据太多空间。

一个和善的年长妇人带我去做核磁共振，帅气的年轻医生叫我太太，还说以我的年纪，像这样重摔可能导致颈部创伤，不过疼痛会慢慢减退。他开了止痛药给我，说复健会有帮助。

坐在轮椅上被推回病房时，我已经累到极点。护士滔滔不绝地说着话，我在节目中介绍过自闭儿的状况，她说那集节目救了她表姐最好的朋友一命。我任由她说个不停，当她终于说完又臭又长的故事时，我甚至挤出微笑道谢。护士给了我使蒂诺斯，吃下药，我躺回床上，闭起双眼。

几个月来第一次，我熟睡一整夜。

7

赞安诺很有效，服了药，我感觉比较不那么紧张焦虑。谷麦医生放我出院时，我已经做好打算了：不再怨天尤人，也不再傻傻等待。

回到家，我立刻开始打电话。我在这一行闯荡了几十年，一定有电视台需要黄金时段主播。

第一个电话，我打给老朋友贞恩·莱斯。她说："没问题，来公司找我。"

我大大松了口气,差点笑出来。乔治错了,我绝不会像阿瑟尼奥·豪尔[1]那样,在节目停播后便沦为小角色,我可是塔莉·哈特。

我认真准备面试。我知道第一印象很重要,于是上发廊修剪、染色。

我一坐上美发椅,长年为我打理发型的造型师查理立刻惊呼:"噢,我的天,有人改走自然风喽。"他将土耳其蓝的围布固定在我的脖子上,立刻开始动工。

和贞恩约定好见面的日子到来,我慎重地穿上风格保守的服装,黑套装搭配浅紫色衬衫。虽然我好几年没来 KING-TV 的大楼了,但一到这里,我立刻感到非常自在——这是我的世界。前台小姐把我当成英雄般热情迎接,我完全不必报上姓名。我安心了,紧绷的肩膀终于放松下来。前台后面挂着大大的照片,上面是晚间新闻主播珍恩·艾诺森与丹尼斯·邦兹。

一名助理带我上楼,经过好几扇紧闭的门,来到二楼的一间小办公室,贞恩·莱斯站在窗前,显然在等我。"塔莉。"她大步走过来,伸出了手。

我们握手。"嗨,贞恩,谢谢你愿意见我。"

"当然、当然,请坐。"

我在她指的椅子上坐下。

她在办公桌后坐下,将椅子往前拉,定定地看着我。

然后我明白了,一清二楚。"你不能雇用我。"我并非询问,而是以

---

[1] 阿瑟尼奥·豪尔(Arsenio Hall),美国喜剧演员,在一九八九年到一九九四年主持脱口秀节目《阿瑟尼奥·豪尔秀》(The Arsenio Hall Show)。其在节目停播之后,事业开始走下坡路,只能在电影里出演配角,或以特别嘉宾身份参加各种脱口秀。

笃定的语气说的。虽然过去几年我都在主持脱口秀,但我依然是记者,我很会解读人的表情,那是工作技能。

她沉重叹息:"我努力过了,看来你真的做得太绝了。"

"什么工作都没有?"我轻声说,希望不至于泄露出绝望,"如果只是做采访工作,不出镜呢?我不怕做苦工。"

"很抱歉,塔莉。"

"为什么答应见我?"

"你曾经是我的偶像,以前我梦想成为你。"她说。

曾经是偶像。

突然,我觉得自己老了。我站起来。"谢谢,贞恩。"我低声道谢之后离开了她的办公室。

一颗赞安诺让我镇定下来。我知道不该多吃一颗,但我真的很需要。

回到家,我不理会越来越深的恐慌,着手开始忙碌。我坐在办公桌前,打电话给业界认识的每个人,尤其是欠我人情的那些。

六点,我疲惫又灰心。十大收视市场与大型有线频道的熟人我都联系了,也找过我的经纪人,没有人愿意给我工作。我不懂,六个月前我位于世界高峰,怎么会这么快就跌落谷底?

豪宅忽然感觉比鞋盒还狭小,我又开始过度换气。我穿上随手拿到的衣物,牛仔裤太紧,但长款毛衣遮住了被勒紧的肥肚子。

我走出家门时已经过了六点半,马路与人行道上挤满了下班回家的通勤族。我混在大批穿着戈尔特斯防水风衣的人群中,不理会落下的雨滴。我不知道要去哪里,看到"维吉尼亚餐厅酒吧"的户外雅座时,我终于停下脚步。

我侧身自露天桌椅间穿过,进入酒吧,里面幽暗的环境完全符合我此刻的需求,在这里我可以消失。我到吧台,点了一杯掺橄榄汁的马丁尼。

"你是塔露拉,对吧?"

我往旁边一瞥,谷麦医生就坐在我旁边。运气可真好,竟然遇上了看过我最落魄模样的人。在幽暗中,他的脸显得严肃,甚至有些愤怒,没有扎起的长发一束束往前滑落,他的两只前臂都被刺青环绕,像手铐一样。

"塔莉,"我说,"你跑来这种地方做什么?"

"为寡妇孤儿基金会募捐。"

可想而知。

他大笑:"我当然是来喝酒的啊,塔莉,像你一样。你好吗?"

我懂他的意思,但我不喜欢。我完全不想说出现在感觉有多么不堪一击。"很好,谢谢。"

酒来了,我只差没有扑过去抢。"回头见,医生。"我端着酒杯走向后面角落的小桌子,颓然坐下。

"我可以坐这里吗?"

我抬头:"我说不可以你会听吗?"

"当然会听。"他在对面的位子上坐下。尴尬地沉默许久之后,他说:"我考虑过要不要打电话给你。"

"结果呢?"

"我还没决定。"

"我期待得心脏都快跳出来了。"

墙面不知何处藏着喇叭,爵士歌手诺拉·琼斯沙哑的歌声轻唱,要大家《远走高飞》。

"你经常约会吗?"

我太过惊讶,以至于笑了出来。很显然,他是个有话直说的人。"没有。你呢?"

"我是医生,而且单身,经常有人帮我撮合,比保龄球瓶被摆正的次数还要多。想不想知道这年头约会是怎么进行的?"

"先验血再做背景调查,然后送上避孕套?"

他直盯着我看,好像我是怪人,该被放进"信不信由你博物馆"。

"好啦,这年头约会游戏要怎么玩?"我说。

"我们这种年纪的人,大家都有故事,那些陈年往事非常重要,远超出你的想象。一开始先说自己的故事、听对方的故事,根据我的观察,这部分有两种进行方式,可以选择一开始就全盘托出,看看对方反应如何,也可以选择分几次晚餐之约慢慢讲。通常第二种方式需要红酒助兴,尤其当故事又臭又长又自我吹捧的时候。"

"为什么我觉得你把我放进那个类别?"

"你应该被放进那个类别吗?"

没想到我竟然笑了:"或许吧。"

"那么,我打算这么做。你先说你的故事,然后我说出我的,看看今晚是否会变成约会,或者只是两艘船相逢在黑夜的海上。"

"这不是约会。我自己出钱买酒,而且没有刮腿毛。"

他微笑着往椅背靠。

他有种特别的感觉挑动了我,一种我一开始没察觉的魅力。说真的,我有什么大事可做吗?

"你先。"

"我的故事很简单。我出生在缅因州的一座农庄,那块土地在我们家族传承了好几个世代。邻居家有个女儿叫珍妮·崔诺,大约上初二时,她终于不再用吸管对我发射口水弹了,而差不多同时我们开始谈恋爱。之后二十多年,我们做什么都在一起,我们一起上纽约大学,毕业后在故乡的教堂结婚,生了一个漂亮女儿。"他的笑容开始崩塌,但他连忙重新堆起,挺起背脊。"酒驾肇事,"他说,"冲过交通岛撞上她的车,珍妮和爱蜜莉当场身亡。可以说,从这里开始,我的故事急转直下。出事之后,只剩我一个人,我搬来西雅图,以为换个环境会有帮助。我今年四十三岁,如果你想知道——感觉你是会追根究底的那种人。"他往前倾,"换你了。"

"我四十六岁,虽然我并不想承认,但我想先说清楚。很不幸,我一生的故事在维基百科里一搜就有,所以说谎也没用。我毕业于华盛顿大学新闻系,我在新闻界一路打拼往上爬,终于进了联播网,成为知名主播。我有一个很红的脱口秀,叫《私房话时间》。工作是我的生命,然而……几个月前,我最好的朋友被诊断出患了乳腺癌,我抛下事业去陪她,显然我犯了不能原谅的大错,所以现在我不再是耀眼的明星,成了警世故事。我没有结婚、没有小孩,世上唯一的亲属是我妈,而她自称白云,从这里就能看出她是哪种人。"

"你完全没提到爱。"他淡淡地说。

"是啊,我没提。"

"从来没爱过?"

"只有一次,或许吧,已经是上辈子的事了。"说完后,我声音更轻地补充。

"后来……"

"我选择事业。"

"嗯。"

"嗯什么?"

"没什么,只是我第一次遇到。"

"第一次遇到什么?"

"故事比我惨的人。"

我不喜欢他看我的眼神,好像我多么脆弱。我一口喝干马丁尼,站起身。无论接下来他想说什么,总之我不想听。"谢谢你分享约会教战守则,拜啦,谷麦医生。"我说。

"戴斯蒙。"我听见他这么说,但我已经离开他往门口走去。

回到家,我吞了两颗使蒂诺斯,爬上了床。

凯蒂打断我的故事,说:我越听越不对劲,赞安诺?使蒂诺斯?

好朋友就是这样。她了解我,就像建筑业说的,里里外外,每颗钉子都一清二楚。更糟的是,我能透过她的双眼看到自己的人生。从来都是如此,凯蒂是我内心的声音,有如《木偶奇遇记》中指引正道的小蟋蟀吉姆尼。

"是啊,"我说,"我犯了不少错,不过,最糟的并非滥用药物。"

最糟的是什么?

我低声说出她女儿的名字。

二〇一〇年九月三日,上午八点十分

医院里的时间以龟速前进。强尼坐在不舒服的椅子上,朝塔莉的病床靠近。

他从口袋里拿出手机低头看了许久，终于翻出联系人，打给玛吉与巴德。现在他们住在亚利桑那州，陪伴玛吉守寡的姐姐乔治雅。

电话响到第三声，玛吉接听，声音有些喘。"强尼！真高兴接到你的电话。"他听出她在微笑。

"嗨，玛吉。"

她停顿片刻，才问道："出了什么事？"

"是塔莉。她出了车祸，详情我也不清楚，不过她在圣心医院。"他沉默了一下，"伤势很严重，玛吉，她陷入昏迷——"

"我们搭下一班飞机过去。我会让巴德直接去班布里奇岛，这样双胞胎放学之后就有人陪了。"

"谢了，玛吉。你知道怎么联系她妈妈吗？"

"别担心，我会去找多萝西。通知玛拉了吗？"

想到要打电话给女儿，他发出沉重的叹息。"还没有。老实说，我不确定能不能联系到她，也不晓得她是否在乎。"

"打给她。"玛吉温和地说。

强尼说完再见，挂了电话，闭上双眼片刻，做好心理准备。这些日子女儿身处在极为狭窄的边缘地带，呼一口气就能将她推落深渊。

他身旁的机器发出稳定的哔哔声，每次声响都在提醒他，那是在维持塔莉的生命，替她呼吸，给她一线生机。

根据贝文医生的说法，机会不大。

不需要医生解释他也看得出来。她的气色那么灰白，满身是伤，脆弱无比。

虽然有所顾虑，但他还是再次翻出联系人，拨打另一个号码。

玛拉。

8

二〇一〇年九月三日，上午十点十七分

俄勒冈州波特兰市，黑魔法书店以气氛为卖点，灯光昏暗，燃烧着熏香，挂着黑色窗帘。满是灰尘的书架上堆着二手书，一个区域特别留给不同的主题，例如心灵治疗、威卡教[1]法术、异教仪式和打坐冥想。任何人都能一眼看出，这家店同时追求阴森恐怖与心灵提升，唯一的问题是小偷防不胜防。由于店内光线朦胧、满是烟雾，很难确认商品是否不翼而飞，有太多东西被塞进口袋或背包带走。

玛拉·雷恩对老板提过很多次，但她不想为世俗琐事烦心。

于是玛拉也不管了，反正她其实并不在乎。高中毕业之后的两年里，她做过一大堆蠢工作，这只是最新的一个，在这里上班唯一的好处是不会有人挑剔她的装扮。噢，平常值班时间还不错，只是这周刚好要盘点，所以玛拉得一大早就来，对她而言简直是讨厌到了极点，况且，清点存货也没意义，反正都卖不出去。一般的店铺会在打烊之后盘点，但是黑魔法书店不一样，这里习惯在破晓前盘点。到底为何？玛拉完全搞不懂。

此刻，她站在巫毒区清点并记录黑色骷髅头蜡烛的数量，心中考虑着是否该辞掉这个没出路的工作，但这样就得重新找工作、换环境，光想想她就感到忧郁。

话说回来，什么都能让她忧郁。她不该多想未来，只要接受现在就好。这是心理医生多年前对她说的话，那个穿着花呢套装、眼神锐利的女人——荷丽叶·布鲁医生，她对她说的话都是骗人的。

---

[1] 威卡教（Vicca），在英国和美国盛行的一种以巫术为基础的新兴的多神论宗教。

时间可以疗伤。

慢慢会好转。

准许自己哀悼。

无论你有什么感受都没关系。

一堆屁话加上更多屁话。放下灵魂的伤痛一点好处也没有，相反的做法才对。

仔细研究疼痛才能带来安慰。心痛的时候不但不该放下，反而应该钻进去、穿上身，就像穿上寒冬里的厚外套那样。失落中有平静，死亡中有美丽，懊悔中有自由，她以惨痛的方式学会了这个道理。

她清点完骷髅头蜡烛，将清单放在书架上。她知道一定会忘记，但是谁在乎？她的休息时间到了。是啦，确实有点早，但这家店并不重视那种规定。

"星星，我去吃午餐。"她高声说。

店内某处传来声音："好。帮我跟你的教团问好。"

玛拉翻了个白眼。她说过很多次了，她不是女巫，她那群朋友也不是威卡教团，但老板星星永远不相信。"随便啦。"她穿过阴暗的书店到收银台，从满是废物的抽屉中拿出手机。这家店很少严格实施店规，但有一条绝不能违反：上班时禁止使用手机。星星说手机铃声最会破坏购买欲。

玛拉拿起手机走出书店，开门时响起一阵凄厉的猫叫声，这是书店迎客的铃声。她装作没听见，迈步走向光明——不只是比喻而已。

她的手机响起短信铃声。她低头看了一眼，老爸在两个小时内打了四通电话。

玛拉将手机塞进背包，开始往前走。

她走在波特兰市区，九月的这一天天气非常好。阳光洒在老城区，方方正正的红砖建筑看起来像是经过精心维护。她将下巴往内收，很久以前她就学会不要在街上和"正常人"视线接触，他们会用不屑的眼光批判她这样的年轻人。事实上，根本没有人是"正常"的，所有人内心都像她一样，有如水果在慢慢腐烂。

她走向住处，四周的环境越来越破败，才短短几条街，市容变得越来越丑陋、黑暗。下水道满是垃圾，寻找失踪儿童的海报钉在木柱上、贴在肮脏的窗玻璃上。对街的公园里，流浪少年睡在树下，以褪色的睡袋保暖，饲养的狗儿窝在身边。在这一带，走个五英尺就会遇到流浪少年乞讨。

不过他们不会找她讨。

"嗨，玛拉。"一个全身黑衣的少年跟她打招呼。他坐在一栋建筑门口抽烟，喂瘦巴巴的杜宾狗吃 M&M's 巧克力。

"嗨，亚当。"她往前走了几个路口，停下脚步左右张望。

没有人看她。她踏上水泥门阶，走进"上帝之光教会"。

里面安静得令人发毛，因为这里其实有很多人。玛拉保持视线向下，经过迷宫般的登记处后走进大厅。

街友们坐在长桌旁，手臂圈住面前的黄色塑料餐盘保护食物。一排排丽光板桌边坐满了人，每个人都穿着层层衣物，即使天气温暖也一样，毛线帽遮住肮脏头发，大部分都有破洞。

今天的年轻人比平常多，一定是因为经济衰退，玛拉觉得他们很可怜。虽然才二十岁，但她经历过连去加油站借厕所都得带上全部身家的日子，东西不多，却是她所拥有的一切。

她加入移动缓慢的队伍，呆呆地听着旁边拖拉移动的脚步声。

这里供应的早餐是稀燕麦粥配一片干吐司，虽然滋味平淡，至少能果腹，所以她十分感激。她的室友很不喜欢她来这里，裴克顿说这样等于接受"那个人"所施的小惠——但是她很饿。有时必须在吃饭与付房租之间二选一，最近更是如此。她吃完后将碗和汤匙拿到窗边，放进灰色橡皮桶，里面早已堆满了脏碗与汤匙，还有杯子，多到满出来，但里面没有刀。

她快步走出教会转回街上，缓缓爬上坡，走向那栋破烂老旧的红砖建筑：窗户裂了，门阶歪歪斜斜，窗户上挂着脏床单充当窗帘。

家。

垃圾桶满出来了，玛拉小心地在垃圾间移动，绕过一只毛色很杂的猫。进门后过了几秒，她的双眼才适应昏暗。走廊上的灯泡已经坏了两个月，没人有钱换，管理员形同虚设，根本懒得处理。

她爬上四层楼梯，公寓门上有根生锈的铁钉，原本固定在那里的驱逐通知现在只剩一半，她随手扯下扔在地上，然后打开门。这只是间小套房，倾斜的地板有淹水痕迹，墙壁斑驳，空气很闷，满是烟雾，大麻与丁香烟的气味很重。她的室友坐在各不相同的椅子上或躺在地板上，大部分舒服地瘫着。列夫脑子放空，随手胡乱拨弄着吉他；蓄着"骇人"长发绺的莎碧娜拿着水烟管抽大麻；自称老鼠的那个男生躺在一堆睡袋上睡觉；裴克顿坐在星球椅上，那是她上班时从附近的垃圾堆里捡回来的。

他像平常一样全身黑，紧身牛仔裤，像是古董的靴子没有系鞋带，故意撕破的九寸钉乐队T恤，蓝色挑染的及肩长发与威士忌色调眼眸突显出苍白脸色。

她跨过衣物、比萨盒与列夫的旧鞋子。裴克顿抬头给她一个很迷茫的笑容，拿出一张写满潦草字迹的纸，从写字的凌乱程度她能判断他神志有多不清楚。

"我最新的作品。"他说。

她读出那首诗,压低声音不让别人听见。"只有我们……我们俩……独坐黑暗中,等候,知晓……爱是我们的救赎,也是毁灭……没有人看到我们彼此拯救。"

"懂吧?"他慵懒地笑着,"有双重意义。"[1]

他的浪漫风格呼应她受伤的灵魂。她接过那张纸仔细研读,有如以前在高中文学课上研究莎士比亚,那好像已经是上辈子的事了。他举起手,她看到他手腕上美丽的白色疤痕。她所认识的人中,只有他理解她的痛,他教她如何转换、珍惜这份痛苦,并与之合二为一。这个房间里的每个人都知道刀锋能留下多么细致的线条。

莎碧娜在地上翻个身,递上还在冒烟的水烟管:"嗨,小玛,要爽一下吗?"

"哦,好啊。"她需要将甜腻的烟雾吸进肺里,让它施展魔力,但她还没走过去,手机便铃声大作。

她从口袋里拿出尺寸迷你的紫色摩托罗拉手机,这部手机她已经用了很多年。

"我爸又打来了。"她说。

"他无法接受你做自己,所以快发疯了。当然他会一直打来查勤,"列夫说,"他帮你付手机通话费就是为了这个。"

裴克顿抬起头看她:"嘿,莎碧娜,把烟管给我,小公主忙着接电话呢。"

---

[1] 这首诗的最后一句是"No one sees us save each other",除了"没有人看到我们彼此拯救"的意思,还可以解释为"除了彼此,没有人看得到我们"。

玛拉立刻感到羞耻,她成长的环境太安逸,父母给予了她太多关爱。裴克顿说得对,她原本一直是小公主,但王后死去之后一切都变了样,童话世界瞬间崩塌。铃声停止,立刻有短信进来:紧急状况,打给我。这消息令她蹙起眉。她有多久没有和爸爸说话了?一年?

不,不对。她清楚地记得最后一次和他说话的日子,她怎么可能忘记?

二〇〇九年十二月。九个月前。

她知道爸爸很想念她,也因为最后一次交谈时的冲突而感到后悔。他多次在语音信箱留言、发短信,表明他后悔了。有多少次他留言恳求她回家?

不过,之前他从不曾假称发生紧急状况,从不曾使计谋骗她打电话。

她跨过莎碧娜,绕过将吉他抱在胸前昏过去的列夫,走进有股木头慢慢腐烂气味与霉味的厨房。她拨打爸爸的手机号码,他很快就接起来,可见一直在等。

"玛拉,是爸。"他说。

"嗯,我知道。"她走向角落,故障瓦斯炉与生锈水槽间夹着一台二十世纪六十年代的绿色冰箱。

"你好吗,小宝贝?"

"不要那样叫我。"她忽然全身发冷,但她归咎于身体靠在冰箱上。

他叹息:"可以告诉我你在哪里吗?我甚至不知道你在哪个时区,无法计算时差。布鲁医生说这个阶段——"

"爸,这不是什么阶段,而是我的人生。"她离开冰箱站直。她身后的房间传来烟管冒泡的声音,裴克顿和莎碧娜大声笑着,甜腻的烟雾往这里飘来。"爸,到底发生了什么紧急状况?你再拖下去我都要老了。"

"塔莉出了车祸，"他说，"很严重，我们不确定她是否能平安度过。"

玛拉慌乱地轻声倒抽一口气。不能连塔莉也出事。"噢，我的天……"

"你在哪里？我可以去接——"

"波特兰。"她轻声说。

"俄勒冈州？我帮你买机票。"他停顿了下，"每个小时都有班机。我买阿拉斯加航空，开空白票等你去柜台领取。"

"两张。"她说。

他再度停顿："好吧，两张。你要搭哪班——"

她没有说再见就挂断了电话。

裴克顿晃进厨房："怎么了？你好像很慌张。"

"我干妈可能快挂了。"她说。

"玛拉，人迟早会死。"

"我得去看她。"

"她那样对你，你还要去？"

"陪我去，拜托？我没办法一个人去，"她说，"拜托。"

他眯起眼，她感觉自己被他锐利的视线切割，无所遁形。

他将长发塞到耳后，露出一整排银耳环。"我觉得这个主意不太好。"

"不用待太久，拜托，裴。我会跟我爸要点钱。"

"好，"他终于答应，"我去。"

玛拉和裴克顿穿过波特兰的小机场，感觉所有人都盯着他们。

这些所谓的正常人因为裴克顿的装扮而瞠目结舌，她最喜欢看他们这副模样。他一身哥特风打扮，两耳都戴着安全别针，脖子和锁骨上都有刺青。他们看不见那圈刺青的美，也不懂那些文字的嘲讽幽默。

玛拉登机，在后面找到座位，扣上安全带。

她望着窗户，看到自己苍白的脸的隐约倒影：棕眸周围画着浓厚眼线，带紫的嘴唇，粉红色的头发根根竖立。

机舱响起叮的一声，飞机开始启动，在跑道上高速滑行，接着朝万里无云的天空起飞。

她闭上双眼，回忆轻敲她的意识，有如裴克顿最爱的那首诗中所写的渡鸦敲窗[1]，嗒、嗒、嗒。

她不想回忆过去，永远不想。这些年来她努力埋藏那一切，诊断、癌症、诀别、葬礼，以及之后漫长的几个月，但那一切又回来了，顶开泥土回到地面。

她闭上眼睛，看到从前的自己，过着最后一个平凡的日子：十五岁的她正准备去上学。

"你该不会想穿成那样去学校吧？"妈妈走进厨房。

厨房另一头的餐桌旁，双胞胎瞬间安静下来望着玛拉，看起来像两个摇头娃娃。

"惨了。"威廉说。

路卡猛点头，一头乱发上下晃动。

"我的打扮没什么不对。"玛拉从餐桌旁站起来，"妈，这是时尚。你该相信我的眼光。"她轻蔑地打量着妈妈——超丑的廉价法兰绒睡衣，头发扁塌，过时的拖鞋，还眉头紧锁。

"你这身打扮适合半夜去先锋广场拉客。很可惜，现在是十一月的星

---

[1] 这里是指美国作家爱伦·坡在一九四五年出版的叙事诗，讲述了一只会说话的渡鸦拜访失去所爱的男子，敲窗要求进入并与其交谈，并描绘男子缓慢陷入疯狂的过程。

期二早上，你是高二学生，不是《杰瑞·斯普林格秀》[1]的特别来宾。我再说清楚一点吧，那条牛仔裙短到我能看见你的内裤——粉红底、小花图案，而那件上衣根本就是婴儿装。我不准你在学校露肚子。"

玛拉气恼地猛跺脚。这身打扮完全是今天她想让泰勒看见的模样，他会觉得她是酷妹而不是小鬼。

妈妈扶着面前的椅子紧紧抓住，像很老很老的人会做的那样。她叹息一声坐下，端起她的咖啡杯，上面印着"全世界最棒的妈妈"，她用双手握住，仿佛需要取暖。"今天我身体不舒服，没精神跟你吵。拜托，玛拉。"

"那就不要跟我吵。"

"没错，我不打算跟你吵。你不准这样去学校，这身装扮活像嗑了快克毒品的小甜甜布兰妮，也不准露股沟，我说了算。你知道最酷的事情是什么吗？我是你妈，所以我是这个家的总裁，要说是典狱长也可以。重点是，住在我家，就要守我定的规矩。快去换衣服，不然就等着倒大霉。让我解释一下，所谓倒大霉，首先是你上学迟到，其次是你的宝贝手机被没收，还有更惨的，我就不说了。"妈妈放下咖啡杯。

"你想毁了我的人生。"

"啊，我的邪恶计划被你揭穿了，小鬼。"妈妈靠过去揉揉威廉的乱发，"你们两个还小，再过几年我才会开始毁掉你们的人生，先别担心。"

"我们知道，妈咪。"威廉一脸认真地说。

"玛拉的脸好红。"路卡说出他的发现，便继续埋头用早餐麦片盖城堡。

"雷恩家校车十分钟后出发。"妈妈按住桌面撑着身体慢慢站起来。

---

[1] 《杰瑞·斯普林格秀》(*Jerry Springer Show*)，美国谈话节目，以风格低俗著称，经常邀请底层人物上节目，互相指控通奸、卖淫等争议行为，往往引起嘉宾当场争吵甚至大打出手。

今天我身体不舒服，没精神跟你吵。

这是第一个证据，但玛拉没有察觉，她根本不在乎。她照常过日子，上学读书、受人欢迎，想尽办法让每个稍有名气的人都想和她做朋友。直到第一次家庭会议。

"今天我去看医生了，"妈妈说，"你们不必担心，不过我……生病了。"

玛拉听见双胞胎说话，问一些蠢问题，完全不懂事态有多严重。妈宝路卡跑去抱住妈妈。

爸爸带双胞胎出去，经过玛拉时，他低头看了她一眼，他眼里闪着泪光，她觉得膝盖发软。他会哭肯定只有一个原因。

她仔细观察妈妈，看到所有小细节：皮肤无比苍白，黑眼圈非常浓重，嘴唇干裂无血色。妈妈好像被扔进了漂白水，虽然爬出来了，但失去了色彩。重病。

"是癌症吧？"

"对。"

玛拉颤抖得很厉害，她紧握双手想稳住。她怎么没想到会发生这种事？整个人生在瞬间翻覆。

"你不会有事吧？"

"医生说我年轻又健康，所以应该不会有事。"

应该。

"我会去看最好的医生，一定能成功治愈。"妈妈说。

玛拉松了一口气："那就好。"

她觉得胸口可怕的紧绷稍微减轻了，妈妈从来不说谎。

可是那次是例外。她说谎了，她死了。失去了她，玛拉的生活瞬间走样。接下来几年，她努力想认识已经消失的那个人，却只能想起癌症时期的妈妈，苍白病弱，像只小鸟一样，没有头发、眉毛，手臂干瘦惨白。

"颂扬妈的人生"的那个派对可怕至极，她完全无法忍受。那天晚上，玛拉知道大家希望她怎么做，每个人都告诉过她。爸爸疲惫地说：我知道这场派对糟透了，但这是她想要的。外婆叫她去厨房帮忙——这样会好过一点。只有塔莉最诚实、最真实，她只说：我的天，我宁愿戳瞎双眼也不想办这种派对。玛拉，拿支大叉子给我。

二〇〇六年十月。玛拉闭上双眼回想，从那时开始，一切都不对了。葬礼当晚，她坐在家中楼梯的顶端，望着下面满客厅的人……

每个人都是一身黑。电铃每隔几分钟就响一次。一个又一个女人进门，每个都带来盖着铝箔纸的焗烤盘（当然啦，失去至亲让人胃口大开）。音乐也死气沉沉的，老气的爵士乐，十六岁的玛拉联想到打窄领带的老头和梳高髻的女人。

她知道应该下楼招待客人，送饮料、收盘子，但到处是妈妈的照片，她受不了。更何况，每次她不小心对上某人的目光，像足球队的妈妈、舞蹈班的妈妈、杂货店的巴吉太太，大家都露出同情可怜的神色。每看到一次，她的心就被扯下一块，她们的怜悯一再提醒她妈妈永远不会回来了。才两天，短短两天，照片里那个活泼爱笑的人已经开始从记忆中褪色，玛拉心中只有那个惨白垂死的妈妈。

门铃再次响起。

她的朋友们来了，有如准备拯救公主的勇士，她们肩并肩，妆都哭花了，眼里满是忧伤。

玛拉从不曾像此刻这么需要她们。她站起来，感觉有些摇晃。阿什莉、珂萝和琳希，她们冲上楼同时抱住她，抱得很紧，抱得她的脚都快离地了，强忍的泪水终于溃堤。

玛拉退开时，珂萝说："我们不知道该说什么。"

"你妈一直都很酷。"阿什莉诚挚地说，琳希点头。

玛拉抹抹眼睛："真希望我以前跟她说过。"

"她完全懂，你瞧，"阿什莉说，"我妈叫我告诉你这个。"

"记得吗？有一次罗宾斯老师上课的时候，她送杯子蛋糕到教室。她把蛋糕装饰成书里的角色，哪本书来着？"琳希皱着眉头回想。

"《实验鼠的秘密基地》，她还给蛋糕上的老鼠装了胡须。"珂萝说，"棒呆了。"

她们一起点头，泪水盈眶。

玛拉也想起来了：你竟然跑来我班上！天啊！你穿的是什么鬼东西？

"今天电影院有午夜场的《圣诞夜惊魂》，我们去看吧。"琳希说，"我们可以待在杰森家等开场。"

玛拉差点脱口说：我妈才不会答应呢。想到这里，她的眼眶又湿了。她感觉情绪急速失控，简直像崩塌的建筑。感谢老天，幸好她的朋友在这里。"走吧。"她带着她们下楼穿过客厅，在大门前，她几乎敢发誓她听见了妈妈的声音：丫头，快给我过来。你们四个不准去看午夜场，这座岛过了十一点不会有好事。

玛拉停下脚步，三个朋友包围着她。

"你要跟我们出去，不必告诉你爸吗？"琳希问。

玛拉转身望着客厅里那群黑衣悼客，感觉有点像爸妈办的万圣节派对。

"不用，没有人会发现我不在。"她轻声说。整个晚上爸爸一次都没有来找她，塔莉则是一看到她就哭。

掌握孩子行踪是妈妈的工作，但现在她已经不在了。

第二天早上,爸爸决定全家出游。为什么老爸会认为沙滩、冲浪会有帮助呢?玛拉完全想不通。她试着说服他放弃,可惜她人微言轻。于是,妈后(妈死后,现在她以这种方式计算人生——妈生前、妈死后)一日,她去度假,蠢毙了,她根本不想玩。

她想让爸爸明白她有多么生气。现在她只剩朋友了,而在她最需要她们的时候,她却被带到三千英里之外。

她讨厌人间天堂。艳阳让她很生气,烤汉堡的气味也是,而老爸悲伤的表情让她想哭。那个星期他们完全没有谈重要的事。他不时主动想拉近关系,但他眼中的痛苦会将她吸进去,让她觉得更难过,于是她不再看他。

她一天至少打十个电话给朋友,好不容易撑到地狱假期结束。

飞机在西雅图降落,玛拉第一次感觉放松,能够自在呼吸。她以为最大的难关已经过去了。

没想到大错特错。

他们回到家时,震耳欲聋的音乐响彻整间屋子,厨房流理台上满是外卖空盒,塔莉躺在衣帽间里,妈妈的衣服全被装进箱子。爸爸大发雷霆,对塔莉说了一堆很难听的话,把她骂哭了,然而更恐怖的还在后面,他说:"我们要搬家。"

9

二〇〇六年十一月,妈妈的葬礼之后不到一个月,他们搬去加州。出发前的那两周玛拉简直痛苦至极,也伤心至极。她清醒的时间都在对爸爸发脾气，不然就是哭个不停，她吃不下、睡不着，一心只想和朋友说话，但她们四个每次见面都像在道别，只是将很长的话别分成几次，每次聊天都在说从前的事。

玛拉的愤怒无法压抑，就像有只怪兽关在她体内，推挤着她的肋骨，让她血液沸腾，连哀伤也被吞噬。她在家中走动时总是重重踩脚，关门都用力甩，每打包一样纪念品便痛哭失声。她无法接受将这栋房子锁起来，然后头也不回地离开。这里是他们的家。至少房子不会卖掉，算是一点小小的安慰。爸爸保证有一天会搬回来，大型物品都留下来，例如家具、艺术品和地毯。他们租了一栋带家具的房子，好似换套家具就能让大家忘记失去妈妈的痛。

搬家的日子终于到来，她抱着朋友不放，在她们怀中痛哭，对爸爸说恨他。

这一切都不重要，她也不重要，这是黑暗的现实。妈妈像一根芦苇，总是随玛拉的意志弯折；爸爸则是一块钢板，冰冷而无法撼动。她很清楚，因为她曾经一再冲撞，却落得伤痕累累，倒在他脚下。

前往洛杉矶的两天车程中，玛拉一言不发，完全没有开口。她戴着耳机听音乐，不停发短信给朋友。

他们离开蓝天绿地的华盛顿州，一路往南行驶，到了加州中部，景色变成一片棕黄，棕色矮丘挤在明亮秋阳下，方圆几英里没有一棵像样的树。洛杉矶更惨，一片平坦，看不见尽头，高速公路一条接一条，每个车道都挤满车辆。他们终于抵达比弗利山庄爸爸租的房子，玛拉头痛欲裂。

"哇——"路卡把这个音拖得很长。

爸爸在驾驶座上转身问："玛拉，你喜欢吗？"

"哼，"她说，"你哪会在乎我的想法。"她开门下车，什么都不管，先发短信给阿什莉说"甜蜜新家到了"，她边输入边从车道走向大门。

这栋房子显然最近刚翻修过，原本是七十年代的农庄风格平房，整修之后变得比较现代、比较方正。前院经过精心修整，没有半点缺陷，每朵花都长在该长的地方，因为阳光充沛加上自动洒水系统，花朵超级大。

这里不是家，至少不是雷恩一家人的家。落地窗、不锈钢厨具、灰色石砖地板，屋里的每样东西都光亮冰冷，家具前卫时尚，线条利落，金属色调。

她看着爸爸说："妈一定会讨厌这个地方。"她看出这句话伤他多深，满意地想着：很好。随后，她转身上楼去选房间。

到比弗利高中的第一天，玛拉知道她绝对无法融入，因为这里的学生仿佛来自另一个星球。学生停车场满是名车——奔驰、保时捷和宝马，家长接送区更是高级轿车云集，也有路虎顶级休旅车，甚至不时会出现加长型礼车。当然，并非每个学生都有司机接送，但重点是真的有人这样，玛拉着实无法置信。这里的女生都美呆了，有专业人士帮她们染头发，有些人拿的皮包比车还贵。光鲜靓丽的女生聚集成小团体，没有人跟玛拉打招呼。

上学第一天，她以自动模式在课堂间移动。没有老师叫她的名字，也没有点她回答问题。午餐时间她独自坐在桌边，四周很热闹，但她几乎没有留意，她什么都不在乎。

第五堂课要小考，她低头坐在教室后面。孤独将她紧紧包裹，让她难以挣脱。她不断想着多么需要对朋友倾诉——还有妈妈，因为太痛苦，她觉得全身发抖。

"玛拉？"艾波比老师停在她的座位旁，"如果跟不上进度，记得来找我，我随时可以帮忙。"她将课程大纲放在她桌上，"我们都知道你一定很难过，毕竟你妈……"

"死了。"玛拉毫无感情地说。既然这些大人要跟她说话，那就不如直接说出那个字，她讨厌他们欲言又止、唉声叹气。

艾波比老师急急忙忙走开。

玛拉冷冷一笑。这个防御招数虽然不算太好，因为她得说出那个字，但效果很不错。

下课铃响，其他学生跳起来立刻开始交谈。玛拉不接触任何人的视线，也没有人主动接触她的视线。一上校车，她便察觉自己的穿着打扮完全不对。在这所学校，梅西百货的牛仔裤搭配紧身上衣简直土得掉渣。

她收拾好书包，确定顺序正确、每本书都朝着对的方向。这是她最近开始的强迫行为，怎么都甩不掉。她需要东西有条有理。

她独自离开教室到走廊。外面还有几个学生在嬉戏笑闹，头顶上挂着一个大型黄色横幅，因为一角被扯掉而松松垮垮，上面写着"上啊！诺曼人！"。有人把"诺曼"涂掉，写上"特洛伊人"[1]，然后在下面画了个阳具。

通常看到这种好笑的事她都会告诉妈妈，她们会一起笑，笑完后，妈妈会开始严肃说教，告诉她为何不该发生性行为，高中女生应该谨言慎行。

"你站在走廊中间看着老二哭，你自己知道吧？"

玛拉转身，看到旁边有个女生。她一脸浓妆，像是准备拍照，一对

---

[1] 诺曼人和特洛伊人是两支美式足球队，诺曼人队是比弗利高中的，而特洛伊人队是南加大的，且特洛伊还是避孕套品牌名。

巨乳堪比足球。

"别烦我。"玛拉走开时撞了那个女生一下。她知道应该说句机智的俏皮话，音量要让其他人听见，这样大家才会觉得她够酷，但她没有那么做，她不想交新朋友。

她旷了下一堂课早退回家，或许这样终于能让爸爸注意她。她一路步行回家，在屋里来回走动，但这栋冰冷有回音的房子无法给她安慰。双胞胎在侬莲娜家，她是爸爸雇用的兼职保姆，而爸爸还没下班。她走遍整栋毫无感情的大房子，回到自己的房间时，她的意志开始出现裂痕。

这不是她的房间。

她的房间有浅色条纹壁纸与木质地板，几盏台灯提供照明，而不是这种装在天花板上的固定灯具，太亮的灯光感觉像侦讯室。她走向时髦的黑色五斗柜，想象应该在这里的她的五斗柜，多年前妈妈亲手彩绘的那个——妈咪，我要更多颜色、更多星星。放在这个极简风的房间里绝对会格格不入，就像身在比弗利高中的玛拉。

她拿起小小的史莱克八音盒，搬家时她特别慎重地包好，一路带来这里。这是她十二岁生日时塔莉送她的礼物。

记忆中它没有这么小、这么绿。她上紧发条，掀开盒盖，塑料菲欧娜跳出来，随着影片里的歌曲跳舞：嘿，现在，你是明星队球员。[1]

里面放着一堆她喜欢的小东西：在卡拉洛海滩上捡的玛瑙，在家后院挖到的箭头，一只旧塑料恐龙，《魔戒》主角佛罗多玩偶，十三岁生日时塔莉送的石榴石耳环，最底下则是印着西雅图地标"太空针塔"图案的粉红色折叠刀，这是她去西雅图市中心游玩时得到的纪念品。

---

[1] 《怪物史莱克》片头曲 *All Star* 中的歌词。

她打开刀子，呆望着小小刀锋。

强尼，她还太小。

凯蒂，她够大了。我女儿这么聪明，才不会割到自己呢，对吧，玛拉？

宝贝，要小心啊，别刺伤自己。

她将银色方形刀锋按在左手掌上。

一阵刺痛传遍全身，终于有感觉了。她稍微动一下刀锋，不小心割破了手。

鲜血冒出。那色彩令她着迷，出奇地鲜艳美丽，她从没有看过这么完美的颜色，像是白雪公主的红唇。

她无法转开视线。当然会痛，既锐利又甜美亦苦涩，但比起失去重要亲人、被抛弃的闷闷感受，疼痛比较好。

好痛，她喜欢这份真实与明确。她看着鲜血从手掌侧边滑落，滴在她的黑鞋上，感觉它似乎消失了，但又隐约看得见。

几个月来，她第一次觉得舒服一点。

接下来几个星期，玛拉暴瘦，不断在上臂与大腿顶端割出小小的红色伤痕，借此标示她的哀痛。每当感到无法负荷或失落或对上帝生气时，她便割伤自己。她知道这行为很坏、很变态，但她停不下来。每当她打开粉红色折叠刀，看着染上一层红黑的刀锋，她总会有种活力涌出的亢奋感。

虽然感觉很不可思议，但是在她最低落的时候，只有自残才能让她振作。她不知道为什么，她不在乎，流血比哭泣、呐喊好多了。自残让她能够撑下去。

圣诞节那天，玛拉早早醒来，半梦半醒间，她的第一个念头是"妈，今天是圣诞节呢"，然后才想起来妈妈不在了。她重新闭上双眼，希望能继续睡，希望能有很多其他事情。

楼下传来家人聚集的声音，跑下楼的脚步声，还有门砰的一下关上的声响，两个弟弟大声叫她。他们八成像疯子一样乱冲乱跑，拉着外婆的手，从圣诞树下拿出礼物，用力摇得咔咔响。妈妈不在了，没有人能让他们安静下来，他们要怎么度过这一天？

这么做会舒服点，你知道的，只痛一下下。没人会发现。

她下床走向五斗柜，拿出漂亮的史莱克八音盒。打开盒盖时，她的手微微颤抖。

她的刀在这里。她打开刀刃，尖端好锐利、好漂亮。

她将尖端抵着指尖，感觉肌肤被割开，鲜血涌出，完美的艳红圆点。看到血，她再次感觉一阵刺激窜过全身，积压在胸口的压力消散了，有如转动释压阀释放蒸汽。几滴血滑落手背，滴在硬木地板上。她看着鲜血凝聚成红色小溪，深深地赞叹着。

她的手机响了。她后退，四处寻觅，终于在床边找到了，她接了起来："喂？"

"嗨，玛拉，是我，塔莉。我想在拆礼物的大活动开始之前先打给你，我知道你们家拆礼物要花很长的时间，因为一次只能拆一样。"

玛拉从最上层的抽屉里拿出一只袜子包住手指。

"怎么了？"塔莉问。

玛拉用力捏住流血的手指，伤口抽痛，照理说疼痛应该带来安慰，然而因为她的每个呼吸塔莉都听得一清二楚，玛拉只感到羞耻。"没事。你知道……少了她的圣诞节。"

"嗯。"

玛拉在床边坐下，恍惚思考着告诉别人自己自残的事会怎么样。她想停止，真的。

"你交到朋友了吗？"塔莉问。

玛拉讨厌这个问题："一堆。"

"比弗利山庄的女生心很坏，对吧？"塔莉说。

玛拉不知道怎么回答。在比弗利高中她没有交到半个朋友，也并不想交。

"玛拉，你不需要一堆朋友，真正的好友一个就够了。"

"塔莉与凯蒂。"她闷闷地说。伟大的友谊神话。

"只要你需要，我随时都在，你知道吧？"

"那就帮帮我，告诉我怎样才能快乐。"

塔莉叹息："这种时候你妈比我有用多了。她相信幸福结局，认为人生只会越来越光明。我呢，我的看法大致上属于'人生烂透了，最后还不是死'。"

"相信我，人生确实烂透了，最后还不就是个死。"

"玛拉，跟我聊聊。"

"我不喜欢这里。每天我都好想她。"她轻声地说。

"我也是。"

之后就没什么好说的了。走了的人不会回来，她们都学到了这一课。

"我爱你，玛拉。"

"你圣诞节要做什么？"

电话那头停顿了一下，玛拉似乎听见干妈倒抽一口气："噢，你知道的。"

"一切都变了。"玛拉说。

"是啊，"塔莉说，"一切都变了，我讨厌这样，尤其是这种日子。"

玛拉最喜欢这样的干妈。只有塔莉不会骗她说慢慢会好转。

刚转进比弗利高中的前几个月有如梦魇。玛拉每个科目都受挫，成绩一落千丈。课程难度高，竞争激烈，但问题不在于此，问题在于她无法专心上课，也毫不在乎。二〇〇七年开始之后没多久，玛拉和爸爸一起去见校长和辅导老师，在场的每个人都拉长了脸，太多啧啧声，"伤痛"与"心理咨询"这两个词一再出现。会谈结束时，玛拉很清楚别人期待她在这个失去妈妈的恼人新世界该怎么表现，她差点说出她不在乎。

但是她看着爸爸的眼睛，发现自己让他多么失望。我要怎么做才能帮你？他轻声问。之前她一直以为她等的就是这个，等爸爸开口问，但当他真的说出这句话时，她反而感觉更糟。她发现一件之前不知道的事：她不要别人帮忙，她想消失。现在，她明白该怎么做了。

保持低调。

在那之后，玛拉假装一切都很好，至少能够通过爸爸的考核，而要通过实在太容易，容易到令人沮丧。只要她保持好成绩、在晚餐桌上微笑，他就会对她视而不见。他工作太忙了。她得到了教训，她必须表现正常。至于双胞胎的保姆依莲娜（一个眼神忧伤的妇人，一有机会就念叨她的孩子长大离家了，所以她有太多时间不知如何打发），也很少花时间陪玛拉。她只要假装加入体育队就可以长时间不在家，想去多久都没问题，从来没有人要求看她的比赛，也没有人问她过得好不好。

到了高三，她已经精通假装，并且已经到了炉火纯青的程度。每天早上她准时起床，因为做噩梦而双眼无神、摇摇晃晃地走进浴室。即使是要上学的日子,她也懒得洗澡、洗头,那太累人了,反正干净或邋遢都没差。

她在比弗利高中始终没有交到朋友,她早已放弃希望了。这样也好,反正那些女生都很浅薄,每天只会甩头发,认定好车才能证明人的价值。

好不容易熬到二〇〇八年六月,她要从比弗利高中毕业了,所有人都在楼下等她。外公、外婆和塔莉都特意坐飞机赶来参加她的"人生大事"。他们既激动又兴奋,来来回回说着同样的话,开心、成就、荣耀,像打乒乓球一样。

玛拉完全无感。她拿起毕业袍,感觉冰冷的恐惧降临。廉价化纤衣料在她手中窸窣作响,她穿上袍子,拉好拉链,走到镜子前。

她苍白消瘦,挂着两个浮肿的紫色眼袋。他们口口声声说爱她,怎么没发现她如此憔悴?

只要她达成期望,做功课、申请大学、假装有朋友,就没有人会认真看她。这是她想要的,是她选择的。然而,内心依然很痛。妈妈一定会看出她有多么不快乐。玛拉体会到一个真理:没有人会像妈妈那么了解孩子。以前她最讨厌妈妈那种"丫头,你休想"的眼神,但现在只要能再看到一次,她愿意付出一切。

爸爸在楼下大喊:"玛拉,该出门了。"

她走向五斗柜,渴望地看着史莱克八音盒,期盼让她心跳加速。

她掀开盖子。里面除了小刀还有十多片小纱布,上面的血迹放久了变成棕色。对她而言,这些纱布有如宗教圣物,她舍不得丢掉。她缓缓展开刀子,卷起袖子,在手臂内侧不会被看见的地方迅速割一刀,伤口很漂亮。

但她立刻察觉割得太深了。

大量血液从手臂涌出，滴在地板上。她需要帮助，不只为了止血，她不知不觉失控了。

她下楼走到客厅，血滴在脚边的石板地上。

"我需要帮助。"玛拉轻声说。

塔莉第一个冲过来。"老天，玛拉。"干妈将相机扔在沙发上。她扑上前抓住玛拉没受伤的那只手，将她拉进最近的浴室，强迫她坐在盖着盖子的马桶上。

爸爸跟着冲进浴室，塔莉胡乱翻抽屉，扔出肥皂、梳子和几支护手霜。

"怎么回事？"爸爸大喊。

塔莉跪在玛拉身边怒吼："绷带，快！"

爸爸立刻出去，回来时带着纱布与透气胶带。塔莉压住伤口止血、包扎，爸爸站在后面看，表情困惑又愤怒。"好了，"塔莉说，"不过我觉得可能需要缝合。"塔莉后退让爸爸过来。"老天……"他摇着头说，弯腰看着玛拉的双眼。

他努力挤出笑容，玛拉想：这个人不是我爸，他连背都挺不直了，而且几乎不会笑。他不像自己了，就像她也早已不是他记忆中的女儿，他甚至连头发都白了，什么时候发生的？

"玛拉，发生了什么事？"他问。

她觉得太可耻而无法回答。她已经太令他失望了。

"别害怕。"塔莉说，"你说需要帮助，意思是心理治疗，对吧？"

玛拉凝望干妈温暖的棕眸。"对。"她轻声说。

"我不懂。"爸来回看着塔莉与玛拉。

"这是她自己故意弄的。"塔莉说。

玛拉看出爸爸非常困惑，他无法理解为何自残会让她觉得好过一些。"你一直在伤害自己，我怎么会不知道？"

"我认识一个能帮助她的人。"塔莉说。

"在洛杉矶？"爸爸转头看塔莉。

"在西雅图。还记得荷丽叶·布鲁医生吗？她上过我的节目。我有办法可以让玛拉星期一就排到门诊。"

"西雅图。"玛拉说，仿佛看到一条救生索。她经常梦想能回去找朋友，次数多到数不清，现在机会来了，她却发现自己完全不在乎。如此一来更证明她病了，心理失常、忧郁。

爸爸摇头："我不确定……"

"强尼，她是在这里开始自残的，在洛杉矶。"塔莉说，"而且特别选今天这种日子，或许我不是弗洛伊德，但我可以告诉你这是她求救的方式。让我帮她。"

"你？"他不客气地说。

"你还在生我的气？搞什么鬼？不，不必回答，我不在乎。强尼·雷恩，这次我不会让步。我不会给你空间，也不会对你宽容，这次我一定要和你对抗到底，否则凯蒂不会原谅我。我答应她会照顾玛拉，而显然你不太会照顾她。"

"塔莉。"他的语气清楚表达出警告意味。

"让我带她回家，星期一我会带她去找荷丽叶，最晚星期二绝对能见到。之后我们再决定接下来该怎么做。"

爸爸看着玛拉："你想去西雅图见布鲁医生吗？"

老实说，玛拉根本不想去见布鲁医生。她什么都不想要，只希望大家都不要烦她，以及离开洛杉矶。"嗯。"她疲惫地说。

爸爸转向塔莉："我会尽快过去。"

塔莉点头。爸爸一脸的不相信，他站起来，直视着塔莉："只是照顾她几天应该没问题吧？我可以信任你吧？"

"我会像老母鸡牢牢守着宝贵的蛋那样。"

"我要详尽的报告。"

塔莉点头："我一定做到。"

10

玛拉终究没有出席高中毕业典礼，对她而言如获大赦。她和塔莉搭机返回西雅图。塔莉说到做到，顺利安排玛拉在星期一下午两点去见布鲁医生。

就是今天。

玛拉不想起床。昨晚她没睡好，现在觉得很累。不过她还是照着期望做。她洗澡、洗头，甚至愿意费事吹干。虽然很辛苦，但她特地从行李中拿出干净衣物，而不是穿上昨晚扔在地上的那套。

她穿上赛文·弗奥曼德牛仔裤，这曾经是她最心爱的宝贝，但那已经是上辈子的事了。她惊恐地发现自己瘦了太多，牛仔裤挂在身上，裤腰露出两块明显的髋骨。她选了休闲名牌阿伯克龙比的厚重运动衫，让消瘦的身形多一点分量，也可以遮住上臂的伤疤。

她将连帽运动衫的拉链拉到下巴，准备走出卧室。她原本只想走出去，关上门，开始一天的行程。

但当她经过敞开的行李箱时，视线落在侧边的暗袋上：她的小刀藏在这里。一瞬间，世界仿佛变成慢动作且一片模糊。她听见心脏怦怦重击，感觉血液在血管中奔流。她想象着鲜红美丽的血。她好想痛一下，一次就好，让胸口难受的压力得以舒缓。她禁不起诱惑，往前踏出一步，伸出手。

"玛拉！"

她收回手，急忙转身。

没有人。

"玛拉！"

是塔莉。她叫了两次，这表示她很可能已经在外面的走廊上了。

玛拉双手握拳，感觉指甲掐进掌心的肉里。"来了。"她说，声音干哑微弱，自己几乎都听不见。

她走出房间，关门时听到门发出咔的一声轻响。

没多久，塔莉来到她身边，握着玛拉的手臂带领她走出公寓，仿佛她是盲人。

她们步行前往上城区，塔莉一路上说个不停。

玛拉努力专心听，但她的心脏跳得太快，让她没办法做任何事。她的手在流汗，她不想坐在诊室里对陌生人说自残的事。

"到了。"塔莉终于说道。玛拉钻出灰色迷雾，发现自己站在一栋玻璃帷幕高楼前。她记得路上应该有个公园，很多流浪汉聚集在一根图腾柱下面，他们什么时候经过的？她完全没印象。她觉得很害怕。

她跟着塔莉走进电梯，上楼到诊所，一个满脸雀斑、态度严肃的小姐带她们去等候室坐下。

玛拉坐在水族箱旁，蓝色椅垫太过松软，玛拉不自在地坐在边沿。

"鱼好像有让人平静的效果。"塔莉坐在玛拉身边，握住她的手，"玛拉？"

"干吗？"

"看着我。"

她不想看，但是她很清楚一件事：不理塔莉只是徒劳。于是她缓缓转过头。"怎么啦？"

"你的感觉并没有不对，"她温和地说，"有时候想念她也会让我痛到无法忍受。"

再也没有人说这种话了。噢，十八个月前他们经常提起妈妈，不过显然哀悼也有保鲜期，好比一扇对外的门，一旦关上，在外面的黑暗中就该忘记有多么思念灯光。"这种时候……你知道，回忆太痛苦的时候，你都怎么办？"

"要是告诉你，你妈肯定会从天堂下来狠狠修理我。我应该是负责任的成年人。"

"算了，"玛拉说，"不要告诉我怎么办。从来没有人跟我说。"她左右张望，担心前台小姐偷听，但她完全没有注意她们。

塔莉整整一分钟没有说话，这段时间感觉太长，最后，她点头说："她走了以后，我恐慌症开始发作，所以我服用赞安诺。我完全无法入睡，有时候也会喝很多酒。你怎么做？"

"我自残。"玛拉轻声说。能够承认，感觉出奇地舒服。

"我们真是同病相怜。"塔莉露出无奈笑容。

她们身后的一扇门开了，一个纤细窈窕的女人走出办公室。她很美，但玛拉却从她咬牙切齿、怒气冲冲的面容中看到了痛苦。那个女人围着厚重的格子披肩，将整个上半身包住，一只戴着手套的手抓紧披肩，感觉她仿佛要走进暴风雪，而不是六月的西雅图。

"下次见，茱德。"前台小姐说。

那个女人点点头，戴上太阳眼镜。她走出诊所时完全没有看玛拉或塔莉。

"你是玛拉·雷恩吧？"

玛拉压根儿没发觉等候室多了一个人。

"我是荷丽叶·布鲁医生。"那个女人伸出一只手。

玛拉十分不情愿地站起来，现在她真的很想逃。"嗨。"

塔莉站起来："嗨，荷丽叶，谢谢你愿意临时接受门诊。想必你一定特地调整过行程吧？你肯定需要了解一些背景资料，我陪她进去——"

"不用。"医生说。

塔莉一脸错愕："可是——"

"塔莉，我会照顾她，治疗是我和玛拉之间的事。你可以安心地把她交到我手中，我保证。"

玛拉并不这么想，她觉得自己被交到一双诡异的手中，那种瘦巴巴、都是老年斑的手，绝不是让人安心的手。不过，她继续扮演好孩子的角色，跟随医生走进风格时髦成熟的办公室。

其中一面墙是整扇落地窗，可以俯瞰派克市场以及闪耀的碧蓝海湾。一张光亮的木质办公桌将空间分成两半，桌子后方有张黑色真皮座椅，桌子前方有两张面向办公桌感觉很舒适的椅子。一张黑色沙发靠着远处那面墙，墙的上方挂着一张夏季海滩图，画面很静谧，或许是夏威夷，也可能是佛罗里达，总之是有棕榈树的地方。

"你大概希望我躺下吧？"玛拉环抱身体。进到这里，她也觉得好冷，或许刚才那位女士就是因为这样才会穿那么多。最奇怪的是，瓦斯壁炉明明点燃了，明亮的蓝色、橘色火焰散发出阵阵热度朝她扑来，她好像感觉到了，又好像没感觉到。

布鲁医生在办公桌后坐下，拿起一支笔，拔掉盖子。"你想坐哪里都行。"

玛拉懒洋洋地跌坐在一张椅子上，望着角落的植物，开始数叶片。一——二——三——她真的不想待在这里，四——五——

她听见时钟嘀嗒走动，甚至能听见医生的呼吸，以及她每次跷起腿又放下时黑丝袜的摩擦声响。

至少过了十分钟后，医生问："有没有想到什么要谈的事？"

玛拉耸肩："没有。"五十二——五十三——五十四。办公室变热了，那个小壁炉威力真强。她感觉汗水滑下前额，一滴汗珠沿着她的脸滚落，她的一只脚紧张地不停点地。

六十六——六十七。

"你怎么会认识塔莉？"

"她是——"

"你妈妈的朋友？"

她说出"妈妈"的语气完全不对，太客观，好像在说汽车或吸尘器，但玛拉依然感觉胃部揪紧。她不想和陌生人聊妈妈。她耸肩，继续数。

"她走了，对吧？"

玛拉停顿一下："其实她在我爸的衣橱里。"

"什么？"

玛拉微笑。地主队得一分。"葬礼上用的棺材是租的，我个人觉得很诡异啦。总之，她火化后被装在一个紫檀盒子里，每次塔莉想撒骨灰的时候，爸都说他还没准备好；当爸准备好的时候，塔莉又感觉不行。所以，我妈一直在我爸的毛衣后面。"

"那么你什么时候准备好呢？"

玛拉一愣："什么意思？"

"你希望什么时候撒骨灰？"

"没有人问过我。"

"你觉得为什么？"

玛拉耸肩，再次转开视线。她不喜欢谈话进行的方向。

"玛拉，你觉得你为什么会来这里？"医生问。

"你知道原因。"

"我知道你自残，用刀割自己。"

玛拉再次望着盆栽，叶子感觉真的很光滑。七十五——七十六——七十七。

"我知道你那么做会觉得舒服一点。"

玛拉瞥了布鲁医生一眼，她端正坐着，尖尖的鼻头往里钩。"但是结束之后，当你的剃刀或小刀积满干掉的血迹，我敢说你一定觉得更痛苦吧？或许感到可耻或害怕？"

七十八——七十九。

"只要你愿意跟我谈那些感受，我可以帮你排解。你的感受并不罕见。"

玛拉翻了个白眼。这种话不过是大人哄小孩的无聊谎言，企图美化这个世界。

"好吧，今天的时间到了。"布鲁医生合上笔记本。玛拉很想知道她写了什么，说不定是：果然是疯子，那么爱植物。

玛拉立刻站起来转向门口，在她握住门把手时，布鲁医生说："玛拉，我主持了一个少年哀恸治疗团体，说不定对你有帮助。你愿意加入吗？时间是星期三晚上。"

"随便。"玛拉打开办公室的门。

塔莉急忙站起来:"怎么样?"

玛拉不知道该说什么。她将视线从塔莉身上转开,发现等候室多了一个人。一个年轻人,穿着超紧身的黑色破洞牛仔裤,裤管塞进黑色靴子,鞋带松松垂落。他很瘦,几乎像女人一样纤细,深灰色外套下穿着一件黑T恤,上面印着"咬我啊"。他脖子上戴着一条项链,一串白镴骷髅头像钥匙一样挂在上面;一头及肩长发黑得很不自然,其间隐约露出挑染的几绺像孔雀羽毛般紫红、鲜绿色的头发。他抬起头,玛拉发现他的眼睛很奇特,颜色几乎是金黄的,因为浓黑眼线而更加凸显。他的肤色很苍白,感觉像病人。

布鲁医生走到玛拉身边:"裴克顿,你也参加了治疗团体,或许你可以和玛拉聊聊,让她知道我们的小聚会其实不太糟。"

那个叫裴克顿的年轻人站起来走向玛拉,姿势优美,仿佛排演过。

"塔莉,可以单独说句话吗?"布鲁医生说。

玛拉感觉到医生和塔莉走远,一路交头接耳。

玛拉知道应该关心她们交谈的内容,但她无法思考,满脑子只有那个朝她走来的年轻人。

"你怕我。大部分的人都这样。"他接近时说,她嗅到他口中薄荷口香糖的气味。

"你以为凭几件黑衣服就能让我害怕?"

他举起一只苍白的手将头发塞到一侧耳后:"像你这种乖乖牌应该待在安全的郊区,治疗团体不适合你。"

"你完全不了解我,不过,我劝你别再玩妈妈的化妆品了。"

"有脾气呢,我喜欢。"他大笑,她吃了一惊。

"嘿，玛拉，该走了。"塔莉说。她大步从另一头走来，握着玛拉的手臂带她离开诊所。

在回家的路上，塔莉一直找话聊。她不停地问玛拉想不想去班布里奇岛找朋友，玛拉想说好，但又觉得自己已经不属于那里了。她离开了一年半，过往友谊如飞蛾翅膀般崩解，现在只剩下残破的几许白，再也不可能起飞。她和那些女生已经没有交集了。

塔莉带着玛拉走进明亮雅致的公寓，打开客厅里的壁炉，火焰绽放，沿着假木柴点燃。"好了，到底怎么样？"

玛拉耸肩。

塔莉坐在沙发上："玛拉，不要拒绝我，我想帮忙。"

老天，她厌倦了总是让人失望。她多么希望能有教学手册教导丧亲的孩子该如何应对，就像电影《阴间大法师》里的那本《新亡者指导手册》，这样她就会知道该说什么、该做什么才能让大家不要烦她。

"我知道。"

她坐在石造壁炉旁，面向塔莉。火烤热她的背，让她一阵颤抖。她原本没发现自己很冷。

"凯蒂刚走的时候，我就该逼你爸送你去看心理医生，可惜你爸和我渐行渐远。不过，我经常问他你过得好不好，每个星期都打电话给你，你什么都没说，我从来没听你哭过，你外婆说你正在努力面对。"

"为什么你认为自己应该察觉？"

"因为我体会过遗弃与哀悼，我知道封闭自己的感觉。我外婆去世的时候，我只允许自己哀悼一下子；我妈遗弃我的时候，每次我都告诉自己一点也不痛，然后继续过日子。"

"妈死了之后呢？"

"这次比较严重，我还没有完全振作起来。"

"是啊，我也一样。"

"布鲁医生认为你应该参加星期三晚上的少年哀恸治疗团体。"

"是吗？有用才怪。"

她看出这个回答让塔莉有些受伤。玛拉叹息，她自己的伤痛已经太重了，无法承受看到塔莉也难过。

"好吧，我去。"玛拉说。

塔莉站起来拥抱玛拉。

她尽可能迅速退开，露出颤抖的笑容。假使干妈知道她感到多么孤寂绝望，她一定会心碎，她们两个都无法面对更多心碎了。她只要撑过去就好，一如这几个月以来所做的那样。看几次心理医生并不难，她绝对能应付，如此一来也就能甩掉大家的关注。九月她就要进华盛顿大学了，她可以随心所欲地生活，不用担心让人受伤或失望。

"谢谢，我想去躺一下，我累了。"她声音紧绷地说。

"我打电话给你爸，告诉他看诊的情况。星期四他会来，你下次看诊结束后，他会去见布鲁医生。"

棒呆了。

玛拉点头，沿着走廊往客房走。这里的客房感觉像高级饭店套房。

她不敢相信自己竟然答应参加少年心理治疗团体。对着一堆陌生人，她要说什么？他们会强迫她说妈妈的事吗？

焦虑渗透全身，变成一种实质的存在，像虫在皮肤上爬。

皮肤。

她并不是特地走向衣橱，她并不想过去，但血液里的喧闹快把她逼疯了。感觉像是打国际长途电话,因为杂音太严重,一堆对话搅在一起,无论再怎么专心还是听不清。

她打开行李箱,颤抖的双手伸向暗袋。

打开之后,她找到太空针塔小刀,以及几块染血的纱布。她高高卷起袖子露出肱二头肌,因为太瘦,所以只有一小块肌肉,在黑暗中更显苍白,如同巴梨肉般柔软洁白。她的皮肤上有数十道疤痕,纵横交错,有如蜘蛛网。

她将刀尖抵在皮肤上用力一戳,然后开始割。鲜血涌出,美丽、浓稠、鲜红。她看着血液凝聚滴落,有如泪珠,落进她等候迎接的掌心。所有负面情绪都装进这几滴血中落下,离开她的身体。

"我很好。"她低喃。

只有我能伤害我。只有我。

那天夜里,玛拉无法入眠,她身在一个曾经是家的城市,躺在不属于她的床上。这间公寓有如凌驾整座城市的珠宝盒,她聆听那独特的寂静,回想今晚和爸爸的谈话。

他问起去接受布鲁医生治疗是否顺利,她说很好,然而,说出口的同时,她心里想着:为什么没有人觉得奇怪,我怎么永远都很好?

他说:"你有心事可以跟我说。"

"真的?现在你想听我说了?"她顶嘴,但是听到他叹息,她立刻想收回。

"玛拉,我们怎么会走到这一步?"

她讨厌他失望的语气,那让她感到内疚又羞耻。

"星期三晚上我要参加少年哀恸治疗团体,可笑吧?"

"星期四我一定会去。我保证。"

"好的。"

"玛拉,我以你为荣。面对痛苦需要勇气。"

她感觉泪水刺痛双眼,奋力想保持冷静。记忆从四面八方包围过来,小时候摔倒或受伤总会跑去要爸爸抱,他的臂弯是那么强壮,给予她保护。

他最后一次拥抱她是什么时候?她想不起来了。过去一整年,她一直拒绝接近爱她的人,而少了这些人,她变得更加脆弱,但她不知道该如何改变。她总是害怕眼泪溃堤,害怕显露痛苦。

第二天早上醒来时,她感觉昏昏沉沉、有点头疼。她需要咖啡,于是穿上塔莉借她的睡袍,漫步走出房间。

她发现塔莉睡在沙发上,一手搭着茶几。桌上有个翻倒的空酒瓶,旁边则是一堆文件,附近还有一个装处方药物的橘色小罐子。

"塔莉?"

塔莉慢吞吞地坐起来,脸色有点苍白。"噢,玛拉。"她揉揉眼睛、摇摇头,仿佛想让头脑清醒,"几点了?"她说话速度很慢。

"快十点了。"

"十点!该死。快去换衣服。"

玛拉蹙眉:"我们要去哪里?"

"我为你策划了一个大惊喜。"

"我不想要惊喜。"

"你当然想。快去洗个澡。"塔莉催她回房间,"二十分钟后来找我。"

玛拉洗了澡,换上宽松牛仔裤与超大T恤,她懒得吹干头发,于是随便扎个马尾辫就去了厨房。

塔莉已经在等了,她身上的蓝色套装太紧,至少要大一个尺码才合身。她正用咖啡配药，玛拉过去找她。

玛拉碰她一下，塔莉大叫一声，好像被吓到，然后大笑道："抱歉，我没听见你的脚步声。"

"你怪怪的。"玛拉说。

"我只是太兴奋了，因为我准备了个大惊喜。"

"我不是说过了嘛，我不要惊喜。"玛拉打量她，"你吃的是什么药？"

"药？是维生素啦。我这把年纪，可不能忘记吃维生素。"她蹙眉端详玛拉，"你打算穿成这样？"

"对。怎么了？"

"连妆都不化？"

玛拉翻了个白眼："我又不是要去《全美超模大赛》试镜。"门铃响了，玛拉立刻起疑："谁来了？"

"来吧！"塔莉满脸笑容，催她往门口走。"快开门。"她说。

玛拉提心吊胆地打开门。

阿什莉、琳希与珂萝站在门外，三个人挤成一团，一看到玛拉，她们立刻尖叫，毫不夸张，是那种能刺穿耳膜的尖锐叫声，然后扑上去将她团团抱住。

玛拉感觉自己仿佛隔着遥远的距离体会这一切。她听见她们的声音，却无法理解她们说的话，她还没反应过来，三个好友的热情大浪已经将她卷出公寓。她们坐上珂萝的丰田车，三个人同时对她说话，车子开到渡轮码头，那里有艘船在等。她们直接把车开上去停好。

"你能回来真是太酷了。"琳希在后座上下弹跃，上半身探到前面。

"真的，塔莉打电话来的时候，我们完全不敢相信。你是故意想给我们惊喜吗？"阿什莉问。

"当然啊。"珂萝在驾驶座上说,"好了,我们有好多事要告诉你。"

"先从泰勒·布瑞特开始。"琳希说。

"对,有道理。"珂萝转向玛拉,笑着说起一个很长的故事。泰勒·布瑞特和一个从华盛顿州北基萨普来的浪女交往,被警察逮到时,他们只穿着内裤。警察给他们开了一张未成年饮酒的罚单,校友足球赛也因此禁止他出赛。

玛拉一直保持着微笑,但她心里想:我几乎不记得暗恋过泰勒·布瑞特了。感觉像是上辈子的事。她强迫自己点头微笑,她们说起毕业舞会趣事的时候,偶尔她也记得要大笑。

她们抵达立托沙滩,伸展身体躺在色彩缤纷的沙滩巾上,喝可乐配多力多滋,玛拉不知道该说什么。

即使她们之间离得很近,甚至肩膀都碰在一起,她依然有种莫名的疏离感。珂萝聊着大学的事,她和阿什莉都要念西华盛顿大学,而且两个人是室友,她非常高兴。琳希则唉声叹气,说她不想一个人去圣塔克拉拉大学。

"你要念哪所大学?"珂萝问玛拉。

老实说,她严重恍神,几乎没听她们在说什么,因此珂萝第一次问的时候玛拉完全没听见。

"玛拉?"

"你要上哪所大学?"

"华盛顿大学。"玛拉努力集中精神,她感觉仿佛有道温暖的灰色浓雾将她笼罩其中。

这些女生不断咯咯笑,梦想着谈恋爱、上大学,嫌妈妈管得太多。玛拉不是其中的一分子。

她已经和她们不一样了,当这天结束,她们送她回西雅图市区,车上尴尬的沉默表明她们也感受到这个事实。她们送她上楼,在门口围绕她,但现在她们都很清楚已经无话可说了。玛拉以前不晓得原来友谊也会死,就那么枯萎干涸。她没力气假装成她们认识的那个人。

"我们一直很想念你。"珂萝轻声说,这次感觉像道别。

"我也很想你们。"她没有说谎。她愿意付出一切找回那种感觉。

她们离开后,玛拉走进塔莉的公寓,发现塔莉在厨房收拾碗盘。

"好玩吗?"

玛拉听出塔莉说话有点怪,口齿不清,语义不明确。她知道不可能,现在时间还太早,否则她一定会以为塔莉喝了酒。

老实说,玛拉不在乎。她只想上床蒙头大睡。"很棒。"她敷衍地回答,"棒到无法形容。不过我很累了,想去小睡一下。"

"别睡太久,"塔莉说,"我租了《新科学怪人》。"

那是妈妈最喜欢的电影。妈妈经常模仿里面的人物发音不准地说:"请往仄里走。"并学马蒂·费德曼驼背的样子,而玛拉每次都不耐烦地翻白眼嫌老套。

"嗯,太好了。"她说完,便走回房间。

11

星期三晚上,玛拉走进客厅,穿着剪破抓须的低腰牛仔裤,搭配宽松灰T恤。塔莉说:"你该不会要穿成那样出门吧?"

"怎么了?我只是要去少年哀恸治疗团体。"玛拉说,"面对现实吧,会去那种地方的人,绝对有比衣着更大的问题。"

"来到这里之后,你每天都打扮得像拾荒老太婆,你难道不想给人好印象?"

"那些人是得抑郁症的少年,何苦呢?"

塔莉站起来,走到玛拉面前,缓缓伸手,掌心按住玛拉的脸颊。"我有很多非常了不起的人格特质,我承认,我也有少数缺点,但大致上我是个好到没话说的人。我只以人的行为作为评判依据,即使是对做了坏事的人——我知道当人有多难。重点是,我爱你,我不是你爸妈,我的责任并非让你长成有头脑、有成就、适应良好的成人,我的责任是等你准备好的时候说你妈妈的故事给你听,以及无论如何都爱你。我应该要说你妈会说的话,但首先我得猜出她会说什么。通常我都搞不清楚,但这次真的很容易。"她温柔微笑,"小宝贝,你在躲藏,躲在脏头发和邋遢服装里,但我看得见你,时候到了,你该回到我们身边了。"

塔莉不给玛拉时间回答,便牵起玛拉的手,带她经过走廊,进入主卧,走向位于另一头的大型衣帽间(这里原本是一间卧室,由此可以想象有多大)。塔莉挑了一件白色抓皱深V领衬衫,剪裁合身,领口点缀着蕾丝。

"穿这件。"

"谁在乎?"

塔莉不理会她说的话,从衣架上取下那件衣服。"以前能穿的时候我总嫌自己肥,现在却根本都扣不上了,很悲哀吧?拿去吧。"

玛拉一把从塔莉手中拽走衬衫,走进浴室去换。她不想让塔莉看见自己身上的疤。听到她自残是一回事,亲眼看见她皮肤上交错纵横的疤是另一回事。白色布料的花纹造成错觉,让人以为能看到皮肤,但其实下面有肤色衬里。走到镜子前,她几乎不认识自己。合身的剪裁突显出她的消瘦,让她看起来纤弱柔美,牛仔裤包裹住纤瘦臀部。走出浴室时,她感到莫名的紧张。塔莉说得对,她一直在躲藏,虽然她自己并未察觉,而现在她觉得无所遁形。

塔莉扯掉玛拉绑头发的橡皮筋,让乌黑长发自由垂落。

"你真美。聚会上的男生都会为你疯狂,相信我。"

"谢谢。"

"虽然那些接受治疗的男生都是怪人,不用在乎他们怎么想,不过我还是想让你知道这一点。"

"我是接受治疗的女生,是疯子。"她轻声说。

"你只是忧伤,不是疯子,你会忧伤是理所当然的。来吧,该出门了。"

玛拉跟随塔莉走出公寓,下楼到大厅。她们一起自第一街步行前往市区最老旧区域——先锋广场。她们来到一栋四四方方、毫无特色的建筑前,其建造年代远在一八八九年的西雅图大火之前。塔莉停下脚步:"要我陪你进去吗?"

"噢,我的天,不用。那个画眼线的男生已经觉得我是郊区乖乖牌了,如果我再带个同伴,会被笑死的。"

"等候室的那个男生?剪刀手爱德华?我该在乎他的想法?"

"我只是不想丢脸,我已经十八岁了。"

"我懂。好吧,或许他卸了妆真有约翰尼·德普那么帅。"塔莉转向她,"你知道怎么回我家吧?从第一街经过八个路口就到了,门房叫作史丹利。"

玛拉点头。妈妈绝不会让她天黑之后独自在这一区行走。

玛拉将流苏皮包挂上肩头，抬步走过去。先锋广场有很多类似的红砖建筑，年代古老，内部阴暗，走廊狭窄又没有窗户。头顶上只有一个灯泡，投下昏暗的灯光，大厅里有一块大型告示板，上面满是各种纸张以及匿名戒酒会的公告，此外还有寻狗、卖车之类的启事。

玛拉走下楼梯，进入一个有些霉味的地下室。

一扇关起的门上用图钉固定着告示，写着：少年哀恸治疗团体。她停下脚步，差点转身跑掉。谁会想加入这种团体？

她打开门进去。

里面空间很大，日光灯十分明亮，一面墙边放着长桌，上面有咖啡机、杯子，以及一些像是高中生义卖的小点心。几张金属椅子围成大圆，每张椅子旁边的地上都有一盒面巾纸。

棒呆了。

已经有四个少年坐在椅子上。隔着垂落眼前的黑发，玛拉一一观察他们……病患？成员？疯子？有个体形非常庞大的女孩，满脸痘子，头发油腻，不停地用力咬拇指的指甲，有如想打开牡蛎壳的水獭；她旁边的女孩瘦得可怕，好像一转到侧面就会消失，头的一侧还秃了一块；再过去的那个女孩一身黑，头发染成紫红色，脸上穿了很多环，几乎可以玩井字游戏，她蜷着躲开旁边的男生，他有些臃肿，戴着框架眼镜，不停玩手机。

布鲁医生也坐在那个圆圈里，穿着合身的深蓝色长裤搭配灰色高领衫，完全中立的态度可比瑞士。玛拉没有被唬到，布鲁医生看她的眼神像老鹰一样锐利，不带半点悠闲。

"玛拉，很高兴你能加入。对吧，大家？"布鲁医生说。

几个少年耸肩，大部分连头都懒得抬。

玛拉选了胖女孩旁边的座位,她才刚落座,门就被打开了,裴克顿走了进来。他像之前一样,一身哥特风打扮——黑牛仔裤、没系鞋带的靴子和不太合身的黑T恤。刺青文字如蛇般从锁骨往脖子盘绕。玛拉连忙移开视线。

他坐在玛拉对面,紫红头发女孩的旁边。

玛拉在心中默数到五十才再次抬头看他。

他注视着她,脸上挂着笑容,好像以为她对他有意思。她翻个了白眼移开视线。

"好,七点了,我们开始吧。"布鲁医生说,"大家应该都看到了,我们有一位新成员玛拉。谁来帮忙介绍下大家?"

众人纷纷左顾右盼、咬指甲、耸肩,最后,紫红头发说:"噢,我来吧。我是瑞琪,我妈死了。那个肥婆叫丹妮丝,她奶奶得了帕金森综合征。陶德已经四个月没说话了,所以没人知道他是怎么回事。爱丽莎的爸爸自杀了,从那之后她就不吃东西。裴克顿则是被法院命令来参加的,他妹妹死了。"她看着玛拉,"你的故事呢?"

玛拉感觉所有人都看着她。"我……我……"

"足球先生没有邀请她当舞伴。"胖女孩因为自己的笑话神经质地傻笑。

几个少年冷笑。

"人不该随意批判别人,在这里的大家更是如此。"布鲁医生说,"你们都很清楚那样有多痛,对吧?"

这句话让所有人闭嘴。

"自残。为什么?"裴克顿淡淡地说。他瘫在椅子上,一手搭着紫红头发的椅背,一条腿跷起。

玛拉猛地抬起头。

"裴克顿,"布鲁医生说,"这个团体应该互相支持。人生很艰苦,你们都在很年轻的时候就学到了。你们每个人都体会过失去亲人的深刻痛苦,当所爱的人死去,或理应照顾你们的人背叛了神圣的信任关系,遇到这种状况还要让人生继续下去,你们都很清楚这有多困难。"

"我妈死了。"玛拉就事论事地说。

"你想谈她的事吗?"布鲁医生温和地问。

玛拉的视线无法从裴克顿身上移开,他的金黄色眼眸令她迷醉。"不想。"

"你呢,裴克顿?"布鲁医生说,"你有没有什么事要和大家分享?"

"经苦难者,方能得福。[1]"他敷衍地耸肩道。

"裴克顿,"布鲁医生说,"我们谈过这件事,你不能继续用别人的话隐藏自己。你已经快二十二岁了,这个年纪应该要找到自己的声音。"

二十二。

"我要说的话你应该不想听。"裴克顿说。虽然他瘫在座位上,仿佛对四周的人毫无兴趣,但他的眼眸那么专注,令人不安,甚至让人害怕。

法院命令。为什么法院会命令这个人接受哀恸治疗?

"恰恰相反,裴克顿,"布鲁医生心平气和地说,"你已经来了好几个月,一次都不曾提起你妹妹。"

"我以后也不会说。"他望着黑色指甲。

"法院——"

"可以命令我来,但不能命令我开口。"

---

1 引自美国作家爱伦·坡于一八四四年发表的短篇小说《催眠启示录》。

布鲁医生撇嘴表达不满。她盯着裴克顿许久,然后重新露出笑容,略微转身改为关注纸片女:"爱丽莎,你来说说这周的进食情况……"

一个小时后,这群少年仿佛听见了神秘下课铃声,纷纷站起来,争先恐后地往门口冲去。玛拉完全没有准备,当她弯腰从地上拿起皮包站起来时,现场只剩布鲁医生。

"希望不至于太痛苦,"医生走向她,"刚开始最困难。"

玛拉的视线越过她望着敞开的门。"不会。很好。我的意思是,对,谢谢,真的很棒。"

这个房间充满返潮饼干与烧焦咖啡的气味,玛拉迫不及待地想出去。她往外跑,又突然停下。路上到处是人,六月的周三晚上,游客与当地人都跑来先锋广场,餐馆与酒吧流泻出音乐。

裴克顿突然出现在她身边的暗处,她刚听到呼吸声,下一瞬就看到他的人。"你在等我。"他说。

她大笑。"可不是,化妆的男人最让我心动了。"她转身面对他,"是你在等我才对吧?"

"假使真的是呢?"

"为什么?"

"你得跟我来才会知道。"他伸出一只手。

在街灯的黄色光线下,她看见他苍白的手掌与修长的手指……以及横过手腕的两道疤,像等号一样并列。

刀伤。

"你害怕了。"他轻声说。

她摇头。

"你是郊区乖乖牌。"

"曾经是。"说出这句话,她感觉胸口的紧绷舒缓了一些。也许她可以改变自己,变成不同版本的自己,那么做之后,当她在镜子里看到妈妈的笑容时,或许就不会那么心痛了。

"玛拉,裴克顿。"布鲁医生顺着人行道来到他们身后。玛拉感觉莫名的悲伤,仿佛错失了一次美丽的机缘。

玛拉对医生微笑,她转回身时,裴克顿已经不见了。

布鲁医生跟随玛拉的视线看着对街,裴克顿站在两栋建筑中间的暗处抽烟。"你最好小心他。"

"他很危险吗?"

布鲁医生迟疑片刻,才说:"玛拉,我不能回答这个问题,别人如果这样问起你,我也不会回答。但我要问你一句,你之所以注意他,是不是因为他很危险?对处于脆弱状态的女生而言,那种行为可能带来无穷后患。"

"我根本没有注意他。"玛拉说。

"是啊,当然没有。"布鲁医生说。

玛拉将肩上的皮包重新背好,在黑暗街道上往家的方向走去。一路上,她一直觉得身后有脚步声,但每次回头,人行道总是没有半个人影。

在搭电梯上楼的过程中,玛拉望着墙上的镜子。从小到大,她一直被称赞漂亮,在青春期的很长一段时间里,她只想听人家说她漂亮。癌前(妈妈患癌之前)那些年,她经常花好几个小时端详自己的脸,用心化妆、整理头发,希望泰勒·布瑞特那样的男生会注意她,但癌后一切都变了。现在她只能看见妈妈的笑容与爸爸的眼睛,每次照镜子都是种折磨。

不过现在她看出，自妈妈去世的这二十个月以来，她变得多瘦、多苍白。空洞的眼神令她抑郁，话说回来，最近所有事情都让她抑郁。

到了顶楼，她走出电梯，来到塔莉的公寓门前。打开门，她走进明亮的屋内，进入客厅。

塔莉在能俯瞰城市夜景的落地窗前来回踱步。她端着一杯酒打电话，事实上她是在吼："《谁是接班人名人版》？你在开玩笑吧？我不可能沦落到这种地步。"她转身看到玛拉，立刻挤出勉强的笑容。"乔治，我得挂电话了。"她挂了电话，将电话机扔在沙发上，敞开怀抱迎接玛拉，紧紧地将她抱住。

"顺利吗？"她后退问道。

玛拉知道塔莉的期盼，她应该说：很顺利，非常好，完美极了，我已经觉得好多了。但她说不出口，她张嘴却说不出话。

塔莉眯起眼，那是记者追查新闻的表情，玛拉以前看过。"热可可。"塔莉带玛拉进厨房，泡了两杯热可可，挤上鲜奶油端进客房。就像小时候那样，玛拉爬上床，塔莉也爬上床，她们并肩靠着用灰色丝绸装饰的床头板。一扇大窗户框出西雅图天际线，在星空下有如霓虹闪烁。

"告诉我所有经过。"塔莉说。

玛拉耸肩："团体里的人情况都很严重。"

"你觉得会有帮助吗？"

"不，我也不想再去找布鲁医生看诊了。可以取消明天的预约吗？我不懂，这究竟有什么意义？"

塔莉啜了一口热可可，弯腰将杯子放在床头柜上。"玛拉，我不打算骗你。"她终于说，"真实世界的人际关系从来不是我的强项，所以我无法给你建议。不过，假使在你这个年纪我能学会如何处理，或许不会搞成现在这样。"

"向陌生人倾诉,然后和一群疯子坐在发霉的地下室,你真的认为这样对我有好处?"一说到"疯子"这个词,她立刻想到那个叫裴克顿的男生,以及他看她的眼神。

"或许吧。"

玛拉看着塔莉:"塔莉,可那是心理治疗,是心理治疗啊,而我……没办法谈她的事。"

"嗯,"塔莉轻声说,"孩子,问题在于,你妈要我照顾你,而我想遵守诺言。我和她打从大卫·卡西迪当红的年代就是好姐妹,一路到小布什当政。她是我心里的声音,我知道这时候她会说什么。"

"什么?"

"别放弃,小宝贝。"

玛拉在这句话里听到了妈妈的声音。她知道塔莉说得对,这确实是妈妈在这时候会说的话,但是她没有勇气尝试。万一尝试之后失败了呢?那该怎么办?

第二天,爸爸快来了。玛拉不由自主地来回踱步,她拼命咬指甲,最后流出血来。他终于到了,走进塔莉富丽堂皇的豪宅,给玛拉一个迟疑的笑容。

"嗨,爸。"她应该开心才对,但看到他便让她想起妈妈,想起失去的一切。难怪她一直以来都这么忧郁。

"你好吗?"他小心地接近,尴尬地拥抱她。

她应该说什么?他想听谎话:我很好。她望着塔莉,今天她反常地安静。"好一点了。"她最后说。

"我在洛杉矶找到一位好医生,他专攻青少年心理问题。"爸爸说,"星期一他就可以帮你看诊。"

"可是今天我要去布鲁医生那里看诊。"玛拉说。

"我知道,我很感激她能伸出援手,不过,你需要能在洛杉矶固定看诊的医生。"他说。

玛拉颤抖地微笑。假使他知道此刻她多么不堪一击,只会让他伤心而已,而她也很清楚一件事:她不能跟他回洛杉矶。

"我喜欢布鲁医生。"她说,"治疗团体虽然很差劲,但我不介意。"

爸爸皱起眉头:"可是她在西雅图。洛杉矶的这位医生……"

"爸,我希望能在这里过完暑假,和塔莉住在一起。我喜欢布鲁医生。"她转向塔莉,她一脸被雷劈中的神情,"我可以在这里住到暑假结束吗?我会每个星期固定去布鲁医生那里两次,或许对我会有帮助。"

"你在开玩笑吗?"爸爸说,"塔莉不适合当监护人。"

玛拉坚守立场,忽然十分笃定这就是她要的。"爸,我不是十一岁小孩,我十八岁了,况且九月就要去华盛顿大学,这样我可以交新朋友,也可以见老朋友。答应我,好吗?"她走向他。

塔莉说:"我认为——"

"我知道你的想法。"爸爸气冲冲地说,"她十四岁那年吵着要去看九寸钉乐队的演唱会,只有你一个人觉得一点问题也没有;她初二的时候你还鼓励她去纽约当模特儿。"

玛拉抬起头看他:"爸,我需要一点距离。"

她看出他内心很挣扎,他还没准备好放她走,但又看出她想要这么做,甚至需要这么做。

"这个主意糟透了。"他对塔莉说,"你连植物都养不活,对小孩更是一无所知。"

"她是成年人了。"塔莉说。

"可以吗,爸?可以吗?"

他叹息:"可恶。"

她知道成功了。他低头看她:"我已经辞掉了洛杉矶的工作,九月我们要搬回班布里奇岛的家,这原本应该是个惊喜,我们希望你在华盛顿大学的时候,家人就在附近。"

"太好了。"虽然嘴上这么说,但她其实毫不在乎。

他的视线越过玛拉望向塔莉:"塔莉,你最好认真照顾我的女儿。"

"我会把她当亲生女儿,强尼。"塔莉郑重地说。

事情就这么定了。

一个钟头后,玛拉弯腰驼背地坐在布鲁医生的诊室里。她呆望着角落的盆栽至少十分钟了,布鲁医生在写东西。

"你在写什么?购物清单?"玛拉望着她的双手。

"不是购物清单。你认为我在写什么?"

"我不知道。不过,既然你不打算说话,我何必要来?"

"玛拉,在疗程中你说的话才重要。你想走随时可以离开。"

"塔莉和我爸在外面。"

"你不希望他们知道你拒绝配合治疗,为什么?"

"你只会发问吗?"

"我有很多问题,发问有助于引导你的思绪。玛拉,你有抑郁症,你很聪明,所以自己发现了,而且你持续自残,我认为你该思考一下为何做那种事,这或许对你有好处。"

玛拉抬头看她，布鲁医生的眼神很坚定。"我真的很想帮助你，但你得让我帮你。"她停顿一下，"你想找回快乐吗？"

玛拉太渴望找回快乐了，甚至有些迫不及待。她想变回以前的自己。

"让我帮你。"

玛拉想着大腿与手臂上交错的疤，疼痛令她着迷，血是那么鲜红美丽。

别放弃，小宝贝。

"好。"她说。话一出口，她立刻焦虑得胃部揪成一团。

"这是个好的开始。"布鲁医生说，"今天的时间到了。"

玛拉站起来，跟随布鲁医生走出诊室，到了等候室，她先看到爸爸。他和塔莉一起坐在沙发上，随手翻着杂志，但完全没看。她一进去，他立刻站起来。

他还来不及开口，布鲁医生便说："雷恩先生，可以跟你谈一下吗？请来诊室。"

塔莉说："我也要去。"一转眼，他们三个都不见了，玛拉独自站在等候室。她回头看着门口。医生要说什么？布鲁医生保证过，治疗过程不会让其他人知道。"你已经满十八岁了，"她说，"是成人了，治疗过程只有我们能知道。"

"哟哟哟。"

她缓缓转过身。

裴克顿双手抱胸靠在墙上。他今天依然是一身黑，无袖背心松松地挂在身上，露出苍白的胸膛。从V形领口露出从锁骨开始绕过颈子的刺青——我正缓缓堕入疯狂，想加入吗？他朝她走来，她呆望着那有点像手写的字迹。

"我一直在想你。郊区千金，你会找乐子吗？"他碰一下她的手背，若有似无、一闪即逝的触摸。

"哪种乐子?动物献祭?"

他的笑慵懒勾魂。从没有人如此专注地看她,仿佛可以将她吞噬。"明天午夜来找我。"

"午夜?"

"魔法时刻。我敢说你只和好孩子出去,顶多看看电影、参加池畔派对。"

"你对我一无所知。"

他慵懒地微笑,直勾勾地望着她。她感觉得出来,他很有自信,认定她就是那种人。

"来找我。"

"不要。"

"有门禁?可怜的富家小千金。好吧,我会在先锋广场的棚架那里等你。"

先锋广场的棚架?那里是流浪汉过夜的地方,他们经常在那里向游客讨香烟。

她听见身后的门开了。爸爸说:"谢谢你,布鲁医生。"

玛拉从裴克顿身边走开,他有些残酷地低声嘲笑,于是她停住不动。

"玛拉。"爸爸的语气相当严厉。她知道他眼中看到的是什么:他曾经完美漂亮的女儿竟然和一个化妆、戴铁链的男生说话。在诊所明亮的灯光下,裴克顿挑染的头发几乎如霓虹灯般显眼。

"他是裴克顿,治疗团体的成员。"玛拉对爸爸说。

爸爸几乎完全没有看裴克顿的双眼。"走吧。"爸爸握住她的手,带她走出诊所。

12

那天过得很辛苦,夜里她躺在床上望着天花板。爸爸至少换了十几种方式委婉地要求玛拉改变主意,跟他回洛杉矶。玛拉终于说服他答应,让她在塔莉家过完暑假,但他列了一大堆行为规范,光是想想就让她头疼。他离开时,她不禁松了一口气。

第二天,她和塔莉充当游客,去水岸享受夏日午后。夜晚来临时,玛拉独自躺在床上,发现自己想着裴克顿。

在她身边,电子钟一分钟一分钟地改变,发出嘀嘀声响。她斜眼看着。

十一点三十九分。

十一点四十分。

十一点四十一分。

我会在先锋广场的棚架那里等你。

她似乎怎么都无法将这个邀约从脑海中赶走。

她觉得裴克顿很有意思。为何不承认?他和她所认识的其他男生不同。和他在一起,她有种面对挑战的感觉,感觉被看见,感觉充满活力。

太疯狂。

他是疯子,八成也很危险。她自己已经有太多问题,不需要涉足狂野地带。妈妈绝对会讨厌他。

十一点四十二分。

什么样的人会约在午夜见面?沉迷哥特风的人、瘾君子,或许摇滚明星也会这么做。他不是摇滚明星,虽然他的打扮很像。

玛拉坐起身。

她要去见他。下定决心之后，她发现自己其实一直想去，或许在他开口约的那一刻就决定了。她下床换好衣服，刷了牙，化了妆——她已经好久没化妆了。她悄悄溜出房间，熄灯，轻轻关上门。

黑暗中，阴影蹲踞在家具旁；客厅外，西雅图夜景有如万花筒，彩色灯光与黑暗天空组合出各种图案。塔莉的卧室门关着，透过下面的门缝可以看到里面亮着灯。

十一点四十九分。

她拿起皮包，将手机塞进后口袋，出门前的最后一刻，她停下脚步，匆匆写了一张"先锋广场与裴克顿见面"的字条，然后跑回房间藏在枕头下，万一警方需要寻人时好有线索。

她蹑手蹑脚地离开公寓，溜进电梯。到了大厅，她将头垂得很低，大步踩着大理石地面迅速走到门口。很快她就离开了大楼，独自站在繁忙的街头。她开始行走。

晚上这个时段，先锋广场热闹非凡，餐馆、酒吧人潮络绎不绝，音乐不时传入夜空。这里原本是滑道，因当年巨大的原木从叶斯勒街一路"滑"向海边而得名。现在则是流浪汉的天堂，也是夜店与爵士酒吧爱好者的朝圣地，生活在黑暗中的人聚集于此。

棚架是西雅图地标，由黑色锻铁打造，造型精致细腻，位于第一街与詹姆士路交叉口的街角。棚架下有许多流浪汉，他们以长椅当床、报纸为被，不然就是聚在一起抽烟聊天。

她先看到裴克顿。他靠在一根柱子上，手里拿着一个小本子在写东西。她打招呼："嗨。"

他抬起头："你来了。"他的语气让她明白他多么希望她来，也可能是他的眼神泄露了心思。看来他并非如她所想的那样，认定她一定会来。

"我不怕你。"她坚定地说。

"我怕你。"他轻描淡写地回答。

玛拉不懂他这句话是什么意思,但她记得以前问过妈妈,她和爸爸第一次接吻的经过。妈妈说:他说怕我。他虽然不知道,但其实已经爱上我了。

裴克顿伸出一只手:"郊区千金,准备好了吗?"

她握住他的手:"准备好了,眼线小子。"

他带她在人行道上往前进,之后坐上一辆气喘吁吁的肮脏市区公交车。老实说,她没有坐过公交车,但她绝不会告诉他。在拥挤明亮的车上,他们近距离地站着,互相凝视。他让她昏了头,像被电击一样,她以前从未有过这种感觉。她努力想说些俏皮话,但她无法顺畅思考。下车后,他带她深入一个宛如夜间百老汇的世界。她出生在西雅图,自幼居住的小岛能眺望市区,但这里竟然有一个她从不知晓的世界,霓虹灯照耀的闪烁天地,盘聚在天黑后西雅图的阴影与裂隙中。裴克顿的世界有着黑色走廊、没窗户的夜店、端在手里会冒烟的饮料,以及流浪街头的少年。

他们从那里坐上另一班公交车,这次他们下车时已经远离了西雅图,隔着黑暗的水域,市区宛如黑夜中的闪亮皇冠,而这里只有少数几盏路灯照亮四周。

她眼前的山坡往下延伸,尽头有只生锈的金属巨兽在水边潜伏。瓦斯厂公园,现在她认出来了。这个水滨园区的重点是一座二十世纪初兴建的瓦斯工厂,外观早已长满铁锈,小学校外教学时她来过这里。裴克顿牵着她的手,带她穿过草坪,来到工厂内一个类似秘密洞窟的地方。

"我们要做违法的事吗?"玛拉问。

"你在乎吗？"他问。

"不在乎。"小小的刺激感传遍全身。她从没做过坏事，或许改变的时候到了。

他带她深入锈蚀金属结构中的秘密空间，拿出藏好的硬纸箱布置座位。

"这个箱子一直在这里吗？"她问。

"不是，我特地为我们准备的。"

"你怎么——"

"我就是知道。"他凝望她的眼神令她血液沸腾，"你有没有喝过苦艾酒？"他拿出好多瓶瓶罐罐，简直像是打算做科学实验。

她打了个寒战。恐惧在四周舞动、戳刺、试探，她想着他很危险，她知道她该离开了，否则会无法回头，可是她走不了。

"没有。那是什么？"

"瓶中精灵。"

他拿出酒杯与几个酒瓶，接着用汤匙、方糖与水进行某种仪式。方糖融入酒中，苦艾酒的颜色变成朦胧浑浊的绿。

他端起一杯给她。

她呆望着他。

"相信我。"

她不该这么做，但还是缓缓举杯就唇，啜了一小口。"噢，"她讶异地说，"味道像甘草糖，好甜啊。"

喝着喝着，夜晚似乎醒了过来。微风吹拂，她的头发落在眼睛上方，浪潮拍岸，废弃工厂的锈蚀金属发出嘎吱声响与低低呻吟。

第二杯苦艾酒快喝完时，裴克顿握住她的手让掌心朝上。他描着她的掌纹，手指渐渐往上，沿着手臂内侧敏感的肌肤找到第一道银白疤痕。

"鲜血可以如此美丽、如此洁净，疼痛一瞬就过去了，美妙的瞬间，然后就不痛了。"

玛拉吸一口气。苦艾酒让她放松，觉得醺醺然，她不确定什么是真的，直到她望着裴克顿，凝视他金黄色的眼眸，想着：他懂。终于有人懂她了。

"你是从什么时候开始的？"

"我妹妹去世之后。"

"她出了什么事？"她轻声问。

"怎么发生的并不重要。"他说。这句话让她内心产生共鸣，低沉而清晰。大家总会问她妈妈是怎么死的，她死于癌症或车祸或心脏病有差别吗？

"她走的时候我抱着她，这才重要，我看着那些人把她埋进土里。"

玛拉握住他的手。

他惊讶地望着她，仿佛忘记她在场。"她在人世说的最后一句话是：'裴，别放开我。'但我不得不放。"他深吸一口气然后呼出，一口喝干苦艾酒，"她死于毒品，我的毒品，所以法庭才命令我接受治疗，不然就得进监狱。"

"你父母呢？"

"他们因为这件事离婚了。双方都无法原谅我，他们没有理由原谅我。"

"你想念他们吗？"

他耸肩："想不想有差别吗？"

"所以你原本不是……"她朝他一撇头，虽然觉得尴尬却又非常想知道。她从来没有想过他曾经不是这样，只是个平凡的高中生。

"我需要改变。"他说。

"有帮助吗？"

"除了布鲁医生，没有人问过我好不好，而她其实根本不在乎。"

"这样比较好。所有人都问我好不好，但他们其实根本不想知道。"

"有时候你只是希望独自抱着哀伤，不要有人打扰。"

"一点也没错。"心有灵犀的感觉让她晕陶陶。他了解她，真正看见她，他能理解。

"我从来没有跟别人说过。"他望着她，眼中的脆弱是如此美丽。难道只有她一个人能看出他的内心多么破碎？"你来是为了激怒你爸吗？因为——"

"不是。"她很想接着说"我也想成为不同的人"，但感觉这句话很蠢、很幼稚。

"你相信一见钟情吗？"他摸摸她的脸，那是她感受过的最温柔的抚触。

"现在信了。"她说。

这一刻无比庄严。他缓缓靠向前，非常缓慢，她知道他认定她会推开他，但她做不到。此时此刻什么都无所谓了，她只在乎他如何看待她。她一直觉得好冷，像死掉了一样，但这一瞬间，他让她重新活了过来。她不在乎他危险、吸毒或不可信，这种感觉，这种活过来的美好感觉，值得冒一切风险。

他的吻完全符合她梦想中亲吻的感受。

"我们来嗨一下吧。这能让你忘记一切。"他轻声呢喃，嘴唇贴着她。

她好想要、好需要，只要以最轻的动作一点头就能得到。

二〇一〇年九月三日，下午一点十六分

叮。"机组成员请回座。"

玛拉放下回忆，睁开双眼，现实生活无情扑来：现在是二〇一〇年。她二十岁了，坐在飞机上准备回西雅图探望塔莉，她发生了严重车祸，很可能撑不过去。

"你还好吗？"

裴。

"玛拉，他们不爱你，不像我这么爱你。假使他们真的爱你，就会尊重你的选择。"

她望着小窗外，飞机着陆，开始滑行，一个穿橘色背心的人引导飞机前往航站楼。看着他，她渐渐出神，眼前一片模糊，直到看见自己在窗户上的倒影才惊醒：肤色惨白，粉色头发用刀片胡乱削短，再以大量发胶固定在耳朵两侧，眼睛周围画了浓黑眼线，一边眉毛穿了环。

"系上安全带"的信号灯熄灭，裴克顿说："感谢老天。"他解开安全带，从前面座位下方取出他的牛皮纸袋。玛拉也一样。

玛拉在航站楼里行走，紧抓着皱巴巴的脏纸袋，里面装着她的所有家当。人们看他们一眼又急忙移开视线，仿佛生怕会被这两个年轻人身上的哥特病毒传染。

航站楼门外，抽烟的人挤在屋檐下吞云吐雾，扩音器提醒他们这里并非吸烟区。

玛拉很后悔没告诉爸爸他们要搭哪班飞机。

"我们坐出租车吧，你不是刚发了薪水？"裴克顿说。

玛拉很犹豫，裴克顿似乎从不了解他们有多穷。她的工作只有基本工资，实在负担不起从机场坐出租车去市区这种奢侈行为。可恶，这个

月他们原本会被房东赶出去,为了筹钱她甚至出卖灵魂(不要想这件事,现在不能想),住在那间屋子里的人只有她真正在工作。列夫以卖大麻为生,老鼠乞讨,没有人知道莎碧娜做什么,但除了玛拉,她是唯一身上有钱的人。裴克顿太有创意,无法保有稳定的工作,而且上班会害他没时间写诗,他的诗才是他们未来的财富。

等他成功卖出作品,他们就会变成有钱人。

她可以说不能坐出租车,但最近她发现他非常敏感易怒。卖出作品没有他想象的那么容易,这件事让他心情很不好,她必须一再安慰他,赞美他的才华。

"好。"她说。

"更何况,你爸会给你钱。"他似乎并没有因此不悦。她不懂,他希望他们彻底和她的家人决裂,既然如此,为什么可以拿家里的钱?

他们上了出租车,在棕色后座坐定。

玛拉说出医院的名字,然后依偎在裴克顿身上。他一手搂着她,一手立刻拿出老旧、有着折角的洛夫克拉夫特小说《疯狂山脉》开始读了起来。

二十五分钟后,出租车猛地停在医院前。

下雨了,那种绵绵细细、下下停停的九月小雨。在她眼前,占地广大的医院蹲踞在战舰般的灰色天空下。

他们走进明亮的大厅,玛拉蓦地停下脚步。她这辈子经过这个大厅多少次?

太多次,没有一次是快乐的。

小宝贝,妈妈做化疗的时候坐在这里陪我。跟我说泰勒的事……

"你不用做这件事。"裴克顿的语气有些烦躁,"这是你的人生,不是他们的。"

她想牵他的手,但他躲开。她明白,他不想来这里,于是以这种方式让她知道。只要是关于她家人的事,就算他陪在身边,她仍然必须独自面对。

到了十四楼,他们走出电梯,经过明亮的米黄色大厅前往加护病房。这地方她太过熟悉。

她看到爸爸和外婆在等候室,爸爸抬起头看到她,她放慢脚步,在他面前她感到脆弱又叛逆。他缓缓地站起来,他的动作一定惊动了外婆,因为她也跟着站起来。外婆皱起眉头,肯定是因为她的浓妆和粉红色头发。

玛拉必须强迫自己才能继续往前走。她太久没见到爸爸,很惊讶他怎么老了那么多。

外婆跛着脚走过来,紧紧抱住玛拉。"回家来想必很不容易,做得好。"外婆后退,泪汪汪地看着玛拉。外婆比上次见面时更瘦了,单薄得像是风一吹就会飞走。"外公在家等你弟弟放学,他要我转达他爱你。"

她的两个弟弟。想到他们,玛拉喉咙紧缩。直到这一刻,她才发觉自己多么想念他们。

爸爸的白发比印象中更多,下巴上有着一天没刮的胡楂。他的衣着有如上了年纪的摇滚乐手,褪色的范·海伦乐队T恤搭配老旧牛仔裤。

他走过来,动作有些别扭,将她拥入怀中抱住。他放开后退时,她知道他们都想到了最后一次见面时的情形。她、爸爸、塔莉和裴克顿。

"我不能待太久。"玛拉说。

"你有更要紧的事?"

"还是老样子,总是批判我们,早料到会这样。"裴克顿懒洋洋地说。

爸爸似乎下定决心不看裴克顿，仿佛只要装作没看到她的男友，他就不存在。"我不想又跳回到老问题。你是为了干妈回来的，你想看她吗？"

"好。"玛拉说。

裴克顿在她身后发出熟悉的声音，那是嘲弄的低声冷笑。

数不清多少次，他一再提醒她的家人不会真正接受她，他们只想要乖乖牌玛拉——做他们要她做的事、穿他们要她穿的衣服，去年十二月爸爸不就充分证实了这一点吗？

"那不是爱，"裴克顿曾说，"他们不爱真正的你，既然如此，那种爱又有什么用？只有我爱真正的你。"

"来吧，我带你去看她。"爸爸说。

玛拉转向裴克顿："你要不要——"

他摇头。他当然不想去，他讨厌任何虚伪，他无法假装关心塔莉的病情，那样太假。真可惜，现在她很需要一只可以握住的手。

她跟着爸爸走出去。走廊上人来人往，护士、医生、看护和访客，所有人说话时都压低声音，低低的交谈声冲淡了他们父女无话可说的尴尬。

在一间玻璃加护病房前，他停下脚步转身看着她。

"她状况很不好，你要做好心理准备。"

"人生总有一堆狗屁烂事，人不可能预先做准备。"

"想必是裴克顿·康瑞斯的至理名言。"

"爸——"

他举起一只手："抱歉。不过你确实可以先做准备，她的样子不太好看。医生降低了她的体温，用药物让她进入昏迷状态，希望有助于大脑消肿，他们还装了引流管，照理说应该有帮助。她被剃光了头发，还包了绷带,所以你要做好心理准备。医生认为她能听见我们说话,你外婆今天花了两个小时说塔莉和你妈年轻时的事。"

玛拉点点头,伸手准备开门。

"宝贝?"

她停下来,转过身。

"十二月的那件事,我很抱歉。"

她抬头凝视他,看出他眼中的懊悔——与爱,她受到太深的撼动,所以只能低声嘀咕一句:"难免会发生那种狗屁事。"现在她不能想他的事,不能想他们的事。她转身走进加护病房,随手关上门。

关门的声响带她回到过去,忽地,她重回十六岁,走进妈妈的病房。

快过来,小宝贝,我没那么脆弱。你可以握我的手……

玛拉摇头甩开回忆,往病床走去。病房陈设简洁方正,各式各样的机器发出各种声音,嗡嗡、哔哔、呼咻,但她只看得见塔莉。

干妈的模样……很糟,几乎可以说是惨不忍睹,她身上插着很多针、连接着好几台机器。她的脸上满是瘀血、割伤,好几个地方粘着纱布,她的鼻梁好像断了。剃光了头发,她显得好小、好脆弱,插进头颅的管子很吓人。

我的责任是爱你。

玛拉颤抖着倒抽一口气。是她害的,她知道。她背叛了塔莉,干妈会躺在这里和死神拔河,那一定是部分原因。

"我究竟怎么了?"

以前她从不曾说出这个疑问。开始抽大麻、和裴克顿上床时她没问;用剃刀削短头发、用安全别针在眉毛上穿洞、在手腕内侧刺上小小塞尔特十字架,这些时候她没问;和裴克顿一起离家出走、翻垃圾桶觅食维生时，她没问；甚至在卖消息给《明星》杂志时，她也没问。

但现在她问了。她背叛干妈，离家出走，毁了一切，让她在乎的少数几个人心碎。她一定出了大问题。

为什么？为什么她彻底背弃所有爱她的人？更糟的是，为什么她选择对塔莉做出那种不可饶恕的差劲坏事？

"我知道你永远不会原谅我。"她第一次希望知道如何原谅自己。

我醒来时四周一片漆黑，不禁怀疑自己是不是被活埋了。说不定我已经死了。

不晓得有多少人会来参加我的葬礼。

噢，你真是的。

"凯蒂？"这次我好像发出了声音。虽然只是她的名字，但这样就足够了。

闭上眼睛。

"我闭着啊。好黑，这是什么地方？你可以——"

嘘，放轻松。我需要你仔细听。

"我在听。可以带我离开这里吗？"

集中精神认真听，你可以听见她的声音。

凯蒂说到"她"时有些哽咽。

"……醒醒。对不起……拜托……"

"玛拉。"一说出她的名字，四周便亮了起来，我发现自己又回到了病房。我一直都在这里吗？这是我唯一能存在的地方吗？病房的墙壁是玻璃的，我可以看到其他病房。这里有张病床，旁边围绕着好几台机器，每台都连接在我残破不堪，充满管子、电极贴片、石膏和绷带的身体上。

玛拉坐在另一个我的旁边。我的干女儿仿佛在柔焦镜头后面，她的脸看起来有些模糊。她的头发染成棉花糖那种粉红色，用刀片削短，还用发胶弄得像鸡冠一样，难看得要命。脸上的妆非常浓，不输重金属摇滚乐手爱丽丝·库珀全盛时期的扮相。身上的黑色大外套使她像个万圣节变装的小孩。

她叫着我的名字，努力不哭出来。我爱这丫头，她的哀伤灼痛我的灵魂。她需要我醒来，我知道，我会睁开眼睛、露出微笑，告诉她没关系。

我拼命集中精神。"玛拉，别哭。"

没用。我的肉体只是躺在那里，一动也不动，靠一根管子呼吸，浮肿的眼睛紧闭。

"我要怎么做才能帮她？"我问凯蒂。

你必须醒来。

"我努力过了。"

"……塔莉……对不起……我做了那种事。"

病房的灯闪了一下。凯蒂离开我，飘到床边站在女儿身旁。

和发光的妈妈站在一起，玛拉显得更瘦小、阴暗。凯蒂低喃：小宝贝，感觉我。

玛拉惊呼一声抬起头："妈……妈？"

房间里的空气仿佛消失了，在那美妙的瞬间，我看出玛拉真的相信。然后她沮丧地往前倒。"什么时候我才能明白？你已经走了。"

"可以解除吗？"我轻声问凯蒂。这个问题让我很害怕，而她许久没回答，那时间感觉有如永恒。终于，凯蒂的视线离开女儿，转头看着我。

解除什么？

我指指病床上的人，另外一个我。"我能醒来吗？"

你自己最清楚。发生了什么事？

"我想帮助玛拉，但……说真的，身处困境时，我从来不是最适合在旁边打气的人吧？"

你一直都是，塔莉，只是你自己不知道。她再次低头看玛拉，忧伤地轻声叹息。

昨晚我有没有想到玛拉？我不记得了。我对发生的事情毫无印象，每当我努力回忆，就感觉阴暗的真相当头压来，于是我又急忙推开。"我不敢回想当时的状况。"

我知道，可是时候到了。告诉我，快想起来。

我做个深呼吸，翻找着记忆。要从哪里开始说起？我想起她死后的那一个月，很多事情都变了。雷恩一家迁居洛杉矶，我们因为距离与哀伤而失去联络。二〇〇七年年初，一切都不一样了。噢，我和玛吉还是会见面，我每个月约她吃一次午餐。她总是说很期待能搬来市区，但我看出她眼中的悲伤，她的双手也在颤抖，因此当她说要和巴德一起搬去亚利桑那州时，我并不意外。他们搬走之后，我拼了老命想让生活重回正轨。我应征所有能找到的大众传播工作，从十大市场开始一路往下找，但每条路都不通。我的资历总是太好或不够好，一些电视台生怕雇用我会触怒大型联播网，有些则听说我很爱耍大牌。原因并不重要，结果都一样，我失业了。就这样，我又回到了原点。

我闭上眼睛回想细节。二〇〇八年六月，距离玛拉高中毕业不到一个月，距离凯蒂的葬礼则足足过了二十个月，我……

坐在 KCPO 的等候室，这是家西雅图的本土小电视台，多年前我第一次在强尼手下工作时就是在这里。

电视台搬家了，规模也有所扩大，但依然有些老旧，依然是二流频道。两年前，我会认为报地方新闻太大材小用。

我不是以前那个人了。我有如深冬的树叶，蜷缩起来，慢慢变得透明干枯，生怕一阵强风就会将我吹落。

我真真正正回到了原点。我哀求福瑞德·罗巴赫给我一次面试的机会，我认识他很多年了，现在他是这里的台长。

"哈特女士？罗巴赫先生可以见你了。"

我站起来，堆起满脸微笑，虽然内心忐忑，但还是表现出自信。

走进福瑞德的办公室，我告诉自己今天要从头开始。

这间办公室又小又丑，墙上贴着假木板，铁灰色办公桌上放着两台计算机。福瑞德比印象中更矮小，且意外地年轻。第一次和他面试，是我上高三前的暑假，当时我觉得他年纪特别大，但现在他看着也就比我大二十岁。现在他头变秃了，脸上的笑容让我觉得很不妙。他站起来迎接我，眼神流露出怜悯。

"嗨，福瑞德。"我和他握手，"很高兴你愿意见我。"

"当然！"他再次坐下。他的桌上有一沓纸，他指着问："你知道这是什么吗？"

"不知道。"

"一九七七年你写给我的信，一个十七岁的小姑娘写了一百一十二封信，要求 ABC 加盟公司给她工作机会。我知道你一定会出人头地。"

"多亏你在一九八五年给我机会初试啼声，否则我可能无法办到。"

"你不需要我，你注定会成为伟大的人，所有人都看到了。每次在联播网看到你，我都深深感到自豪。"

这句话让我感到莫名的悲伤。离开KLUE前往纽约之后，我几乎没有想起过福瑞德。偶尔一次回顾过去有那么难吗？为什么一定要往前冲？

"很遗憾你的节目被停掉了。"他说。

重点来了，现在得面对我来这里的原因。"看来我搞砸了。"我轻声说。

他凝视我，等候着。

"福瑞德，我需要工作。"我说，"我什么都愿意做。"

"塔莉，目前主播位置都没有空缺，即使有，你也不会满意——"

"我什么都愿意做。"我重复，双手握拳。耻辱让我脸颊发烫。

"我负担不起——"

"钱并非重点，福瑞德，我需要机会，我需要证明我有团队精神。"

他怅然一笑："你从来没有团队精神，塔莉，所以你才是超级巨星。记得吗？得到联播网的工作去了纽约之后，你对我不闻不问。你来我的办公室，谢谢我给你机会，说声再见就走了。这么多年过去，这是你第一次来找我。"

我感觉绝望升起，但我不肯让他看出这番话对我的打击有多大。自尊是我仅有的一切。

他向前倾，手肘撑在桌上，双手指尖互抵，从三角形中间望着我。"我有一个节目。"

我立刻打起精神。

"《甘德拉少年潮流报》，时长三十分钟，其实没什么内容，不过甘德拉很有冲劲和魅力，像你年轻时一样。她今年高三，就读布蓝彻高中。她老爸是电视台老板，所以她才能主持青少年节目。因为她要上学，所以只能一大早录像。"他略停顿,"甘德拉需要搭档,一个把控流程、不让她激动过头的角色。她只是个主持四流节目的小角色,你有办法担任她的副手吗?"

我有办法吗?

我很想感激这个机会,我真的很感激,但我受到伤害与羞辱。我应该拒绝,我现在亟须改善形象,这份工作对我的重大任务毫无帮助。

但是我已经等太久了。没有工作,毫无地位,我快憋死了,我不能继续过这种什么都不是的生活。更何况,卖个人情给电视台老板没有坏处。

或许我可以成为甘德拉的导师,就像多年前爱德娜·古柏指引我那样。

"我愿意。谢谢你,福瑞德。"答应的瞬间,我感觉肩膀一轻,嘴角因真心的微笑而上扬。

"塔莉,这样太大材小用了。"

我叹息:"福瑞德,我从前也这么以为。我会落到这个地步,或许那也是部分原因。我会在这里成功,我会做给你看,谢谢。"

13

那天晚上我熬夜上网,尽可能找出新搭档的所有资料。她十八岁,体育表现还不错,学业成绩出色,获得华盛顿大学的全额奖学金,秋季即将入学。她之所以开这个节目,是因为有感于现代少年困惑迷惘且有如一盘散沙,她的目标是"团结少年力量"。她去年竞选海洋世界小姐时这么说，结果只得到亚军，虽然她觉得"这个结果令人失望"，但不会因此"偏离轨道"。

看到这里，我翻了个白眼，心想：听听这是什么鬼话，凯蒂。几个小时后，我终于上床去睡，虽然精疲力竭，但仍无法入眠。深夜盗汗让人难以忍受，于是凌晨两点时我起床吃了一颗安眠药，药效让我立刻失去意识，我再次睁开眼睛是因为闹钟吵翻天。

我太疲惫加上药效未退，一时想不起来闹钟为何会响。

然后我想起来了。我立刻掀开被子，睡眼惺忪、跌跌撞撞下床。现在是凌晨五点，我的模样简直像渔夫捞上岸的玩意儿。《甘德拉少年潮流报》那种节目想必没有化妆师，所以我尽可能打扮好。我穿上一套超紧身黑套装，搭配一件白衬衫，然后走出家门。没多久，我就到了摄影棚门前。

破晓时分的西雅图让人感觉很舒服。我去前台登记（"9·11事件"之后，安保措施大大改变了我的行业，就连这种名不见经传的小节目都受到影响），制作人出来接我，他的年纪可以当我的儿子。他含糊地说了几句话，大致上是认识我的意思，然后带我前往拍摄现场。

"甘德拉是个新手，还很爱找麻烦。或许你能帮她。"他站在摄影机后面说，语气很没信心。

一看到布景，我立刻明白状况不妙。这里根本是个自大少女的卧室，体育竞赛奖杯多到足以让小型游艇沉没。

甘德拉本人更是一绝。她长得很高，像棉花棒一样瘦，穿着迷你牛仔短裤，搭配领口有花边的格子衬衫，软呢帽上镶着一圈金属板，脚上穿着一双在我们那个年代被称为"荡妇鞋"的系带超高跟鞋。她留着长鬈发，妆容突显出耀眼的天生美貌。

她靠在五斗柜上对着摄影机说话,仿佛那是她的知心姐妹淘。"……该来聊聊短信规则了,我认识的年轻人常犯一些无知的错。早前有书之类的东西教人该说什么、做什么,可是我们呢,没时间搞那些老玩意儿,对吧?现代的年轻人总是冲、冲、冲。所以,甘德拉要来拯救大家喽。"她微笑着离开五斗柜,随性地往床铺走去。地上有个蓝色的叉,也就是走位记号,她完全不理会。"我列出了发短信的五个大忌。"她走向房间另一头,再次错过走位记号,我听见摄影师低声骂脏话。"第一就是性爱短信。面对现实吧,姐妹们,传咪咪照给男朋友绝对是禁忌——"

导演喊卡,摄影师松了一口气。

"甘德拉,你不能照剧本来吗?"导演说。

甘德拉翻了个白眼,开始玩手机。

"去吧。"制作人拍我的肩膀,虽然用意可能是为了打气,但感觉像是推我出去。

我挺直背,带着笑容走进布景。

甘德拉皱着眉头打量我。"你是谁?"她问我,然后对着麦克风说,"有变态跟踪我。"

"我不是变态。"我强忍住翻白眼的冲动。

她弹了一下口香糖。"你那套衣服感觉像服务生。"她蹙眉,"不对,等一下,你长得有点像那个谁。"

"塔莉·哈特。"我说。

"对!你长得很像她,只是比较肥。"

我咬紧牙关,很不幸,我的身体偏偏选择在这一刻开始发热。热潮灼痛我全身的肌肤,感觉很不舒服,像针刺一样,我相信我的脸一定红得像甜菜。我感觉满身大汗。

"你没事吧？"

"我好得很。"我没好气地说，"我是塔莉·哈特，你的新搭档。今天的剧本没有我，不过我们可以商量一下明天的节目内容，顺便告诉你，走位要走在点上，要懂这个才够专业。"

甘德拉呆望着我，仿佛我突然长出满嘴毛且大声学驴叫。"我不需要搭档。卡尔！"

年轻制作人立刻出现将我拉去阴暗处。

"卡尔是谁？"我问。

"导演。"制作人叹气，"不过这其实是她要打电话给老爸的意思。他们有没有告诉你，她已经换了四个搭档？"

"没有。"我轻声说。

"我们大家都叫她维鲁卡·梭特。"

我一脸呆样地望着他。

"电影《查理和巧克力工厂》里那个骄纵的富家千金。"

"你被开除了。"甘德拉对我大喊。

旁边的摄影师回到位子上，红灯亮起，甘德拉灿烂微笑。"广告之前，我们谈到性爱短信，不晓得那是什么的人就不用烦恼了，不过呢，知道的人……"

我后退离开摄影棚。阵热潮红稍微退去，我感觉前额的汗水慢慢干掉，脸颊也不再发烫，可惜羞耻没那么容易退去，我的怒火也是。离开摄影棚走上西雅图人行道，我深深感到挫败。我沦落到了这种地步？被说肥，还被毫无才能的小女生开除？

我比任何时候更想打电话给好姐妹，听她说一切都会好转。

我无法呼吸。

我无法呼吸。

我叫自己冷静,但我觉得反胃、发烧般的热,喘不过气,痛楚揪住我的胸口。

我站起来摇摇晃晃往前走,拦下一辆出租车坐进去。"圣心医院。"我喘着气,翻皮包找出婴儿用阿司匹林。我将药丸咬一咬吞下去,以防万一。

到了医院,我扔了一张二十元钞票给司机,蹒跚着走进急诊室。"心脏病发!"我对着服务台的护士大叫。

果然成功吸引到她的注意。

葛兰特医生低头看着我。他戴着廉价低度数老花镜,开市客大卖场卖的组合装那种。他身后有一道暗淡的蓝白布帘,为这个大城市的急诊室保留一点隐私。"塔莉,你知道,想见我不必费这么大的工夫,你有我的电话号码,打给我就好。"

我没心情说笑,倒回到身后的枕头上:"这家医院只有你一个医生吗?"

他来到病床前:"玩笑开够了,塔莉,即将停经或已经停经的妇女发生恐慌症的案例并不少,那是内分泌失调所致。"

情况就是这样,但我感觉更糟了。我失业,而且显然永远不会有人雇用我,我很肥,我没有真正的家人,最好的朋友走了,而眼前这位谷麦医生更是一眼看出我的内分泌快干涸了。

"我想测一下你的甲状腺素。"

"我还想主持《今日秀》呢。"

"什么?"

我掀开单薄的被单下床，没发现病号服背后敞开，让医生看光了我的中年屁股。当我急忙转身时，已经太迟了，他看到了。"我没有停经的迹象。"我说。

"可以做一些检验——"

"一点也没错，可是我不想做。"我森然一笑，"同样是半杯水，有人会说是半空，有人会说是半满，我呢，则是把杯子放进柜子从此忘记，懂我的意思吗？"

他放下病历。"忽视坏消息，我懂。"他朝我走来，"成效如何？"

老天，我最讨厌觉得自己愚蠢或可悲，这个人和他看我的眼神不知为何让我感觉自己既愚蠢又可悲。"我需要赞安诺和使蒂诺斯，这两种药很有效。"我抬头看他，"我的处方很久以前就到期了。"我骗人。我知道应该告诉他，过去一年我从好几位医生那里取得处方，而且剂量越来越大，但我没说。

"我认为这不是好办法，以你的个性——"

"你并不了解我，先弄清楚这一点。"

"对，"他说，"我不了解你。"他再次逼近，我强忍住后退的冲动。"但我知道忧郁的人会说什么话、崩溃的人是什么模样。"

这时我想起他的妻女死于非命，我猜他也正在想她们，忽然，我从他身上感受到了深深的哀凄。

他写好处方笺撕下来给我。"靠药物撑不了多久。去找人帮忙，塔莉，去看医生治疗你的更年期综合征和抑郁症。"

"你诊断出的两种疾病都尚未确诊，你应该知道吧？"

"我知道。"

"好了，我的衣服呢？"

以这句话作为退场台词非常差劲，但我只能想到这个。我站在那儿瞪着他，直到他离开，然后换好衣服走出医院。我去楼下的药房领药，吞下两颗赞安诺，步行踏上回家的漫漫长路。

药物发挥作用，我平静下来，感觉像被气泡纸包起来，很安全。我的心跳恢复正常。我从皮包里拿出手机打给福瑞德·罗巴赫。

"塔莉，我应该先警告你。"他的语气让我听出来我被赶走的消息已经传到他那里了。

"很抱歉，福瑞德。"我说。

"别这么说。"

"谢谢，福瑞德。"我正准备继续说下去，甚至卑躬屈膝哀求，但这时我刚好经过邦诺书店，橱窗里的书吸引了我的目光。

我骤然停下脚步。当然该这么做，我之前怎么没想到？"福瑞德，先这样，再次感谢。"不等他回答，我就挂断了。赞安诺让我晕眩，我试了好几次才拨对经纪人的电话。

他终于接听时，我劈头就说："乔治，猜猜我在哪儿？"

"显然不是在地区电视台的低成本节目当搭档主持人。"

"你听说了？"

他叹息："我听说了。塔莉，做这些决定之前你应该先跟我商量。"

"忘记那个脑袋坏掉的甘德拉吧，她是个大白痴。猜猜我在哪儿？"

"哪里？"

"书店外面。"

"跟我有什么关系？"

"因为我正看着女主播芭芭拉·华特斯新出的回忆录《试镜人生：芭芭拉》，已经上架了，如果我没记错，她赚到了五百万。艾伦·德詹尼丝的回忆录也捞了一大票。对了,她出的散文集不也赚进百万?帮我谈出书。"这应该是我这辈子想到的最棒的点子。

"你的回忆录开始动笔了吗?"

"没有。能有多难?今晚我就开始写。你觉得呢?"

乔治很久都没说话,我再次催促:"你说呢?"

他叹息:"先让我放出消息,看看是否有人感兴趣。可是我要先问你,塔莉,你确定要写?你有很多黑暗的过去。"

"我确定,乔治,帮我谈妥。"

写书能有多难?我可是记者。只要写下一生的故事就行了,一定会大卖,既励志又感人。

等我回到家时,我整个人很兴奋,已经很久没有这样了。我脱掉黑套装,穿上运动服,拿出笔记本电脑,泡好一杯茶,窝在沙发上准备动工。我打上书名:人生第二幕。

我将页面往下拉,另起一段,然后望着空白的屏幕。

书名好像不太对。

我继续望着空白屏幕,就这样又过了许久,久到让我断定是茶的问题。或许来杯酒会有帮助。

我倒了一杯酒,回到沙发上。

屏幕依然空白。

我推开电脑看看表。我已经"写"了好几个小时,却一点成果也没有。我觉得很沮丧,但我不打算沉溺。

找资料。

写作的第一步是查资料,这是我当记者的时候学到的,毕竟我也曾是报道新手。我懂得如何挖出故事。

我自己的人生故事也不例外。许多杂志与电视新闻节目都以我为主题做过报道，但我受访时一向很小心，只选择性地说出往事。透过电视的魔法，我将悲惨童年变成灰姑娘童话。被坏心妈妈抛弃的可怜小塔莉，摇身一变成为美式成功故事的主角。

观众喜欢童话故事，于是我说给他们听，我们的年代属于迪士尼动画，而不是格林童话，坏人变成卡通狮子与会唱歌的八爪鱼。

这种新童话风潮非常适合我。我经常说被遗弃那么多次或许也是一种福气。这种话我说过多少次？缺乏母爱让我更努力，这是事实，只是经过包装。我总说是抱负救了我。

在这本回忆录里，我将第一次说出真相，乔治问我的就是这个，当时我毫不犹豫地说可以，但我能办到吗？真的能吗？

我一定要做到，或许可以说，我需要这么做。

畅销回忆录能让我找回人生。

我的早年生活没有留下多少东西，仅有的那些都藏在楼下车库的储藏室里，我已经很多年没进去，更没有打开过那几个箱子。并非因为轻忽遗忘，而是我特意不去看。

现在我要去看。

但我的决心很薄弱，一如所有狗急跳墙时所做的决定，我无法逼自己动手。为了拖延，我走到窗前，站在那里喝了一杯又一杯，直到天空阴暗变黑。

"快去。"我对自己的倒影说，强迫自己离开窗前。在走出公寓的路上，我拿起一支笔与一沓纸，当然还有一杯酒。

到了停车场，我花了不少时间才找到我的储藏室，我没想到会这样。

我用钥匙打开金属门，打开里面的灯，走进去。

里面的空间大约一平方米。我没有进去过其他住户的储藏室，但我相信大部分应该是东西都堆到天花板，各式各样的整理箱和纸箱上面标注着内容物，例如圣诞节、节庆、冬季、夏季、婴儿衣物之类的。那些箱子装着人生的证据，一箱箱的纪念品带人回到生命之初。

我的储藏室几乎是空的，只有我的滑雪用具与网球拍、高尔夫球杆，这些运动我试过又放弃，但希望有朝一日会重拾，另外就是用不到的行李箱，以及在法国买的一面古董镜子，放在这里被我彻底遗忘。

除了这些，只有两个箱子。两个。我人生的证据只占据那一点点空间。

我拿起第一个，上面写着"萤火虫小巷"，第二个箱子则写着"安妮女王山"。

我恐惧战栗。这两个箱子代表我从前的两段人生，外婆和我妈。无论里面藏着什么，我已经好几十年没看过了。十七岁时，我成为外婆的遗嘱执行人，她将所有东西留给我，包括位于安妮女王山的房子，以及萤火虫小巷出租用的房子。我孤身一人，再次被妈妈抛弃，准备前往寄养家庭，我将安妮女王山的房子整理好上锁，只带走这几样能塞进箱子的东西。"萤火虫小巷"的箱子里装着我和妈妈短暂住在萤火虫小巷那段时间的物品。一生中，我只和妈妈同住过一次。那是一九七四年，在萤火虫小巷的房子里，直到有一天她一声不响地消失了。我总是对大家说，那段时间能与妈妈同住是我最大的福气，因为我认识了后来成为好姐妹的女生。虽然真的是福气，但也是另一次遗弃。

我拿起一条旧床罩跪在上面，将写着"安妮女王山"的箱子拉过来。

掀开盖子时我的手在发抖，脉搏速度有如洗衣机的脱水过程，心跳凌乱到混在一起。我呼吸困难。上次打开这个箱子时,我在外婆家,跪在我的房间里,社福处的小姐要我先"准备好",等她来家里接我。我仔细打包。尽管多年来妈妈只留给我不堪记忆,我依然妄想她会来救我。我当时应该是十七岁,独自等候不会救我的妈妈。再一次等候她。

我伸手进去,在阴暗的箱子里,我找到的第一样东西是旧剪贴簿。

我完全忘记这玩意儿了。

这本簿子非常大但很薄,封面印着荷莉娃娃,她戴着超大拓荒风格女童软帽,遮住了整个侧脸。我用指尖轻抚白色封面,这是我十一岁生日时外婆送的礼物。在那之前不久,我妈出现过一次,她醉醺醺地突然跑来,把我带去西雅图市中心。

我从来没想通那天她到底想做什么。我只知道她带我去参加反战游行,然后把我扔在先锋广场的一处门阶上。

后来,当我坐在地上哭泣时,外婆说:"你妈有问题。"

"所以她才不爱我?"

"别想了。"我告诉自己。这些只是旧回忆、旧伤痛。

我翻开剪贴簿,看到自己十一岁时的照片,摆好姿势准备拍照,对着蛋糕做出吹蜡烛的模样。

另一页则贴着我写给妈妈的信,这种信我写过几百封,但从不曾寄出。亲爱的妈妈,今天是我十一岁生日——

我合上剪贴簿。我只翻了一页,稍微瞥了一下内容,但我已经觉得比刚才更难受了。这些字句让她重新活过来——我花了一生时间拼命逃离的那个自己,那个心碎的小女孩。

假使凯蒂在这里,我应该可以翻完这个箱子,拿出我的痛苦一一检视。她会在我身边说"你妈最差劲了",以及"这张照片里的你真漂亮",

还有那些我需要听的话。她不在，我没有勇气。

我缓缓站起来，察觉自己喝太多了。

很好。

我连盖子都懒得合上就走出储藏室，甚至忘记关门。假使我运气够好，说不定会有人偷走那两个箱子，这样我就不必看里面的东西了。我朝电梯走去，半路上我的手机响了。是玛吉。

"嗨，玛吉。"我急忙接听，很高兴能想别的事情。

"嗨，塔莉，星期六在洛杉矶的晚餐，我准备打电话订位，你喜欢的那家餐厅叫什么名字来着？"

我微笑。我怎么可能忘记？一秒钟都不会忘。这个周末我们要参加玛拉的高中毕业典礼，我可以和穆勒齐一家与雷恩一家共度两天，这是份大礼，我绝不会轻忽。或许我该请强尼帮我找工作。"别担心，玛吉，我已经帮所有人订位了。七点在马戴欧餐厅。"

14

这个周末，我要变回以前的自己。我会假装人生一切正常，什么都没有改变，我会和强尼一同欢笑，黏着干女儿，陪双胞胎玩 Xbox 游戏。

走进他们的新家时，我不会只看到空椅子与缺席的人，我会专注在活着的人身上。就像华兹华斯[1]那首诗说的，我会在残存的往昔中找到力量。

---

[1] 华兹华斯（William Wordsworth，一七七〇——一八五〇），英国浪漫主义诗人。后面这句引自其作品《不朽的暗示》（*Intimations of Immortality*）。

然而，当礼车抵达比弗利山庄，停在一栋拥有精致庭院的现代住宅前时，我感觉恐慌威胁着我的决心。

凯蒂一定会讨厌这栋房子。

一颗赞安诺稳住了企图窜逃的勇气。

我下车，拖着唯一的行李走上石头步道。我来到正门前按下门铃。没人应门，于是我自行开门进去，大声呼唤。

双胞胎从石造楼梯上冲下来，有如两只大丹犬宝宝，互相撞来撞去，笑得非常大声。他们九岁半了，两个人都有着凌乱棕发与开朗的大大笑容，他们看到我立刻开心尖叫，我几乎没有时间准备，被他们兴奋拥抱的力道撞得连连后退。

"我就知道她一定会来。"路卡说。

"你骗人，明明是我说的。"威廉笑着说，接着又问我，"你要送玛拉什么礼物？"

"八成是法拉利。"强尼说着走来。

一看到他，我们之间的过去如河流滚滚而来，记忆的影像翻涌。我知道我们两个都在想那个不在场的人，以及我们之间变得多么疏远。他朝我走来。

我用屁股撞他一下，因为我不知道该说什么，他还来不及回应，我已经听到玛吉大声喊我。一瞬间，我被他们所有人环绕，双胞胎、强尼、巴德和玛吉，所有人同时说话、微笑或大笑。双胞胎拖着外公、外婆回楼上去玩"恶心的 Xbox 游戏"，只剩下我和强尼两个人。

"玛拉好吗？"我问。

"很好。还不错，应该吧。"虽然他这么说，但是从他的叹息中我听出事实并非如此，"你好吗？我一直在期待《私房话时间》重新播出。"

这是最好的时机。我可以告诉他实情,甚至请他帮忙。我可以跟他说我的事业崩盘,请他给我建议。

但我办不到。也许是因为他的忧伤,也许是因为我的自尊,说不定两者都有。我十分确定不能告诉强尼我的人生完蛋了,他经历了太多折磨,而且我也不希望被他同情。

"我很好,"我说,"正忙着写回忆录,乔治保证一定会畅销。"

"那么,你过得很好。"他说。

"好得不得了。"

他点点头,便转开了视线。后来,当我沉溺在与这些人重聚的欢喜中时,我不禁想起对强尼撒的谎。我纳闷我所谓的很好,是不是像玛拉一样。

玛拉一点也不好,我们以惨痛的方式发现真相。星期六,毕业典礼当天,大家聚在客厅里,玛拉下楼来,她的模样……吓死人,我只能想到这个形容,或者说像死人——惨白消瘦,无精打采,死气沉沉的黑发像帘子般遮住脸。

她走到楼下,举起一只手臂说:"我需要帮助。"她血流如注。我冲过去帮她,强尼也一样,我们再次发生冲突,说了许多不该说的话,但我只知道一件事:玛拉需要帮助,而我保证过会照顾她。我向强尼发誓,带她回西雅图之后会妥善照顾她,并让她接受布鲁医生的治疗。

强尼很不乐意让她跟我走,但他没有选择,因为我说我知道该如何帮她,而他毫无头绪。最后,他决定让她在我家过完暑假,不过他很不赞同这种做法,一点都不赞同,他也很清楚地向我表明了这一点。

二〇〇八年六月,玛拉住进我家。那是炎热的初夏,一个艳阳高照的美好日子，西雅图市民离开阴暗室内，换上去年的短裤，像刚出洞的鼹鼠般对着烈日猛眨眼睛，忙着寻找好几个月没用、不知去向的太阳镜。

我感到很自豪，这是我第一次彻底兑现对凯蒂的诺言。没错，最近我的状况确实不太好，恐慌经常伺机而动，在最意想不到的时候扑上来。没错，我喝了太多酒，服用了太多赞安诺，也已经到了不吃安眠药就无法入睡的地步。

但是现在有了这个新责任，所有问题都会自动消失。我帮她将衣物从小行李箱中取出整理好，我们一起坐在客厅里聊她妈妈，仿佛凯蒂只是去买东西，很快就会回来，就这样我们消磨了我们同住的第一个晚上。我知道这样不好，不该假装凯蒂还活着，但我们需要，我们两个都需要。

最后我问："星期一要去看医生，你准备好了吗？"

"你是说去见布鲁医生？"她说，"没有，恐怕还没有。"

"我会陪你走过每个阶段。"我承诺，不知道还能说什么。

第二天，玛拉进诊室的时候，我在等候室焦虑地来回踱步。

"你快把地毯踩出沟来了，吃颗赞安诺吧。"

一个年轻人站在门口，他穿得一身黑，搽指甲油，身上挂着一大堆骷髅饰品，数量足以去新奥尔良的旅游胜地波旁街开家巫毒店。他滑步过来，有如理查·基尔在电影《美国舞男》中的动作，然后软趴趴地瘫在沙发上。因为距离很近，我嗅到他身上大麻与熏香的气味。

"你接受布鲁医生的治疗多久了？"

他耸肩道："一阵子。"

"有帮助吗？"

他露出狡猾的笑容："谁说我需要帮助？一切所见所感不过为梦中

之梦。[1]"

"爱伦·坡。"我说,"有点老套。如果你引用罗德·麦昆的作品,我或许真的会感到惊讶。"

"谁?"

我不禁莞尔。我好多年没想起这个名字了,年轻时,我和凯蒂经常读一些软绵绵的抒情诗,主要是心灵诗人罗德·麦昆与纪伯伦的作品,我们还背了整首《向往之物》[2]。

"罗德·麦昆,去查查看。"

他还来不及回答,诊室的门开了,我急忙跳起来,玛拉走出来,脸色苍白,神情烦乱。她瘦得可怕,强尼怎么会没有发现?我急忙冲过去:"怎么样?"

她还没开口,布鲁医生出来要我进去说几句话。

"我马上回来。"我对玛拉说完,便跟着医生走。

"我希望她每星期来两次,"布鲁医生轻声说,"至少维持到秋季开学。我主持的少年哀恸治疗团体或许对她有帮助,每周三晚上七点聚会。"

"她会遵照你的建议。"我保证道。

"会吗?"

"当然。过程还顺利吗?"我问,"她有没有——"

"玛拉是成年人了,塔莉,治疗过程必须保密。"

"我知道,我只是想知道她有没有说——"

"保密。"

---

[1] 引自爱伦·坡的诗作《梦中之梦》(*A Dream Within A Dream*)。
[2] 《向往之物》(*Desiderata*),美国律师兼性灵诗人麦克斯·埃尔曼(Max Ehrmann,一八七二——一九四五)的作品,内容主要是劝世良言,讲述人生所需的品德与能力。

"噢，好吧。我该怎么跟她爸说？他在等我报告。"

布鲁医生慎重思索后说："塔莉，玛拉很脆弱。我建议你和她父亲要多留意，把她当成易碎物品对待。"

"脆弱？什么意思？"

"字典上应该会说容易受伤、细致、敏感，一碰就碎，不堪一击。我建议小心观察她，要非常小心，随时陪伴她。以她目前的状态，很容易做出错误的决定。"

"比自残更严重？"

"你应该能够想象，用刀片自残的人，难免有一天会割得太深。照我刚才说的做，小心观察，随时陪伴，她非常脆弱。"

在回家的路上，我问玛拉治疗过程如何。

她只说："很好。"

那天晚上，我打电话给强尼报告一切。他很担心，从他的声音里能听出来，但我保证会妥善照顾她，会小心观察她。

玛拉第一次参加少年哀恸治疗团体的那晚，我决定动笔写作——至少我努力过了。蓝色屏幕让我心烦意乱，于是我站起来走开一下。我倒了一杯酒，站在窗前望着璀璨的都市夜景。

电话响起，我扑过去接起来。我的经纪人乔治通知有几家公司对我的回忆录表示兴趣，虽然还没有人开价，但他认为很有希望。另外，《谁是接班人名人版》想找我上节目。

见鬼了。

我对乔治表明这个提议简直是羞辱，就在这时候，玛拉从治疗团体回来了。我泡了两杯热可可，和她一起坐在床上，就像她小时候那样。

虽然花了一点时间她才吐露实情,但最后玛拉还是说:"我不能跟她谈妈的事。"

我无法回答,但也不能说谎敷衍,那对她是一种侮辱。我这辈子不止一次被人敦促去接受心理治疗,我不笨,我知道最近恐慌症的毛病绝非单纯因为内分泌失调。我内心有条悲伤的河流,一直都在,而现在水量暴增,淹到了岸上。我知道必须谨慎对待,因为一不小心那条河就会变成我最大的一部分,而我则会溺死在里面。但我不相信只靠说话就能让河水退去,也不相信在回忆中游泳能够解救我,我相信咬牙忍耐,我相信往前迈进。

看看我落到了什么下场。

我搂着玛拉将她拉过来。我们平静地讨论她害怕什么,我说她妈妈会希望她继续接受治疗。说完后,我祈祷自己对她有所帮助,然而我完全不知道该对青少年说什么。

我们在床上坐了很久,两个人都想着房间里的那抹幽魂,那个将我们牵在一起却自己离去的人。

第二天,强尼来到西雅图,他想尽办法说服玛拉改变心意跟他回洛杉矶,但她态度非常坚决,打定主意要和我在一起。

星期五下午,玛拉第二次看过门诊之后,我问她:"你应该很期待去华盛顿大学吧?"我偎靠着玛拉,我们一起坐在我家的沙发上,盖着一条米色克什米尔羊毛毯。强尼回洛杉矶了,我和她又可以独处谈心。

"感觉比较像害怕。"

"是啊,你妈当初也是这样。但我们很爱华盛顿大学,你一定也会爱上那里的。"

"我很期待创意写作课。"

"有其母必有其女。"

"什么意思?"

"你妈妈很有写作才华,读读她的回忆录——"

"不要。"玛拉激动地说。每次提起这个敏感话题她都这么回答,她还没准备好读妈妈临死前写的东西,我实在不能怪她,因为那等于自行选择往心窝刺一刀,但其中也有慰藉。有一天她会准备好。

放在一旁的手机响了,我弯腰过去看来电显示。"嗨,乔治。希望这次不是低级实境秀。"我说。

"你也好啊。我打来是要告诉你书的事,有人开价了。"

我松了好大一口气,自己都大为吃惊,我不晓得原来自己那么期待。我离开玛拉身上坐直。"感谢老天。"

"只有一家公司开价,不过还不错。"

我站起来开始踱步。如果经纪人得四处推销,麻烦就大了。

"多少钱,乔治?"

"塔莉,别忘记——"

"多少?"

"五万。"

我停住:"你说五万?"

"没错。预付,买断版权。"

我坐下的速度太快,感觉像是瘫倒,幸好后面刚好有张椅子。"噢。"我知道在平凡的世界里这已经是很大的数目了。我绝非衔着银汤匙出生,但我已经在不平凡的世界里生活太多年,这个打击非常大,证明我的名气下滑到什么程度。三十年来,我每天累得像狗一样,还以为努力的成果不会一夕消失。

"塔莉,现实就是如此,不过这或许是你重回舞台的契机。你的故事是灰姑娘童话,赢回这个世界吧。"

我无法平静,我快不能呼吸了。我想尖叫、大哭、咒骂或嘶吼,一切都太不公平,但我知道只有一个选择。"我接受。"我说。

那天夜里,我因为太激动而无法成眠。十一点,我放弃继续假装,在黑漆漆的公寓里至少游荡了十分钟。有一次我差点跑进玛拉的房间叫醒她,但我知道那么做太自私,于是我强忍冲动,没有去开她的房门。到了十一点二十分,我决定工作,或许写作会有帮助。

我爬回床上,将电脑放在腿上,打开最近的文件。就在那里,《人生第二幕》,以及一片空白。我呆望着,因为太过集中专注,甚至开始产生幻觉。我仿佛听见走廊上有人走动,门打开又关上,不过之后又恢复安静。

查资料,我需要查资料,我必须去储藏室看那两箱东西。

不能继续逃避。我倒了一杯酒,下了楼,跪在箱子前,我告诉自己要坚强。我提醒自己兰登书屋已经买下了这本回忆录,也付钱了,我只需要写出一生的故事,我肯定能想出该怎么写。

我打开写着"安妮女王山"的箱子,拿出剪贴簿放在旁边的地板上。我还没准备好,还无法看,我会慢慢累积勇气,最后再看这本集合梦想与心痛的本子。

我弯腰看看黑暗的箱子内部。我看到的第一个东西,是有点破烂的兔子玩偶。

玛蒂达。

它少了一只晶莹的黑眼睛，胡须也不见了，好像被剪掉了。这是外婆送的礼物，它是我小时候最好的朋友。

我将玛蒂达放在一边，再次把手伸进箱子。这次我摸到一个软绵绵的东西，拿出来一看，是一件印着卡通图案马吉拉大猩猩的灰色童装T恤。

我的手有点抖。

为什么留下这件衣服？

然而，问题才刚浮现，我已知道答案。这是妈妈买给我的，记忆中她给我的唯一的东西。

一道强烈记忆盖过一切。

我很小，或许只有四五岁，正坐在厨房餐桌旁专属于我的位子上，我应该吃早餐，但我只顾着玩汤匙，这时一个陌生人走了进来。是她。

我的塔露拉。她踉跄着朝我走来，身上有股奇怪的味道，像是甜甜的烟。你想不想妈咪？

楼上传来铃声，我说："是外公。"

紧接着，我被那个陌生人抱起来。她狂奔着跑向屋外。

外婆在我们身后大喊："别走！多萝西——"

那个人说了一些话，一直说到"他"，又加上好多我听不懂的话，然后她跌倒，我从她怀里飞了出去，头撞到地板。外婆尖叫，我大哭，那个人再次把我抱起来。接下来，回忆变得暗淡模糊。

我记得她要我叫她妈妈，我记得她车上的坐垫很硬，想尿尿得在路边解决。我记得车上的烟味，也记得她的朋友，他们让我很害怕。

我记得布朗尼蛋糕。她给了我几块，我吃完后站不稳，还开始呕吐，而她觉得很好笑。

我记得醒来时我躺在医院的病床上，胸口别着一张字条，上面写着我的名字：塔露拉·萝丝。

外婆来接我，我问她："那个小姐是谁？"

"你妈妈。"外婆说。我清楚地记得这句话，仿佛昨天才听到一样。

"外婆，我不喜欢住在车上。"

"当然喽。"

我叹气，将T恤放回箱子里。看来写回忆录是个烂主意。我离开那个箱子，走出储藏室，这次记得上锁。

15

六月底一个阳光普照的晴朗周一，我和玛拉自第一街往公共市场走去。"你不必每次都送我去看医生，你知道吧？"

"知道，可是我想陪你。"我钩住她的手臂。

她住进我家两周了，我学到负责照顾青少年是一件累人又让人惊恐的工作。每次她进厕所，我就担心她会不会偷偷自残，我仔细检查垃圾桶，清点每一盒创可贴，我不敢让她离开我的视线。我尽全力想做好，但我不得不面对现实，我对母职的了解还填不满装果冻酒的小杯子。

坐在布鲁医生的等候室，我打开电脑望着空白的页面。我得快点开始写，必须有一点真正的进度。一定要。

我知道回忆录要怎么写。这辈子我读过上百本，每一本的开头都一样，要先介绍背景。我需要选定舞台。这么说吧，我真正登场之前要描绘我的人生背景，介绍相关人物与地点。

这就是问题所在，我每次都因此而写不下去，现在也再次被迫停笔——不知道的故事要怎么写？我必须知道自己的过往，以及我妈妈的故事。

我对她几乎一无所知，对生父更是毫无了解。我的历史是一个空白的大洞，难怪我写不出来。

我得找我妈谈谈。

想到这里，我打开皮包，拿出橘色小药罐。赞安诺只剩最后一颗了，我干吞下去，然后慢慢拿出手机打给财务经理人。

他接听时，我说："法兰克，我是塔莉。我妈还继续每个月兑现支票吗？"

"真高兴你终于打来了。我在答录机里留言了好多次，我们必须研究一下你的财务状况——"

"好，没问题，不过现在我需要知道我妈的事，她还在继续兑现支票吗？"

他要我等一下，不久，他回话道："是的，每个月都在兑现。"

"最近她住在哪里？"

法兰克停顿了下。"她住在斯诺霍米什，你的那栋房子，已经好几年了。我们曾经寄信通知你，你朋友生病那阵子，她应该就已经搬进去了。"

"我妈住在萤火虫小巷的那栋房子里？你们真的通知过我？"

"真的。好了，现在来谈谈——"

我挂断了电话，还来不及消化这个消息、思考其中的意义，玛拉就已经从诊室出来了。

这时我才留意到那个哥特小鬼又坐在我旁边。他的黑发间挑染了紫红与翠绿，耳垂上挂着安全别针。我瞥见他喉咙上的刺青，好像写着

"疯狂"什么的，我看不见其他部分。

看到玛拉进来，他站起来露出微笑。我不喜欢他看我干女儿的眼神。

我站起来，有些局促地绕过茶几，以保护性的姿态赶到玛拉身边。我钩起她的手臂，带她离开诊所。我回头看向门口，发现哥特小子看着我们。

门关上之后，玛拉说："布鲁医生认为我该找份工作。"

"好啊，没问题。真是个好主意。"我皱起眉头。说真的，我心里只想着我妈。

整个下午，我在家里走来走去，努力想弄清楚。

外婆留给我两栋房子，而我妈住在其中一栋，因为那栋房子位于穆勒齐家对面，所以我一直没卖掉。这代表假使我去找她，就得回到我和凯蒂相遇的地点。十四岁那年，一个星光闪耀的夜晚，我的人生在那里彻底改变。

我还得带玛拉一起去，不然就得让她一个人待在家里，这两个选项都不太吸引人。我身负照顾她的责任，应该像老鹰一样盯着她，然而，我不想让她看到我和母亲会面的过程。我们母女每次见面的结果，往往不是耻辱就是心碎。

"塔莉？"

听到我的名字，我转过身。我隐约感觉玛拉好像叫了几次，但我不确定。"什么事，亲爱的？"我觉得精神恍惚，外表看得出来吗？

"阿什莉刚刚打电话给我。以前高中的朋友今天要一起去路德·伯班克海滩野餐跟滑水，我可以去吗？"

我终于安心了，这种感觉真美好。她第一次主动要求和以前的朋友出去,这就是我一直等候的征兆——她渐渐变回以前的模样,态度也有软化。我露出灿烂的笑容走向她,或许我可以不必继续神经兮兮地为她操心了。"太好了。你预计几点回家?"

她犹豫了一下:"呃,去完海边我们还要去看电影,九点场的《机器人总动员》。"

"也就是说,你回家的时间大约是……"

"十一点?"

我觉得非常合理,如此一来,我就有充足的时间了。不过,为什么我有种挥之不去、好像哪里不对劲的感觉?

"有人送你回家吗?"

玛拉大笑:"当然。"

我太敏感了,根本没什么好担心的。"那好吧。我有些公务要处理,整天都不在,你自己多当心。"

玛拉紧紧拥抱我,我非常意外。很多年没有人以这么棒的方式感谢我了,这个拥抱给了我所需的勇气,让我能面对非做不可的事。

我要去见我妈。许多严肃的问题在我心里藏了好几年,甚至好几十年,这一次我终于要问清楚,除非她给我答案,否则我不会离开。

华盛顿州西部的许多小社区都随时间改变了,斯诺霍米什也不例外。这里曾经以酪农业为主,坐落在嶙峋雄伟的喀斯喀特山脉与斯诺霍米什河、皮查克河之间,隐身于一片苍翠山谷中。近几年,这里变成西雅图的另一个通勤住宅区。老旧舒适的农庄纷纷被拆除,盖起以石材与木材为主的宽敞住宅,主打壮丽山景。因为建了新学校,所以有了新公路,农场遭到切割分解,改建成道路两旁的集体公寓。以前夏天经常有少女骑马外出，她们骑在马路旁，穿着剪短的裤子，赤足在马腹旁晃荡，头发在阳光下闪耀，现在应该很少见了。现在这里满是新车、新屋，种上了新的树，有些甚至就种在老树被挖掉的地方。毫无杂草的大片草坪一路延伸到新漆过的门廊前，修剪整齐的灌木篱笆象征敦亲睦邻。

不过，即使景色不同，有些地方依然有旧日小镇的风情。有时零星建筑工地之间会突然出现顽强屹立的老农庄，栅栏围起大片浓密高草，牲口漫游嚼食。

萤火虫小巷也一如往昔。这条位于城镇外围的小柏油路，距离皮查克河岸不远，改变来得非常慢，甚至完全感觉不出来。

回到这个在我心中代表家的地方，我的脚松开油门，车子立刻减速。

这是个美丽的夏日，难以捉摸的太阳在云层间玩捉迷藏；道路两旁，牧草地缓缓地向下往河岸延伸，参天大树如同卫兵，长长枝干为聚集在树下的牲口遮阳。

我多久没回来了？四年？五年？这个想法有如一把锯齿刀割着我的心，提醒我有时光阴跑得太快，一路激起太多悔恨。

我不假思索直接转上穆勒齐家的车道，看到"出售"招牌斜斜地靠在信箱旁。在这不景气的年代，房子卖不掉一点也不奇怪。现在他们在亚利桑那住的房子是租的，等这里卖掉之后，他们才打算买。

这栋房子一直以来都是相同的模样，精心维修的漂亮白色农庄，门廊环绕，俯瞰两英亩青草坡地，外围竖立着长满苔藓的杉木篱笆。

我将车驶到前院停放，车轮轧过鹅卵石发出咔咔声响。

我看到二楼凯蒂的房间，一瞬间我重回十四岁，推着脚踏车站在这里，朝她的窗户扔石头。

回忆让我露出笑容。叛逆野少女与规矩好孩子，一开始我们感觉就像那样，凯蒂跟着我到处跑，至少当时的我这么以为，少女的眼光很短浅。

那天夜里，我们在黑暗中骑着脚踏车冲下夏季丘，张开手臂，如同扬帆，仿佛飞行。

可惜我太晚才明白，那么多年前，其实是我在跟随她，无法放手的人是我。

从她少年时的家开到我少年时的家，用不了一分钟，对我而言却有如换了一个世界。

外公外婆的出租住宅与印象中不太相同。屋侧的院子翻过土，园地中央堆着挖出的石头瓦砾。从前旁边长满巨大的刺柏，从外面看不见屋子，现在灌木被挖掉了，却没有种上新的植物，屋子前面只有泥土与残根堆积。

我可以想象里面有多乱。我三十几岁时见过妈妈几次，每次都是我去找她，也只有这样才能见到她。八十年代晚期，当时强尼、凯蒂和我有如 KCPO 三剑客，那次我碰巧来到耶姆镇的营地附近，我妈当时住在那里，追随一个名叫杰西奈的宗教领袖——她原本是个家庭主妇，竟宣称能够与三万多岁的灵体蓝慕沙沟通。二〇〇三年，我再次去找她，还带着拍摄小组。当时我以为过了那么长时间，说不定我们母女可以重新开始，没想到是我太天真。我发现她住在老旧组合屋里，模样比以往更不堪。我满怀憧憬，希望带她回家。

那天早上她跑了，还偷走了我的珠宝。

最后一次见到她，则是短短几年前的事，地点在医院——她遭人殴打，被扔在路边等死。我在病床边的椅子上睡着了，她趁机溜走。

尽管如此，我还是来了。

我将车停好，下车，紧抓着笔记本电脑，仿佛那是盾牌。我小心地在翻过的土地上找路前进，跨过铲子、锄头与空的种子包装袋。大门是木质的，长了一层淡淡的青苔。我深吸一口气，再缓缓呼出，举起手敲门。

没有回应。

她八成喝太多酒醉倒在哪里的地板上。多少次我放学回家发现她倒在沙发上，半个人挂在外面，烟管放在伸手就能拿到的地方，鼾声大到连死人都能被吵醒。

我试着转了一下门把手，发现没有上锁。

可想而知。

我小心翼翼地开门进去，沿路大喊："有人在吗？"

室内惨淡阴暗，我找到好几个电灯开关，但大部分的灯不亮。我摸黑走进客厅，找到一盏台灯打开。

有人拆掉了破烂的地毯，露出下面脏脏黑黑的地板。七十年代的家具不见了，换成车库拍卖的小茶几，旁边放着蓬松的单人扶手椅，角落有张扑克牌桌与两把折叠椅。

我几乎想转身离开。进到屋中，我领悟到就算见面也没用，妈妈只会给我心痛与冷落，这次也一样。然而，说实话，我始终无法彻底遗忘她，即使过了这么多年，即使她一再抛弃我、令我失望。在四十八年的人生中，我一直为了从不属于我的爱而隐隐心痛，至少现在我懂得不要有所期待，这样于我多少有点帮助。

我坐在摇摇晃晃的折叠椅上等候。虽然扶手椅比较舒适，但我担心布面藏污纳垢，于是选了这把金属折叠椅。

我等了好几个小时。

终于,晚上八点多的时候,我听见车轮轧过卵石的声音。

我坐正。

门被打开了,将近三年来,我第一次见到妈妈。她的皮肤有很多皱纹,肤色灰暗,这是长年贫困与酗酒造成的,她的指甲被泥土染成棕色——一辈子在泥淖中挣扎的结果。

"塔莉。"她说。我感到十分意外,她的声音清亮稳定,叫的是我的小名。从小到大她都叫我塔露拉,我非常讨厌那个名字。

"嗨,白云。"我站起来。

"现在我是多萝西。"

又换名字了。我还来不及说话,一个男人走进来站在她旁边,他很高,身材精瘦,黝黑的脸上皱纹密布。我可以从他的双眼中看出他人生的故事,故事里没有半点幸福美好。

我十分肯定妈妈又昏头了。不过,既然我不曾看过她清醒的模样,又如何能够如此判断?

"真高兴见到你。"她对我踌躇一笑。

我相信她,但是我一直相信她。我的弱点就是太相信她,即使她一再背弃我,我依然一次次相信她。无论我有多少成就,在她面前只要十秒钟我就会变回可怜、总是满怀期待的小塔莉。

今天不一样。我不打算重蹈覆辙,我没时间,也没精神。

"他是艾德嘉。"我妈说。

"嗨。"他蹙眉看了我妈妈一眼,他八成是她的"供货上家"。

"你有家族照片吗?"我的语气相当不耐烦,密闭空间让我有种压迫感。

"什么?"

"家族照片，我小时候的照片之类的。"

"没有。"

我多么希望不会觉得心痛，但很难做到，这让我很生气。"我还是小婴儿的时候你都没有拍照？"

她摇头，没有说话。她知道再怎么解释也没用。

"关于我的童年，你能告诉我什么吗？什么都好。我的生父是谁？我在哪里出生？"

我说出的每个字都让她一颤，脸色越来越苍白。

"喂，小姐——""供货上家"朝我走过来。

"别插手！"我怒喝，接着对妈妈说，"你究竟是什么人？"

"你不会想知道。相信我。"她的语气十分惊恐。

我只是在浪费时间，无论回忆录需要什么资料，在这里绝对找不到。这个人不是我妈，虽然她生了我，但之后便对我不闻不问。

"是啊。"我叹息，"我何必知道你是什么人，我又是什么人。"我从地上拿起皮包，从她身边推挤过去，离开这栋屋子。

我在翻起的土堆间小心找路走，上车，开车回家。在回西雅图的路程中，我一再回想刚才与母亲交谈的场面，试图从微小处找出一丝意义，但什么都找不到。

我开进公寓大楼，将车停好。

我知道应该上楼去写书，或许可以将这次见面写进去，至少有点东西可写。

但我办不到，我无法上楼走进空荡荡的公寓。我需要喝一杯。

我打电话给玛拉，她好像在睡觉，我告诉她我会晚点回家。她说她已经睡了，让我回家的时候不要叫她。

我走出电梯，直接杀进酒吧，准许自己喝两杯加橄榄汁的马丁尼，躁乱的神经终于平静下来，情绪恢复稳定。我终于上楼拿出钥匙开门时，已经是凌晨一点了。

所有的灯都亮着，我听见电视机的声音。

我皱着眉头进门，关上门，门锁发出咔的一声。

我沿着走道前进，随手把灯关掉。明天我得找玛拉谈谈，让她明白灯可以开也可以关。

经过她房门外，我停下脚步。

房里的灯亮着，灯光从底下的门缝里透出来。

我轻轻敲门。她八成是看电视看到睡着了。

她没有回应，于是我悄悄开门。

我完全没想到会是这种场景。

房间里没有人，两边床头柜上都摆着可乐罐，电视机开着，她早上起床后没有整理床铺，被子凌乱地堆在床中央。

"等一下。"

玛拉不在家。凌晨一点。她说她在家，而且已经睡了。她骗我。

我打她的手机，她没接。我打出短信"你在哪里？"，按下发送键。

要不要通知强尼？要不要报警？

已经一点十分了。我拿起电话时手在发抖，紧急报案号码还没拨完，大门口传来钥匙插进锁孔的声音。

玛拉像贼一样进来。她努力想蹑手蹑脚，但即使从我站着的地方也能看出她脚步踉跄，还不停傻笑，又嘘声要自己安静。

"玛拉。"我的语气非常严厉，一生中第一次有妈妈的样子。

她转身，一个重心不稳撞上门，却开始狂笑。她捂住嘴巴口齿不清地说:"抱歉,不好笑。"

我抓住她的手臂,带她回房间。她一路东倒西歪地跟着我走,拼命忍住不笑出来。

她倒在床上后,我说:"你喝醉了?"

"偶只喝了两杯啤酒。"她说。

"是吗?"我帮她脱衣服,扶她进浴室。一看到马桶,她呻吟着说:"我要吐——"她立刻大吐特吐,我差点来不及帮她撩起头发。

她吐完后,我挤好牙膏,将牙刷塞进她手中。她脸色惨白,像破布娃娃般全身软趴趴的,扶她上床时,我感到她在发抖。

我爬上床躺在她身边,伸手搂住她。她靠在我身上叹息一声道:"我好难受。"

"把这次当成一辈子的教训吧。还有,两杯啤酒不可能搞成这样,快说吧,你到底喝了什么?"

"苦艾酒。"

"苦艾酒。"完全出乎我的意料,"那玩意儿合法吗?"

她傻笑。

"在我年轻的时候,像阿什莉、琳希、珂萝那样的女生只喝朗姆酒加可乐。"我皱起眉头。难道我真的那么老了,不晓得时下年轻人喝什么酒?"我要打电话给阿什莉——"

"不要!"她大喊。

"为什么?"

"我……呃,不是和她们出去的。"她说。

她又说谎。"你和谁出去的?"

她看着我:"治疗团体的几个人。"

我蹙眉:"噢。"

"我发现他们其实很酷,而且只是喝酒而已,塔莉,很平常啊。"她急忙说。

这倒是真的。她肯定是去喝酒了,我从她的气息中闻得出来,跟嗑药的味道不一样。十八岁的年轻人不就是这样,至少会有一次烂醉回家的情况。

"我记得第一次喝醉的时候,当然啦,是和你妈在一起,我们被逮到,太惨了。"回忆让我露出笑容。那是一九七七年,我应该前往寄养家庭的那天,但我没有去,我逃跑了,直奔凯蒂家,说服她一起去派对狂欢。我们被警察逮到,然后被关进不同的侦讯室。

玛吉半夜赶来救我。

"住在我们家的孩子必须守规矩。"她这么对我说。在那之后,我终于得以见识到家是什么样子,虽然只是以外人的身份观察到的。

"裴克顿超酷。"玛拉靠在我身上轻声说。

我很担心。"那个哥特小子?"

"这样说太武断了,你不是不会以貌取人吗?"玛拉心不在焉地叹息道,"他谈起他妹妹,说他非常想念她,有时候我会哭出来。他完全了解我多么思念妈妈,他不会要我假装。我难过的时候,他会读诗给我听、抱着我,等我心情变好。"

诗歌、哀伤、黑暗,玛拉当然会被吸进去,我读过《夜访吸血鬼》,所以我懂。以前看诡异电影《洛基恐怖秀》时,我也觉得蒂姆·克里性感极了,虽然他穿着亮片高跟鞋和马甲。

不过,玛拉太年轻,布鲁医生也说她很脆弱。"如果是一群人就还好——"

"真的，"玛拉诚挚地说，"塔莉，我们只是朋友，我是说我和裴克顿。"

我安心了。

"你不会跟我爸告状吧？他不像你这么酷，我和裴克顿那样的人做朋友，他绝对无法理解。"

"我很高兴你们只是朋友，不要进一步发展，好吗？你还没准备好接受更亲密的关系。对了，他几岁？"

"和我同年。"

"噢，那就好。迷恋忧郁诗人这种事，每个女生一生至少都会经历一次。我记得有一次在都柏林，当时……噢，等一下，我不能跟你说这个故事。"

"塔莉，你什么都可以跟我说，你是我最好的朋友。"

她靠这句话哄得我服服帖帖。这一刻，我对她的爱无比强烈，确确实实地让我感到心痛。但我不能被她糊弄，我必须照顾她。

"裴克顿的事情我不会告诉你爸，你说得对，他一定会大惊小怪，但是我不会骗他，所以不要逼我说，好吗？"

"好。"

"还有，玛拉，下次再发生我回到家你不在的状况，我会先通知你爸，然后报警。"

她的笑容垮了下来："好啦。"

那次和玛拉的深夜谈心让我心中起了变化。

你是我最好的朋友。

我知道事实并非如此，我知道其实我们对彼此而言都只是替代品，只是凯蒂的替身。然而，在西雅图夏季的灿烂阳光下，这个事实变得模糊不清。玛拉对我的爱，以及我对她的爱，正好是我最需要的救生索。有生以来第一次，有人真正需要我，千真万确，半点不假，我的反应连我自己都感到意外。我想守护玛拉，以一种我从不曾真正为任何人做到的程度，甚至对凯蒂也没有。老实说，凯蒂并不需要我，她有爱她的家人——深情的丈夫与慈祥的父母，她把我带进她家人的圈子，她爱我，但一直以来都是我需要她。

这次我难得扮演坚强可靠的角色，至少我打算扛起这个角色。为了玛拉，我找到力量改善自己，我收起赞安诺与安眠药，也减少喝酒的量。每天我都早起帮她准备早餐，晚上也一定会打电话叫外卖。

我开始动笔写回忆录。经过那次和妈妈悲哀的重聚，我决定跳掉我不知道的部分，不过这并不代表我不在乎，我依然非常在乎。我极度希望了解自己的人生故事，以及我妈的人生故事，但我接受现实，我必须根据我知道的事来写这本回忆录，于是，七月里一个晴朗的好日子，我坐下来，就这么开始写——

知道吗？我是个没有真正回忆的失落小孩，像我这样成长的人，长大之后会死命巴着那些好像爱自己的人，至少我是这样。这个毛病从我很小的时候就开始了，我总是抓得太紧、需要太多，我总是渴望爱，那种没有条件、不需要争取的爱。我需要有人对我说爱我，我这么说不是为了讨同情，但我妈从没说过，我外婆也一样，而我除了她们没有别的亲人。

直到一九七四年，我搬进外祖父母买来投资的房子，那栋房子位于一条哪儿也去不了的小路上。我和整天吸大麻的老妈搬进那栋破烂旧屋，我的世界从此改变，但当时我还不晓得。不过，从遇见凯瑟琳·斯嘉丽·穆勒齐的那一刻起,我开始对自己有信心,因为她对我有信心。

或许大家会觉得很奇怪,我的回忆录怎么会从好友开始写起。或许有人会以为我其实是女同志或根本就是脑子坏了,也可能以为我搞不清楚回忆录该怎么写。

我从这里开始写起,从这个似乎是结局的地方写起,其实是因为这段友谊就是我的故事。不久之前,我曾经拥有一个电视节目——《私房话时间》,然而因为凯蒂迎战癌症惨败,我毅然决然抛下节目。

显然,无预警走出摄影棚是无法饶恕的大错,现在完全没有人肯雇用我。

不过,即使可以重来,难道我能做出不同的决定?

我从凯蒂身上得到太多,回报却太少,这次该轮到我为她付出。

失去她之后,一开始我以为再也无法继续走下去,我以为心脏会停止跳动,肺会停止呼吸。

外人帮不上什么忙。失去配偶、子女或父母时,人们愿意给予安慰,然而失去好友的人却应该快快放下。

"塔莉?"

我从电脑屏幕前抬起头。我写了多久?"什么事?"我一边心不在焉地问,一边阅读刚才写的东西。

"我要去打工了。"玛拉说。她一身全黑打扮,妆容也稍嫌太浓。她说这是店里的规定,她在先锋广场附近的咖啡店当咖啡师。

我看看手表:"已经七点半了。"

"我今天上晚班,我跟你说过了。"

是吗?她真的跟我说过?她开始打工才一个星期,我是不是应该做个时间表？这感觉像是妈妈会做的事。最近她经常和以前高中的朋友出去玩，很晚才回家。

"回来的时候坐出租车吧。你有钱吗？"

她微笑："有，谢谢关心。写作顺利吗？"

"很好，谢谢关心。"

她过来跟我吻别。她一出门，我立刻重新埋首工作。

16

那个夏天剩余的时间，我一直在认真写作。与一般的回忆录不同，我跳过童年，直接写事业，从早期在KCPO的经历开始写起，强尼、我和凯蒂一起工作的时光，然后慢慢写到在纽约和联播网的工作。写着那段以抱负为燃料的故事，我提醒自己只要下定决心没有办不到的事。写作的空当，玛拉和我像好友般相处，一起去看电影、走路到闹市区逛街，采购她去华盛顿大学的用品。她的状况非常好，我不再整天神经兮兮地为她烦恼。

没想到二〇〇八年八月底一个晴朗的日子，一切都变了。

那天下午，我前往国王郡图书馆，搜集这些年来报纸杂志关于我的报道。

我原本打算待到晚上，但我一抬头，看见自大片玻璃窗洒入的阳光，于是做了个冲动的决定：今天就工作到这里吧。我收拾好笔记与电脑，沿着繁忙的西雅图人行道往先锋广场走去。

"邪杯"是家时髦小店，似乎很不乐意花钱在照明上，店里除了咖啡香还有熏香与丁香烟的气味,年轻人围坐在单薄小桌旁,喝着咖啡低声交谈。这家店似乎完全不理会西雅图的禁烟法规。墙上层层叠叠贴着许多演唱会传单,都是些我没听过的乐队。我很确定店里只有我一个人没穿黑衣服。

收银台的小鬼穿着黑色紧身牛仔裤、黑T恤,搭配古着丝绒外套。他的两边耳垂都有大洞,尺寸可比二十五美分硬币,其中塞了一对黑色圈圈。

"有事吗?"

"我找玛拉。"

"谁?"

"玛拉·雷恩,她今天来打工了。"

"大姊,这里没有这个员工。"

"什么?"

"什么?"他模仿我的语气。

我放慢速度说:"我要找玛拉·雷恩,高个子,黑头发,很漂亮的女生。"

"我确定没有漂亮女生在这里上班。"

"你是新来的吗?"

"大姊,我在这里很久了,快半年了。这里没有叫玛拉的员工。要来杯拿铁吗?"

玛拉说谎,骗了我整个夏天。

我转身,大步走出昏暗的小店,回到家时,我气得七窍生烟。我气冲冲地开门,大声叫她。

没有回应。我看看手表,现在是下午两点十二分。

我走到她的卧室门前,转动门把手进去。

玛拉和那个叫裴克顿的男生在床上，一丝不挂。

冰冷狂怒席卷而来，我怒吼着叫他从我干女儿身上下来。

玛拉仓皇后退，拿起枕头遮掩裸胸。"塔莉——"

那小子只是躺在那里笑嘻嘻地看着我，好像我欠他的。

"去客厅。马上。穿上衣服。"我说。

我去客厅等他们。趁他们还没出来，我吞了一颗赞安诺让狂乱的神经安定下来。我无法停止踱步，我察觉恐慌症即将发作。我要怎么对强尼交代？

我会像老母鸡牢牢守着宝贵的蛋那样。我一定做到。

玛拉匆匆走进客厅，双手紧握，嘴角下垂，神情凝重。她的棕眸圆睁，眼里满是忧虑。我看出她化了浓妆，深黑眼线、紫黑唇膏与惨白粉底，猛然惊觉她也一直在隐瞒这身打扮。这不是什么制服，她出门时打扮成哥特风，穿着紧身黑牛仔裤与黑色小可爱，外面罩一件黑色网纱上衣。裴克顿出来站在她身边，连一步都没有往前。他穿着紧身黑色牛仔裤与黑色帆布鞋，胸膛瘦削无毛，苍白得几乎泛蓝，一串文字刺青从锁骨盘旋爬上喉咙。

"呃……你记得裴克顿吧？"

"给我坐下。"我怒斥。

玛拉立刻听从。

裴克顿往我的方向走过来。距离这么近，我发现他确实很好看。他的眼神叛逆中带着哀伤，有种异样的魅惑，玛拉绝对无法抗拒这小子，我怎么没发现？为什么我要加以美化？保护她是我的责任，我失败了。

"她已经十八岁了。"他坐在她身边。

看来他打算用这招。

"而且我爱她。"他轻声说。

玛拉凝望着他,我意识到麻烦大了。爱。我缓缓坐下,看着他们。爱。

我还能说什么?我只知道一件事。"我要告诉你爸。"

玛拉倒抽一口气,泪水盈眶。"他会逼我回洛杉矶。"

"尽管说啊,他能怎么样?她是成年人。"裴克顿牵起玛拉的手。

"没有钱也没有工作的成年人。"我指出。

她挣脱裴克顿的手,过来跪在我面前。"你说过,我妈第一次见到我爸就爱上了他。"

"对,可是——"

"你也曾经和教授谈师生恋。当时你和我现在一样大,尽管大家都觉得不应该,但你爱他,那段感情是真的。"

我不该告诉她那么多事。都是因为我太专注于写作,还有她那句"你是我最好的朋友"把我哄得昏了头,否则我绝不可能说。"对,可是——"

"我爱他,塔莉。你是我最好的朋友,你一定能体谅。"

我想说她错了,她不能爱这小子,他画眼线,还企图左右她的想法,可是我哪懂爱?伤害已经造成,我只能尽力修补,尽力保护她,可是该怎么做?

"求你不要告诉我爸,这样不算骗他。"她接着说,"我只求你,除非他问起,否则什么都别说。"

让步是低劣又危险的做法,我不该接受。我知道万一强尼发现这个秘密会有什么反应,对我绝对很不利。然而,一旦告诉他,我便会失去玛拉,毫无疑问。强尼会责怪我,硬把她带走,而她永远不会原谅我和她爸。

"好吧。"我答应。我知道该怎么做,接下来三周我要让玛拉忙得不可开交,完全没时间去见裴克顿,上大学之后她自然会忘记他。"可是你必须保证不会再骗我。"

玛拉的笑容让我不安,我知道为什么。她一直以来都在骗我。

她的保证又有什么意义?

九月,我整天紧跟着玛拉,几乎完全没有写作。我下定决心不让裴克顿染指她,策划并执行活动占据了我所有的时间。我们只有睡觉时才分开,我每天晚上都会查房至少一次,而且一定会让她知道。强尼带着双胞胎搬回了班布里奇岛,每星期三次,他晚上会打电话来问她好不好,每次我都说她很好。女儿不肯回家看看,他其实非常难过但努力装作没事,而我则假装没听出他语气中的难过。

我管得越紧,玛拉离我越远。我们之间的关系开始出现裂缝,我看出她不停挣扎,极力想重获自由。她认为我不酷了,也不值得信任,她不肯跟我说话,以此作为惩罚。

我尽可能超然看待,以行动让她明白我依然爱她。因为冷战气氛高涨,我的焦虑又开始恶化,我去找新的医生看诊并取得处方,撒谎说没有服用过赞安诺。到了九月二十一日,我饱受内疚与担忧的折磨,变得极为反常,但我继续撑下去,我竭尽全力想遵守对凯蒂的承诺。

强尼来送玛拉去大学,我们看着对方,一时间陷入僵持沉默。他将女儿托付给我,而我却辜负了他的信任,我非常难受。

"我准备好了。"玛拉终于打破死寂,走过去找爸爸。她穿着以艺术手法撕破的牛仔裤,黑色长袖T恤,手腕上挂着将近二十个银手镯,太浓厚的眼线与睫毛膏让她更显苍白,看起来疲惫又惊恐。我确信她扑了粉让肤色更加惨白、更有哥特风。

我看出强尼想说话,我知道他绝对会触犯禁忌——最近任何批评她外表的话都是禁忌。老天,我可是深受其苦。

我提高音量压过他的声音:"东西都带齐了吗?"

"差不多吧。"她说,模样垂头丧气,一瞬间仿佛变回小孩,不知所措又犹豫不安,我非常心疼。凯蒂在世的时候,玛拉大胆豪爽,总是直来直往,现在她彻底变成另一个人,脆弱敏感,不堪一击。

"我该选小一点的学校。"她望着窗外的晴空,咬着黑色指甲。

"不会有问题的。你妈总说你天生就准备好了。"强尼站在客厅另一头说。

这一刻仿佛充满能量,我感觉到凯蒂在场,在我们呼吸的空气中、在从窗户洒落的阳光里。

我知道不止我一个人有这种感觉。我们默默离开我家,上车往北行驶。我几乎可以听见凯蒂随着收音机在五音不全地哼唱。

当校园的粉红色哥特风尖塔出现在视线里时,我对玛拉说:"我和你妈在这里过得好开心。"我记得当年的古希腊罗马派对与兄弟会迎新派对,姐妹会的女生在晚餐桌上传蜡烛庆祝成员订婚,她们的对象通常是穿马球衫、卡其裤,赤脚穿帆船鞋的男生。凯蒂全身心地投入姐妹会与大学生活,她和兄弟会的男生交往,策划社交活动,组织大家一起熬夜念书。

而我呢,则对这一切不屑一顾。我只在乎未来的事业,根本懒得理其他事情。

"塔莉,你没事吧?"强尼靠过来问。

"我很好,只是一下子想起了好多事情。"我挤出笑容。

我下车帮玛拉搬行李,我们三个步行穿过校园往宿舍走去。麦马洪宿舍大楼矗立在万里无云的蓝天下,一栋栋的高耸灰色建筑,突出的阳台有如断掉的牙齿。

"现在还来得及登记新会员。"我说。

玛拉翻个白眼:"姐妹会?太老套了。"

"以前你不是很想加入我和你妈的姐妹会吗?"

"以前小熊软糖还是我最爱的食物呢。"

"你的意思是说你太成熟,所以不屑于加入姐妹会?"

玛拉笑了,一整天下来第一次露出笑容:"不,我只是太酷了。"

"你还差得远呢,哥特妞。要是看到我们以前伞裤配大垫肩的打扮,你一定会嫉妒得要命。"

这次连强尼都笑了。

我们将玛拉的行李搬进电梯,来到她住的楼层,走廊潮湿阴暗,挤满学生、家长与行李箱。

几个像监狱牢房一样小的房间呈扇形排列,中间是一间小浴室。玛拉的"套房"就在其中一间,两张单人床占据大部分的空间,另外还有两张木头书桌。

"好吧,挺温馨的。"我说。才怪。

玛拉坐在最靠近她的床上,看起来好稚嫩、好害怕,我的心都碎了。

强尼在她身边坐下,他们长得好像。他说:"我们以你为荣。"

"真想知道妈妈会对我说什么。"玛拉说。

我听出她语带哽咽,于是在另一边坐下。"她会说生命充满突如其来的欢喜,尽情享受大学生活吧。"

身后的门被打开了,我们一起转身,以为是玛拉的室友来了。

裴克顿站在门口,一身漆黑,拿着一束深紫色玫瑰。他的头发现在挑染成紫红色,身上的链子多到足以困住脱逃大师胡迪尼。一看到强尼,他立刻停下脚步。

强尼站起来说:"你是什么人?"

"他是我的朋友。"玛拉说。

我看着眼前的一切,如慢镜头一样:强尼压过关切的怒火,玛拉的焦急慌张,裴克顿毫不掩饰的傲慢与不屑。玛拉扑向爸爸,抱着他的手臂企图拖住他。

我走过去挡在强尼与裴克顿之间。

"强尼,今天是玛拉的大日子,她会永远记住。"我强硬地说。

他停下脚步,皱起眉头。我看得出他正在努力压制愤怒,所花的时间比我预期的久。他慢慢转身背对裴克顿,这个动作代表他的批判,玛拉没看懂,但裴克顿肯定懂。强尼费了很大的力气才能假装不介意裴克顿在场,我能看出有多不容易。

玛拉走过去站在裴克顿身边,和他在一起,她显得更加暗黑系、哥特风。他们两个都又高又瘦,好似一对漆黑的缟玛瑙烛台。

"好啦,"我轻快地说,试着缓和一触即发的气氛,"我们去吃午餐吧。裴克顿,你也一起来。我想带玛拉造访回忆之地,带她去看我和她妈妈在苏桑诺图书馆念书的地方,还有四方院里我们最喜欢的角落,顺便去传播系——"

"我不要。"玛拉说。

我皱起眉头:"你不要什么?"

"我不想跟你一起回忆萤火虫小巷的故事。"

我没想到她会突然反悔。"我……我不懂,我们不是整个夏天都在计划这件事吗？"

玛拉看了裴克顿一眼，他点头表示鼓励，我感觉胃部揪紧。这是他的想法。"我妈死了，一直说她的事也没用。"玛拉说，平板的语气令人心碎。

我惊呆了。

强尼朝她走过去："玛拉——"

"谢谢你们带我过来，可是我压力真的很大，可以请你们先回去吗？"这句话让我非常伤心，不知道强尼是否也一样。说不定父母的心都长了一层老茧，而我只是没有准备好。

"好。"强尼粗声说。他完全当裴克顿不存在，硬是用蛮力挤到女儿身边抱住她，裴克顿只能让开。他那双威士忌色的眼眸闪过怒火，但很快便压抑住。他八成知道我在观察他。

都是我的错。我带她去布鲁医生的诊所，她在那里认识了这个显然心理有问题的年轻人，她告诉我他的事，而我只是表现得像个审查委员。她脆弱又哀伤，还自残，我应该提醒她在这种状态下不适合冒进。我应该保护她。抓到他们发生关系时，我应该告诉强尼。如果凯蒂还在，我一定会告诉她。

在玛拉的眼眸中，我看出小心压抑的厌烦。她希望我们快点离开，她想和裴克顿独处，但我们怎么能离开？我们怎么能够让她独自留在这个广大的校园？她才十八岁，有自残的毛病，交往的对象化浓妆且戴骷髅首饰。

"这个学期你先住我家好了。"我说。

我听见裴克顿发出不屑的冷哼，我好想给他一巴掌。

玛拉只是扯了一下嘴角："我可以独立生活了。"

我将她拉进怀中拥抱,但我还没抱够她就挣脱了。

"保持联络。"强尼声音沙哑地说。他抓着我的手臂把我拉出去,我跌跌撞撞地跟着他,视线被泪水模糊。懊悔、恐惧与忧虑交织成支柱,让我不至于瘫倒。

等头脑清醒时,我发现自己和强尼置身在校园酒吧,虽然才中午,但酒吧里挤满了学生,一杯接一杯狂喝果冻烈酒。

我们坐下之后,他说:"刚才她真够无情的。"

"不只是无情。"

我点了一杯纯龙舌兰酒。

"她什么时候交的那种废物朋友?"

我感到一阵反胃:"治疗团体。"

"真棒啊,钱没有白花。"

我一口喝干酒,转开视线。

强尼叹息:"老天,真希望凯蒂在,她一定知道该怎么办。"

"假使凯蒂在,就不会有这些问题了。"

强尼点点头,点了两杯酒。"别聊这些伤感的事。你出自传的伟大计划应该很顺利吧……"

回到家,我倒了一大杯红酒,端着在每个房间游走。过了一段时间我才意识到我在找她。

我焦虑、躁乱,喝下第二杯酒也无助于镇定。我需要做事、需要说话。

我的自传。

我立刻抓住这个念头。我文思泉涌,立刻拿出电脑,打开文档。

我不善于道别，一直如此。这个缺点跟着我一辈子了，因为人生总有许多分离，所以问题很严重。我猜想应该与我童年的经历有关——所有问题的根源不都在于童年吗？我总是在等妈妈回来。在这本回忆录中，这句话我说了多少次？我得回头删掉一些，然而，虽然句子能删除，却删不掉现实。对于我在乎的人，我总是死命巴着不放，几乎到了精神异常的程度，所以我才没有将玛拉与裴克顿的事情告诉强尼，我害怕会让他失望，害怕会失去他——面对现实吧，我早就失去他了，不是吗？凯蒂一死，我便失去了他。我知道他在我身上看到了什么：一对好姐妹只剩一个，而且是比较差的那一个。

不过，我应该老实告诉他。假使一开始便据实以告，或许和玛拉道别就不会那么难过，感觉好像不会再见面了……

二〇〇八年的圣诞节来得太快，让我猝不及防。

玛拉搬进宿舍已经三个月了，这段时间虽短，但改变了所有人。我规律写作，虽然进度不佳，但我持续找到能够叙述人生故事的词句。写作给我动力，这个新目标让我有事可做，能够度过漫长空虚的日日夜夜。我的生活像隐士，我就像那种生活圈极小的中年妇女。我很少离开家，我没有必要出门，所有东西都可以送到家。老实说，在广大的世界里我不知如何自处，于是我闭门写作。

终于，十二月底的一个阴雨天，玛吉打电话来。我是不是一直在等她打来？我不晓得，我只知道当电话响起，看到来电显示是她的号码，我差点哭了出来。

"嗨，你好啊，星期五你几点会到？"她因为长年抽烟而声音沙哑。

"到哪里？"我问。

"班布里奇岛。强尼和双胞胎在家,理所当然我们要去那里过圣诞节,私房话时间可不能少了你。"

终于来了。虽然没有意识到,但我一直在等待。

在班布里奇岛过圣诞节,这是全新的开始,至少似乎如此。大家分开那么久,第一次有机会团聚,巴德与玛吉从亚利桑那过来,强尼和双胞胎回到真正归属的家,就连玛拉也要回来住一个星期。我们全都假装没发现她变得多么瘦、多么阴郁。

道别时,大家保证会经常联系、经常见面,强尼紧紧拥抱我,那个拥抱让我想起我们曾经是朋友。

接下来的几个月,我几乎恢复旧观,虽然变得比较苍白、比较寡言。我差不多每天写作,渐渐有了成果,虽然速度不快,但小小的成果总比没有好,而且写作让我安定,给我未来。每个星期一晚上我固定打电话给玛拉,没错,她经常不接,就算接了,也严格规定我不准唠叨,否则她会立刻挂电话。我设法释怀,至少她愿意跟我说话,这已经是一种进步。我相信,随着时间的推移,虚假无意义的对话会慢慢变得真诚。她会在大学里找到安身之处,结交新朋友,成熟懂事,我相信她很快便会认清裴克顿的真面目,然而,大一快结束时,他依然在她身边,我担忧的程度稍微增加了一点。

那一年——二〇〇九年五月,路卡打电话邀请我去看棒球季的最后一场比赛。我在球场与强尼会合,和他一起坐在看台上。这样并肩坐着一开始有些别扭,我们都不确定该如何应对,但第三局结束时,我们找到了相处之道。只要不提起凯蒂,我们就能一起欢笑。夏末到秋初那段时间我经常去看他们。

二〇〇九年冬季,我可以说我完全找回了以前的自己,我甚至计划提早接玛拉回家,一起布置准备过节。

我走出公寓大楼,强尼急着问:"准备好了吗?"我看得出他既焦急又兴奋。大家都很担心玛拉,提早接她回家是个好主意。

"我天生就准备好了,你知道的。"我用克什米尔羊毛围巾包住脖子,跟着他去车上。

十二月中旬的那个傍晚,寒冷阴暗,厚重乌云沉沉压在大楼上。车子还没上高速公路,天空就已经飘起零星雪花,因为太过细小,落在挡风玻璃上只留下一点星形水迹,东一点西一点的,雨刷一扫就不见,但依然增添了不少节庆气氛。我们一路上聊着玛拉的事,她有好几个科目不及格,我们希望她二年级会表现得好一点。

天气不好,华盛顿大学开阔的哥特风校园感觉都变小了,高雅尖塔在暗灰天色中如鬼魅般隐隐发亮,雪开始堆积,草坪与水泥长凳蒙上一层晶亮雪粉。学生在大楼间迅速走动,兜帽与背包逐渐染白。一片寂静,这个庞大的校园很少有这种孤独感。期末考周即将结束,星期一学校关闭,一月才开学,大部分学生已经离校了。透出金色灯光的办公室里,教授赶着在放假之前改完考卷。

麦马洪宿舍特别安静,我们在玛拉的宿舍前停下脚步对看一眼。"要不要大喊惊喜?"我问。

"她开门自然会发现。"

强尼敲门。

我们听见脚步声,门开了,裴克顿站在门口,身上只穿着四角裤和战斗靴,手指夹着大麻烟。他比平时更苍白,眼神茫然空洞。

"哇……"他说。

强尼用力推开裴克顿,那小子摇摇晃晃地后退跌倒。整个房间都是大麻味,此外还有另一种气味。床头柜上放着一小片烧黑的皱皱铝箔纸,旁边还有一个脏烟管。搞什么鬼?

强尼踹开几个比萨盒和空可乐罐。

玛拉在床上,只穿着胸罩和内裤。我们一进去,她便慌慌张张地往后躲,抓起毯子遮住胸口。"你们跑来做什么?"她口齿不清地说。她双眼无神,显然是嗑药了。裴克顿走向她。

强尼一把抓住裴克顿,把他当飞盘一样往旁边甩,继而将他压在墙上。"你强暴她。"强尼的语气听起来非常恐怖。

玛拉爬下床,跌倒在地上:"爸,不要……"

"我有没有强暴你女儿,问问她就知道。"裴克顿朝我一撇头。

强尼转头看我,我张嘴却说不出话。

"什么?你知道这件事?"强尼怒吼。

"她知道我们睡了。"裴克顿浅笑着说。他要离间我们,不但是蓄意的,更是乐在其中。

"裴克……顿……"玛拉东倒西歪地往前走。

强尼的眼神宛如寒冰:"什么?"

我抓住他的手臂拉过来。"求你了,强尼,听我解释。"我低声说,"玛拉说爱他。"

"你竟敢瞒着我?"

我太害怕,几乎不敢回答:"她逼我答应不告诉你。"

"她只是个孩子。"

我摇头:"我想要——"

"凯蒂绝不会原谅你。"他很清楚什么话会让我痛不欲生。他挣脱我的手，转身面对女儿。

她站着，紧紧抓住裴克顿，仿佛一松手就会跌倒。我这才发现她的一边眉毛穿了洞，头发挑染成紫色。她穿上牛仔裤，从地上拿起一件脏兮兮的大衣。"我受够了，我不要再假装成你们要我当的那种人。"玛拉说，泪水涌上双眼，她愤愤抹去，"我要休学离开这里，我要过自己的人生。"她穿鞋时全身发抖，我隔着一段距离都看得出来。

裴克顿点头鼓励。

"你这么做会让你妈心碎。"强尼说，我第一次看到他气成这样。

玛拉瞪着他："她死了。"

"来吧，玛拉，我们走。"裴克顿说。

"别走，求你。他会毁了你。"我低声说。

玛拉转身，脚步一晃撞上墙。"你自己说每个女生一生都该和诗人交往一次，我以为你会懂。你不是老爱说什么'我的责任就是爱你'，都是屁话。"

"她说过什么？"强尼大吼，"每个女生都该和诗人交往？噢，真是——"

"他会毁了你。当初我就该警告你。"我重复道。

"哼，"玛拉绷着脸，"塔莉，你当然可以教我什么是爱，因为你最懂了嘛。"

"她不懂，但我懂，"强尼对玛拉说，"你也懂。你妈绝不会希望你接近这小子。"

玛拉的眼神变得迷茫空洞："不要扯到她。"

"你立刻跟我回家，"强尼说，"否则——"

"否则怎么样？以后都不要回去？"玛拉吼回去。

强尼看起来仿佛快崩溃了，同时很生气。"玛拉——"

她转向裴克顿说:"快带我走。"

"好,走啊!"强尼怒吼。

我呆站着,无法呼吸。情况怎么会这么快就恶化到这种地步?听见门砰的一声关上,我转身对强尼说:"强尼,求你——"

"别说了。你早就知道她和……那小子……发生关系……"他的声音哑了,"我不懂凯蒂怎么有办法忍受你这么多年,但我知道一件事:现在全部结束了。搞成这样都是你的错,不准再接近我的家人。"

相识以来第一次,真的是第一次,强尼转身抛下我走掉。

17

噢,塔莉。

虽然呼吸机呼咻运转、心律监视器哔哔作响,我依然听出凯蒂的语气有多么失望。我忘却病床上的肉体——至少我努力不去想,沉浸在回忆中,回到我们应该在的地方。华盛顿大学的四方院,美好的时光。

我躺回草地上,几乎可以感觉到身下的小草,尖尖叶片刺痛肌肤。我听到低低交谈的声音,有时很清楚,有时很模糊,有如一波波海浪拍打卵石海岸。那纯净美丽的光线笼罩万物,带给我平静安详,与我刚才告诉凯蒂的回忆完全相反。

你让他们两个都走掉?

我翻身侧躺,望着我的好姐妹,现在的她闪闪发亮,是那么美。在她散发出的淡淡光辉中,我看到过去的我们,两个十四岁少女,化妆太浓,眉毛也拔过头,我们坐在我的床上,中间放着一沓《老虎》杂志。八十年代的我们扛着餐盘尺寸的垫肩,随着摇滚乐《抓住节奏》的旋律舞动。

"一切都被我毁了。"我说。

她轻声叹息,气息轻轻吹在我的脸颊上。我嗅到她以前喜欢的泡泡糖味,以及她曾经爱用的 Baby Soft 香水,她已经几十年没用过了。

"我好怀念对你倾诉的感觉。"

塔莉,我就在这里,说给我听。

"还是你说给我听吧,你的那个世界是什么样子?"

有什么好说的?因为极度思念而在夜里醒来,想不起儿子刚洗完澡时头发的气味,猜想他们是不是又掉了牙齿,担心没有妈妈指引他们如何能够长大成人。她叹息,以后再说吧。接着讲吧,玛拉跑走、强尼说再也不想见到你,后来发生了什么事?你还记得吗?

我当然记得。二〇〇九年十二月,一切开始崩坏。那是去年,感觉却像是昨天。

"惨剧发生之后,我……"

冲出宿舍,发现校园里只有我一个人。天气很冷,雪变大了,街道积雪被踩得脏兮兮的。我走到四十五街,叫了辆出租车坐进后座。

回到家,因为抖得太厉害,我的拇指被门夹到。我直奔浴室,吞了两颗赞安诺,但即使吃了药我依然感到崩溃。这次药物失效了,我知道是因为我活该受罪。我到底在想什么?怎么会对玛拉说那种话?怎么会瞒着强尼?他说得对,都是我不好,为什么我总是伤害我最爱的人?

我爬上超大尺寸的床,在银色床罩上缩成一团。我的眼泪一流出就被床罩吸干,好似从不曾存在。

时间流逝的方式很奇怪,我只记得天色渐渐变黑,四周的高楼灯光照进窗户,以及服用了多少赞安诺。午夜时分,我吃光冰箱里的食物,食物柜里的干粮也被我啃了一大半,我知道自己吃过头了,我冲进浴室全部吐光,赞安诺也一起被吐了出来,然后我像只小猫般虚弱无力。

身边的电话响起,我醒来,整个人昏沉又倦怠,完全想不起来为什么会难受到像被垃圾车碾过。然后,我想起来了。

我伸手接起电话。

"喂?"我发觉嘴巴非常干。

"嗨。"

"玛吉。"我低声说出她的名字,不敢太大声。真希望她没有搬去亚利桑那州,我需要立刻和她见面。

"你好,塔莉。"

我听出她失望的语气,明白她为何打来。

"你听说了?"

"我听说了。"

我因为太羞愧而感到反胃:"我搞砸了。"

"你应该照顾好她。"

最可悲的是,我以为自己把她照顾得很好。"我该怎么挽救?"

"我也不知道,或许等玛拉回家——"

"万一她不回去呢?"

玛吉倒抽一口气,我心中想:一个家庭能承受多少心碎?

"她一定会回去的。"虽然嘴上这么说,但我并不相信,玛吉也很清楚。这次交谈不但没有让我好过一些,反而使我心情更糟,我含糊编了一个借口挂断电话。

使蒂诺斯帮助我入睡。

接下来的两个星期，天气反映出我的心情，灰暗阴郁的天空与我一同哭泣。

我知道自己陷入忧郁，我感觉得到，奇怪的是我反而从中得到安慰。这辈子我一直拼命逃避自己的情绪，现在独自躲在公寓里与世隔绝，我享受痛苦，有如在温水中游泳。我甚至不再假装写作。安眠药让我早晨精神恍惚、动作迟缓，而即使吃了安眠药，我依然整夜翻来覆去，冷汗与阵热潮红轮番来袭，我一下子热得要死，一下子又冷得要命。

终于，圣诞节到了。距离在玛拉宿舍发生的那场闹剧已经过去十三天了。

那天早晨，我醒来时心里有了计划。

我摇摇晃晃地下床走进浴室，镜子里映出一个中年妇人，双眼充血，头发很久没染。

我笨拙地打开赞安诺的盖子取出两颗。我需要吃两颗，因为我要出门，光是想到要走出去就让我感到恐慌。

我应该洗个澡，但是我太慌乱虚弱，实在没办法。

我整理了好几个星期前买的礼物。出事之前我就买好了。

我将礼物放进诺斯庄百货公司的灰色大袋子，走到了门前。

我停下脚步，忽然无法呼吸，剧痛戳刺胸口。

这样太可悲，我太可悲。我只是将近两周没有走出家门，这段时间不算长，但从什么时候开始，我连门都不敢开了？

我不理会内心激升的恐慌，伸手握住门把。在我汗湿的掌心里，门把有如热炭，我低低惊呼一声放开。

太荒谬。我知道很荒谬，可我无法控制自己。不过，我已经订好了计划，今晚是平安夜，是家族团聚、宽恕原谅的日子。

我呼出一口不知道已憋了多久的气。我满怀决心走向电梯，那段路程只有不到五米，脚下踩着大理石地砖，但我的心脏却乱了节奏，一次次停止又重新跳动。

搭电梯下到车库更是对意志力的大考验。走到车边，坐上驾驶座，发动引擎，我觉得自己简直是英雄。

西雅图街道白雪皑皑，两旁的商店橱窗满是节庆装饰。现在是圣诞前夕下午四点，我只看到几个穿厚大衣的男人还在买东西，他们立起领子、缩起脖子，抓紧最后的机会买礼物。

我在哥伦比亚街右转。这条路藏在水泥高架桥下面，在雪中行驶的感觉有如穿过峡谷。因为下雪，没有人出门，我好似在黑白图片里开车，唯一的色彩来自我的车头灯。

我将车开上渡轮停好，决定整段航程都躲在车上。渡轮规律摆动，偶尔响起雾号的声音，我进入一种恍惚状态。我望着渡轮敞开的那一头，雪花在眼前飘落，一片片消失在灰暗的海湾中。

我要道歉。如果有必要，我愿意跪下来求强尼原谅。

"对不起，强尼。"我说出声，听出自己的声音在颤抖。我想得到原谅，我需要得到原谅。我不能继续这样下去，寂寞让我难以忍受，内疚也是。

凯蒂绝不会原谅你。

到了班布里奇岛，我缓缓将车开下渡轮。温斯洛闹区的短短几条街充满节庆气氛，店铺及路灯都装饰着不停闪烁的白色小灯，主街上方挂着一颗红色霓虹星星，感觉有如知名插画家诺曼·洛克威尔[1]的作品，飘

---

1 诺曼·洛克威尔（Norman Rockwell，一八九四——九七八），美国二十世纪早期的重要画家及插画家，作品横跨商业宣传与爱国宣传领域。

落的雪花与路边的积雪更增添气氛。

我开上熟悉的道路，我对这条路可以说是了如指掌，但在雪中感觉很有异国情调。越是接近他们家的车道，我越无法压抑恐慌，到了最后一个转弯处，我的心脏又开始忽跳忽停。我转向车道，接着停了下来。

我又吃了一颗赞安诺。上次吃是什么时候？我不记得了。

车道上停着一辆福特房车，应该是巴德和玛吉租的。

我慢吞吞地往前开，隔着落下的雪花，我看到屋檐装饰着圣诞灯，四方形的窗户透出金色灯光，屋里的圣诞树点亮了，几道人影聚集在树旁。

我停好车，熄掉大灯，想象等一下该怎么做。我会走到屋前敲门，强尼会来开门。

我会说：对不起，原谅我。

不。

现实有如一个耳光打来，我往后一躲。他不会原谅我，他凭什么原谅我？他的女儿失踪了，不见了，她和一个危险的年轻人一起离家出走，下落不明，都是我害的。

他会让我拎着礼物在门外枯等。

我办不到，我无法忍受伸出手却被拍开，光是现在这样我就已经快撑不住了。

我倒车离开车道，重新开上渡轮，不到一个小时，我重回西雅图市区。现在路上真的非常寂静，湿滑的人行道没有人走动，商店都打烊了，马路结冰，我放慢车速，单纯只是为了安全驾驶。

我哭了出来。我没有察觉悲伤来袭，没有发现它一直在四周盘旋，突然间我就这样啜泣起来，心脏跳得飞快，阵热潮红烧遍全身，有如针刺。我抹抹泪想稳定情绪，但我办不到，我的身体沉重无力。

我究竟吃了多少颗赞安诺?

我正想着这件事,后方突然闪起红色灯光。

"该死。"

我打方向灯,将车开到路边停好。

警车停在我的后方,讨厌的红灯闪闪烁烁,然后停住。

警察过来敲车窗。我这才想到应该主动开窗,可惜太迟了。

我露出太过灿烂的笑容,按下控制钮,车窗静静往下打开。"警察先生,您好。"我等他认出我。噢,哈特小姐,我的老婆/姐姐/妈妈好爱看你的节目。

"请出示驾照、行驶证。"他说。

噢,对啊,那段时光已经一去不复返了。我加强笑容:"警察先生,真的需要看证件吗?我是塔莉·哈特。"

"请出示驾照、行驶证。"

我弯腰翻皮包,从皮夹里拿出驾照,接着取出夹在遮阳板里的行驶证。我递上证件时手在发抖。

他用手电筒照我的驾照,而后将灯光转向我,在强光下我的样子一定很糟,我不禁担心起来。他注视我的双眼。

"哈特女士,你是不是喝了酒?"

"没有,绝对没有。"应该没有,对吧?今晚我喝酒了吗?

"请下车。"

他后退几步,移步到我的车尾。

这下我的手抖得更厉害了,心脏又开始狂跳桑巴,嘴巴变得很干。保持冷静。

我下车站在路旁,双手紧紧交握。

"哈特女士，请沿着这条线走十米，脚跟对着脚尖。"

我很想迅速轻松地走完，但我无法保持平衡。我好几次步子踏得太大，又紧张乱笑。"我一直很欠缺协调……感。"我说，不确定有没有用对词。我太紧张，无法清晰思考，真希望没有吃最后那两颗赞安诺，我的动作与思绪都变得很迟缓。

"好，可以停了。过来站在我前面，头往后仰，双臂张开，然后用一根手指碰鼻子。"

我一举起手立刻失去平衡往旁边倒，幸亏他及时搀扶，我才不至于跌倒。我再试一次，投入所有意志力。

手指戳中眼睛。

他拿出酒精测试器塞到我面前，说："吹气。"

我很确定自己没有喝酒，但老实说，我不信任自己。我的头脑太混乱，我知道如果喝了酒，最好不要接受酒精测试。"不要。"我轻声说，抬起视线看他，"我没有喝酒，只是恐慌症发作，我有医生处方——"

他将我的双手拉在一起铐住。

手铐！

"等一下。"我大喊，努力思考该如何解释，但他根本不听我说话。他将我拉到警车旁。

"我有医生处方，治疗恐慌症的药物。"我的声音微弱并透着恐惧。

他宣读我的权利，告知我被逮捕了，接着在我的驾照上打洞，最后强迫我坐进警车后座。

他上了驾驶座之后，我苦苦哀求："拜托别这样，求求你，今天是平安夜。"

他没有回答，默默地开车。

到了警局,他扶我下车,拉着我的手臂带我进去。

今晚下雪加上又是假日,警局里没有几个人。我的羞耻感不断蔓延扩大,我怎么这么蠢?一个体形像砖块的女警把我带进一个房间,将我从头到脚搜了一遍,简直把我当成恐怖分子。

他们拿走我的首饰和所有物品,接着进行羁押、采指纹、拍摄档案照片。

我快哭出来了,我知道流泪也没用,仿佛沙漠中的几滴小雨,几乎还没落下就消失了。

在监牢里过平安夜,我的人生再创新低。

这里应该是拘留牢房,我独自坐在刷了油漆的水泥长凳上,瑟缩在刺眼的日光灯下。只要能不看到栏杆,怎么样都好。牢房对面的办公室里,几个穿着制服、神情疲惫的男女警察坐在办公桌后,桌上放着装咖啡的外卖纸杯、家人照片和圣诞饰品,他们有的在处理公文,有的在交谈。

将近十一点时,那个体形像砖块的女警过来打开牢门。我度过了一生中最漫长的几个小时。"我们扣押了你的车,只要有人来接,你就可以走了。"

"可以搭出租车吗?"

"抱歉,不行。你的药检报告还没有出来,不能就这样放你独自离开。你应该有可以联络的人吧?"

突然间,我脚下的地板好像消失了,我意识到状况变得更糟了。

我会在牢里枯坐到大半夜,还在平安夜打电话请玛吉来保我出去。

我抬头望着女警满是皱纹的疲惫面容,我看得出来她心肠很好,但今晚是平安夜,她虽然在值班,但显然有更想去的地方。

"你有家人吗?"我问。

我的问题让她很惊讶,她清清嗓子,说:"有。"

"今晚还要上班应该很辛苦吧?"

"有工作就不错啦。"

"是啊。"我叹着气说。

我只想到一个人可以找,我甚至不晓得为何想到他。"戴斯蒙·葛兰特,"我说,"他是圣心医院急诊室的医生,他说不定会来,他的电话号码在我的皮包里。"

女警点头:"跟我来吧。"

我缓缓地站起来,觉得自己像支旧粉笔,消耗殆尽,惨白干枯。我们经过一条颜色像药物的绿走廊,进入一个满是空椅子的房间。

女警将皮包交给我,我不理会颤抖的双手(现在我真的需要来颗赞安诺),翻找出电话号码与手机。

在女警严密监督下,我拨号,屏息等候。

"喂?"

"戴斯蒙?"我几乎发不出声音。我不该打给他,我已经后悔了,他不会帮我,他有什么理由帮我?

"塔莉?"

我什么都不想说。

"塔莉?你没事吧?"他重复道,语气中流露出关切。

泪水凝聚,刺痛双眼。"我在国王郡监狱,"我低声说,"酒驾。可是我没有喝酒,只是误会。他们坚持要有人来接才肯放我走,我知道今晚是平安夜,而且——"

"我马上到。"他说，我感觉热泪滑下脸颊。

"谢谢。"

"走这边。"女警说着轻推我一下，只是为了提醒我该走了。我跟随她走进另一个办公室，这里空间很大，虽然是平安夜，但依然繁忙。

我找了个靠墙的位子坐下，每隔几分钟就有醉鬼、失足女和小混混被带进来，我完全不理会。

终于，门被打开了，我看见戴斯蒙走进来，风雪在他身后卷动腾飞，渐渐融化的雪花将他的长发染白，肩膀也湿了，鹰钩鼻冻得发红。

我站起来，有点不稳，心里感到脆弱、愚蠢又可耻。

他从另一头走向我，黑色长大衣随着脚步如翅膀翻飞。"你没事吧？"

我抬起头："现在有点惨。抱歉，这么晚打电话给你，不但在平安夜打扰你，还是为了这种事。"羞耻感让我的喉咙发紧，几乎无法吞咽。

"反正再过十分钟我就可以下班了。"

"你在值班？"

"我帮有家庭的人代班。"他说，"要我送你去哪里？"

"回家。"我只想躺在自己的床上。我想沉沉睡去，忘记今晚发生的所有事情。

他握住我的手臂，带我走向他的车，他违规停在门口。我告诉他地址，这里离我家只有几条街，我们一路无言。

他将车停在公寓大楼前，制服整齐的泊车小弟立刻出现在他那边的车门旁。

戴斯蒙转头看我。

我从他的眼神中看出他想问什么。老实说，我不想邀请他上楼，我不想微笑、谈天、假装天下太平，但是他特地来救我，我怎么可以拒绝？

"要不要上楼喝点东西？"

他的眼神充满质疑，令人不安。"好。"他最后说。

我打开车门，因为太急着下车而差点摔倒，门房瞬间过来帮忙搀扶。"谢谢。"我喃喃说着话，挣脱他的手。我没有等戴斯蒙，直接大步穿过大厅，高跟鞋踩着石材地板发出嗒嗒声响。我按下电梯钮，搭电梯上楼的过程我们还是相对无言，镜子映出我们的模样。

到了我家，我开门让他进去。他跟着我经过走道来到客厅，大片落地窗提供了极佳夜景，漆黑夜空落下片片雪花，被朦胧的城市灯火染上色彩。

"红酒？"

"我看我们两个都喝咖啡好了。"

他暗暗提醒我今晚的惨状。我有没有因此讨厌他呢？有，一点点，我讨厌他。

我走进厨房准备咖啡。咖啡烹煮时，我暂时告退，走进浴室，却被自己的外表吓了一跳。因为下雪，我的头发扁塌毛糙，脸色苍白倦怠，没有化妆。

老天。

我打开药柜拿出赞安诺吃了一颗，才回到客厅。他找到我的 CD 音响，播放起圣诞音乐。

"没想到你会打给我。"他说。

理由太可悲，所以我没有回答。我在沙发上坐下，几乎可以说是瘫倒，今晚的冲击一下子全涌上来，我没有力气站着。赞安诺没效，恐慌即将来袭。

"戴斯蒙·葛兰特，我曾经和一个叫葛兰的男人睡过几年。"我说。只要能打破沉默，说什么都好。

"哇。"他过来坐下，距离很近，我可以嗅到雪融在羊毛料上那种略带金属味的气息，以及他口中的咖啡香。

他注视的眼神令我不安。

"哇什么？"

"大部分人会用其他说法，一般说到睡过几年的人，通常会用恋爱、交往、男友、在一起之类的字眼。"

"我是记者，我用词很谨慎。我和他上床，我没有和他交往，也不爱他。"

"你或许说过你以前爱过一次。"

我不喜欢这个话题的走向。酒驾被捕还不够可悲吗？我耸肩："当时我才十九岁，只是个小鬼。"

"后来呢？"

"直到快四十岁我才明白曾经爱过他。"我挤出笑容，"我的人生就是这样。大约六年前，他娶了一个叫蒂安娜的人。"

"你应该很难过吧？那么那个叫葛兰的是什么样的人？"

"华而不实，可以这么说。我常收到鲜花、珠宝，但没有……"

"没有什么？"

"送给想一起老去的女人的那种礼物。"

"例如说？"

我耸肩。我怎么会知道？"拖鞋之类的吧，法兰绒睡袍。"我叹气，"抱歉，戴斯蒙，我真的很累了。谢谢你来。"今天太折磨人。

他将杯子放在茶几上，缓缓转身面向我，他握住我的手，拉我站起来。他看我的眼神让我无法呼吸。不知怎么回事，他真正看见了我。真叫人难以置信，他看见了我的软弱与恐惧。"塔莉，你就像《夏洛特姑娘》[1]那首诗的主角,被关在安全的高塔里看世界。你成就非凡,远超过一般人想象的极限,那么,为什么在平安夜你会没人可找、无处可去呢?"

"你走吧。"我疲惫地说。我因为那些问题而讨厌他,讨厌他揭穿我的寂寞与恐惧,讨厌他表现得好像我可以有不一样的选择。"拜托。"我的声音有些沙哑哽咽,我只想爬上床睡觉。

明天会更好。

18

二〇一〇年六月,我知道自己的问题很严重,但不知道该怎么集中精力去解决。忧郁像个大罐子一样罩住我,把所有东西、所有人都隔离在外,就连每星期三接到玛吉打来的电话,我也依然无法振作。

我疲惫无力地爬下床,在前往浴室的路上发现自己很恍惚。昨晚我究竟吃了几颗安眠药?我想不起来,这让我很害怕。

我服用一颗赞安诺镇定神经,进淋浴间洗澡。老实说,赞安诺的效果越来越差,为了达到同样的镇定效果,我服用的量越来越多。我知道应该烦恼才对,我也确实觉得烦恼,但只到隔岸观火、观察研究的程度。

洗完澡,我将头发扎成马尾,穿上一套运动服。我的头阵阵抽痛。

我尽可能地吃一点东西,这样对身体有好处,但我的胃严重纠结,

---

[1] 《夏洛特姑娘》(*Lady of Shalott*),英国诗人阿尔弗雷德·丁尼生(Alfred Tennyson)在一八八三年发表的叙事诗,讲述了一个名叫夏洛特的美丽姑娘受到诅咒而被囚禁在孤岛上的一座塔中的故事。

我担心等一下又会吐出来。

上午的时光慢吞吞地爬行。我试着读书、看电视，甚至吸尘，但无论做什么都无法转移我的注意力，从而忘记自己有多难受。

或许来杯酒会有帮助，一杯就好，现在已经过了中午，没问题的。

确实有点帮助。第二杯也很有用。

我再次下定决心戒酒，这时手机刚好响了。看到来电显示，我立刻扑向手机，兴奋的程度不亚于接到耶稣基督亲自致电。

"玛吉！"

"嗨，塔莉。"

我沉沉陷入沙发，意识到我多么需要听到朋友的声音。"真高兴你打来！"

"我在西雅图，想过去看看你。我十分钟就到，帮我开门。"

我跳起来，她能来对我的意义是那么重大，我差点因这个领悟而哭出来。我真的糟透了，我要和玛吉聊聊，她就像我的妈妈，或许她能帮我。"我很期待。"

我挂断电话冲进浴室，急忙吹干头发，抹的造型产品多到连铁条都能压弯。我化好妆，换上牛仔裤与短袖上衣。我等不及想见到爱我的人，希望有人欢迎我、想要我，心急到了可悲的程度。我穿上平底鞋——真不该喝那两杯酒，我的平衡感不太好，没办法穿高跟鞋。

门铃响了，我冲过去开门。

我妈站在门外，身形消瘦，衣衫褴褛，有如一截旧绳索。宽版裤、柏肯鞋，她的打扮活像从七十年代的公社逃出来的人，那种墨西哥绣花上衣我已经好多年没看人穿过了。她用皮绳将白发束起，但有些挣脱了出来，一绺绺地在她满是皱纹的瘦长脸庞边飞舞。看到她实在让我太困惑，一时间说不出话来。

"玛吉叫我来。"她说，"不过这其实是我的主意，我想见你。"

"她在哪里？"

"她没来。想见你的人是我，我知道你不会给我开门。"

"你来做什么？"

她从我身边挤过去，走进我家，一副她有权来这里的模样。

到了客厅，她转身看我，以有些迟疑的沙哑声音说："你有滥用药物或酗酒的问题。"

一瞬间，我的脑袋完全、彻底空白。我心想被逮到了，这感觉太恐怖、太羞耻，我像被剥光衣服，不堪一击，整个碎裂崩坏。我摇头后退。"没有，"我说，"没有，我的药物都有医生处方，你说得好像我是个瘾君子。"我不禁大笑。难不成她以为我在街角徘徊，买毒品注射，然后倒在路上？真是的，有没有搞错，我去看过医生，是在大卖场的药店买的药。然后，我想到这话是谁说的。

我妈上前一步。在这个名师设计的客厅里，她显得格格不入。在她的皱纹与晒斑里，我看见我一生所有的失望。我完全没有被她拥抱、亲吻的印象，也没有听她说过爱我，然而现在她跑来说我有成瘾问题，想帮助我。

"我成功勒戒了，"她的语气羞怯、没自信，"我想——"

"你没有权利对我说什么！"我对她大吼，"连一个字都没权利说，你懂吗？你怎么敢跑来我家批判我？！"

"塔莉，"我妈说，"玛吉说她最近几次打电话给你时，发现你说话口齿不清。我在电视上看到你被逮捕时的档案照片，我了解你此刻的感受。"

"滚。"我吼到破音。

"你之前为什么去斯诺霍米什找我?"

"我在写书,讲我人生的故事。当然啦,你对我的人生一无所知。"

"你问了我一些事情。"

我狂笑,眼泪眼看要涌出,我很生气:"是啊,问了也是白问。"

"塔莉,或许——"

"没有或许,不准说或许,不准再说那种话,我受不了。"我抓住她的手臂硬将她拖出去——她似乎完全没有重量,她还来不及开口,我就已经把她推到走廊上,用力关上门。我走进卧室、爬上床,拉起被单盖住头,在黑暗中聆听自己的呼吸。

她错了,我没事。我的确需要赞安诺抵抗恐慌,也需要使蒂诺斯才能入眠,但那又如何?我的确喜欢在晚上喝几杯,但那又怎样?一切都在我的掌握中,我想停随时可以。

该死,我的头好痛,都是她害得我头痛。我妈。她和玛吉联手背叛我,这是我觉得最残忍的地方。我对我妈毫无期待,彻底放弃,但玛吉是我人生中少数的安全港湾,遭到她这样背叛的沉重打击令我难以承受。想到这里,我的愤怒化作无尽的绝望。

我翻身拉开床头柜抽屉,拿出赞安诺。

你认为那是背叛?凯蒂在我身边说,她的声音将我带离回忆,我猛然清醒,仿佛挨了一鞭。

我想起自己真正的处境:躺在病床上,连接着呼吸机,脑袋上钻了一个洞,看着人生回忆在眼前闪过。

"当时我心理有问题。"我轻声说。

她们想帮助我。我怎么没想到？这么明显的事情，我怎么看不出来？

现在你明白了吧？

"停停停，我不想继续下去。"我翻身闭上眼睛。

你需要回想。

"不，我需要遗忘。"

二〇一〇年九月三日，下午两点十分

在医院会议室，警官张开双腿稳稳地站着，就算发生地震也不会摔倒。他拿着一个小笔记本确认先前写的东西。

强尼环顾安静的会议室。大部分的座位都空着，椅子收在桌子旁，桌面中央放着两盒面巾纸随时待命。他身旁的玛吉努力想坐正、坐直，可是这样的坚持太辛苦，她不时会垮下来。他一大早打电话过去，她和巴德搭九点十五分的飞机从亚利桑那过来。巴德先去强尼家等双胞胎放学，玛拉在陪塔莉。

他和玛吉来过这间会议室。在这里，医生告诉他们凯蒂的肿瘤无法完全清除，而且癌细胞已经扩散到淋巴结，为了让她人生最后的时间好好过，有些事情必须先决定。他握住玛吉冰凉、指节粗大的手。

警官清清嗓子。

强尼抬起头。

"药检报告不会这么快出来，不过我们搜查过哈特小姐的住处，发现许多处方药物，包括止痛药维可汀、赞安诺及使蒂诺斯，还有其他少数药物。目前还没有找到事故的目击证人，但根据现场分析判断，她从哥伦比亚街往海滨行驶，时速超过八十千米，当时下着雨，车子高速撞上水泥柱。"

"路面有没有刹车痕迹？"强尼问。他听见玛吉倒抽一口气，他知道她没有想过这个问题。撞击前若出现刹车痕迹表示司机试着停车，如果没有，意义就不同了。

警官看着强尼："我不清楚。"

强尼点头："谢谢，警官。"

警官离开后，玛吉转头看着强尼，他看出她眼眶含泪，很后悔刚才提出那个问题。岳母已经受太多苦了。

"对不起，玛吉。"

"你确定……你认为她是故意撞柱子？"

这个问题让强尼一下子没了力气，使得他无从伪装。

"强尼？"

"最近你和她见面的次数比我多，你说呢？"

玛吉叹息："过去一年她非常寂寞。"

强尼站起来含糊说句要去厕所，便离开了会议室。

在走廊上，他垂头靠着墙，再抬起头时，看到对面有块指示牌，上面写着"礼拜堂"。

他最后一次进教堂是什么时候？

凯蒂的葬礼。

他走过去，打开门。里面很小很窄，顶多像个清洁用具储放室，有几张长椅，前面有个简易祭坛。一进去，他首先注意到静谧的气氛，接下来才发现有个女孩坐在前排右边。她的头垂得很低，他只能看到一点被发胶固定住的粉红色头发。

他慢慢走过去，地毯吸收了脚步声。"我可以坐下吗？"

玛拉猛地抬起头，他看得出来她哭过。"我说不可以有用吗？"

"你想说不可以？"他轻声问。他已经犯了太多错，如果她只想一个人静一静，他不想逼得太紧。

她望着他许久，才缓缓摇了摇头。这一刻她显得好稚嫩，像是过万圣节的孩童，为了引人注目而刻意打扮。

他小心翼翼地坐下，等候片刻才说："祈祷有帮助吗？"

"目前没有。"泪水在她的眼眶里凝聚，"你知道我上星期对塔莉做了什么吗？"

"不知道。"

"她会出事都是我害的。"

"宝贝，怎么会是你害的？那是交通意外，你不可能有办法——"

"你也有错。"玛拉的语气很悲凉。

强尼不知道该说什么。他懂女儿的意思，他也有同感。他们抛弃塔莉，将她逐出他们的生活，害她孤单寂寞，结果落到这种地步。

"我受不了。"玛拉大喊，跳起来往门口冲去。

"玛拉！"他大喊。

她停在门前转身看他。

"不要伤害自己。"他说。

"太迟了。"她轻声说完便冲了出去，门砰的一声关上。

强尼缓缓站了起来，清晰感受到五十五年的岁月。他回到等候室，玛吉坐在角落打毛线。

他在她身边坐下。

片刻后，她说："我又打了一次电话给多萝西，没人接。"

"你和巴德不是留了字条给她？她会看到吗？"

这句话似乎让玛吉大为颓丧。"迟早吧，"她轻声说，"希望来得及。"

二〇一〇年九月三日，下午两点五十九分

这个凉飕飕的九月午后，落叶布满斯诺霍米什，路旁、停车场和河岸，到处都是落叶。多萝西·哈特站在农夫市场的摊位后欣赏，这片景色已经成为她的生活，她从中看到很多平凡中的美好：对面爱丽卡的摊位上，红水桶里还剩最后几枝待出售的野玫瑰；一名少妇抱着胖嘟嘟的鬈发婴儿在肯特的摊位试吃熏鲑鱼；一个小男孩拿着纸杯啜饮手工气泡苹果汁。农夫市场色彩缤纷、活力十足，有各种景物与声音。这里距离小城的历史中心只有短短几个路口，每周五自中午到下午五点，这个热闹的市集固定在这一小块空地上举行。白色帐篷有如冰激凌的尖端，底下展示着种类繁多、闪闪发亮的水果、坚果、莓果、香草、蔬菜、工艺品以及蜂蜜。在淡淡秋阳下，如同百衲被的色彩更显迷人。

多萝西的小摊位上，数量有限的货物已经见底了。她立起矮长桌，上面铺着报纸——这个星期的周日漫画版，几个箱子里原本装着一周的收成：艳红苹果、厚实覆盆子和几篮香草，此外还有蔬菜，像是四季豆、番茄、西蓝花和西葫芦。现在箱底只剩下几个寂寞的苹果，以及一把四季豆。

东西卖得差不多了。万里无云的晴朗蓝天有如明亮背景，衬托出欢欣的场面，她收拾好箱子送到对面"瀑布农场"的摊位。

这里的老板是个大块头，顶着一头乱发，大大的啤酒肚，有着鹰钩鼻的他笑着说："多萝西，生意不错啊。"

"真的很好，欧文，谢谢你借我一块摊位。覆盆子一眨眼就卖光了。"

她将木条箱递给他，他接过去放在生锈的小卡车上，等一下他会帮忙送去她家。"真的不要搭我们的便车回去？"

"不了，我自己可以回去，谢谢你的好意。帮我跟爱丽卡打个招呼，回头见。"

她回到借来的摊位，感觉后颈冒着汗，一滴汗珠沿着背脊往下滑，弄湿了宽版裤的裤腰。她解开旧格子衬衫的纽扣，脱下来系在腰上，这已经快变成她的制服了——她有六件。穿在里面的红色罗纹背心腋下有两块汗渍，但她没有办法处理。

她已经六十九岁了，一头灰白长发，皮肤可比十几千米长的干河床，眼眸盛着她一生经历的悲苦，她一点也不在乎身上有点汗臭。她重新绑好红色头巾，跨上生锈的脚踏车，这是她唯一的交通工具。

一次过一天。

这是她新生活的指导方针。过去五年，她的生活彻底改头换面，将多余的东西一一削除、剥去，只剩下真正重要的事物。她在地球上留下的碳足迹近乎为零，因为她把所有东西都拿去堆肥。她种植、照料、贩售有机蔬果，自己也只吃有机食物，包括水果、坚果、蔬菜和谷物。她不再美丽，身体像她种的豆子一样细瘦多筋，但她不再为此烦恼。事实上，她很喜欢这样，她的人生都写在脸上。

现在她单身一人，早该这样才对，父亲对她说过多少次？多特，你像冰一样冷，如果不学着融化，你会孤独终老。过了这么多年，他的声音依然深植于她脑海，这根本是一种罪恶。

她用橡皮筋扎住裤脚，跨上脚踏车。她用力一推，起程出发，踩着踏板穿过城镇，钱箱在把手间的篮子里撞来撞去。汽车对她按喇叭，也太过逼近，但她不放在心上。她早就体认到所有老嬉皮都让人们不舒服，而骑脚踏车的更是惹人嫌。

要转弯了，她伸出一只手臂做信号，然后拐进主街。遵循规则，表明要转弯，这些事带给她小小的喜悦。她知道这很奇怪，大部分人不会理解，但她一辈子都游走在无法无天的化外之地，规矩、篱笆和社会所带来的祥和令她感到莫名的安慰。她将脚踏车停在药房外的架子旁。因为距离西雅图市中心不到五十千米，许多人搬来这个曾经寂静的小镇，那些新潮的郊区住户总是把脚踏车拴在鲜红柱子上，生怕花钱买的车被偷走。

多萝西每次看到都不禁莞尔，大家竟然为了身外之物那么费心。有一天，他们或许将有幸学到宝贵的一课，明白人生需要珍惜什么、可以放下什么。她重新绑好头巾，走上高低不平的龟裂人行道，今天镇上竟然有这么多人，她感到有些惊讶。

游客成群结队地进出古董店，这些店铺已经变成斯诺霍米什的景点了。这条街曾经是小镇唯一的街道，宽阔平坦的斯诺霍米什河如缎带般从一侧流过，另一侧则是新近开发的区域，街上的店铺依然保有拓荒时代的风情。

她进入灯火通明的药房，直接走向处方柜台。路途中有不少漂亮东西吸引她的目光：鲜艳的发夹、印着格言的咖啡杯和小卡片，但她知道拥有越少物质才能得到越多的心灵满足，更何况她没有闲钱，而且这个月塔莉的支票还没寄来。

"嗨，多萝西。"药师打招呼道。

"嗨，史考特。"

"今天的农夫市集生意好吗？"

"非常好。我准备了些蜂蜜要给你和萝瑞，下次再带来。"

他送上她的药，这种药物大幅改善了她的人生。"谢谢。"

她付了钱，将橘色小罐子收进口袋，走出药房，回到繁忙街头，跨上脚踏车，骑五千米的路程回家。

每次上夏季丘几乎都会要了她半条命，她终于骑到坡顶转上萤火虫小巷，但早已全身大汗、气喘如牛。到了她家的车道上，她往左骑，紧抓住把手，老旧脚踏车一路颠簸到家门口。

大门上钉了张字条。她蹙眉下车，任由车子跌放在地。有多久没有人留字条给她了？

多特：
塔莉在圣心医院。强尼说快点去。脚垫下有打车费。426E。

玛

多萝西弯腰掀起黑色橡胶脚垫，潮湿的水泥地上零星散布着马铃薯瓢虫的粪便，她找到一个脏脏的白信封，里面有张百元纸钞。

多萝西匆忙在农舍里跑来跑去做准备。这栋房子原本属于她父母，现在的主人则是她女儿。许多年前，年轻的多萝西曾带着十四岁的塔莉住在这里。这栋房子是她们母女唯一同住过的地方。

过去几年，多萝西略微整修了一下，但规模不大。外墙依然是米黄色，需要重新粉刷，屋顶上依然有一层青苔。至于屋内，她拆掉了酪梨色旧地毯，露出底下的硬木地板，她打算找时间重新打磨；厨房依然是那种止吐药的粉红色，那是七十年代某位房客的杰作，但是难看的格子窗帘被换掉了。多萝西认真整修的只有主卧室，她拆掉了廉价百叶窗与金色压纹地毯，将墙壁漆成美观的米白色。

多萝西打开药罐，服用了一颗药，用手捧起自来水喝下。她拿起厨房里老旧的有线电话，在这个人手一部手机的时代，这玩意儿可是老古董，她翻电话簿找到叫出租车的号码。没时间洗澡了，于是她简单梳头、刷牙，将灰白长发编成辫子，走进卧室，她瞥见五斗柜上的镜子。

她活像《魔戒》里的甘道夫，酗酒狂欢过后的。

门外传来汽车喇叭声，她抓起皮包往外冲，坐上臭烘烘的棕色假皮座椅，从脏兮兮的窗户往外望。她这才发现一边的裤管还扎着橡皮筋。

出租车驶离车道，她呆望着她的农场。四年多前，她终于愿意真正改变，这个地方拯救了她。她经常觉得是她的眼泪灌溉了土地，让蔬菜生长茁壮。

她很庆幸有处方药的帮助。药物让世界感觉像蒙上一层薄纱，刚好足够镇定她的情绪，控制住多变的危险脾气。若非服了药，她知道现在自己一定会一路跌落黑暗深渊，回到她栖身大半辈子的谷底。

回忆不断喧嚣，推挤吵嚷，她听不见司机的呼吸声、引擎声，以及车辆飞掠经过的嗖嗖声响。

仿佛脱离线轴般，时光拉长缠绕住她，她没有意愿抗拒。她放弃、投降，一瞬间，世界彻底静止，一动也不动。

她听到狗叫声、拉扯铁链的声音，她知道自己回到了什么地方、什么时候。二〇〇五年十一月，她六十四岁，自称白云，她女儿是电视上的名人。白云住在老旧组合屋里，位于伊东村附近一条积水马路旁的烂泥地上……

四处都是大麻甜腻的气味。她神志迷乱了，但还不够迷乱，再多的大麻也无法保护她。

或许喝一杯会有帮助。她爬下破烂的棕色懒人椅，小腿撞上丽光板茶几，很痛，几个啤酒罐东倒西歪地掉在地上。

她小心翼翼地在组合屋中走动，纳闷究竟是地板歪了，还是她比想象中昏乱。进到厨房，她愕然站住。她来做什么？

她茫然四顾,看到炉台上的一堆脏碗盘。她得在卓克回家前整理好,他讨厌她不打扫……比萨盒旁边飞来飞去的东西是苍蝇吗?

她拖着脚步走到冰箱前,打开冷藏室。灯光照亮几个吃剩的三明治、一箱啤酒,以及一瓶疑似发绿的牛奶。她关上门,打开冷冻室,门边的架子上有瓶伏特加,还剩下五分之一。她伸出颤抖的手正准备拿,却听到外面传来柴油引擎的轰隆声响。

完了。

她应该快点清理,但她抖得太厉害,甚至有点反胃。

门外的狗大声咆哮低吼,它们将铁链拉到最长,拼命想挣脱项圈扑向他。

她得去迎接。她用颤抖的手拢了拢纠结的长发,她多久没洗澡了?她臭不臭?他讨厌她身上发臭。

她拖着脚步过去开门。一开始她只看到灰暗的午后日光,空气中有着柴油废气、狗屎与烂泥的臭味。

她眨眨眼睛,集中注意力。

他的红色大卡车停在木柴堆旁。

卓克从驾驶座上下来,钢头靴踩进积水坑。他块头很大,挺着硕大的啤酒肚,每次进门都是肚子先出现,凌乱棕发下有张沧桑的方脸。

他的真面目藏在眼睛里。那是双黑色小眼睛,里面的光彩可以瞬间变得黑暗。

"嗨——嗨,卓克,"她急忙帮他开了一罐啤酒,"我以为你星期二才会回来。"

他走到亮处,她看出他喝醉了,双眼无神,嘴唇歪斜。他停下来摸摸心爱的杜宾狗,自口袋里掏出狗饼干,在寂静的夜晚,太响亮的啃食声音着实令人害怕,她瑟缩了下,努力保持笑容。

卓克接过啤酒,站在门口长方形的灯光中。在他面前,狗儿们安静了,谄媚地狂舔以展现爱意,他就喜欢它们这样。狗的后方,草地被浓雾笼罩,遮掩了生锈旧车、故障冰箱与报废家具。

"今天就是星期二。"卓克咆哮。他喝光啤酒,将空罐扔给狗,它们立刻开始争抢。他伸手将她拉进粗壮的臂中紧紧抱住。"我很想你。"他沙哑含糊地低语。她不禁猜测他收工之后去了哪里,很可能是那家叫"幸运点"的酒吧,喝威士忌配啤酒,抱怨纸厂减产。他身上混合着制浆木材、机油、废气和威士忌的气味。

她尽可能不动,几乎不敢呼吸。最近他很敏感,而且越来越敏感,她搞不清楚什么会惹他动怒。"我也很想你。"她听出自己说话也很含糊,她的思绪跑得太慢,仿佛在泥浆中行进。

"你怎么没穿我送你的衣服?"

她慢慢后退。哪件衣服?老实说,她不记得了。"我……对不起,我想留起来等特殊场合穿,那件真的好漂亮。"

他哼了一声,或许是厌恶,可能是接受,说不定是无所谓,她无法分辨。她的思绪太混乱,这样很糟、很糟、很糟。她牵起他的手轻轻捏一下,带他走进组合屋。

她惊觉屋里满是大麻味,还有一种臭味,可能是垃圾。

"白云。"他的语气非常平静,但她后颈汗毛直竖。他看到了什么?她多做了什么还是少做了什么?

洗碗,她忘记洗碗了。他讨厌脏碗盘堆在水槽里。

她缓缓转身,想不出借口。

他轻轻吻她的嘴唇,如此柔情,她松了一口气。

"你知道我讨厌家里一团乱,我对你这么好——"

她后退:"对不起——"

他一拳打中她的脸,她甚至来不及举起双手遮挡,她感觉鼻梁在他的重拳下断裂,鲜血四处飞溅,她站着不动,血流到衬衫上。哭泣只会让他更凶暴。

她被沉重呼吸声吵醒,有一瞬她什么都想不起来,但疼痛唤回记忆。她强迫一只眼睛睁开,立刻痛得一抽。电视机的淡淡光线刺痛她,让她不停眨眼,她的嘴巴很干,失控颤抖,全身无一处不痛。

观察周围状况。

这样醒来的次数多到数不清,她知道该怎么处理。

她躺在床上,卓克呈"大"字形躺在旁边,大肚腩朝天,毛茸茸的手臂张开。天已经黑了。

她慢慢下床,将重心放在左脚时痛得浑身一抽,显然是跌倒时扭到脚踝了。

她跛着脚走进浴室,在门后的全身镜中看着自己。她的头发纠结凌乱,被血粘住;一只眼睛肿到睁不开,旁边的一圈瘀血颜色很恐怖,有紫、有棕还有黄;鼻子变形扁塌,下巴与脸颊都有凝结干掉的血。

她痛到没力气清洗。她穿上随手找到的衣物,不记得是昨天穿过的还是前晚穿过的,因为太过疼痛甚至无法低头检查衣服上有没有血。

她得快点走,逃离卓克,否则迟早会死在他手里。她以前就考虑过逃走,好几十次,每次被痛揍她都想走,大约一年前,她真的离开了一阵子,一路逃到塔科马,但最后还是被他找到,乖乖地跟他回来,因为她无处可去,况且老实说,她早就知道会这样过一辈子。她的人生一直都是如此。

但她已经不年轻了，事实上，她老了，最近很容易骨折，万一下次撞上墙脊椎断掉怎么办？

走吧。

她蹑手蹑脚地经过他，走向床头柜，颤抖着双手拿起他的皮夹笨拙地翻找，然后取出三张二十元纸钞。她将钱捏在手中，知道万一没能逃走，偷钱会让她被揍得更惨，但这次她一定要逃走，不能继续留下来。

她尽可能地放轻动作，往前跨出一步。

地板嘎吱作响，卓克在睡梦中哼了声，翻身面对她的方向。

她顿时不敢动弹，心脏怦怦乱跳，幸好他没有醒。她呼出憋住的气，找出她最珍惜的两样东西：一条破破烂烂快解体的通心粉串珠项链和一张老旧的黑白照片。她戴上项链，将照片塞进法兰绒衬衫的口袋，扣上纽扣小心保护。

她将重心放在没受伤的脚上，一跛一跛地走出卧室。

门一开，外面的狗立刻坐起来，专注地打量她。瑞尼尔山矗立在不远处，月光照亮积雪山峰。

"嘘——乖狗狗。"她谨慎地侧身从它们旁边走过。

她小心地绕过破烂的旧沙发，一只狗开始吠叫。她继续走，没有回头。

树林里很黑，非常黑，她必须耐着性子慢慢走才能找到路，每走一步，剧痛便穿透全身。她的脖子痛得要命，脸因为疼痛而抽搐，但她没有休息也没有放慢脚步，一路赶到伊东村的巴士站。躲在三面脏兮兮的强化玻璃间，她瘫倒在长凳上，终于能够呼吸。

她拿出一根大麻烟坐在黑暗中抽了起来，这是她最后的存货了，虽然可以止痛，但效用不大。痛楚依然难以忍受，后悔的心情也一样，她已经开始担心会忍不住回头。

车来了，她上去，不理会司机批判的眼神。

两个半小时后，时间刚过十点，她在西雅图市区下车，确切地说，是先锋广场。想在西雅图销声匿迹，这里是最理想的地点。她知道该如何躲藏，现在她需要消失，成为朦胧世间一抹无形暗影。

漆黑角落与幽暗巷弄应该让她感到安心，但她越走头越疼，感觉有如脑袋被铁锤反复敲打。她听见低低哀鸣，心想这不可能是她发出来的声音，她早已学会静静忍痛，不是吗？很久以前他就让她学会了。

她好痛，无法正常思考。

等她察觉异样时，已经倒在地上了。

19

白云分成几个阶段醒来。她首先意识到疼痛，然后是呼吸，接着嗅到干净的气味，这个气味让她猜到自己身在何处。

医院。她这辈子经常进出医院，很熟悉这里的景观、气味与声音。现在是二〇〇五年十一月，她在逃跑途中。

她静静躺着，不敢睁开眼睛。昨晚的记忆只有片段，红灯闪动，被人抬上轮床推进一个明亮的白色房间，医生、护士围着她忙碌，询问是谁殴打她、该联系什么人，她闭起眼睛不理会。她的嘴巴很干，就算想说话也发不出声音，同时她的手又开始抖。

病房里有别人在，她听到呼吸声和翻动病历的声音，她小心睁开没受伤的眼睛——另一只肿到张不开。

"你好啊,多萝西。"一个丰满的黑人说,她留着辫子头,肉肉的脸上布满了深色雀斑。

白云用力吞咽了一下。她应该纠正这个一脸诚恳的年轻人,告诉她多萝西在一九七三年就死了,可是老实说,谁在乎?"走开。"她多么希望能举起手挥一挥,可是她生怕被看出抖得很厉害。在医院千万不能被看出软弱的迹象,踏错一步搞不好就会被送进精神病院。

"我是凯伦·穆迪医生。不晓得你记不记得,但你在送医途中企图攻击急救人员。"

白云叹息:"你来评估我的精神状态。我替你省省事吧,我对自身和他人都不会造成威胁,就算我真的做出攻击行为,那也只是一时失控。"

"看来你有经验,知道精神评估的规定。"

白云耸肩。

"你断了很多根骨头,这种情况绝对不正常。我看到你的锁骨上有被香烟烫伤的痕迹,我猜其他地方应该也有?"

"谁让我笨手笨脚呢。"

医生合上病历:"应该没这么简单吧,多萝西,我猜你八成自己设法遗忘。"

"你在暗示我酗酒或吸毒?如果是,那你猜对了。我酗酒又吸毒,已经几十年了。"

医生低头看她,眯起眼睛审视,接着从口袋里拿出一张名片。"拿着,多萝西。我在勒戒机构服务,如果你准备好改变人生,我很想帮助你。"

"为什么?为什么你想帮助我?"

医生缓缓卷起袖子。

白云看到一串星星状的皱缩粉红疤痕,沿着深色肌肤向上延伸。"我明白你为何借酒消愁。"

白云不知道该说什么。

"效果会越来越差,事实上,酒精一点用也没有,时日久了,酗酒会让人更痛苦,我知道。我可以帮助你,至少我愿意试试看,由你自己决定。"

白云看着医生走出病房,随手关上门,在寂静黑暗中,她觉得难以呼吸。她已经很多年没有想到那些疤了。

坐好不准动,可恶,你很清楚是你自找的。

她用力吞咽了下。面前的墙上,时钟嘀嗒走动,十二点零一分,刚过午夜。

新的一天。

她闭上眼睛入睡。

有人在摸她,轻抚她的前额。

一定是做梦。

她强迫干痒的眼睛睁开,一开始眼前一片黑暗,之后没受伤的眼睛渐渐适应。她看到一方漆黑的窗口,外面的灯往病房里洒入淡淡金光,门开着,外面的护士站灯光明亮但十分安静。

根据寂静的程度,她判断现在是半夜。

"嗨。"有人说。

塔莉。

无论在哪里她都能认出女儿的声音,即使是在充满消毒水味的黑暗中。

白云在枕头上转头,这个动作让她痛得瑟缩。

她的女儿站在那里，微微蹙眉。即使在这种时间，塔莉依然明艳动人，柔顺的红棕秀发、美丽的巧克力色眼眸，她的嘴照理说有些太大，但是不知为何非常适合她。她几岁了？四十四？四十五？

"发生了什么事？"塔莉将放在白云前额的手收回。

她想念抚摩带来的安慰，但她没有权利依恋。"我被打了。"她急忙补上一句，"陌生人干的。"这样感觉比较不可悲。

"我不是问你怎么会进医院，而是怎么会沦落成这样？"

"看来你伟大的外婆没告诉你，是吧？"她真希望能找到多年前曾经作为燃料的愤怒，但现在已经完全消失了，只剩下悲哀、懊悔与疲惫。她自己从来不明白的事情，又怎能跟女儿解释？她的内心有股黑暗力量，一种吞没她整个人的软弱。这辈子她一直在努力保护塔莉，不让她知道真相，不让她接近事实，就像告诫小孩不要靠近悬崖边缘。伤害已经造成了，来不及挽回。

那些事现在都无所谓了，知道真相对她们双方都没有好处。很久以前也许出现过时机，当时如果开诚布公可能还有意义，但现在已经太迟了。塔莉还在说话，当然啦，白云没有听，她知道塔莉想要什么、需要什么，但白云不够坚强，也不够清醒，无法成为女儿想要的那种妈妈。她从来都不是。

"忘了我吧。"

"我也很想忘记你，但你是我妈。"

"你让我很伤心。"白云轻声说。

"你也让我很伤心。"

"我希望……"白云欲言又止。这么痛苦有什么好处？

"什么？"

"我希望能成为你需要的那种妈妈,但我做不到,你必须放手让我走。"

"我不知道该怎么放手。即使你有再多不是,依然是我妈。"

"我从来不是你妈,我们都很清楚。"

"我会一直找你,有一天你会准备好接受我。"

她们母女关系最基本的要素就是这么简单。女儿无止境的需求,白云无止境的失败,她们像坏掉无法修理的玩具。

塔莉继续讲,说些梦想、母性、坚持之类的话。她说得越多,白云越痛苦。

她闭上双眼,说:"走吧。"

她感觉到塔莉还在身边,听见黑暗中传来的女儿的呼吸声。

时间在声响中慢慢流逝:塔莉走动的脚步声,还有沉重的叹息声。

她感觉似乎装睡了好几个钟头,病房才终于安静下来。

白云睁开没受伤的眼睛,看见塔莉坐在墙边的椅子上睡着了。她掀开被单下床,受伤的脚踝让她痛得一抽。她跛脚走向衣柜,打开门,希望她的东西在里面。

运气不错,她看到一个棕色纸袋,伸出颤抖的双手拿出来打开,里面装着她原本穿的衣物:破旧的棕色工装裤、脏污的灰T恤、法兰绒衬衫、旧靴子和内裤。没有胸罩,没有袜子。

底下放着她的项链,像条盘起的小蛇。

唉,现在已经很难说是项链了,老旧的绳索上只剩几个干通心粉和一颗珠子。

白云拿起来,可怜又悲哀的小东西躺在皱巴巴的掌心里,让她回想起当年。

生日快乐，这是我做的，送给你。

十岁的塔莉用两只粉嫩的胖胖手掌捧着项链，仿佛那是希望蓝钻石[1]。送你，妈咪。

如果当年白云说"真漂亮，我好喜欢，我爱你"，是否会有所不同？

一股全新的痛楚涌上心头。她将几乎解体的项链放进口袋，迅速穿好衣服，回头看了女儿一眼。她跛着脚走过去，伸出一只手，但当她看到自己的手——肤色惨白、满是青筋、指节粗大、不停颤抖，仿佛老巫婆的手，她急忙收回，连女儿的衣袖都没有碰到。

她没有资格碰这个人，没有资格向往她从来做不到的身份，甚至没有资格悔恨。

这时她心里想着：我需要喝一杯。她最后看了女儿一眼，打开病房门，小心翼翼地穿过一条条走廊，终于来到大门口。

走出医院，西雅图暗夜吞没了她，她再次变成隐形人。

白云摸摸口袋，找到从卓克那里偷来的六十元，钞票皱巴巴的，揉成一团。

他很快就会醒来，发出像熊低吼般的声音，伸长手臂，大声叫她送咖啡过去。

她赶开想象，拖着跛脚继续往前走。天刚破晓，浅灰色日光一缕缕洒落在左、右两边的房屋上。下雨了，先是绵绵细雨，慢慢变成滂沱暴雨，路边有栋房子看似没人住，她爬上阶梯坐下，双腿缩在胸前。

她的头痛更严重了，双手也抖得更厉害，但酒吧还没开门，酒铺也

---

1 希望蓝钻石，世界上现存最大的蓝钻，现存于美国首都华盛顿史密森尼学会。

一样。

晨光照亮对面一排老旧红砖建筑，破窗前松松挂着床单，旁边有只骨瘦如柴的猫在翻垃圾，满出来的垃圾桶散发恶臭，大雨将纸张和垃圾冲到人行道上。

这辈子她有多少次睡在这样的地方？比起流浪街头，她做过很多更坏的选择，一个个像卓克那样的男人，在黑暗中他们都一样，她此生所选的男人，以及她没的选只能接受的男人，统统是会拳打脚踢、酗酒买醉与脾气火暴的类型。

她翻着口袋寻找从卓克皮夹里偷来的钱。假使她放手，任由钞票落入雨中，说不定能摆脱一切，从头来过。

但她拿出的却是一张名片，一个角被折弯。

凯伦·穆迪医生[1]（不太适合做心理医生的姓氏）
大西洋勒戒中心

底端写着一行字：准备好接受改变就来找我。

这种话白云这辈子听过上千次，医生、社工都说过，连女儿也说过。每个人都假装可以帮忙，愿意帮忙。

白云从不相信他们，就连当年还是多萝西的时候也一样，即使她天真到相信陌生人的好意，但依然不相信那些人。这些年来她扔掉许多类似的名片、传单和小册子，至少数十次。

可是这次，当她坐在满是垃圾臭味的台阶上，雨水快要淹到脚跟时，

---

[1] 穆迪原文是 Moody，有情绪多变的、喜怒无常的意思。

"改变"这个词让她满心渴望。她望着自己如同坑洞般的孤寂,是那么深、那么黑。

大西洋。

那条街距离这里不到一个路口,难不成是上天给的预兆?

曾几何时,她开始深信预兆。那个年代她沉迷新兴宗教与唯一神教派,她一次又一次投入不同的信仰体系,一头栽进信仰之后,紧随而来的却是抑郁,情绪如此黑暗低落,她得手脚并用才能勉强逃出。每次她都失败了,而每次失败都让她的内心被剥夺了一块。

她投靠过所有神,除了她自己。勒戒、断瘾、一次过一天——这些话总是让她害怕。倘若她真的努力改善自己的身心状态,可万一又失败了怎么办?她还剩下多少自我可以拯救?

然而看看现在的她,六十多岁了,凶暴酒鬼的女朋友,任人打的出气包,基本上无家可归,没有工作,酗酒、抽大麻,明明生了孩子却又不是母亲。

她剩下的自我早已残破到无法拯救。她一辈子都怕会落到谷底,而现在就是最不堪的谷底,她被击倒在地,想站起来必须靠别人搀扶。

她厌倦了这样的生活……疲惫至极。

就是这份疲惫让她下定决心。

她握住摇晃的扶手硬是拽起身躯,虽然站起来但全身颤抖、东倒西歪。她咬紧牙关,跛着脚走进大雨,往前一直走。

勒戒中心位于一栋平顶红砖小屋里,这栋建筑的历史可以回溯到西雅图拓荒时代之初,附近有条发黑的水泥高架道路,来往车辆发出震耳欲聋的噪声。她做个深呼吸,伸手握住门把。

锁住了。

她坐在水泥台阶上,这里没有屋檐遮挡,大雨不断拍打,让她全身湿透。她头痛不已,脖子和脚踝也很痛,发抖的状况越来越严重,但她没有走开,她坐在那里,整个人蜷缩成一团,宛如一株球蕨,全身战栗冰冷。有个声响惊动了她,她抬起头,看到穆迪医生在台阶前,站在一把撑开的伞下。

"我一定会失败。"白云闷闷地说,抖得很严重。

穆迪医生走上台阶伸出一只手:"来吧,多萝西,先进去,至少能躲雨。"

"我猜里面不只没雨水,酒更是一滴都没有。"

穆迪医生大笑:"真幽默,这样很好,接下来你会需要幽默感。"

白云·哈特走进勒戒中心,四十五天后,多萝西·哈特重获新生。此刻她站在小房间里,收拾仅有的两样东西:一条快解体的通心粉项链;一张有着折痕的老旧照片,画面有些模糊,花边留白处印着"一九六二年十月"。

走进这栋建筑时,这两样私人物品看起来毫无意义。当时的她会说只是小玩意儿,但现在她明白这两件东西的价值。这是她的宝物,多年来尽管酗酒、吸毒,但这两件东西始终没有弄丢,她不知道是怎么办到的。穆迪医生说是真正的多萝西努力保存下来的,她内在细微、单薄的健全部分足够坚强,历经折磨依然存在。

多萝西本身倒是不太确定,老实说,她尽可能不去回想年轻时的自己,以及在火鹤庄园那栋房子里的生活。戒瘾之后,回忆并没有变得比较不痛苦,事实上,反而更痛苦。现在她的生活以时刻计算,以每次呼吸计算,以没有喝的酒、没有抽的大麻计算。没有喝酒的每一秒都是胜利。

她曾经多次孤注一掷地想找回正常生活，每次一开始都有种松了口气的感觉，这次勒戒也不例外。开始的时候，彻底交出主权总能带来无比舒畅的感觉，她呆滞地在勒戒中心走动，遵循所有规定。一般人进来得先交出所有酒类与毒品，包括漱口水，还要接受行李搜查，但她什么都没有，于是直接过关。她任由穆迪医生带她进入一个小房间，这里的窗户装了铁条，外面只有蜿蜒的灰色高架道路。

当身体开始发抖，头痛变得严重时，她才初次一窥这个决定的真貌，于是她发疯了。虽然她讨厌这个词，但没有其他方式可以形容，她发疯的程度可谓是史诗级的：砸椅子，撞墙撞到头流血，大吼大叫要出去。

她在禁断房度过人生中最漫长的七十二小时。记忆中的影像互相重叠，彼此拉扯变形，最后全部失去意义。她记得自己的汗臭，以及胆汁涌上喉咙的感觉；她咒骂、抽搐、呕吐又哭喊；她哀求放她出去，哀求给她一杯酒，一杯就好。

后来奇迹发生了，她终于入睡，醒来时身在另一个世界，被冲上了岸。她不知自己身在何方，依然发抖，像刚出生的小狗一样虚弱。

酒瘾过去了。

她很难形容那种脆弱的感觉，那种不堪一击、一碰就碎的感觉。日复一日，她参加团体治疗，但只是像鬼一样呆坐，听旁边的人用有气无力的语调说：嗨，我是小芭，我有酒瘾。嗨，小芭！

感觉像童军团营火谈心那种恐怖的活动，她失神发呆，把指甲啃到流血，脚尖不断点地，心里想着什么时候才能喝酒。她不属于这种地方——这些成员有的差点喝死，有的酒醉驾车撞死人，有的喝到被开除，他们是情节严重的酒鬼，而她只是个喝太多的废物。

她清楚记得改变来临的那一刻。那是一次晨间聚会，她当时已经接受勒戒三周了。她呆望着参差不齐、流血的拇指指甲，恍惚听着肥妞吉尔姐述说在兄弟会派对遭到强暴的经历。她哭得很惨，鼻涕乱喷，穆迪医生直勾勾地望着白云。

"白云，你有什么感想？"

她原本想大笑，医生竟然以为那个故事对她有意义，但一道回忆涌现，如同浮尸在黑暗的脑海中漂流。

很黑。他在抽烟。红色火光很恐怖。我嗅到烟味。为什么你这么不乖？你害我被迫当坏人。我不是坏人。

我知道你不是。

"白云？"

"我原本是多萝西。"她回答，虽然没人听得懂。

"你可以变回多萝西。"穆迪医生说。

"我很想。"话一出口她就立刻意识到确实如此，她一直想变回原本的自己，她很害怕回不去。

"我知道你会害怕。"穆迪医生说，团体成员纷纷点头低声表示赞同，活像一群摇头娃娃。

"我是多萝西，"她缓缓地说，"我有成瘾问题……"

那就是转变的开始，或许是她第一次真正改过自新。从那一天起，勒戒成为她的新瘾头，诚实则是她所选的药物。她总是说个不停，只要有人愿意听，她就会一直说，聊昏厥失忆、她所犯的错、她交往的那些男人，现在她看清他们其实是同一种人，一个个都是企图证明男子气概的酒鬼，仔细想想，她会选择这种类型一点也不奇怪。她经常在思考，停不下来。然而，即使她疯狂戒瘾，却从不曾提起女儿的名字，也从不说出少年时的遭遇。有些痛太深刻,无法说给陌生人听。

"准备好要出发了吗?"

听见穆迪医生和气的声音,多萝西转过身。

穆迪医生站在门口,身穿高腰直筒牛仔裤搭配民族风刺绣罩衫,一看就知道是个奉献所有时间帮助世人的好人。医生拯救了她,多萝西多么希望有钱可以捐给她。

"我以为准备好了,但又有点不放心。万一——"

"一次过一天。"穆迪医生说。

这句话应该完全是陈词滥调,就像宁静祷文[1]那样,两者都曾经让她不屑,翻白眼,现在她明白有些陈词滥调其实蕴含真理。

"一次过一天。"多萝西点头。将生命拆解成可以消化的小片段,她能办到,希望如此。

穆迪医生拿出一小包东西:"送你。"

多萝西接过,低头看着鲜红小番茄的图片。"番茄种子。"

"给你种在有机菜园里。"

多萝西抬起头。过去几周,她想出这个"计划",她研究、想象与梦想,但她真的能做到吗?她真的能回到萤火虫小巷,住进父母购买后用于出租的那栋老房子,挖掉过度茂盛的杜鹃花与刺柏,整理好那一小片土地开垦菜园吗?

这辈子她从来没有成功养活任何东西,或者该说她从来没有做成任何事,一事无成。恐慌慢慢在心中翻腾升高。

"星期五我会去看你。"穆迪医生说,"我会带我儿子去帮你清理。"

---

[1] 宁静祷文,美国神学家莱因霍尔德·尼布尔(Reinhold Niebuhr,一八九二——九七一)所撰写的祷文,后来被匿名戒酒团体及其他教会戒瘾团体改编使用。

"真的？"

"多萝西，你一定能办到。你自以为软弱，但其实很坚强。"

我才不坚强呢。但她没有选择，不能走回头路。

"你会和女儿联系吗？"

多萝西沉重叹息。记忆悄悄流过，"白云"一次次抛弃塔莉，尽管她将名字改回多萝西，但白云依然是她的一部分，她害女儿伤心的次数多到数不清。

"现在还不行。"

"要等到什么时候？"

"等我相信。"

"相信什么？"

多萝西望着心理医生，看出她眼中的忧伤，以及理解。穆迪医生希望治愈多萝西，那是她的目标，为了进行治疗，医生让多萝西断瘾，在她拼命退缩时说服她继续努力，劝她服用控制情绪起伏的药物，她的所有努力都很有帮助。

但她无法治疗过去，世上没有后悔药。多萝西只能改变自己、努力赎罪，希望有一天能鼓起勇气面对女儿、向她道歉。

"相信我自己。"她终于说。穆迪医生点头。这个答案很好，团体治疗经常谈到。相信自己很重要，对于经常令亲友家人失望的人更是不容易。老实说，多萝西虽然说得很诚恳，但她并不相信她真能得到救赎，不可能的。

一次过一天，一次呼吸，一次片刻，多萝西学会以这种方式过新生活。她没有抛开对药物与酒精的渴望，也依然眷恋那些东西带来的遗忘；

她也没有忘记做过的坏事、伤过的心。相反，她刻意记住。她虔信改变，有如苦修僧侣，享受痛苦，在清醒的冰水中泅泳。

她起步缓慢，按部就班完成每件事情。她写信给女儿的财务经理人，表明要搬回萤火虫小巷，住进父母购买后用于出租的老房子。那里已经很多年没人住了，没有道理不能让她住。投寄之后，她感觉到一丝细微的希望，每天看信箱时她都想：她会回信。然而，二〇〇六年一月，她戒瘾后的第一年，她收到一封用词正式的信：您每月的零用钱将改寄至萤火虫小巷十七号。是经理人寄来的，不是她女儿。

可想而知。

戒瘾之后的第一个冬季，每天都充满绝望、纪律与操劳。她这辈子从不曾如此鞭策自己。她黎明即起，在宽阔平坦的地里忙碌到天黑，然后上床倒头就睡，有时候甚至累到忘记刷牙。她每天都在地里吃早餐（香蕉配有机玛芬蛋糕）、午餐（火鸡三明治配苹果），盘腿坐在翻好的黑色泥土上，嗅着肥沃的希望。傍晚，她骑脚踏车去镇上参加互助会。嗨，我是多萝西，我有成瘾问题。嗨，多萝西！

虽然很奇怪，但一板一眼的生活带给她疗愈与安慰。聚会之后，一群陌生人站在一起，喝着一次性杯子里的难喝咖啡，吃着从店里买来的放了太久的饼干，渐渐成为朋友。她在那里认识了麦朗，通过麦朗认识了佩姬，又通过佩姬认识了艾德嘉与欧文，以及有机农场的大伙。

二〇〇六年六月，她清理出四分之一亩的土地，整平了一小块。她买了兔子、建了兔舍，学习将兔粪与落叶和她所制造的少许厨余垃圾一起堆肥。她不再啃指甲，对大麻与酒精的依赖变成了对有机蔬果的迷恋。她选择与世隔绝，认为没有现代化便利的生活最适合她新建立的自律规范。

她跪在地上用园艺铲子翻土，忽然听到有人叫她。

她放下铲子站起来，掸去大手套上的泥土。

一个娇小老妇从对街走来，停在栅门前。她穿着深色牛仔裤与白色运动衫，上面绣着炫目的字样：天下最棒的外婆。她的头发染黑，但分线处的发根露出白色，感觉有点像臭鼬的毛色，头发底下有张圆脸，搭配丰腴双颊和尖下巴。

老妇愕然停下脚步，说："噢，是你。"

多萝西脱掉手套，塞进松垮裤腰。她抹去前额的汗水，走到篱笆前，正想说"我不认识你"，但回忆猛然袭上心头。

我呈"大"字形躺在沙发上，肚子上放着一堆大麻，有个好心人上门来，我想对她微笑，但我的状态实在是太糟糕了，最后变成狂笑说脏话。塔露拉羞得满脸通红。

"你是隔热手套女孩的妈妈，住在对面。"多萝西轻声说。

"玛吉·穆勒齐。没错，一九七四年，我叫女儿送焗烤料理过来，她觉得丢脸死了。当时你……状态不太好。"

"嗑药了，八成也醉了。"

玛吉点头："我过来看看这里的情况。我不晓得你搬回来了，这栋房子空了好久。我应该注意到才对，可是……今年不太顺，我们经常不在家。"

"我可以帮忙留意安全和收信。"才刚说完，多萝西立刻觉得自取其辱。玛吉·穆勒齐是个好女人，会探望新邻居，很可能还会缝百衲被，这样的人不可能接受多萝西这种人的帮助。

"真是太好了，非常感谢。门廊上有个牛奶盒，请你把信件放在里面。"

"没问题。"

玛吉转开视线，她望着没有车的马路，隔着大大的墨镜往太阳的方向望去。"那两个丫头以前经常半夜偷溜出来，在这条路上骑脚踏车，她们以为我不晓得。"说到这里，玛吉似乎突然腿软，跪倒在地。

多萝西打开栅门，赶过去扶她站起来。她握着玛吉的手臂，带她到后院露台，让她坐在脏脏的桦木椅子上。"我……呃……还没有清洁户外家具。"

玛吉干笑几声："现在才六月，夏天刚开始。"她从口袋里拿出一包烟。

多萝西盘腿坐在满是杂草的水泥地上，看着泪水从玛吉圆润的脸颊上滑落，滴在满是青筋的手上。

"不用在意，我忍太久了。"玛吉说。

"哦。"

"我女儿凯蒂，得了癌症。"玛吉说。

多萝西不晓得一般人在这种时候会说什么，说"很遗憾"感觉没创意又没诚意，但还有什么话可说？

"谢谢。"玛吉对沉默的她说。

多萝西吸进一口二手薄荷香烟："谢什么？"

"没有说'她会好起来'，有些人会说'很遗憾'，那样更糟。"

"不幸的事难免。"多萝西说。

"是啊，我以前并不知道。"

"塔莉好吗？"

"她在陪凯蒂。"玛吉抬起头，"你去看看她，她应该会很高兴。她刚辞掉了电视节目。"

多萝西想微笑却笑不出来。"我还没准备好。我已经带给她太多伤害，不想再让她难过。"

"是啊，"玛吉说，"她总是外表坚强、内心脆弱。"

她们在那里继续坐了一会儿，没有说话，最后玛吉站起来说："我该回去了。"

多萝西点头。她慢慢站起来送玛吉离开露台，走上萤火虫小巷，玛吉正要过马路时，多萝西叫住她："玛吉？"

玛吉回头："嗯？"

"我敢说她一定知道你有多爱她，你的凯蒂，她会感到非常安慰。"

玛吉点头，抹抹眼睛："谢谢，白云。"

"现在我是多萝西了。"

玛吉露出疲惫的笑容："多萝西，希望你不介意我说这些话：时间不等人，相信我，健健康康的丫头也会突然生病，不要等太久，快去看你女儿。"

20

二〇〇六年十月，日复一日，天空总是乌云密布，雨下个不停，多萝西细心耕耘的田地变成黑黑烂烂的泥泞，到处是污浊的水坑，但她依然每天出门耕作，风雨无阻，这片土地占据了她全部的心力。她种植大蒜、冬季裸麦、野豌豆，用以保护积水的土地；她整理一畦畦田垄，准备春季播种；她在周围铺上白云石，埋进一层层堆肥。她正忙于农事，花店厢型车开上对面家的车道。

多萝西跪坐在在地上仰望穆勒齐家。雨水让视野变得模糊，从她的帽檐大滴大滴落下，使她无法看清黑缎带般的萤火虫小巷。

她知道对面没有人在，穆勒齐夫妇现在每天都待在医院或凯蒂家。多萝西帮他们收取信件，仔细堆好之后放进银色牛奶箱。有几次她发现箱子空了，信件被取走，可见巴德和玛吉偶尔会回来，但过去一整个月，她完全没看到他们的人或车子。

她放下铲子慢慢站起来，脱下手套塞进裤腰。她小心地找出可以踏脚的地方走出菜园，穿过露台，沿着侧边的院子走向车道。

她走到自家邮箱前的时候，送货卡车倒车驶出穆勒齐家的车道，往左转上萤火虫小巷。

她穿越马路，踩着过大的橡胶雨靴走上卵石车道，右手边，大片青翠牧草从农舍延伸到外围的木栅栏旁。接近白色农舍温馨的门廊时，她忍不住想到对女儿而言，这里是最接近家的地方，而多萝西却不曾进去。

门廊上堆满花篮，地板上、桌子上都有，甚至有一篮被放在牛奶箱上。多萝西胃部不适，有种不祥预感。旁边的花篮夹着一个信封，她拿起来打开看。

很遗憾令爱英年早逝。
我们会很想念凯蒂。
葛斯坦一家敬悼

多萝西感到沉重失落，她不知道为什么。她甚至想不起凯蒂·雷恩的长相，她只记得凯蒂有一头笔直金发与内向笑容。

塔莉一定会难过死，她百分之百断定。或许多萝西不太了解女儿，但她知道一件事：凯蒂是女儿立足的大地，如同栏杆扶持着让她不至于坠落。她是塔莉渴望却得不到的姐妹，是她女儿不惜一切也要得到的家人。

多萝西希望穆勒齐夫妇回家时不会看到满地枯萎的花朵，那样未免太惨了吧？但是她不知道怎么帮助他们。

主动联系女儿的时机终于到了。

这个念头让她心中莫名充满微弱希望。说不定这个悲伤时刻是个好机会，她可以表现给塔莉看，让女儿知道她改过自新了。她快步经过车道回家，打电话查询，不到三十分钟便打听出葬礼的时间、地点。日期就在几天后，场地是班布里奇岛的一座天主教堂。在斯诺霍米什这种小地方，丧事的消息很快便不胫而走，尤其凯蒂又是在这里土生土长的。

多萝西难得为出席重大场合做准备，她已经想不起多久没做过这种事了。十月五日，她冒着大雨骑车去镇上剪头发，年轻美发师不停地喷喷出声，显然认为多萝西的头发太长且白发太多，但多萝西一直以来总是被嫌弃太怎样怎样，所以完全不在乎。她不需要像资深明星珍·芳达那样，青春健美得不可思议，她只希望别让塔莉丢脸，而且要让女儿看出她不一样了。

于是她请美发师修剪到及肩长度，让那个全身黑衣、穿机车靴的女孩吹整出漂亮波浪。接着她去第一街上的小服装店（那里的店员更是喷个不停），买了款式简单的黑长裤与黑色高领衫，她用塑料袋包好新衣，骑脚踏车回去。到家时，她的发型整个乱掉，但她几乎没有留意，因为她一心一意想着该说什么。

很高兴能再见面。

很遗憾你失去好友。

我知道她对你有多重要。

我戒酒了。两百九十七天。

她买了一本书，学习帮助所爱的人走出哀恸。书里写的那些话从她口中说出来只会显得荒谬，例如她去了更好的地方、时间可以疗伤、祈祷能带来慰藉。不过有几句或许可以试试看：我知道她对你有多重要。你真有福气，能有这么好的朋友。她画线标注一些安慰的话，对着镜子练习，努力假装没发现自己的外形多么衰老憔悴，长年吸毒、酗酒导致她的皮肤状况非常糟。

葬礼当天，她一早醒来，没想到天竟然放晴了，阳光普照。她仔细洗澡，甚至用了护发素，不过她实在不会吹整，所以剪了新发型也没用，她依然像是打扮成老嬉皮的爱因斯坦。她能怎么办呢？她的皱纹太多、眼睛太疲惫，就算化妆也藏不住。她视力衰退、双手颤抖，搞不好会化成惊悚片《兰闺惊变》里贝蒂·戴维斯饰演的恐怖疯婆子。

尽管如此，她还是尽了最大的努力。她刷了牙，换上新买的衣服，她的模样有点像彻夜狂灌龙舌兰酒的女演员布莱丝·丹娜，只有一点点，但她的服装很庄重。

她跨上脚踏车骑去市区，非常庆幸今天出太阳，不过气温还是很低。

到了市区，她难得挥霍买了一杯豆奶茶拿铁，焦急地等公交车，脑中再次温习那些句子。公交车来了，她上了车。

她一定能做到，她一定能去见女儿并帮助她。她终于可以这么做了。

她望着窗户，看到自己模糊的倒影，车窗外是高速公路，而更远处，则是一道莫名袭上心头的回忆。

满是车辆的停车场。大枫树遮阳，市区公园里有儿童在玩耍……

我神志不清，只有这样我才能来。

我来这里是因为我妈死了。

"妈，感谢老天，你回来了。"

我的女儿好美,看到她,我心中感到无限悲戚。她今年十六岁了吗?我怎么会不确定?黑暗扩张,吞噬边界,我感觉自己变得越来越渺小、越来越无力。

"你知道我需要你。"

塔莉在微笑,真的在笑。

我想到自己多少次努力成为女儿需要的妈妈,而我又彻底失败了多少次。塔莉在说话,不断说话,我的眼泪快涌出来了,我蹒跚上前一步,说:"看看我。"

"我正在看。"

"不,看清楚,我帮不了你。"

塔莉皱起眉头后退:"可是我需要你。"

多萝西转头不看窗户。母亲葬礼当天她对女儿说了什么?她记不清楚了。她只记得她走了……接下来是无数暗淡无光的日子,几个月,好几年。那些男人。那些毒品。

那天她让女儿变成受市政府监护的孤儿。

巴士停在渡轮码头,呼咻一声停住。多萝西下车,登上开往班布里奇岛的渡轮。

她有没有来过这里?好像没有,就算来过,她八成也是在喝了酒或嗑了药的情况下来的,因为她完全没印象。

这座岛很漂亮,有种被精心打理的感觉,商店雅致,街道宁静,肯定是那种居民互相认识的地方,她这样的人即使换上干净的新衣服依然显得非常突兀。

她知道多亏药物的作用,否则现在她一定会发狂。不过吃了药就没事了,思绪模糊、脑袋有点迟钝,但情绪稳定,这才最重要。多年来,她因为讨厌药物造成的心绪迟缓，于是宁愿忍受剧烈起伏的情绪，但现在她宁愿选择稳定。

不过，老实说，她真的好想来一杯。一杯就好。

她一手伸进口袋，用力握住上次聚会拿到的戒瘾九个月纪念章。就快满十个月了。一次过一天。

她随着居民与游客的人潮走动，下了船，登上码头，站在阳光下。她根据问来的方向前进，穿过市区，十月初的这一天路上没什么人。教堂的距离比预期中的远，因此她迟到了，抵达时仪式已经在进行，大大的双扇门紧闭。她这辈子闯进过不少地方，但她不打算独自走进那间教堂。

停车场旁边有两棵枫树，下面有张长凳，她走过去坐下，缤纷枫叶为她遮阳。头顶上，一片秋叶放弃了最后一丝求生挣扎轻轻飘落，多萝西将枯叶从脸上拂去，低头望着双手思考。

她抬起头时，看到塔莉独自站在教堂门前。多萝西站起来准备上前，但又停下了脚步。

停车场到处是人。悼客从教堂鱼贯而出，几个人围在塔莉身边。很可能是凯蒂的家属，一个俊美的男人，一个靓丽的少女，两个头发蓬乱的小男孩。

玛吉拥抱塔莉，塔莉在她怀中哭泣。

多萝西后退，躲回树荫下。她竟然以为这里有她的容身之处，竟然以为能够帮忙，真是白痴。

女儿身边已经有很多关心她的人，她也关心他们。在这样的日子里，他们当然会聚在一起，互相疗伤止痛，大家不都是这样吗？家人不都是这样吗？

多萝西感到无尽的悲伤、衰老与疲惫。她大老远跑来，追着一线希望之光,却终究无法攫取。

你很清楚假装也没用,更何况,我们没有那么多时间。

我听见凯蒂的声音,老实说,我真希望没听见。

你现在应该明白了吧?

我像个小孩,死命闭紧双眼,以为只要我看不见,别人也看不见我。消失不见,此刻我想要的就是这个,我不想继续"走向那道光""回顾人生经历",太痛苦了。

你在躲我。

"没错,可不是。死人真厉害,什么都能看穿。"

我感觉到她接近,就像有火光飞来,眼睑后方的黑暗世界亮起黄白色的小小光点,我嗅到薰衣草与 Baby Soft 香水的气味以及……大麻的气味。

我被拉回过去。

睁开眼睛。

她的语气打破了我的决心。我慢慢睁开眼睛,但此前我已经知道这是什么地方了,甚至不用看墙上大卫·卡西迪的海报,也不用听见艾尔顿·约翰唱的《再见,黄砖路》。这里是萤火虫小巷那栋房子,我的房间,我的旧唱机放在床头柜上,旁边有一沓四十五转唱片。

多萝西。《再见,黄砖路》。翡翠城[1]。我的人生中到处是线索,我怎么会没有发现?我一直都是迷失在奥兹国的小女孩,努力想要相信世上

---

[1] 翡翠城是西雅图的别称,也是《绿野仙踪》中由奥兹大王统治的奥兹国的首都。多萝西是这本书的主角,黄砖路是通往翡翠城的道路。"没有比家更好的地方"则是结局时多萝西为了回家而重复的句子。

没有比家更好的地方……

凯蒂在我身边，我们坐在床上，靠着摇晃的床头板。一张黄色海报占据我的视线，上面写着：战争有害儿童健康，以及其他所有生命。

你现在应该明白了吧？凯蒂重复，这次声音更轻。

我不愿意想那些事，那天我妈跑来说要"帮助"我，摆脱我的"成瘾问题"，我的应对方式非常糟，除此之外我还做错了什么？但我还来不及回答，另一个声音在我耳边低语：对不起。

噢，老天。

是我妈。卧室消失，我嗅到了消毒水味。

我转头看向凯蒂："她在这里？在外面？我的意思是，在医院里？"

仔细听，凯蒂温柔地说，闭上眼睛。

二〇一〇年九月三日，下午四点五十七分

"女士？女士？你要下车吗？"

多萝西吃了一惊，回到现实。她在出租车上，车停在医院的急诊室门口。她付了车费，留下太多小费，打开门走进雨中。

走向大门的路程让她紧张万分。每一步仿佛都需要用上无比的意志力，老天最清楚，她的意志力向来比快融化的蜡更软弱。

她走进安静的大厅，觉得非常别扭，衣衫褴褛的老嬉皮完全不适合高科技世界。

到了服务台，她停下脚步，清清嗓子。"我是多萝——白云·哈特，塔莉·哈特的母亲。"她轻声说。这个旧名字刺痛她，有如钢圈变形的胸罩，但那是塔莉熟悉的名字。

服务台的护士点点头，告诉她病房号码。

多萝西咬紧牙关,握紧冰冷的双手,走向电梯上到四楼。每走一步她都感到神经更加紧绷,她沿着灰白色合成地板走向等候室,里面只有几个人。芥末色的座椅,一名值班护士,两台电视——正播放字谜节目《幸运之轮》,主持人凡娜·怀特翻出字母 R,只有画面,没有声音。

这个地方的气味扑面而来,那是消毒水与医院餐厅食物的混合味道。她这辈子花了很大的功夫尽可能地远离医院,不过终究有几次在医院醒来的经历。

玛吉在等候室里打毛线,多萝西一进去,她立刻放下东西站起来。

她身边坐着一个好看的男人,那是凯蒂的丈夫。看到玛吉站起来,他顺着她的视线看过来,皱起眉头,然后也跟着缓缓站起来。多萝西在葬礼上远远看过他一次,现在的他显得比较苍老,也比从前瘦。

玛吉上前伸出双手:"真高兴你看到了我留的字条。我不得不叫巴德钉在你的门上,我实在没时间去找你。"

"谢谢,"多萝西说,"她状况如何?"

"我们的丫头是个斗士。"玛吉说。

多萝西心里一揪——或许是渴望吧。我们的丫头,仿佛她和玛吉都是塔莉的妈妈,多萝西多么希望真是如此,但其实只有玛吉够资格做她的妈妈。她开口正要说话,虽然不知道该说什么,但"他"走了过来,看到他眼中蕴藏的愤怒,多萝西话到了嘴边又咽了下去。

"你记得强尼吧?"玛吉说,"他是凯蒂的丈夫,也是塔莉的朋友。"

"我们几年前见过。"多萝西轻声说,那段回忆不太美好。

"你从来没有为她做过什么,只会害她伤心。"他低声说。

"我知道。"

"假使这次你又害她伤心,我会找你算账,明白吗?"

多萝西用力吞咽了下，但并未转开视线。"谢谢。"

他蹙眉："谢什么。"

"谢谢你爱她。"

他一脸诧异。

玛吉握着多萝西的手臂，带她走出等候室，前往明亮的加护病房，玻璃隔间的病房呈扇形围着中央的护士站。玛吉暂时放开她，过去和护士站的护士说话。

玛吉回来，说："好，那间就是她的病房，你可以去和她说说话。"

"她一定不希望我来。"

"多萝西，跟她说话就对了，医生认为有帮助。"

多萝西望着玻璃病房，一道帘幕遮住病床。

"跟她说话就对了。"

多萝西点头。她往前走，像废物般拖着脚步，每走一步，恐惧便随之扩张，充斥她的肺，带来痛楚。废物。废物。那就是她。

她开门时双手真的在发抖。

多萝西做个深呼吸，走向病床。

塔莉躺在床上，被发出不同声响的机器包围，哔哔，咚咚，呼咻。她歪歪的口中插着一根透明塑料管，她的脸庞变形，布满伤痕与瘀血；她的头发被剃光，一根塑料管通往头颅；她的一只手臂打了石膏。

多萝西将一张椅子拉到床边坐下。她知道塔莉想听什么，女儿之前去斯诺霍米什就是为了问这个，这些年她以千百种不同方式想找出来的就是这个——真相。多萝西的故事。她们的故事。

她能说了，终于，她可以的，这是女儿需要她给的东西。她深吸一口气。

"我小的时候,加州是片长满柑橘的漂亮树林,不像现在到处是停车场和高速公路。山丘上,石油井架不断上下摆动,很像生锈的巨大螳螂。麦当劳第一次采用金色双圆拱商标。我还记得开始兴建迪士尼乐园的时候,我父亲认为沃尔特·迪士尼'脑壳坏了',才会浪费那么多钱盖小鬼玩的嘉年华游乐园。"她声音很轻,速度很慢,一个字接着一个字地找出方向。

"我们是乌克兰人。

"你知道吗?

"你当然不知道。我从来没有说过我的身世,也没有说过你的血统,看来现在是告诉你的时候了。

"你一直想知道我的故事。我要开始说啦。

"小时候……"

我以为乌克兰人(Ukrainian)是丑陋(ugly)的意思,事实上也差不多。我人生中有许多必须保密的事,那是最早的一件。

要融入。不要引人侧目。成为美国人。在五十年代那个闪亮的塑料世界里,这是我父母最在意的事情。

我敢说你一定无法体会吧?你是七十年代的孩子,狂放自由。虽然五十年代和七十年代一样流行发带,但种类大不相同。

五十年代,女生像洋娃娃一样。

我们是父母的附属品、所有物,我们理应要完美无瑕,不必有任何想法,只要孝顺父母、成绩优秀、嫁给合适的对象。在现代这种先进的世界应该很难想象,但那时候嫁进好人家非常重要。

女生要乖巧柔顺,要会调鸡尾酒、生孩子,但这两件事都得结婚之后才能做。

当时橘郡刚开始出现封闭型社区，我们住在其中一处：火鹤庄园。几栋庄园式的房屋呈马蹄形排列，每一户的外形都相同，前院有着经过细心照料的翠绿草坪，真正有本事的人还能买到带游泳池的房屋。

池畔派对非常盛行。记忆中常看到母亲的朋友身穿泳装、头戴印花橡胶泳帽聚集在泳池边，吸着烟、喝着酒，而男人则站在烤肉架旁喝马丁尼。等到终于有人跳进池中时，通常大家都醉了。

周末是一场流动的飨宴，池畔主题派对一场接一场。真的很怪，我只记得看着大人玩乐，在那个年代，小孩就算在场也必须乖乖安静地待着。

老实说，小时候的我没什么想法，我几乎像楼梯橱柜一样只是背景。没有人关心我。小时候的我很不讨喜，头发毛糙，整张脸只看得到一对浓眉。爸爸常说我的样子像犹太人，每次这么说的时候他总会骂脏话。我不懂为什么他会这么生气，为什么"我"会惹他心烦，但很显然他觉得我很讨厌，妈妈叫我乖乖安静做个好孩子。

我听她的话。

我乖乖安静，原本我在学校里就没什么朋友，现在更是因为太安静，连那少数几个朋友也不见了。初中时我遭到排挤，也可能并非遭到排挤，而是我本来就像个隐形人。那时候世界已经开始转变了，但我们并不知道。我们身边经常发生歧视不公的坏事，但我们看不见，我们选择视而不见。那些人，那些黑人、拉丁美洲人和犹太人，他们是"他们"，不是"我们"，我父母绝口不提自己的出身，只会端着鸡尾酒大肆发表歧视言论。十四岁时，我第一次问起乌克兰人是不是共产党，结果被爸爸扇了一个耳光。

我跑去找妈妈。她在厨房，站在牛油果绿的丽光板流理台旁，浅蓝色居家裙外罩着围裙，她叼着烟将洋葱汤粉倒进一碗酸奶油。

我哭得很厉害，鼻水流进嘴里，我知道脸颊瘀血了。"爸打我。"

她缓缓转身，一手夹着烟，一手拿着汤粉包，隔着镶宝石的黑色猫眼造型眼镜瞪视我。"你做了什么？"

我？我哽咽着倒吸一口气。她吸了一口套着烟嘴的好彩香烟，然后吐出烟。

这时我终于明白是我不好。我做了错事、坏事，所以遭到惩罚，不过，无论我如何反省，依然不知道自己犯了什么滔天大罪。

但我知道不能说出去。

从那次开始，我落入了深渊，我不知道还能怎么形容，而后情况越来越糟。那年夏天我开始发育，迎来初潮（妈给我棉垫和月经带，说："你是大人了，不要做丑事害我们丢脸。"），胸部开始长大，婴儿肥渐渐消退。当时偶像明星安妮特·弗奈斯洛在一系列海滩派对青春电影中带动两截式泳装的风潮，我第一次穿着这种泳装参加池畔派对时，听到旁边的欧罗文先生失手打破了马丁尼酒杯。父亲抓住我的手臂将我拽进屋子，他的力气很大，我觉得我的骨头都快断掉了。他把我往墙角一推，骂我打扮得太淫荡。

比起被打耳光，他看我的眼神更令我惊恐。我知道他想要某种东西，一种黑暗难言的东西，但我不明白。

不过后来我懂了。

十五岁时，一天夜里他来我房间，他喝醉了，满身烟味，他伤害了我。至于细节，应该不用多说了。

后来他说是我自找的，谁教我打扮得那么淫荡，我相信了。他是我爸爸，我习惯相信他。

不止一次，我想告诉母亲，但现在她一直回避我，一点小事就对我大发脾气。她动不动就叫我回房间或出去散步。她不想看到我，这点很清楚。

后来，我尽可能让自己隐形，将上衣扣到最高，完全不化妆。我不跟任何人说话、不交新朋友，原本有的那几个也疏远了。

我就这样过了好几个月。爸爸越来越常喝醉，脾气更坏，出手更狠。我变得更安静、更忧郁，越来越绝望，但我一直以为自己没问题。你知道，就是硬撑下去，直到有一天，班上的一个男生指着我大笑，然后全班一起加入，至少我是这么觉得。那个场面有如电影《夏日惊魂》中的一幕，伊丽莎白·泰勒以及和她在一起的男人遭到乞讨少年集团追逐攻击。那些同学就像那样，满怀恶意，以此取乐，且步步相逼。我尖叫、大哭，乱扯头发，全班安静下来。我发现状况不对抬起头，对自己的行为感到惊恐。老师问我怎么了，我只是呆呆地看着她，她冷哼一声表示轻蔑，然后叫我去校长室。

面子，那是我父母唯一在意的事。他们不在乎我为什么会在课堂上大哭、扯头发，他们只在乎我在大庭广众之下丢了人。

21

他们说送我去医院是为我好。

"多萝西，你很坏。大家都有难处，为什么你这么自私？你爸爸当然爱你，为什么要说这种可怕的话？"

大家都以为世上没有平行宇宙，但真的有，就存在于内心。前一刻还是个平凡女孩，下一刻就变成了一具空壳；可能经过一个转角，或在黑暗的卧室中睁开眼睛，便猛然进入异世界，虽然看似是你的世界，但其实不然。

医院在另一个城市，他们称为疗养院。即使到现在我依然说不出它究竟在哪里，搞不好在火星。

他们让我穿上束衣，目的是不让我自己伤害自己，或者说，不要伤害来看我的白衣男子。

一个十六岁少女，头发被扯秃了几块，不停地挣扎尖叫。妈妈每次看到我都会哭，但并非心疼我受苦，而是因为我太吵，爸爸甚至没有一起去。

"孩子的妈，那玩意儿交给你处理。"他这么说。

那玩意儿。

抵达医院时，我觉得那里像山丘上的监狱。

"你会乖吗？只要你保证会乖，就可以脱掉束衣。"

我保证会乖，我知道乖就是安静的意思。在五十年代，乖女孩就该安安静静的。他们解开束衣，让我自行走上宽敞的石阶，妈妈就在我旁边，但保持距离，避免接触，仿佛我得了传染病。我有如在迷雾中行走，似睡似醒，后来才知道他们给我注射了药物，可我完全没印象。我只记得走上台阶，感觉好像在水底。我知道自己在哪里、看到了什么，但一切都很模糊，而且比例很奇怪。

我好希望妈妈可以牵我的手。我十分确定自己一直对她哼哼唧唧，如此一来她更是加快脚步，嗒嗒嗒，她的高跟鞋在石阶上发出声响，手用力抓着手提包的漆皮背带，都快被她抓断了。

里面的人全部穿着白衣,表情严肃。大约在那时候我注意到窗户装了铁条。我记得感觉非常不实在,好像只要我想,随时可以飘起来从铁窗缝隙中飞出去。

医生姓灯芯绒,也可能是天鹅绒,总之是一种布料的名字。他有个酒糟鼻,嘴巴噘噘的,一看到他,我就开始狂笑。我觉得他的鼻子很像张开的红色降落伞,我笑到流泪,我妈嘶声斥责:"规矩点,真是的。"她再次抓紧背带。

"请坐,哈特小姐。"

我乖乖听话,一坐下笑声就停了。我察觉诊室气氛死寂,灯光也很奇怪。这里没有窗户,大概有太多人看到纯棉医生的降落伞鼻子就往外跳。

"你知道为什么被送来这里吗?"蚕丝医生问。

"我已经没事了。"

"不,多萝西,'没事'的女生不会扯头发、尖叫,也不会胡乱指控爱她们的人。"

"一点也没错,"母亲朗声说,"温斯顿都不知道该怎么办了。她究竟有什么毛病?"

我无助地看着羊毛医生。他说:"只要你乖,我们可以让你舒服一点。"

我不相信,转头看着妈妈,求她带我回家,我向她发誓回家以后一定会更乖。

最后我跪在她脚边大吼,说我不是故意的,我很抱歉。

"你看到了吧?"她对蚕丝医生说,"你看到了吧?"

我无法让她明白我是多么抱歉、多么害怕,我开始尖叫哭喊,我知道这样不好,很坏,太吵。我往前倒,一头撞上妈妈所坐的椅子扶手。

我听见妈妈尖叫:"快阻止她!"

有人从后面接近,好几个人,他们抓住我、抱紧我。

不知过了多久,我醒过来,双手双脚都被皮带紧紧绑住,完全动弹不得。

穿白衣的人陆陆续续过来围着我,一个个各就各位,而我就像嘉年华会上打靶游戏的目标。我记得我很想尖叫,试了再试却发不出声音。那些人在我身上和周围忙碌,但根本没有看我。

我听见轮子的声音,察觉我的头可以转动,虽然要很用力。一个护士推着机器进来放在床边,后来我知道她叫海伦。

有人碰了碰我的头,在太阳穴上抹上凉凉的糊状物。我转头想躲,有人说:"嘘。"我感觉头发被人用手指轻轻梳了梳。

海伦弯腰在我耳边说话,距离太近,我甚至能看到她的鼻毛。"别怕,一下子就过去了。"

泪水刺痛眼睛。真可悲,一点点善意就能让我哭泣。

泡泡纱医生来了,整张脸皱成一团,人未到,鼻子先到。他一句话都没说,弯腰在我头部两侧贴上冰凉的金属片,感觉像两片冰块,冰得刺痛,我开始唱歌。

唱歌。

我到底在想什么?难怪他们认为我疯了。我躺在那里,眼泪流个不停,用最大的音量唱着比尔·哈利的《昼夜摇滚》。

医生用一条带子绑住我的头,我很想说很痛、很害怕,但我无法停止唱歌。他把一个东西塞进我嘴里,我觉得想吐。

所有人同时后退,我记得心里想着:炸弹!他们在我头上绑了炸弹,我要被炸死了。我拼命想吐掉嘴里的东西,这时候……

那种震撼难以形容，现在我知道那是电流烧过全身的感觉。我像破布娃娃般全身颤抖，我尿裤子了。那个声音尖厉刺耳，我以为骨头会全部粉碎。终于结束之后，我毫无生气地瘫软在床上，那是我所能想象的最接近死亡的感觉。我听见滴滴答答的声响，那是我的尿滴在合成地板上的声音。

海伦说："好了，没有那么难受，对吧？"

我闭上双眼，祈求耶稣带我走。我不晓得自己做了什么天理不容的坏事得受这种惩罚，我想要妈妈，但不是我妈，当然更不想要我爸。我大概只是想要一个人抱我、爱我，告诉我不会有事。

可是……唉，如果希望是马，那么每个乞丐都是骑士，不是吗？

你八成以为我很笨，因为你经常看到我嗑药之后的模样，但我其实很聪明，我很快便察觉是哪里做错了。噢，被送来医院之前我就知道别人对我的期望，但我不晓得叛逆的代价竟然这么大。我学到了教训，老天，真够惨痛的教训。

要乖、要安静、要听话，有人发问时必须简单明了地回答，千万不能说不知道，千万不能说爸爸伤害你，千万不能说妈妈明明知道却不理不睬。噢，不行。还有，千万不能说对不起，他最讨厌听到对不起。

进医院时我早已崩溃心碎，但我学会如何拾起碎片牢牢藏在胸口。我点头、微笑，无论他们拿什么药来我都吃，问妈妈什么时候会来接我。我不交朋友，因为其他女生都很"坏"、有毛病，我妈绝不会喜欢。那些女生有的割腕，有的放火烧宠物狗，我怎么可能和她们做朋友呢？

我不和任何人打交道，我安安静静、满脸笑容。

在那里，时间流逝的方式很奇怪。我记得看到树叶变黄落下，那是我判断时间过了多久的唯一方式。有一天，接受电击治疗之后，我坐在

"游戏室"，之所以这么称呼它，大概是因为那里的桌上放了棋盘。我坐在轮椅上，面对窗外，双手开始发抖，我想尽办法不让别人发现。

多萝西·珍？

我第一次觉得妈妈的声音这么好听。我缓缓转身，抬起头看她。

她比印象中瘦，发型太整齐，感觉像上了保护漆。她穿着格子长裙、小圆领保守毛衣，戴着黑色边框眼镜，双手握着皮包背带，这次还戴了手套。

"妈咪。"我尽可能忍住不哭。

"你好吗？"

"好多了，我发誓。现在我可以回家了吗？我会乖。"

"医生说可以了，希望他们没弄错。我不相信你和……这些人一样。"她皱着眉头环顾四周。

这就是她戴手套的原因，生怕会被传染疯癫。我应该高兴才对，她觉得可以碰我，可以吸进我呼出的空气，接下来我尽可能表现出欢喜，我真的很高兴。我彬彬有礼地向斜纹布医生道别，海伦告诉妈妈我多么好相处，我挤出笑容和海伦握手。我跟着妈妈走到她的蓝色克莱斯勒大车旁，坐上长条形真皮座椅，她点烟，挂挡时烟灰掉在椅子上。这时我察觉她心情很不好，平常我妈绝不会这样邋遢。

回到家，我看到那栋房子，真正看清楚。一层楼平房，装潢得像庄园，甚至有马匹形状的风向标，车库入口像仓库门，窗框有着西部风格雕花。大门口，一个黑脸骑士高举着欢迎光临的牌子。

这一切都好假，谎言戳穿了平行宇宙，一旦瞥见便从此改变，不可能遗忘。

我妈不准我在车道下车，不能在光天化日之下让邻居看到。留在车上,她嘶声说,然后用力关上车门,打开车库门。进入车库后,我终于可以下车。我穿过黑暗,走进明亮的太空年代风格的客厅,装潢属于航天未来风,天花板以尖角往上斜,装饰着彩色石块,大片玻璃窗外是波利尼西亚主题的后院游泳池。壁炉镶在白色大石块墙面中,家具造型利落,闪着银光。

我父亲站在壁炉前,穿着法兰克·辛纳屈款式的西装,一手端着马丁尼,一手夹着点燃的骆驼牌香烟,约翰·韦恩抽的那种,真正的美国香烟。他透过金属边玳瑁眼镜看我。"你回来啦。"

"医生说她已经好了,温斯顿。"我妈说。

"是吗?"

我应该叫那个老变态去死,但我只是站在那里,在他严厉的视线下像朵小花枯萎。现在我知道闹事的代价了,我很清楚这世上的权力在谁手中,我也知道绝对不是我。

"真是的,她哭了。"

他一说我才发现自己哭了,但我继续保持安静。

现在我明白该怎么做了。

从疯人院回到家,我成了人人走避的贱民。我在火鹤庄园做出万恶不赦的行为,吵闹出丑,害父母丢人。从那之后,我就像危险猛兽,必须用坚固锁链拴住才能在社区生活。

这年头,电视上有很多节目教人要说出内心的伤痛与负担,例如你的节目和《菲尔医生》。在我的年代却完全相反,有些事必须三缄其口,我崩溃发狂便属于这个范畴。妈妈想尽办法不提起我离家的这段时间,不得不说的时候,她总是称之为度假。她唯一一次看着我的双眼说出"医院"那个词,是在我回到家的那天。

我记得那天晚上我帮忙摆餐具,努力想弄清应该扮演什么角色。我缓缓转身看着妈妈,她在厨房搅一锅东西,大概是奶汁炖鸡。那时她的头发依然是棕色的,我猜八成是染的,仔细整理出僵硬的发卷,这种发卷在任何人头上都不会好看。她的长相在现代或许可以说是英气十足,骨架突出,略显阳刚,前额宽阔,颧骨高耸。她戴着猫眼形的黑色边框眼镜,身穿整套深灰色运动服,全身上下没有半点温柔。

我走到她身边轻声叫她:"妈?"

她稍微歪一下头,角度刚好可以看到我。"多萝西·珍,当人生塞给你柠檬,就做成柠檬水吧。"

"可是他——"

"够了,"她怒斥,"我不想听。你必须忘记,只要全部忘记,很快你就能重拾笑容,像我一样。"她镜片后的眼睛睁大,默默哀求,"求你了,多萝西,你爸不会容忍。"

我无法分辨她究竟是想帮我却不知从何做起,还是根本就不在乎。我只知道一件事:假使我敢再次说出实情,或以任何方式表现出痛苦,父亲绝对会把我送走,而她不会制止。

我待过的那家精神病院已经够恐怖了,但世上还有更恐怖的地方,现在我已知道。医院里有些少年眼神空洞如白板,双手不停颤抖,描述着泡冰水"治疗",以及更惨烈的前脑叶白质切除术。

我懂。

那天晚上,我没有换衣服直接爬上从小睡到大的单人床,我睡得很沉,但很不安稳。

当然,他来叫醒我。这段时间他一定等得不耐烦了,我不在的这段时间,他的愤怒长出触角,勒紧所有东西,不断增生,我能够看出他快被勒死了。我的"谎言"让他脸上无光。

他要教训我。

我道歉——这是最不该犯的错。他用香烟烫我,命令我不准乱说话,我只是瞪着他,而我的沉默更加激怒他,但这是我唯一的武器,我得到了教训,谨记在心。我不能阻止他伤害我,可那天晚上,他在我身上看到了不同,我很可能再次说出他的所作所为。我轻声说:"你知道吧,女生会怀孕,活生生的证据。"

他后退,离开,用力甩上门。那是他最后一次上我的床,但并非最后一次伤害我,我只要看他一眼就会挨打。每天夜里我躺在床上,忧心忡忡不敢睡,生怕他会改变主意故态复萌。

从疗养院回家之后,学校生活变得更煎熬。

不过我撑过去了。我保持低调,不理会同学的指指点点与嘲弄窃笑。我是受损商品,每个人都知道,这样也有一种莫名的安慰,因为我不用继续伪装了。

妈妈无法忍受全新的我——衣服宽大松垮,头发乱七八糟,双眼困倦无神。每次看到我,她总会撇嘴嘀咕:"啊,多萝西·珍,你没有自尊吗?"

但我喜欢以圈外人的身份看圈子里,看得清楚多了。

塑料时代的尾声,加州站在新世界的尖端,郊区逐渐开发,形成全新的美国梦。所有东西都清洁溜溜、干净利落、方便简单,大型购物中心有着未来感的屋顶与得来速汉堡店。身为圈外人,距离让我的目光更透彻。不再装乖讨好之后,我才发现学校走廊上有许多不同的小团体,例如明星集团，他们最受崇拜，总是穿着最时髦的衣物，聊天的时候经常嚼着口香糖吹泡泡，星期六晚上开着父母的闪亮新车出来游玩。他们聚集在"鲍伯大男孩"快餐店嬉戏笑闹，在深夜开车兜风、比赛，恣意欢笑。他们是老师最喜欢的学生，男生在球场上得到关键分数，女生则计划上大学、花父母的钱。他们循规蹈矩，至少表面上如此，在我眼中他们仿佛是黄金打造而成的，他们的皮肤与心灵能够抵御我所受的苦痛。

高二那年春天，我开始留意到其他学生，那些我先前视而不见的人，那些住在贫困地区的人。他们原本像我一样是隐形人，但忽然有一天他们变得招摇醒目，打扮得有如电影《无因的反叛》的主角詹姆斯·迪恩，头发抹油往后梳，卷起T恤袖子夹香烟。走廊上，黑色皮夹克与校队运动外套平分秋色。

一开始他们被称为小混混，后来变成"阿飞"。那个词原本是种污辱，但他们只是笑着点起香烟，讥笑那些自以为优秀的人。几乎一夜之间，谣言四起，说他们到处打架闹事。

一个"好"男生在直线竞速赛车中丧生，整个社区爆发龙卷风般的凶狠狂怒，这是我以前完全无法想象的状况。

那份狂怒呼应我的心情，空气中蔓延的怒火感染了每个人，我才意识到自己多么愤怒。但我依然将感受藏在心里，我向来如此。走廊上虽然挤满了人，但我总是独自抱着书行走，我听到两派人马互相挑衅，穿黑皮衣的那群男生对着穿格子裙的女生大喊："快来呀，妞儿，小妞儿。"她们火冒三丈地加快脚步，眼神充满高高在上的优越感。

赛车事故之后的星期一，我记得那天的家政课，皮伯狄老师滔滔不绝地说着年轻主妇绝对要随时保持橱柜装满食物。她无比热衷地说只要有维也纳香肠加上一些随手可得的材料，就能让临时上门的宾客赞叹不已。她答应要教我们做白酱，天晓得那是啥。

我完全没在听，谁在乎？可是那些人气女生却正襟危坐，认真抄着笔记，她们平常只会黏着校队球员，不停把头发甩来甩去，活像即将出闸的赛马。

下课铃响，我留到最后才离开。这样比较好，那些有人气的同学很少回头看。

对于受排挤的学生而言，高中的走廊简直是地雷区，我小心翼翼地走着。

周围吵闹的程度有如喧嚣车阵，但制造噪声的并非车辆，而是那些明星学生，他们所有人同时说话，取笑其他人。

我木然走向置物柜，他们吵得更大声。不远处，珠蒂·摩根站在饮水机前，像平常一样身边跟着一堆发型夸张的啦啦队朋友。她的小圆领上别着金色守贞章。

"嗨，哈特，恭喜你头发长回来了。"

我羞得满脸发烫，低头乱翻柜子里的东西。

我感觉身后有人，走廊突然变得鸦雀无声，我转身察看。

他个高肩宽，浓密漆黑的鬈发绝对会让我妈咬牙切齿，虽然他抹了油往后梳，但效果并不好。他肤色黝黑，黑到不被接受的程度，牙齿洁白健康，下巴方正有力。他穿着白T恤搭配褪色牛仔裤，一只手随意拎着皮夹克，两边袖子拖在地上。

他从卷起的袖口拿出一包烟。"她那种人说的话，你应该不会放在心上吧？"

他在走廊上大咧咧地点烟。看到火光，恐惧刺穿我的心，但我依然无法转开视线。

珠蒂说:"她是疯子,刚好配你这个小阿飞。"

莫洛校长急急忙忙赶来,推开围观的学生,猛吹银色哨子,让大家快点去教室。

那个男生摸摸我的下巴,要我抬起头,我感觉眼前仿佛换了一个人。虽然黑发抹油往后梳、站在高中走廊上抽烟,但他只是个少年。"我是瑞弗·蒙托亚。"

"多萝西·珍。"我只说得出这一句。

"多萝西,你感觉不像疯子,"他说,"你真的是疯子吗?"

这是第一次有人问我,第一次有人真心想知道,我的第一个反应是说谎,但我看到他的眼神,于是说:"或许。"

他对我微微一笑,我很久没有看到那么悲伤的表情,我胸口激起一阵疼痛。"那代表你用心在观察这个世界,多萝西。"

我还来不及回答,校长便抓住我的手臂,将我从他身边拉开,一路拽着我往教室走去,我跌跌撞撞地跟随。

当时的我对人生还很懵懂,但我非常清楚一件事:火鹤庄园的好女孩不能和姓蒙托亚的黑皮肤男生说话。

但打从见到他的那一瞬间起,我再也无法想其他事情。

虽然感觉很老套,但瑞斐尔·蒙托亚改变了我人生的方向,因为他说的那句话:那代表你用心在观察这个世界。

在回家的路上,我不断在心中重复,以各种角度解读。第一次,我怀疑自己或许不是疯子,也不是怪胎,我之所以觉得世界不平衡,说不定真的是因为如此。

接下来整个星期,我照常过日子,只是感觉像梦游。我睡觉、起床、更衣、上学，但那一切只是伪装。我时时刻刻都在想他、寻觅他，我知道这样做很不好，甚至危险，但我不在乎。不，这样说不对，我拥抱那种做错事的感觉。

突然间，我想学坏。乖乖听话的下场这么惨，或许学坏之后能够挣脱。

我费了很大的工夫整理头发，拼命模仿人气女生的发型。我拔除浓密乱眉，只留下两道完美的蛾眉；我穿上漂亮的小圆领洋装，搭配的毛衣随意绑在肩头，束紧的腰带秀出小蛮腰。我将网球鞋漂白到会刺痛眼睛的程度。以前我总是第一个进教室，最后一个离开，现在我采取相反的做法，上课铃快打完才匆忙进教室，全然不在乎同学怎么看我。所有人都发现我变了，父亲每次看到我的眼神都变得深沉，但他保持距离。以前我怕他，现在换他怕我了。我清楚地让他知道我精神不稳定，我是疯子，什么都敢做、什么都敢说。

男生开始围着我转，但我不当一回事，我不想要喜欢我这种女生的男生。我在走廊上流连寻找他。

我察觉自己不一样了。就好像当他不在的时候，我拆解自己、重新组装，成为想象中他会喜欢的模样。这样说起来似乎很疯狂，但管他的，我本来就是疯子，对我而言，这么做非常正常。我好几年没有这么正常了。

父亲更加严密地盯着我，我感觉到他的视线，但我拒绝枯萎畏缩。欲望给了我全新的勇气。我记得有一天晚餐时，我坐在绿底芥末黄圆点的餐桌旁，吃着母亲做的奶酪面包，上面放着番茄片和小香肠，不过完全没有味道。整顿饭吃下来，爸爸始终烟不离手，抽一口烟配一口饭，他说话时句子短、语气凶，感觉像开枪射击。

每次一安静下来，妈妈便絮絮叨叨地说个不停，仿佛急于证明我们家多么幸福、多么正常。她不小心说错话,问起了我的发型,爸爸用力猛捶桌面,妈妈新买的康宁餐具被震得跳起来。

他嘶声说:"不准助长她的行为,她的打扮太淫荡。"

我差点脱口说出:你很喜欢,对吧?心里冒出的这句话让我大为惊骇,我慌张地跳起身。我知道只要说错一句话,就会被送回疯人院,光是想想就让我害怕。

我低着头开始收拾餐具。碗盘洗好之后,我含糊说要写作业,急忙冲回房间关上门。

我继续等待、满怀希望、寻觅,不知道过了多久,至少有两个星期,也可能更久,终于有一天,当我站在置物柜前专心拨密码锁时,我听见他说:我一直在找你。

我动弹不得,嘴巴干涸。我以最慢的动作转身,发现他站在身后,距离太近,有种居高临下的感觉。"你找我?"

"你也在找我,快承认吧。"

"你、你怎么知道?"

作为回答,他前进一步,我和他之间再没有距离。他缓缓举起手将一束头发塞到我耳后,黑色皮夹克发出窸窣声响,他的触碰点燃了我渴望的烈焰,感觉好像有生以来第一次,终于有人真正看见我。直到这一瞬间,我才发觉被当作隐形人让我多么难过。我想被看见,不只如此,我想被他抚摩,这种欲望让我害怕。我对性的认识只有疼痛与堕落。

他让我产生不该有的感觉,我知道这样很坏,这个男生完全不适合我,被他撩动更是危险。我应该立刻斩断情丝,转移视线,含糊说些"这样不好"之类的话,但他轻触我的下巴,要我抬头看他,一切都太迟了。

在走廊明亮的灯光下，他的脸棱角分明。他的头发太长，完全是阿飞的发型，有几处黑得泛蓝，他的肤色太深，但我不在乎。认识瑞弗之前，我的未来只有成为郊区主妇一途。

那样的未来消失了，就那么简单。人生不可能瞬间改变——这么说的人一定是傻瓜。我想打破规矩，为了他，我什么都愿意。

危险，我们在一起注定很危险，我打从骨子里感觉到。为了再次得到这种感受，我们会将对方逼到极限。

他伸出手说："和我在一起，别管他们怎么想。"

"他们"代表其他所有人，包括我的父母、邻居、老师和治疗过我的那些医生。他们绝不可能准许我们在一起，他们会吓死，会一口咬定我是疯子。

危险。我再次想着。

"可以保密吗？"我问。

我看得出来这个问题让他很痛心，我非常自责。后来他带我上床，教导我爱情、激情与性，我终于说出一切，坦承我荒芜丑恶的人生。他拥抱我，让我尽情哭泣，对我说永远不会再让人伤害我。他亲吻我胸口与手臂上密密麻麻的星形疤痕，他理解我为何要求保密。

我们秘密交往了几个月……直到我发现自己怀孕。

22

在我那个年代，大家都以为高中女生不会怀孕，但其实会。世上有些事情就是会发生，青少年偷尝禁果便是其中之一，差别在于，怀孕的女生会消失，总有人会窃窃私语、指指点点。女生有一天会突然不见，去探望姑婆或生病的亲戚，她们回来时通常会变得比较瘦也比较沉默，至于她们实际上去了哪里，我从来不晓得也不关心。

我爱瑞弗，不是邂逅时那种无法呼吸的高中女生的迷恋，而是彻底、极致的爱。当时我还不知道爱很脆弱，未来可能在转眼间破灭。高二那年五月底的一个晚上，爸爸回家时满脸笑容，和平常完全不一样。他告诉我们母女他升官了，全家要搬去西雅图。他拿出一张图片，那是他新买的房子，然后亲吻妈妈的脸颊。她的神情跟我一样震惊。

转眼间。

爸爸说："七月一日我们就要搬走了。"

我必须告诉瑞弗怀孕的事，已经没有时间慢慢烦恼与计划了。我的未来会落在西雅图一个叫作安妮女王山的地方，除非瑞弗能够改变这一切。

告诉他的时候我虽然很害怕，但也很兴奋，或许甚至有些得意。我们成功制造出爱的结晶，这不就是我从小到大所受的期许？

那天晚上我终于告诉他，他并未松开怀抱。我们分别是十七岁和十八岁，只是小鬼，再过不到一个月他就要毕业了，我则还有一年多。我们躺在"我们的"地方——我们在克斯基老先生的柳橙园里做了一个窝，在那里放了旧睡袋和枕头。平常我们把它们放进大垃圾袋藏在树篱间，放学后，我们摊开睡袋钻进去。我们仰躺着看天空，身体总是碰在一起，空气中洋溢着成熟柳橙与肥沃泥土的气息，以及大地被阳光照耀的味道。

"小宝宝。"他说。忽地，我开始想象你的模样：十只小手指，十只小脚趾，乱乱的黑发。一瞬间，我编织出一家三口的梦幻生活，但他沉默下来,我心中开始产生疑虑。他怎么可能要我,这个残破不堪的我?

"我可以离开,"我对沉默不语的他说,"去……怀孕女生去的地方。等我回来——"

"不,这是我们的宝宝,"他郑重地说,"我们是一家人。"

那一刻,我爱他爱到了极点,一辈子没有这么爱过一个人。

那个飘着柳橙香气的午后,我们开始计划。我知道不能告诉父母,倘若可以把我关起来然后送走孩子,他们一定会那么做。对于中断学业我也没有什么挣扎,我不是学者,甚至无法领略世界多大、人生多长。我是那个时代的少女,我只想结婚生子。

他一毕业我们立刻出走。他基本上没有家人,他出生时母亲去世了,父亲抛弃家庭,他跟着舅舅来到南加州。他们是移民工。瑞弗希望能有一番成就,我们太天真,以为只要在一起就能做到。

逃跑的那一天到了,我紧张得差点发疯。晚餐桌上,我一句话都说不出,完全不想吃甜点,妈妈拿手的丽兹饼干派我一口也吞不下去。

"孩子妈,她是怎么回事?"爸爸隔着香烟的蓝色烟雾蹙眉打量我。

"我要去写作业了。"我含糊地说完,便匆忙站起来。我洗好碗,擦干,爸爸边抽烟边吃派,妈妈忙着做感人格言小刺绣。他们没有交谈,这样很正常,而且老实说,我的心跳好大声,就算他们说话我也听不见。

我确定所有事情都做得很完美,符合爸爸的每个要求,才将格纹抹布挂在烤箱的金属把手上。这时爸妈已经去客厅了,他们各自坐在最喜欢的地方,爸爸坐的是下摆有流苏装饰的橄榄绿单人沙发,妈妈则坐在米白沙发的一头。

"今天作业很多。"我站在客厅门口,双手紧握,弯腰驼背,姿势仿佛在告解。我尽力装乖以免激怒爸爸,我一点也不希望他发脾气。

"快去写吧。"他用烟屁股点起另一支烟。

我急忙离开客厅,回到房间,关上门,静静等待他们关灯。我不停地来回踱步,行李箱就藏在床底下。

每秒钟感觉都有如一小时。隔着单薄的墙壁,我听见丹尼·托马斯[1]在电视上唱歌,门缝飘进爸爸抽的烟味。

九点十五分,我听见他们关电视、锁门窗。我又等了二十分钟,等妈妈搽上面霜,夹好头发,用发网罩住。

我满怀惊恐,在床上放好枕头和玩偶,用被子盖住,在黑暗中小心穿好衣服。即使在南加州,六月的夜晚依然有凉意,我穿上配色大胆的格子裙与黑色七分袖开襟毛衣,仔细梳理头发扎成马尾,然后打开房门。

走道寂静黑暗,父母的房门门缝没有灯光。

我蹑手蹑脚地走着,踩在地毯上的脚步声吓得我魂飞魄散。每走一步,我都觉得会被叫住、抓住和殴打,但是没有人追上来,连灯都没亮。走出仿谷仓风格的格子后门,我停下脚步,回头看着那栋房子。

我发誓永远不会回来。我转过身,看见巷子底的车头灯,我奔向未来。

车子没油了我们才开始害怕。我们该怎么办?说真的,要怎么生活?我才十七岁,怀着身孕,高中没毕业,也没有一技之长;瑞弗十八岁,没有家人、财产作为后盾,结果我们只逃到北加州就没钱了。瑞弗去做他唯一会做的工作,在一家又一家农场流浪,帮忙采收当季农作物。我们住过帐篷、工棚和小木屋,碰到什么就住什么。

我记得总是疲惫、穷困、脏污和寂寞。因为我怀着孩子,所以他不

---

[1] 丹尼·托马斯(Danny Thomas),美国谐星。

让我工作，而我也不介意。我整天待在临时住所，努力布置出温馨家园。我们说好要结婚，一开始我们不到法定年龄，但我满十八岁之后，世界开始天翻地覆，我们被卷入乱流。我们告诉自己只要相爱，有没有那张纸都一样。

我们很幸福，我记得这个。我爱你爸爸，即使双方都开始改变，我依然坚守这段感情。

你出生的那天——顺便告诉你，那是在沙利纳斯——我觉得充满力量，被爱包围。我们为你取名"塔露拉"，因为我们知道你一定会出类拔萃，"萝丝"[1]则是因为你粉嫩的肌肤是我接触过的最细致甜美的东西。

我们真的很爱你，我现在一样很爱你。

但你出生之后，我变得不太对劲，我开始梦见我爸爸，恐怖的噩梦。这年头会有人告诉年轻妈妈那是产后抑郁症，但当年没这回事，至少在沙利纳斯的移民工营地没有人懂。在我们满是尘埃的小帐篷里，我会半夜尖叫着惊醒。我身上被香烟烫伤的疤似乎不断抽痛，有时我会看到那些疤在发光，透过衣服都能看见。瑞弗无法理解。

我开始想起疯狂的感觉，而且再次有那种感觉。我太害怕，只能安静装乖。可是瑞弗不要我乖巧安静，他一次次抓住我、摇晃我，求我说出究竟怎么了。有一天晚上，他担心得快发疯了，我们大吵了一架。那是我们第一次真正吵架。他想让我告诉他我到底怎么了，而我做不到。他甩开我，也可能是我推开了他，我不记得了。总之他冲了出去，他一不在我便崩溃了。我知道自己很坏，我知道失去了他，他从不曾真心爱我——他怎么可能爱我？他终于回家时，你一丝不挂、尖叫哭闹，地

---

[1] 萝丝（Rose）原意为玫瑰。

上到处是你的便便,我只是坐在那里,恍惚呆望着你。他骂我是疯子,我……发狂了,我用尽全力猛打他的脸。

状况很可怕。有人报警,他们将瑞弗铐上带走,强迫我交出驾照。别忘了,当时是一九六二年,我成年且为人母了,但他们还是联系了我父亲——那时候我妈甚至没有自己的信用卡。我爸叫他们拘留我,他们照做。

我呆坐在脏兮兮、臭烘烘的监牢里好几个小时。在这段时间里,警方采集了瑞弗的指纹并以伤害罪逮捕他(别忘了,我是白人)。社工处来了几个臭脸的女人把你从我身边带走,她们不断嫌弃你很脏。我应该大吵大闹找你,应该伸出空空的手臂,要求把我的孩子还回来,但我只是呆坐着,阴郁绝望让我无法呼吸,愁云惨雾怎么也挥不散。我发疯了,现在的我很清楚这个。

我在那里待了多久?我到现在依然不晓得。第二天早上,我向警方解释瑞弗没有打我,是我乱说话,但他们不肯听。他们继续监禁我,号称是"为了我的安全",直到父亲来接我。

这次我被送去的医院比之前更糟。我应该尖叫、挣扎、拼命逃离,不过我不知道为什么我没有那么做。我只是站在母亲身边,任由她带我走上石阶,进入一栋大楼,里面充满死亡、酒精与陈年尿液的气味。

"多萝西离家出走后生了个孩子,还让她的男朋友。现在她不肯说话。"

从那时候开始,有大段大段的时间我毫无记忆,遗落在那栋臭气冲天的白色建筑里,那里的窗户不只装铁条,还装了有尖刺的网子。

我有那个地方的记忆,但我说不出口。即使过了这么久,现在我依然无法说出来。那里的治疗方针只有一个:药物。阿米替林治疗忧郁,水合氯醛帮助睡眠,还有一种抗焦虑的药,我不记得名称了,此外还有电疗、冰水浴……以及……总之,他们说是为我好。一开始我知道他们说谎,但药物氯丙嗪让我变成行尸走肉,我开始畏光,皮肤干枯起皱,脸部浮肿。我难得有力气下床照镜子的时候,我知道他们说得对,我有病,需要治疗,他们只想让我好起来。我只需要重新做个乖女孩病就会好,只要不再咒骂、打人、说谎污蔑父亲及吵着讨回孩子就好。

我在那里待了两年。

离开医院时,我变了一个人,感觉被抽干了,我只能那么形容。我以为见识过恐怖,但进入一道道上锁的门,只能透过铁条与刺网看天空,那时我才明白自己错得离谱。出院时,我的记忆很混乱,经常断片,人生中有许多片段我怎么也想不起来。

但我记得爱。虽然只有细微的一丝记忆,但那份爱让我在医院里活下来。我在黑暗中攀附着记忆,仿佛数念珠般在手中不停拨弄。我反复告诉自己:他爱我,我不孤独。

而且我还有你。

虽然受尽折磨,但我心中一直存着你的模样,粉红脸蛋、巧克力色的眼睛——瑞弗的眼睛,还有你学爬时往前扑倒的模样。

他们终于让我出院了。我拖着脚步走出医院大楼,无法确定身上穿的衣服究竟是不是我的。

妈妈在等我,戴着手套的双手紧抓住皮包背带。她穿着端庄的棕色短袖裙,系着细细的腰带,发型像泳帽。她瘪着嘴,透过猫眼形眼镜打量我。

"你病好了吗?"

这个问题令我厌倦,但我紧抓住那份感觉。"好了。塔露拉呢?"

妈妈烦躁叹息，我知道不该问。"我们对外宣称她是我们的侄女。大家都知道我们上法庭争取监护权，所以不要乱说话。"

"你抢走了她的监护权？"

"看看你自己。你爸说得对，你没资格养育孩子。"

"我爸更没资格。"我只说了这一句，这样便足以激怒我妈。

"打住。"她抓着我的手臂带我离开医院，走下阶梯，坐上全新的天蓝色雪佛兰轿车。我一心只想救你，让你离开"那个人"的家，但我知道我不能乱来。假使我又搞砸，他们很可能会设法让我永远不能惹事。我亲眼看过那个年代的医院是怎么处理的，手术之后的病人会顶着有疤的大光头，眼神空洞，拖着脚步，口水直流，小便失禁。

回家的车程超过两个小时。我记得看着高速公路闪过，意识到我完全不认识这个城市。那个叫作太空针塔的怪玩意儿就在我父母家附近，那栋怪建筑的造型活像插在高塔上的外星飞碟。印象中我们一路上没有说半句话，车子开进车库后，妈妈终于开口。

"治疗对你有帮助吧？"我在她眼中瞥见一丝担忧，"他们说你需要帮助。"

我知道绝不能说出实情，我甚至再也不知道实情是什么了。"我好多了。"我呆滞地说。

然而，当我走进屋内，房子虽新，家具却和我小时候一模一样，加上我爸的欧仕派古龙水与骆驼牌香烟的气味，我一阵反胃，冲向厨房洗碗槽呕吐。

久别重逢，看到你的第一眼我就哭了。

"多萝西，不要害她跟着哭，她不知道你是谁。"妈厉声说。

她不准我碰你，我妈担心我身上的疯狂毒性会传染给你，我怎么可能反驳？

和她在一起你似乎很快乐，而在你身边她总是笑容满面，甚至会开心大笑，印象中我好像从来没有让她这么开心过。你有自己的房间和许多玩具，她摇你入睡。回家的第一个晚上，我站在你房间门口看着她对你唱摇篮曲《别哭，小宝贝》。

我感觉父亲来到身后，气温瞬间降低。他靠得太近，一只手放在我的髋上，在我耳边低语："她长大一定很漂亮，你的小杂种。"

我猛地转过身。"不准看我女儿。"

他微笑："我想做什么都可以，难道你到现在还不明白？"

我狂怒大吼，用力推开他，他失去平衡，瞪大了双眼，伸手想抓住我，但我后退躲开，看着他从硬木楼梯上跌落，一路翻滚碰撞，楼梯扶手因此断了几根。他终于不动了，我下楼站在他旁边，鲜血从他脑后涌出。

一股灰暗冰冷笼罩着我，将我与世界切割分离。我跪在他身边的血泊中。"我恨你。"我希望这是他听到的最后一句话。听到妈妈的声音，我抬起头。

"你做了什么？"我妈大叫。她抱着你，你睡着了，就连她大吼你也没有醒来。

"他死了。"我说。

"噢，我的天，温斯顿！"我妈跑回房间，我听见她打电话报警。

我追着她跑上去，刚好看到她挂断电话。

她转过身。"我会找人帮你。"

帮我。

我知道那是什么意思，那是电击、冰水浴、铁窗，以及让我忘记所有人、所有事的药物。

"把孩子给我。"我哀求。

"她和你在一起不安全。"我妈抱紧你。看到她如此拼命捍卫你，我的心好痛，无法呼吸。

"为什么你没有帮我制止他？"

"什么意思？"

"你很清楚我是什么意思，你知道他对我做了什么。"

她摇头说了几句话，声音太小我没听见，然后她幽幽地说："我会保护她。"

"你没有保护我。"

"是啊。"她说。

我听见警笛声。"把孩子给我。"我再度哀求，但我知道已经来不及了。

"求你。"

妈妈摇头。

假使警察来的时候我还在这里，我一定会被逮捕。现在我成了杀人犯，我的亲生母亲打电话报警，她绝不可能保护我。

"我会回来接她，我会找到瑞弗，我们会回来接她。"我信誓旦旦地说，眼泪流了下来。

我冲出父母家，庭院里有一丛茂盛的杜鹃花，我蹲在后面躲藏。警察、救护车和邻居都来了，我依然躲在那里。

我变成了杀人凶手，我很想因此厌恶自己，但我心里只感到高兴。他终于死了，至少我从他的魔掌中救出了你。我也想救你离开我妈，但考虑到现实，我真的无法独自养育你，我一无所有，没有工作没有钱，高中也没有毕业。

我们需要瑞弗才能成为一个家。

瑞弗，他的名字成为一切，成为我的信仰、我的真言与我的宿命。

我徒步走在第一大道上，伸出一只拇指，一辆贴满花朵的福斯厢型车停下，司机问我要去哪里。

"沙利纳斯。"我只能想到这个地方，我最后一次见到他的地方。

"上车吧。"

我上车，望着窗外，聆听收音机播放的《随风飘荡》，伴随着沙沙的杂音。

"要来点大麻吗？"他问。我想：也好。

大家都说大麻不会成瘾，但显然我会。吸了第一次之后我便欲罢不能，我需要大麻带来的平静。这时我开始过起吸血鬼般的生活，彻夜不睡，整天晕晕乎乎。我和一个又一个男人睡在脏兮兮的床上，根本搞不清楚对方是谁。然而，无论我走到哪里，一定会打听瑞弗的下落。我走遍加州每一个城镇，搭便车前往当地的农场，拿出仅有的一张照片，用蹩脚的西班牙语询问他的下落，那些工人都用怀疑的眼光打量我。

我就那样飘荡了好几个月，最后到了洛杉矶。我独自搭便车回到火鹤庄园，去看我生长的家，接着我去找瑞弗以前的家，我没有去过，所以花了一点时间才找到。我知道不会在那里找到他，我的想法没错，不过，至少有人愿意开门。

那是他舅舅，一看就知道，他的黑眼睛和瑞弗一模一样。塔莉，你更是，有着和他相同的鬈发。在我眼中他老得不可思议，因为一辈子在大太阳下做苦工而满脸皱纹、头发花白。

"我是多萝西·哈特。"我抹去眉毛上的汗水。

他将老旧的稻草牛仔帽往后推。"我知道你是谁,你害他被关进监狱。"他的口音很重,听起来比较像"你还他被乖进监狱"。

我能说什么?"可以请你告诉我,他在哪里吗?"

他盯着我看了好久,我觉得很不自在,终于,他用粗糙的手示意我跟他进去。

我允许希望稍稍开花,蹒跚向前,踏上高低不平的门廊阶梯。我跟他走进干净阴凉的屋内,我闻到柠檬和烤肉的香味,还有另一种气味,可能是雪茄。

老人家停在满是煤灰的小壁炉前,他的肩膀颓然下垂,转身对我说:"他曾经很爱你。"

我在舅舅悲伤的黑眸中看见瑞弗的影子,爱像钳子一样紧紧攫住我的心。我该如何向舅舅解释我引以为耻的遭遇?我如何说出我像畜生一样被关了两年?我该如何让舅舅明白只要能重获自由,我宁愿斩断自己的手臂?我也爱他,真的。我知道他以为我跑了,但——

这时我才惊觉不对。

曾经很爱你。曾经。

我摇头,不想听他接下来说的话。

"他到处找你,找了很久。"

我眨眼忍住泪水。

这时我才发现壁炉架上有一面折成小三角形的国旗,以及一个木相框。

我们甚至无法把他葬在最爱的土地上,他的残骸不够下葬。

越南。我无法想象他去到那里,我的瑞弗,有着一头长发、灿烂笑容和温柔双手的瑞弗。

"他知道有一天你会来找他,他要我转交这个。"

老人家从国旗后面拿出一张从普通笔记本上撕下的纸,高中生用的那种笔记本。那张纸被折成小小的四方形,因为时间与灰尘而变成像烟草的颜色。

我打开时手抖得很厉害。

"亲爱的,我爱你,我会永远爱你。等我回来,我会找到你和塔露拉,我们重新来过。亲爱的,等我,就像我等你一样。"看到他的字迹,我的心跳瞬间停止,我敢发誓,我真的听见了他的声音、嗅到了柳橙香。

我望着舅舅,看见我的哀伤倒映在他的眸中。我紧握住那张纸,在我手中感觉有如灰烬,一碰就会散掉。我跌跌撞撞地跑出他家,漫无目的地行走,天黑了也没有停下。

第二天,我去参加反战示威,我原本就是为此来到洛杉矶的,我的眼泪依然没停,泪水混合灰尘与泥土,变成战败的迷彩。我站在大批人群中,他们大部分都是像我一样的年轻人,至少有上千人,我听见他们喊口号抗议越战,我深深受到撼动。许多人死在战场上,一直以来蓄积在我心中的愤怒终于找到了出口。

那天,我第一次遭到逮捕。

我又开始失去记忆,几天,几星期,有一次甚至整个月过去了我却毫无印象,现在我知道是因为嗑了太多药,有大麻、安眠酮[1]与迷幻药。当时大家以为什么都很安全,而我急于刺激情欲、脱离现实,什么都顾

---

1 安眠酮,一般指甲喹酮,主要作用于大脑皮层,具有镇静和催眠作用。

不上。

塔莉，你和你爸爸像鬼魂般纠缠我。当时我住在莫哈韦沙漠的一个公社里，我看到你们从热沙中飘起，洗碗或去储水池取水时我经常听见你的哭声。有时我感觉你的小手碰到我的手，我惊恐尖叫着跳起来。我的朋友只是笑，警告我嗑药有时候会造成不好的幻觉，还说迷幻药或许有帮助。

终于戒瘾之后，回顾当时，我完全能够理解了。当时是六十年代，我才二十出头，曾经遭到性侵凌虐，而我一直以为是自己的错，难怪我会依赖毒品无法自拔。我有如冰冷河川上的一条线，只是随波逐流，时时刻刻都是昏乱的。

一天晚上，天气太热，我在睡袋里怎么都觉得不舒服，我梦到父亲，在噩梦中他还活着，更要对你下手。梦魇一旦来临，什么都无法驱逐，药物、性爱、冥想都毫无帮助。最后我终于无法承受，跑去找一个绰号叫小熊维尼的人，以一路帮他口交为代价，请他带我去西雅图。我给他地址。不知不觉间，老旧福斯厢型车的乘客变成五个人，我们一路摇摇晃晃北上，在浓烟密布的车中随着各种摇滚乐队高歌。我们随处扎营，用柴火和铸铁煎锅烘烤大麻布朗尼，狂嗑迷幻药。

我的噩梦变得更恐怖、更频繁。我开始在大白天看见瑞弗，认定他的鬼魂跟着我，我听见他骂我淫荡，说我是坏妈妈，我总是在睡梦中哭泣。

有一天，我睡醒时依然很迷糊，发现车子停在我妈家门外，车子一半在马路上，一半在人行道上。我不记得车子是什么时候停下的。我在铺着地毯的车地板上爬行到门边，跳下车，走上马路。我知道自己的模样很糟、气味难闻，但又能怎么办？

我蹒跚穿越马路,走进屋内。

我打开纱门进去,立刻看到你在厨房餐桌边玩汤匙。楼上传来铃声。

是外公,你说。怒火立刻在我心中爆炸,他竟然没死?他对你做了什么?

我冲上楼,好几次撞到墙壁,大声叫我妈。她在卧室里,里面有两张单人床,父亲躺在其中一张上,看起来像尸体,嘴歪眼斜,面如死灰,口水沿着下巴滴落。

"他没死?"我怒吼。

"瘫痪了。"她站起身。

我想跟妈妈说要带你走,我想看她痛苦的眼神,但我太疯狂,无法正常思考。我冲下楼,一把抱起你。

妈妈跟着跑下来。"多萝西·珍,他瘫痪了。我告诉警方他中风,我发誓,你很安全。没有人知道是你推他下去的,你可以留下来。"

"外公会不会动?"我问你。

你摇头,将拇指塞进嘴里。

尽管如此,既然你在怀里,我便无法放手。我想象着要改头换面,和你一起展开新生活;我想象着有木栅栏的房子、装了辅助轮的脚踏车和女童军团聚会。

于是,我抱走了你。

结果却让你吃下满是大麻的布朗尼,差点害死你。

当你开始抽搐,想到该送你去医院的人甚至不是我,而是小熊维尼。

"我不确定,但是多特,小孩子好像不能吃那么多大麻,她的脸色有点……发绿。"

我抱你冲进急诊室,撒谎说你在邻居家不小心吃到他们藏的大麻。

没有人相信。

后来,等你睡着之后,我溜回急诊室,在你的衣服上别了一张字条,上面写着我妈的电话号码。我只能想到这个办法,我终于领悟到自己没资格拥有你。

我最后吻了你一下,离开了你。

我敢说你应该对这些完全没有印象。我希望没有。

从那之后,我持续堕落。对我而言,时间有如橡皮筋般伸缩自如。大麻与安眠酮让我心智迟缓,没有能力在乎任何事。接下来六年,我住在公社里,搭乘彩绘巴士流浪,不然就是在路边搭便车,大多数时候我都嗑药嗑到不知身在何处。我去了旧金山,那里是嬉皮的大本营,充满性爱、嗑药和摇滚。吉米·亨德里克斯[1]在费尔摩中心表演,民谣歌后琼·贝兹与摇滚诗人鲍勃·迪伦在阿瓦隆厅登台。我的记忆模糊不清……一九七〇年,在前往和平抗议途中,有一天我从脏脏的车窗往外望,看到了太空针塔。

我甚至不晓得我们已经离开加州了。我大喊:停车!我女儿住在附近。

车子停在我妈家门前,我知道不该下车,不见面对你比较好,但我脑子乱成一团,无法顾及这么多。

我蹒跚下车,大麻气味跟着扑出,缠绕着我,保护着我。我走到门前用力敲,我尽力想站稳却怎么都办不到,我忍不住大笑。我整个人晕乎乎的,我——

---

[1] 吉米·亨德里克斯(Jimi Hendrix,一九四二—一九七〇),美国吉他手、歌手、作曲人,被公认为摇滚音乐史上最伟大的电吉他演奏者之一。

二〇一〇年九月三日，傍晚六点十五分

哗……

喧闹声响刺穿多萝西的追忆，将她带回现实。她太专注于回忆，过了片刻头脑才清醒。那是警报。

她急忙跳起来。

"救命！"她大喊，"快来人啊！拜托，她的心跳好像停止了。拜托！快来！快来救救我女儿。"

我四周的光非常美，感觉有如躺在星星里。我听见身边传来凯蒂的呼吸声，夜空传来薰衣草香。"她在那里……这里。"我难以置信，我妈竟然会来看我。

我听着她的声音，努力想弄懂她的意思。她提到一张照片，还有一个西班牙语单词——亲爱的——一点道理也没有。事实上，这一切都毫无道理。声音与停顿胡乱混合，一个应该已经遗忘的声音却刻印在我的灵魂深处。

我还听见其他声音，不属于这个美丽世界的杂音。哔哔噪声。

不对，是蜜蜂，是掠过天际的飞机……不然就是蚊子在我耳边飞。

我听见脚步声，许多人穿着厚底鞋走动。一扇门咔的一声关上。

可是没有门，不是吗？

或许吧。

警铃声大作，刺耳喧嚣。

"凯蒂？"

我左右张望，发现只有自己一个人，一阵莫名的寒意让我开始发抖。怎么回事？有什么东西不一样了……

我专注于集中精神,以意志力要求自己看清究竟身在何处——我知道我人在医院,身上接着维生系统。我看到头顶上出现一片格子——隔音板,有着灰色小洞的白色天花板,质感粗粗的,像浮石或旧水泥。

突然间,我回到身体里,躺在狭窄的病床上,金属扶手像鳗鱼般起伏扭动,闪着银光。我看到妈妈在床边,她大声喊叫她的女儿——也就是我,出事了,然后她蹒跚退后,大批医生和护士冲进来将她推到一边。

所有机器瞬间鸦雀无声,满怀希望地看着我,以类似人体的形态笔直竖立。它们窃窃私语,但我听不懂。四方形黑色脸上,一条绿线闪过,而后是微笑、蹙眉,哔哔声响起。我身边的一个东西开始呼咻运转。

我的胸口爆出剧痛,来得太快,我甚至没时间呼叫凯蒂。

绿线变成水平。

23

二〇一〇年九月三日,傍晚六点二十六分

"她死了。我们还待在这里做什么?"

玛拉转身看向裴克顿,他坐在等候室的地板上,一双长腿往前伸直,脚踝交叠。他身边放着一堆五颜六色的食物包装,有饼干、蛋糕、薯片和巧克力棒,电梯旁有台贩卖机,里面的东西他每样都买了。她皱起眉头看着他。

"干吗那样看我?电视上不都这样演?心电监护仪显示直线,人就死啦。还有,医生说要见家属,我们都知道那是什么意思吧?她要死了。"

刹那间,她看清了他,感觉好比在黑暗、气氛魔幻的老旧戏院里,

灯光全部点亮时才看出它其实很破烂。她看清他惨白的皮肤、穿孔的眉毛与涂黑的指甲，喉咙沾到灰尘脏脏的。

她慌慌张张地站起来，因为太急而差点跌倒。她找回平衡开始奔跑，冲进塔莉的加护病房，正好听到贝文医生说："状况再次稳定住了。她的脑部活动很不错，不过还是得等她醒来才能确认。"他停顿了下，"问题是她能不能醒来。"

玛拉往后靠在墙上，她爸爸和外婆站在医生两边，多萝西独自站在一旁，紧抱胸口，死命抿紧唇。

"我们已经开始让她的体温回升，准备让她脱离昏迷状态，但过程必须很缓慢。明天我们会再次会诊，评估她的情况，我们要拔除呼吸机看看反应。"

"拔除呼吸机她会死掉吗？"玛拉吃了一惊，没想到自己竟然这样问出口，病房里所有人都看着她。

"过来。"爸爸说，忽然她明白他为什么不让弟弟来。

她小心翼翼地走过去。他们闹不和太久了，向他寻求安慰感觉很奇怪，但是当他举起双臂，她怯生生地靠近，在那美妙的瞬间，这些年的风风雨雨全部远去。

"事实上我们无法确定。"贝文医生说，"脑部损伤无法预期，她可能会醒来自行呼吸，也或许能自行呼吸但不会醒来。等药效解除，她的体温恢复正常之后，我们就可以更准确地评估她的脑部活动。"他轮流看着每个人的脸，"你们也知道，她的状况一直很不稳定，心跳停了几次，虽然无法由此判定她的存活概率，但确实令人忧心。"他合上病历，"明天再见面重新评估。"

玛拉看着爸爸："我想去拿她的 iPod，妈给她的那台，听着她的音乐，说不定……"她说不下去。希望是种危险的东西，朝生暮死，无形无体，不适合这种有话直说的水泥世界。

"乖女儿。"他捏了下她的上臂。

她忽然忆起当他女儿的感觉，以前的她充满安全感。"记得吗？她们以前常听着《舞后》跳舞。"她微笑，"每次都好开心。"

"我记得。"他的语气十分紧绷，她知道他也想到同样的事情：妈妈和塔莉以前经常坐在露台上听八十年代的音乐，还跟着一起唱，即使后来妈妈变得像纸张一样惨白瘦弱也依旧如此。他稍微转开一下视线，而后低头对她微笑。"门房会放你进去吗？"

"她之前给的钥匙我还带着。我和裴克顿一起去她家拿iPod，然后……"她抬起头，"如果你不介意，我们一起回家。"

"介意？玛拉，我们之所以搬回班布里奇岛完全是为了你。自从你走了，我每天晚上都会留一盏灯。"

一个钟头后，玛拉与裴克顿坐上出租车，往海滨的方向行驶。

"我们难道是用人吗？"裴克顿懒洋洋地瘫在她旁边。他发现黑T恤有个线头松脱，他不停拉扯，最后腿上放着一条盘起来的长线，衣领裂了一条缝。

车子才跑了八个路口，同样的问题他已经问了十次。

她没有回答，片刻后，他说："我饿了。老头给你多少钱？我们可以在路上找家店买个汉堡吗？"

玛拉不看他。他们俩都很清楚，爸爸给她的钱当然够买汉堡，而裴克顿会花光每一毛。

出租车停在塔莉的公寓大楼前。玛拉弯腰向前付车费，跟着裴克顿下车。晚间的西雅图十分清凉，天空渐渐变暗。

"我不懂为什么要费这种事，她连屁都听不见。"

玛拉向门房挥手，他蹙眉看着她和裴克顿，大部分大人都是这样。她带着裴克顿穿过高雅的米白大理石大厅，走进镶镜面的电梯。到了顶楼，他们走出电梯，前往塔莉的家。

她拿出钥匙开门。寂静的气氛很怪异，因为塔莉的家永远有音乐。她在走廊上前进，沿路开灯。

到了客厅，裴克顿拿起一个琉璃雕塑转来转去把玩，她差点说出：小心点，那可是艺术大师奇胡利的作品。幸好，她及时把话咽下去，因为批评裴克顿从来没有好处，他敏感到了神经质的地步，一点小事就会让他大发脾气。

"我很饿。"裴克顿已经开始嫌无聊了，"我记得这条街上有家知更鸟汉堡店，来个奶酪汉堡应该很不错。"

只要能打发他走，玛拉很乐意给他买汉堡的钱。

"你要吃什么？"

"不了，我不饿。"

他接过她爸给的二十元。他走了以后，公寓重新安静下来，她继续往前走，途中经过堆满信件的茶几，最新一期《明星》杂志扔在地上，摊开在有关塔莉的报道那一页。

玛拉差点腿软。塔莉昨晚真的看了杂志……然后开车出门，这就是证据。

她转开视线继续走，不想看到自己背叛的证据。客厅的 iPod 底座空空如也，于是玛拉走进塔莉的卧室寻找，床头柜上也没有。她进入塔莉的衣帽间，蓦然停下脚步。

来，试试这件，玛拉。你穿起来像公主。我最爱打扮，你也是吧？

内疚如黑烟在四周盘旋，飘扬上升，污染她呼吸的空气，她能够闻到，暴露在空气中的皮肤也能感觉到，她起了一身鸡皮疙瘩。她突然双腿一软，缓缓跪下。

十二月那个可怕的傍晚，玛拉抛下所有爱她的人，决定和裴克顿一起走。"他会毁了你"，这是塔莉说的最后一句话。她闭上双眼回想，距离爸爸和塔莉闯进宿舍那天真的只过了短短九个月？感觉像是过了一辈子。裴克顿牵起她的手，带她离开宿舍，走进大雪纷飞的夜，猖狂大笑，大声说他们是——

罗密欧与朱丽叶。

刚开始感觉很浪漫，相爱的两个人对抗全世界。玛拉辍学搬进裴克顿住的破烂公寓，除了他们还有六个年轻室友。那栋大楼位于先锋广场，五层楼，没电梯，害虫肆虐，很少有电和热水，马桶更是完全不能冲水，但不知为何这些都不重要。她只在乎裴克顿爱她，他们可以每晚在一起，随意来来去去。她不介意他没钱又没工作，他的诗迟早会让他们发财，更何况，玛拉有钱，高中毕业时拿到的礼金她全部存了起来。上大学后，爸爸给的钱很足够，她从不需要动用自己的存款。

然而，当玛拉的存款见底时，一切开始变调。裴克顿在嗑药的路上变本加厉。玛拉皮夹里的钱开始不翼而飞，数目不大，她一直无法确定到底是不是真的不见，因为不确定所以无法指责他偷钱，但她总觉得钱比预期用得快。

她从一开始便工作赚钱。裴克顿无法按时上下班，因为晚上他得去俱乐部斗诗，白天则努力写诗。能够成为他的缪斯，她感到十分荣幸。

她的第一份工作是在幽会旅馆当夜间前台，但她很快就辞职了，之后她换了一个又一个工作，每个都做不久。

几个月后，六月的一个晚上，裴克顿从俱乐部回家，时间很晚了，因为嗑药而茫茫然的他告诉她西雅图"没搞头"了。第二天他们收拾好行李，跟着裴克顿新交的朋友前往波特兰，他们住进一间破旧肮脏的公寓，和另外三个年轻人分租。不到一个星期，她找到黑魔法书店的工作，书店这份工作和她之前做的那些不一样，但也可以说一模一样：长时间站立，服务没礼貌的客人，赚到的钱非常少。就这样又过了几个月。

十天前，玛拉终于深切体会到他们的生活多么朝不保夕。

那天晚上她回到家，门上钉着一张驱逐通知。他们搬来时门锁就坏了，管理员懒得修理，她推开破门，发现室友坐在客厅地上，轮流拿着烟管吸大麻。

"我们要被赶出去了。"她说。

他们嘲弄她，裴克顿翻身侧躺，抬起迷蒙失神的眼睛看她。"你不是在上班……"

接下来几天，玛拉仿佛在迷雾中摸索前进，恐惧如同冰山压在心头，深切又沉重。她不想流落街头，她看过波特兰的流浪少年，四处乞讨，盖着脏毯子睡在台阶上，翻垃圾桶找食物，一有钱就去买毒品。

她也没有倾诉恐惧的对象，没有妈妈，也没有好友，如此一来她更感寂寞。

有一天，她忽然想起一句话：我的责任是爱你。

念头一旦冒出来就再也甩不掉。塔莉曾经多少次对她伸出援手？我不会随便评判人，我知道当人有多难。

她知道该怎么办了。

第二天,她瞒着裴克顿请了病假,拿出珍藏的最后一点钱,买了张去西雅图的客运票。

晚上七点多,她终于抵达塔莉家门前。她站在门外很久,至少十五分钟,努力想鼓起勇气敲门。终于敲下去之后,她几乎无法呼吸。

没人应门。

玛拉从口袋里拿出备用钥匙自己开门进去。屋里很安静,灯火通明,客厅里塔莉的 iPod 播放着轻柔音乐。玛拉知道那首歌,琼·贝兹的《钻石与铁锈》,那是妈妈重病时为塔莉编辑的歌单。她们的歌。塔莉与凯蒂的歌。塔莉从来没有放过其他音乐。

"塔莉?"

塔莉从卧室出来,模样有如流浪汉,头发凌乱、衣服邋遢、眼神倦怠。"玛拉。"她猛然停下脚步。她感觉……很奇怪,颤抖苍白,不停眨眼睛,好像看不清楚。

她嗑药了。这两年玛拉见过太多吸毒嗑药的人,她很清楚。

玛拉立刻明白塔莉不会帮她,现在的塔莉连站直都做不到。

不过玛拉还是开口了。她恳求、哀求,想尽办法要钱。

塔莉说了一堆好听话,眼中盈满泪水,但最后依然不答应。

玛拉好想哭,她彻底失望。"妈说我可以依靠你。她临死前说过,无论发生什么事,你绝对会帮我、爱我。"

"玛拉,我正在努力,我很想帮你——"

"但前提是我必须听你的话。裴克顿说得没错。"玛拉说出最后那句话时,内心混乱刺痛,她不等塔莉回答,便转身冲出豪宅。到了西雅图市中心的客运站,坐在冰凉的长凳上,她终于想到解决难题的办法。她身边放着一本名流八卦杂志,翻开的那一页是关于林赛·罗韩的报道,她在假释期间开着玛莎拉蒂跑车在街头被警察拦下,标题写着:结束勒戒仅数日,当红女星再次失控。

玛拉拿起杂志,拨打爆料热线,说:我是玛拉·雷恩,塔莉·哈特的干女儿。我有她嗑药的内幕消息,你们愿意给多少钱?话一说出口,她立刻感到不安。有些事情与决定,内心会知道做错了。

"玛拉?快看这个。"

她听到有人叫她,但感觉好像很遥远。她缓缓回到现实,想起自己身在何处:她跪在塔莉的衣帽间里。

干妈塔莉躺在医院里昏迷不醒,她来找她的 iPod,里面有她最爱的歌曲,说不定有那么一丝机会,音乐能穿透黑暗,帮助塔莉醒来。

玛拉缓缓转过身,看到裴克顿一手拿着吃了一半的汉堡,一手忙着翻塔莉的珠宝盒。她缓缓站起来。

"裴克——"

"真不是盖的,快看。"他拿起一只耳环,上面的钻石几乎有铅笔上的橡皮擦那么大,即使在阴暗的衣帽间里依然熠熠生辉。

"裴克顿,快放回去。"她厌烦地说。

他赏她一个最棒的微笑:"噢,别这样嘛,就算它不见了,你干妈也不会发现。玛拉,你想想,我们不是一直想去旧金山?有了这个就能去了。你知道最近我很没灵感,都是因为我们没钱,你为了上班整天不在家,我怎么可能写得出东西?"他走向她,伸手将她拉过去,下腹贴着她,以充满暗示的动作摇动,双手沿着她的背滑到臀部用力一捏。"玛拉,我们的未来就靠这个了。"他双眼都画着浓黑眼线,狂热的眼神让她有一点害怕。

她挣脱他的怀抱往后退。第一次,她看出他的眼中暗藏自私,嘴唇抿着叛逆，双手因为懒惰而变得柔嫩，装扮显露虚荣。

他摘下银白骷髅头耳环，戴上塔莉的钻石耳环。"我们走吧。"

他以为吃定了她，深信她会不顾自己的想法，顺从他的意志。他当然会这么想，打从一开始她就是这样。在布鲁医生的诊所相识时，他是个俊美、迷乱、割腕的诗人，他承诺会带她走出痛苦，他让她在他怀里哭泣，告诉她歌词与诗文能够改变她的人生。他说自残没关系，不只没关系，还说那样很美。她染发并用剃刀乱割头发，将脸涂白表现哀悼。她跟随他走进下层世界，让黑暗诱惑她、隐藏她。

"裴，你为什么爱我？"

他望着她。

她感觉心脏仿佛挂在细细的银钩上。

"你是我的缪斯女神，你知道的。"他慵懒一笑，回头继续翻珠宝盒。

"可是你最近几乎没有作品。"

他转身面向她，她看出他眼眸中闪过怒火。"你懂什么？！"

就这样，她的心挣脱、坠落。她忍不住想起从小身边充满的爱，父母彼此相爱，也爱他们的孩子。她上前一步，心里有种奇怪的感觉，仿佛脱离的同时成长了。她想象着班布里奇岛家里的客厅，忽然间好想回到从前的生活，变回从前的自己。那一切依然安在，静静在海湾另一头等候她。

她深深呼出一口气，叫他的名字。

他转头看他，下巴表现出不耐烦，目光变得深沉。她知道，他最讨厌她质疑他的艺术，仔细想想，他讨厌任何质疑。他最喜欢她以前沉默、心碎、自残的时候，那算哪门子的爱？

"嗯？"

"吻我，裴。"她靠近让他能够拥抱。

他匆匆吻了她一下，她抱着不放，将他拉近，等候他的吻让她忘记一切，就像从前那样。

可惜没有奏效。

她学到了一课。有些关系结束时没有火花、眼泪或懊悔，只是默默画下句号。这个出乎意料的选择让她很害怕，揭露出她的寂寞有多深，难怪她这些年来一直在逃避。

妹妹骤逝之后遭到父母遗弃，她知道他伤得很重，她知道他有时会在睡梦中哭泣，一些歌曲会让他的心情浓黑如墨。她知道光是提起他妹妹的名字爱玛，就能让他双手颤抖。他不只是诗人、哥特小子，甚至不只是贼，他还有更丰富的面貌，或者该说有一天或许会有，但对她而言，现在的他不够好。

"我爱过你。"她说。

"我也爱你。"他牵起她的手，带她往外走。

玛拉很想知道，爱情总是这么伤人吗？爱情的终点总是这么痛心吗？

"我忘了拿东西，去电梯旁等我。"她在大门口停下脚步，挣脱他的手。

"好。"他走到电梯前，按下按钮。

玛拉退回屋内关上门，她犹豫了一秒，甚至不到一秒，便将门上锁。

他急忙跑回来用力敲门，大吼大叫，眼泪刺痛她的双眼，她任由泪珠落下。终于他怒吼道："去你的，假惺惺的贱货。"他重重踱着步子离去，即使他走了，她依旧颓然坐在地上，背靠着门。他的脚步声渐渐远去，她挽起袖子，细数手臂内侧的白色小疤，想着现在到底该怎么做。

玛拉找到iPod，和底座一起放进购物袋。她缓缓在豪宅内走动，让自己想起与塔莉的千万个小小回忆。她也找到了妈妈的自传,同样放进袋子,留着以后看。

少了塔莉的随和笑声与无尽话语,屋里的寂静充满压迫,令人难以承受。她终于再也待不下去,离开了公寓,前往渡轮码头。她搭上下一班船,坐在长条座位上拿出iPod,戴上小小耳机,按下播放键,艾尔顿·约翰对她歌唱。再见……黄砖……路……

她转头远眺黑夜中的海湾,看着班布里奇岛的点点灯火出现。渡轮靠岸,她将iPod收回盒子,下船在码头搭乘公交车,在家附近的街角下车。

一年多来,她第一次看到她的家,不由得停下脚步。染上手工焦糖色泽的杉木瓦,颜色在凉如水的夜色中显得更深,屋里的金黄灯光让白窗框像在发光。

走上门廊,她停下脚步,有那么一瞬间以为会听到妈妈的声音:嗨,小宝贝,今天过得好不好啊?

从她去幼儿园的第一天起,这个家便等着欢迎她回来,这里有灯光、声响、松软的家具,让人感到舒适。她还来不及想出该说什么,就听见楼上的门砰的一声打开。

"她回来了!天行者,动作慢的人就输了!"

她的两个弟弟冲出二楼卧室,一前一后奔下楼梯。他们两个都穿着足球队制服,留着一模一样的滑板小子发型,嘴里都戴着银色牙套。威廉的脸红润干净,嘴唇上冒出淡淡髭须,路卡的脸因为长痘痘而发红。

他们一路推来推去,最后一起到门口一把抱住她。她想挣脱却毫无效果,反而招来他们一顿笑。最后一次见面时,他们还是小孩,现在他们快满十二岁了,但依然像思念姐姐的小男孩般紧紧抱住她不放。她也很想念他们,只是她到现在才发现。

等到他们终于放开,威廉问:"裴克顿呢?"

"走了,只有我一个。"她淡淡地说。

"太棒了。"威廉用上最像大人的语气,猛点着那头乱发,"那小子很浑蛋。"

玛拉忍不住大笑。

"我们好想你啊,玛拉。"路卡诚挚地说,"离家出走真的很傻。"

她将他们拉过去再次拥抱,这次她抱得太紧,他们尖声笑闹着扭动挣扎。

路卡退开后,问道:"塔莉还好吗?你有没有看到她?爸说我们明天可以去,到时候她应该醒了吧?"

玛拉觉得嘴巴好干,不知道该怎么说,只好笑笑耸肩道:"当然啰。"

"酷。"威廉说。

不到几分钟,他们又冲上楼,不知道在抢什么东西。

玛拉拿起购物袋,上楼去到她以前的房间,缓缓打开门。

屋里完全没有变化。五斗柜上依然摆着她去露营的照片,毕业纪念册依然放在一排哈利·波特系列小说旁。她将袋子扔在床上,走向书桌,拿起桌上的《霍比特人》,发现双手发抖时她一点也不觉得奇怪,这本被翻烂的旧书她不知看过多少遍,这是多年前妈妈送她的书。

你的年纪可能还不适合看《霍比特人》,但说不定几年后又发生让你伤心的事,也许你会觉得世界上只有悲伤与你为伴,也不想告诉我或爸爸,当那一天来到时,你要想起放在床头柜的这本书。拿出来读,让它带你离开现实。我知道这很傻,但我十三岁那年确实因此得到很大的帮助。

"你是全天下最棒的妈妈。"玛拉当时这么说。

妈妈笑着回答:"希望你进入青春期之后还记得这句话。"

但是玛拉竟真的忘记了。怎么会这样?

她用指尖描着烫金书名。也许你会觉得世界上只有悲伤与你为伴。

深刻的失落感涌上心头,眼泪涌出,玛拉想着:她真了解我。

24

我回到虚构的世界,很久很久以前的世界,好友陪在身边。我无法确切说出是哪里,但我躺在草地上仰望星空。我听见远方传来若有似无的歌声,好像是佩特·班纳塔,提醒我爱情是战场。我不懂怎能这样,一直来来去去的,但神学向来并非我的长项,我对宗教的认识几乎都来自描述耶稣受难的音乐剧《万世巨星》。

疼痛消失了,但印象依然在,有如记忆中的旋律,遥远轻柔,但总是在心灵的角落。

"凯蒂,怎么会下雨?"

雨点打在我脸上,有如蝶翼轻触,虽然说不清是什么原因,但我感到悲伤。我身处的这个世界虽然奇怪,却一直很有条理。现在什么东西好像改变了,我不喜欢。我不再感到安全,一种重要的基本元素出错了。

那不是雨。

她的语气多了之前没有的温柔,又一个不一样的地方。

是你母亲,她在哭,看啊。

我闭着眼睛吗?

我缓缓睁开，黑暗东一块西一块地淡去，画面点滴落下，将光线吸过去，微小的黑点如铁屑聚集成形。光突然亮起，我看清自己身在何处。

病房。当然。我一直在这里，另外那些地方才是幻象。这是真的，我看到病床上缠满绷带的肉体，床边有台机器每次运转便发出呼咻声响，我的胸口随之起伏。屏幕上显示山峦般的绿色线条，那是我的心跳，一上一下，一上一下。

我妈坐在病床边，她比我记忆中更娇小瘦弱，肩膀颓然下垂，仿佛一生背负着重担。她的打扮依然属于另一个年代，那个属于花之力[1]、大麻与伍德斯托克音乐节的年代。她穿着白袜子和柏肯鞋，不过这些都不是重点。

她在哭泣，为我哭泣。

我不知道该怎么相信她，但也不知道该如何放手。她是我妈。无论她多少次回来找我、多少次弃我于不顾，她依然交织在我的存在中，如果我的灵魂是一块布，她就是织进去的线。而且她在这里，意义很特别。

我尽可能地靠近听她的声音，在寂静的病房里感觉很响亮。我知道时间应该是午夜，窗外一片漆黑。

"我从来没有看过你痛的样子。"她对我的肉体说，几乎是呢喃，"我从来没有看过你跌下楼梯、擦伤膝盖或摔落脚踏车的样子。"她的泪水落下。

"我会告诉你所有事情，我怎么会变成白云，我如何努力让自己做个好妈妈却一再失败，还有我怎样度过最坏的那些年。你想知道的我全部告诉你，可是如果你不醒来，我要怎么告诉你？"她靠在床边低头看我。

---

[1] 花之力（flower power），二十世纪六十年代末到七十年代初美国反文化活动的口号，由美国"垮掉的一代"诗人艾伦·金斯堡于一九六五年提出，主张以和平方式来反对战争。

"你让我感到好光荣。"我妈说,"我从来没有告诉过你吧?"

她没有抹去眼泪,泪水一滴滴落在我脸上。她更加靠近,几乎吻上我的脸颊。印象中她从来没有吻过我。

"塔莉,我爱你。"说到这里她哽咽不成声,"或许你不在乎,或许现在已经太迟,但我爱你。"

为了从我妈口中听到这句话,我等了一辈子。

塔莉?

我转向凯蒂,看到她散发微光的脸以及美丽绿眸。在那双眼眸中,我看见自己的一生,看见我曾经拥有的一切、曾经想要的一切。好友就是这样,有如一面明镜。

时候到了。她说。我终于明白了。我一直和凯蒂在漂流,懒洋洋地顺着我的生命之河而下,但前方即将出现湍流。

我必须做出抉择,但首先得回想。我本能地知道这会很痛。

"你会陪我吗?"

如果可以,我会陪你到永远。

终于,时候到了,我要面对自己支离破碎的肉体,躺在这间除了白还是白的病房里,连接各种机器。

"那好吧。"我鼓起勇气,"事情得从玛拉说起。她来找我是多久之前?一星期?十天?我不确定。总之,是二〇一〇年八月底,距离我妈登门'劝导'我已经过了很长一段时间。老实说,时间不是我的朋友。我一直……"

努力想写作,但毫无进展。我总是觉得头很痛。

我有多久没离开公寓了?我不想承认我已经无法踏出家门,实在很丢人。只要一碰到门把,恐慌便会袭来,我会震颤、发抖、过度换气。我讨厌自己的软弱并引以为耻,但我无法逼自己克服。人生中第一次,我的意志力消失了,没有意志力,我什么都没有。

每天早上我都对自己发誓,一定要停止服用赞安诺,走出家门,迎向世界。我要找玛拉,或找工作,或找人生。我想象前往班布里奇岛,以各种不同的方式求强尼原谅我,并得到他的宽恕。

今天也一样。我醒来时已经很晚了,立刻察觉昨晚吃了太多安眠药。我非常不舒服,嘴巴像焦油池一样黏答答的,感觉好像昨晚忘记刷牙。我在床上翻身,看看床头柜上的闹钟。我咂咂嘴,揉揉眼睛,感觉双眼干痒充血。我肯定又在睡梦中哭泣了,也再次把白天的时间都睡掉了。

我起床,努力集中精神。我走进浴室,地板上有座衣服山。

没错。昨天我试着出门,好像因为衣服穿不下所以放弃,化妆品四散在台面上。

状况实在太过失控。

"今天"我要改变自己的生活。

我从洗澡开始。热水打在我身上,但并未洗去困倦,反而让我更难受。在蒸汽氤氲的淋浴间里,太多回忆涌上心头:强尼发怒,凯蒂死去,玛拉离家出走。

当我从回忆中清醒时,惊觉水变冷了。我缓缓眨眼,纳闷我究竟怎么了。我冷得全身发抖,急忙离开淋浴间擦干。

吃东西。

没错。

吃了东西会好一点。

我在卧室地上找到一套运动服，慢吞吞地穿上。我浑身发抖，头抽痛。吃了东西会好一点，再加上一颗赞安诺。

一颗就好。

我在黑暗的公寓中走动，随手开灯，不理会茶几上四散的信件。我正要倒咖啡时，手机响了，我急忙接听："喂？"

"塔莉？我是乔治。我帮你弄到了首映票，乔治·克鲁尼主演的《美国人》，详情我再发电子邮件告诉你。那是慈善首映会，地点在西雅图市中心的一家戏院，联播网的大人物都会去，这是你打动他们的好机会。九月二日晚上八点，千万别迟到，打扮得漂亮一点。"

"谢了，乔治。"几天来我第一次露出笑容。

希望在内心翻腾，我好需要这次机会。我整个人毫无生气，像木屑一样干巴巴，我不能继续这样活下去。

我忽然发现一个大问题：我得走出家门到外面。我开始恐慌，但死命克制。

不行。

我一定能办到，一定能。我又吞了一颗赞安诺（明天我一定会戒），前往衣帽间找合适的衣物。

我需要……

什么？为什么我站在衣帽间里？

对了，得跟美发师预约时间。

"塔莉？"

我听到玛拉的声音。是幻觉吗？我转身太急以致踉跄撞上衣帽间的门。我摇摇晃晃穿过整个家，走向一个我不确定是否真的存在的声音。

但她真的在，就在我的客厅里，站在落地窗前。她一身黑衣黑裤，削短的头发像刺一样竖立，还染成粉红色，一边的眉毛上挂着几个银吊饰。她瘦得令人担心，脸颊惨白凹陷，颧骨如刀刃般突出。

她要给我挽回的机会。"玛拉，真高兴你回来了。"我轻声说，因为太爱她而感到心痛。

她紧张地左右移动重心。她的表情不能说是害怕，但显然很不自在。

真希望我的头脑清醒一点，真希望可恶的头痛能暂时减轻。我焦躁不安，有点心急地等她开口。

"我需要……"她开口。

我有些蹒跚地走向她，因为站不稳而感到丢脸。她有没有发现？

"小宝贝，你需要什么？"我真的说了？还是在心里说说而已？真希望没有吃第二颗赞安诺。她离开裴克顿了吗？"你过得好不好？"

"我很好。我和裴克顿需要钱。"

我停下脚步："你来找我要钱？"

"想帮我就给我钱。"

我用两只手指按住太阳穴，想让抽痛暂停。小小的童话故事在我身边崩塌，她要的不是我，她来这里不是为了找我帮忙，她只是要钱，拿到就会再次离去。她很可能是来要钱给裴克顿花，他逼她来的，我敢说绝对是。万一强尼发现我给她钱之后又让她离去，他会有什么反应？

我以最轻柔的动作抓住她的手腕卷起衣袖。她的前臂毫无血色，满是交错纵横的疤，旧疤只留下一条条银白，新疤依然泛红，感觉很痛。

她抽开手。

我为她心碎。我看得出来她很痛，这是我们之间最大的共同点，但现在我们将重新团聚，为彼此疗伤打气。我绝不会再让她失望，我要当一个称职的干妈，就像凯蒂希望的那样。我绝不会再让凯蒂和强尼失望。

"假使你很好，为什么继续自残？"我原本想用温和的语气，但我的声音抖得很厉害。我头痛、反胃，血流敲击我的耳朵，恐慌症好像快发作了，可是为什么？"我想帮你，你知道我想——"

"你到底给不给我钱？"

"你要钱做什么？"

"不关你的事。"

她这么说显然是想故意伤害我，效果达到了。"原来你来找我是为了钱。"我看着眼前的女孩，我几乎不认得她了，"看看我，"我很心急，想让她明白她所做的选择多么危险，"玛拉，我毁了自己的人生。我没有家人，没有丈夫和孩子，事业是我仅有的一切，但现在也没了。不要变得跟我一样，一个人孤孤单单的。你有爱你的家人，快回家吧，强尼会帮助你。"

"我有裴克顿。"

"玛拉，有些男人很差劲，和那种人在一起不如一个人。"

"你怎么可能懂？你到底帮不帮我？"

即使我的状况很不稳，但我知道不可以给。我想给，就像需要呼吸一样，但她有了钱就能轻松再次逃跑，我不能让这种事发生。这些年来，在管教玛拉这方面我犯过很多错，但最严重的莫过于美化裴克顿，隐瞒他们交往的事情不告诉强尼。我学到了教训。"我愿意给你住的地方，帮你和布鲁医生约诊，但我不会重蹈覆辙，我不会背着你爸给你钱，你拿了钱只会跑回不见天日的巢穴，继续和那个怪胎生活，你一直在自残，他却完全不在乎。"

接下来我们互相说了很多不堪的话，我很想忘记。我爱这孩子不亚于自己的生命，而她瞪我的眼神足以射穿树木。她走了，用力甩上门。

不知不觉到了首映会当天，怎么会这样？我真的不知道。我只知道九月二日当晚，我漫无目的地在家里到处乱走，什么都没做，假装在写回忆录，手机提示铃声响起，提醒我有行程。

我看着自己输入的记录：电影，晚上八点，联播网大人物。然后我看看时间。

七点零三分。

我要去，非去不可，这是一次大好机会，不能让畏惧、恐慌或绝望妨碍我。我要打扮得漂漂亮亮，重新成为舞台上的焦点。毕竟这里是美国，绝不缺乏从头来过的机会，知名人物更是如此。噢，说不定我可以学学召妓被逮的演员休·格兰特，上脱口秀认罪，微笑道歉，坦承自己有焦虑、忧郁的毛病，相信大家一定能谅解。这年头大环境这么糟，谁不焦虑？大家想必都有失去心爱工作的经历。

去卧室时我感到有些恐慌，但一颗赞安诺就能让我镇定下来，于是我吃了两颗。今晚我绝不能因为担心恐慌症发作而裹足不前，我必须完美登场，我一定能做到。有些人或许会锁上门躲在温暖的被窝里，但我不是那种人。

我走进衣帽间，跨过一堆衣物，有些我根本不记得自己买过，更别说穿了，最后我站在整排礼服前。我太胖了，塞不进时髦新款式，于是我取下挂了很久的备用礼服，领口不对称的黑色华伦天奴经典款，搭配印花黑丝袜。以前穿上这件礼服会有优美垂坠的效果，现在它却像肠衣一样贴在身上，不过至少是显瘦的黑色，也没有别的能穿的礼服了。

我的手一直抖，实在没办法整理头发，只好往后梳扎成利落的马尾。我戴上金、黑双色珍珠大耳环，以便转移注意力，不让人发现我蜡黄的脸色（希望能）。我这辈子第一次把妆化得这么浓，即使如此依然难掩疲态与苍老。我尽量不去想那些，穿上昂贵闪亮的粉红漆皮高跟鞋，拿起晚宴包。

握住门把时，恐慌症来袭，但我咬牙硬撑过去。我打开门，踏出走廊。

到了大厅，我已经开始过度换气，但我不允许自己冲回公寓躲藏起来。

门房招来礼车，我瘫倒在后座。

你可以办到，你可以办到。

我闭上双眼，一秒一秒地度过恐慌，车子停在电影院前，我觉得头晕目眩，几乎快昏倒。

"女士，你还好吗？"

很好，当然。

我下车，走向红地毯时感觉像在泥浆中跋涉，打光的大灯让我双眼疼痛，眨个不停。

我发现下雨了。什么时候开始的？

从电影院遮檐流下的雨水透出诡异红光，街道上的积水也闪着光。红色隔离线后，大批群众等着名人抵达。

我的手在发抖，嘴巴干到无法吞咽。我抬起下巴，强迫自己走上红毯，闪光灯稀稀拉拉，一发现是我，摄影师立刻转头不理。

进入电影院，我有种挥之不去的感觉：我是这里最老的女人。我生怕阵热潮红发作，我不想满脸通红、大汗淋漓，我应该去找联播网高层，但我办不到。我直接走进放映厅，瘫坐在丝绒座位上。

灯光转暗，电影开始。旁边的人轻声呼吸与动作，椅子发出声响。

我努力保持镇定、专心观看，但我办不到，焦虑盘踞我的内心，有如活生生、会呼吸的存在。我必须离开，一下子就好。

我看到指引洗手间的牌子，于是走了过去，里面的灯光非常亮，刺痛了我的眼睛。我蹒跚走进小隔间，沉沉坐在放下的马桶盖上，用脚将门关上，颓然往后靠，闭上双眼，拼命想镇定下来。放松，塔莉，放松。

再次睁开眼睛时，我才惊觉自己睡着了。我在这里待了多久？我竟然在电影院的厕所隔间里失去了意识。

我开门时太用力，门板打上隔壁间，我东倒西歪地走出去，外面有一列女人在排队，她们目瞪口呆地看着我。电影八成演完了。

到了楼下，我察觉大家看我的眼神很奇怪。人们纷纷让路给我，好像我身上绑了炸弹或有致命传染病。他们看到的不是我，而是我酒驾被捕时的档案照片。突然间，我领悟到我办不到，我无法去见联播网大人物，讲理求情要回我的工作。太迟了，我早已失去机会，这个念头有如流沙将我往下拖。我用手肘推开人群，随口含糊道歉，好不容易到了可以呼吸的地方：大雨中的寂静巷弄。

接下来我去了酒吧，有个男的和我搭讪，我差点让他得手。他看着我，对我微笑，他说的话让我因为向往而心痛。当然啦，我想要的不是他，而是我失落的人生，但他在，而我的人生却不会回来了。我听见自己哀求他吻我，真的是哀求。他吻了我，我哭了出来，因为感觉如此美好，却又远远不够好。

酒吧打烊之后，我走路回家——也可能是搭出租车或有人送我回去，天晓得？总之我到家了。屋里一片漆黑，所有灯都没开。我蹒跚进去，沿路一一开灯，不停撞到墙壁和桌子。

我觉得好可耻，好想哭。但哭有什么用？我倒在沙发上闭起眼睛。

睁开眼睛时，我看到茶几上的一沓信件。我茫然望着旧日人生的残余,正要转开视线,忽然注意到一张照片。我的照片。

我向前倾,扫开大堆信封与产品目录。它就在那里,在账单与垃圾信件下方有一本《明星》杂志,左上角印着我被逮捕时的档案照片,下面印着三个简单却恐怖的字:瘾君子。

我拿起杂志,翻到那篇报道。那并非封面故事,而只是刊载于角落的小花边新闻。

我眼前的文字一片模糊,闪烁跳动着,但我努力一个字一个字看清楚。

流言背后的真相

对于女性公众人物而言,衰老往往是一大考验,然而塔莉·哈特更是万分不堪。她曾经是大明星,主持红极一时的脱口秀《私房话时间》。哈特女士的干女儿玛拉·雷恩(二十岁)联络《明星》杂志接受独家专访,明确表示五十岁的哈特女士一生与心魔搏斗,最近却节节败退。近几个月,哈特"暴肥到了令人忧心的程度",并长期滥用药物与酒精。以上是雷恩女士提供的消息。

塔莉·哈特当年红极一时,这位年华老去的脱口秀主持人曾公开揭露不幸的童年,她从未结婚,也没有子女,然而最近的失败似乎彻底压垮了她。

于比弗利山庄开业的心理医生洛丽·穆尔指出:"哈特女士表现出典型的成瘾行为,显然正急速失控。"穆尔医生并未治疗过哈特女士。

对药物上瘾的人大多……

我松手,杂志滑落地面。我一直成功抵御好几个月,甚至好几年的剧痛此时咆哮着醒来,将我拖进最荒芜、最孤寂的所在。有生以来第一次,我不知道该如何爬出这个深渊。

我摇摇晃晃地走出客厅,走出家门,顺手拿起车钥匙。我不知道要去哪里,总之我要出去。离开。

我不能继续这样活下去。一直以来我拼命靠自己撑过去,老天做证,我努力过了,但世界太大,我太渺小,我完全迷失了。我像是过去那个自己的炭笔素描,只是白纸上的黑线条,只是一抹影子,我的心承受不了失落,我无法……继续视而不见。现在我只看到空虚,在我的四周、我的身旁、我的内心,只有空虚。

一阵强风就能把我吹跑,我竟然虚弱至此,但我不在乎。我不想再坚强了,我想……消失。

进了电梯,我按键下楼。我跟跟跄跄地走在地下车库,从晚宴包里拿出赞安诺吞下两颗,苦味令我作呕。

我上了车,发动引擎开出去。我转上第一街,根本没有看左边是否有来车。泪水和雨水模糊了我的视线,熟悉的城市变成我从未见过的地方,高低参差、形状不一的模糊银色高楼,扭曲变形的霓虹招牌与街灯,因为雨水而变成难以想象的光影。我的绝望漫出,渗透所有东西。我向右急转,堪堪闪过一个东西,可能是行人、脚踏车,也或许只是幻影。就在那里,车子前方出现巨大的水泥柱,支撑着老旧危险的高架道路。

看着巨大黑暗的柱子,我心里想:结束吧。

结束吧。

如此简单明了的决定,我震撼得忘记呼吸。这个念头一直都在吗?难道我一直在幽微的潜意识中考虑、思索这个决定?我不确定。我只知道这个想法此时浮现，如黑夜香吻般诱人。

我再也不必承受痛苦了。只要转一下方向盘，便能一了百了。

25

"噢，我的天。"我转向凯蒂，"在最后一秒我转弯想躲开柱子。"

我知道。

"有那么一瞬间，我想着：谁会在乎？然后踩住油门不放，但最后我转弯了，可是……已经来不及了。"

快看。

一听到这句话，我发现我们回到了病房，明亮雪白，我的病床边围着许多人。

我飘浮在上方，往下看着他们。

我看到强尼双手紧抱胸口，不断前后晃动，嘴抿得很紧，玛吉用手帕捂着嘴默默哭泣，我妈的表情非常难过。双胞胎也在，他们并肩站在一块儿，我看到路卡眼眶含泪，威廉小小的下巴昂起，表现出叛逆与愤怒。不知为何，他们看起来不太真实，像是被擦掉一部分。

这两个孩子已经在医院里度过了太多时光，竟然因为我又让他们回到这里，我难过得心都碎了。

我的儿子，凯蒂说，她温柔的语气让我不由得转过头。他们会记得我吗？她的声音非常轻，可能只是我的想象，说不定是我读出了她的心思，好朋友不就是这样？

"你想谈谈吗？"

无法看着我儿子长大这件事？不想。有什么可说的？她摇头，泛着银光的金发随之颤动。

我们两个都沉默了。我听见轻柔的歌声，是从床头柜上的 iPod 里传出来的，音量很小，我几乎听不见。哈啰，黑暗，我的老朋友……[1]

接着我听见说话声。

"……时间到了……希望不大……"

"……体温正常……拔除呼吸机。"

"……导管已拔除，但……"

"……抽干……"

"……自行呼吸，再观察……"

那个穿白袍的人感觉有点可怕，听到他说："……你们准备好了吗？"我打了个冷战。

他们在说我的肉体，在说我。他们要拔掉维生系统，我的朋友、家人特地来为我送终。

你也可能自行呼吸。凯蒂说，接着又道，时间到了，你想回去吗？

我懂了，之前经历的一切都是为了这一刻。我终于看清楚了，我早该看清楚才对。

我看到玛拉走进病房，站在强尼身边的她更显瘦弱，强尼搂住她。

她需要你，凯蒂对我说，双胞胎也是。她有些哽咽，我知道她的情绪多么强烈。我承诺过会照顾她的孩子，但我没做到，玛拉身上那些洞可以说就是证据。我一直对抗、压抑着期盼，此时这个老敌人在我内心最深处醒来，蔓延扩张。

---

[1]《寂静之声》(The Sound of Silence) 的歌词，这首歌由保罗·西蒙 (Pual Simon) 和阿特·加芬克尔 (Art Garfunkel) 组成的西蒙和加芬克尔组合 (Simon & Garfunkel) 演唱。

他们爱我。即使身在阴阳之间，隔着生死迷雾，我依然能看见。为什么在他们身边时我却看不清？或许人总是只能见自己所想见。我所做的事情可怕又自私，我很想从头来过，我想抹去一切，得到改过自新的机会，让我能够成为不同的自己，更好的自己。

我爱他们。这么多年来，我深深感受到对他们的爱，我怎么会以为自己完全没有爱的能力？我转头想告诉凯蒂，她对我微笑，我的好姐妹，金色长发飞舞，睫毛纤长浓密，她的笑容足以让任何空间大放光明。

我的另一半。多年前那个少女牵起我的手，从此再也没有放开，直到她不得不放。

在她的眸中，我看到我们的一生：随着我们的音乐跳舞，在黑夜骑单车，坐在她家海滩的椅子上，在一起谈天欢笑。她是我的心，她让我翱翔天际，也让我脚踏实地，难怪失去她我会发疯，她是凝聚我们大家的黏合剂。

跟我道别。她平静地说。

在病房里，我听见有人说话，但那个声音听起来离我好遥远。那个人是医生，他说："有没有人想先说几句话？"

但现在我忙着听凯蒂说话：塔莉，我会永远在你身边，永远。无论发生什么事，我们都是好姐妹。这次你要相信，不可以放弃。

我确实放弃了，我不再相信她，不再相信自己，也不再相信我们。

我看着她，透过灿烂光线，看见如自己的脸般熟悉的那张脸。

每当有人和你撞屁股，或是告诉你并非每件事都与你有关，或是当你听见我们的音乐，在这所有时刻，你都会听见我的声音。我在你的回忆里。

我知道她说得没错，或许我一直都明白。她已经不在了，我失去她很长一段时间了,但我不懂得放手。我怎么可能放开自己的另一半?但是我必须让她走……这样对我们都好。现在我明白了,但我还是说不出那句话。

"啊,凯蒂……"热泪刺痛眼睛。

懂了吗?这不就是在道别吗?她说。

她飘向我,我感觉她身上散发出温暖。这时,我感觉到皮肤的接触,有如碰到火焰,我全身起鸡皮疙瘩,颈背毛发直竖。从后门溜走吧,杰克,她说,想个新计划吧,史丹。[1]

音乐。永远总是音乐。

"我爱你。"我轻声说,到最后这样就够了。爱永远不灭,现在我明白了。"再见。"

说完这句发自内心的话之后,我被抛入黑暗。

我好像可以从远处看见自己。我很痛,头疼让我看不清,真的好痛。

前进。这是句老话,我以前很熟悉的话,现在来到我心头。我面前有块黑丝绒幕布,这里或许是后台,外面应该有灯光。

我必须站起来……往前走……但是我好累,累极了。

但我还是努力不懈。我站起来,每走一步剧痛便蹿上背脊,但我不允许疼痛成为阻碍。走出去就有灯光,走出去就是舞台。如同灯塔光束,它闪耀了下,指引我方向,然后又消失了。我继续走,拖着脚步前进,心中想着"拜托",但我的头脑像泥浆,我不知道在向谁祈求。一座山丘突然出现,迅速拔高,在我眼前自黑暗中蹿升。

---

[1] 《离开恋人50招》(50 Ways to Leave Your Lover)里的歌词,这首歌由西蒙和加芬克尔组合的保罗·西蒙演唱。

我爬不过去。

我听见远处有人说"快醒醒,塔莉,拜托——",以及一首歌的片段,歌词是关于甜美的梦想,我几乎可以说出歌名。

我努力往前迈步,但我的肺疲惫痛楚,我全身都在痛,我双腿发软跪倒在地,我摔得太重,骨头震动,决心跟着瓦解。

"凯蒂,我办不到。"

我几乎要问她"为什么",几乎在挫败沮丧中大喊。但我知道为什么。

信心。

那是我从不曾拥有的东西。

"快回来,塔莉。"

我循着干女儿的声音前进。在这片黑暗世界,她的声音宛如一缕轻纱,在我摸不到的高处飘荡,我伸长手去抓、去追逐,然后我忍痛深吸一口气,努力站起来。

二〇一〇年九月四日,上午十一点二十一分

"你们准备好了吗?"贝文医生问,"有没有人想先说几句话?"

玛拉连头都没点。她不想这样,她宁愿让干妈靠机器维生、呼吸,她不想拔除,万一塔莉死掉怎么办?

塔莉的妈妈靠近床边,干裂苍白的嘴唇默默开合,说着玛拉听不见的话。大家都来了,爸爸、外婆、外公、双胞胎和塔莉的妈妈,大家围绕着病床。早上搭渡轮的时候,爸爸对玛拉和弟弟解释整个过程。他们已经让塔莉的体温恢复正常,也停止使用药物,现在医生要拔除呼吸机,希望她能醒来并自行呼吸。

贝文医生将塔莉的病历插进床尾的架子,一位护士过来拔掉塔莉口

中的呼吸管，时间仿佛戛然而止。

塔莉吸了一口气，断断续续，满是痰声，然后呼出，白色棉毯下，她的胸口起伏再起伏。

"塔露拉，你听得见吗？"贝文医生俯身看着塔莉，扒开她的眼睑，用手电筒照她的眼睛，她的瞳孔缩小。

"不要那样叫她。"多萝西声音嘶哑地说，接着又放轻音量，好似觉得不该开口说话，"她讨厌那个名字。"

外婆握住多萝西的手。

玛拉离开爸爸的臂弯，慢慢走向病床。塔莉虽然能自行呼吸，但感觉还是半死不活，大量黑黑青青的瘀伤，包着绷带，头发剃光。"拜托，塔莉，"她说，"快回到我们身边。"

什么都没有发生。

玛拉抓着栏杆等候干妈醒来，她站在那里多久？感觉像是过了好几个小时，终于听到贝文医生说："看来只能等了。脑部受伤很棘手，接下来几个小时我们会密切观察，希望她能醒来。"

"希望？"外婆说。他们早已有经验了，医生这么说的时候必须特别当心。

"现在只能这样。"贝文医生说，"希望。不过，她的脑部活动正常，瞳孔有反应，也可以自行呼吸，这些都是很好的迹象。"

"那么只好等了。"爸说。

贝文医生点头："等吧。"

玛拉瞥向时钟，细细的黑色指针依然在移动，依然吞掉每一分钟继续前进。

她听见大人们在身后低声交谈，互相交头接耳。"什么事？什么事？"

爸爸上前握住她的手,她知道不是好事。

"你认为她会死?"玛拉问。

"我不晓得。"他叹息。那声音如此悲伤,她差点哭出来。

突然间,他的手感觉有如救生索。她怎么会忘记?爸爸总是能让她安心,他总是能让她平静下来,从以前她和妈妈经常吵架时就是这样。

"她一定会醒来。"玛拉努力想相信。妈以前常说:千万不要放弃信念,除非已经到了不得不的时候,而在那种时候更该保持信念。当然,无论如何她还是可能会死。"我们只能等?"

爸爸点头:"我先带弟弟和外公去吃午餐。你知道,威廉每个钟头都得吃一次,否则会全身无力。你饿不饿?"

玛拉摇头。

"多萝西和我要去喝咖啡。"外婆走向玛拉,"这几个钟头很难熬,要不要一起去?我请你喝热巧克力。"

"我留下来陪她。"玛拉说。

大家都离开之后,她站在干妈床边,抓着栏杆,回忆悄悄过来站在她身边,从四面八方将她包围。她最快乐的童年回忆几乎都有塔莉在。玛拉记得妈妈和塔莉去看她的高中话剧演出,当时妈妈病得很重,顶着假发弯腰驼背坐在轮椅上。玛拉从舞台上看着这对好姐妹,发现两个人都哭了,塔莉靠过去帮妈妈拭泪。

"塔莉,"玛拉说,"拜托,一定要听到我的声音,我在这里。我是玛拉,对不起,我不该做那种事,我希望你醒来大声骂我,拜托。"

二〇一〇年九月十二日,上午十点十七分

"很遗憾。"贝文医生低声说。

过去一周,医生说了无数次同样的话,多萝西纳闷他自己是否知道。大家都很清楚一件事:贝文医生很遗憾塔莉未能脱离昏迷。他依然给予希望,有如送糖果安抚小朋友,但他眼中的希望越来越暗淡。拔除呼吸机后的第二天进行了气管切开术,说是为了维持肺部有效通气。塔莉的鼻孔插入灌食用的鼻胃管,以胶带固定。

塔莉的样子很像只是在睡觉,这让多萝西非常困惑。她在病房里坐了好几个小时,每秒钟都充满可能。

过去八天来,每天她都想着:就是今天了。

今天塔莉会醒来。

但每当夜晚来临,黑暗渗入病房,她女儿依然继续不自然的睡眠。

现在贝文医生要求会见家属,想必不会有好事。

多萝西站在角落,背靠着墙壁。她身上的衣服皱巴巴的,脚上穿着橘色软胶鞋,她觉得自己是在场最不重要的人。

强尼昂然站着,双手抱胸,两个儿子跟在身边,许多微小之处暴露出他的哀伤:他早上刮胡子时漏掉了几个地方,衬衫纽扣也扣错了。玛吉显得瘦小颓丧,这一周她衰老了许多,已经满是伤痛的心又新添打击。巴德几乎从不摘下太阳眼镜,多萝西经常觉得他藏在镜片后的眼睛可能一直含着泪。但状况最严重的是玛拉,她有如行尸走肉,形销骨立,步履蹒跚,仿佛每一步都必须经过精心计算。玛拉将头发染黑,总是穿着宽松牛仔裤和运动衫,肤色惨白,一般人可能以为她是因为哀伤而痛苦,但多萝西太熟悉懊悔,她在玛拉眼中清楚地看到了内疚。她希望徘徊在生死之间的塔莉能够好转醒来——大家都这么希望,万一出现相反的结果,多萝西生怕他们之中任何一个都无法承受。

"时候到了,"贝文医生清清嗓子,要大家注意听,"我们必须讨论未来的做法。八天来,塔莉基本上没有反应。她的外伤恢复良好,并未出现脑部受损的确切证据,但认知能力未达标准,不能继续接受密集复健治疗。以一般人的说法,也就是虽然她曾数次睁开眼睛,也有一次咳嗽的记录,但我们认为现在应该考虑居家照护,她不适合继续留在医院。"

"她有钱,可以负担——"强尼争辩。

但医生摇头:"强尼,钱不是重点,医院是治疗重症患者的地方。"

这句话让玛吉的脸一垮,往巴德身边缩去,他搂住她。

"西雅图有许多条件优越的疗养机构,我列了个清单——"

"不。"多萝西厉声说。她缓缓地抬起头,所有人都盯着她。

她用力吞咽了下:"可以……让我在家里照顾她吗?"

医生以严肃的眼神打量她,她不禁别扭地想躲开。她知道在他眼中她是什么样的人,老嬉皮,维持清洁的能力顶多只有中等,甚至不及格。

但医生不知道她经历了多少苦痛才终于能站在这里。她昂起下巴,迎视医生眯起的双眼。"有可能吗?我可以在家里照顾她吗?"

"确实有可能,哈特女士。但你似乎不太……"他犹疑地说。

玛吉离开巴德的怀抱,过来站在多萝西身边。"她似乎不太什么?"

医生扯了扯嘴角:"照顾昏迷病患的工作非常繁杂辛苦,单一照护者经常感到力不从心。我没有别的意思。"

强尼过去站在岳母身边:"每个周末我都可以去帮忙。"

"我也是。"玛拉过去站在多萝西的另一边。

双胞胎一起行动,蓬乱头发下的眼神坚定成熟。"我们也是。"

多萝西心中涨满感动,她十分意外。这是她生平第一次为女儿挺身而出,而以往从不曾有人为她挺身而出。她很想转身对塔莉说"看吧,有这么多人爱你",但她只是握紧双拳点头,泪水刺痛眼睛、模糊视线,她强忍着不让它落下。

"西雅图有家公司专门给在家疗养的昏迷病患提供服务。其费用非常惊人，大部分病患及其家属无法负担，但是，假使钱不是问题，那么我建议可以使用他们的服务。他们会派有执照的护士每天去家中，或是两天去一次，协助更换塔莉的导尿管，检查角膜是否发生溃疡，并做一些测试。不过，即使如此，工作依然非常繁重，哈特女士。你必须遵守十分严格的照护流程，除非确认你有能力妥善照顾，否则我不会将她交由你照顾。"

多萝西想起以前，那么多次她放开女儿的手，让她消失在人群中，女儿每次生日她都不在场，以及那许许多多她无法回答的问题。病房里的每个人都知道多萝西是个多么失败可悲的母亲，她从不曾为塔莉准备饭食，也没有跟她谈过人生道理，甚至没说过"我爱你"。

如果此刻她不改变、不主动，那么她们母女之间的故事永远不会出现转机。

"我会照顾她。"多萝西轻声说。

"我负责研究保险，并处理所有跟财务和医疗相关的安排。"强尼说，"塔莉一定会得到最好的居家照护。"

"这些花费以及她昏迷的状况可能会持续一段时间，据我所知，她并没有预先安排跟医疗和财产相关的处置方式，凯瑟琳·雷恩女士是她唯一指定的遗嘱执行人，并有权代她决定所有医疗相关事宜，而雷恩女士已经去世了。"

强尼点头。"我们会以家人的身份处理所有事。"他看看多萝西，她点头，"如果有必要，我们也会重新评估。这周内我会去见她的财务经理人，即使经济不景气，她的豪宅依然价值数百万，必要时可以出售，但我猜想她应该有最高额的保险赔偿。"

玛吉握住多萝西的手,两人郑重对望。"斯诺霍米什的那栋房子一直没有卖出去,我和巴德可以搬回去帮忙。"

"你真的太好心了。"多萝西低声说,"但如果有你在,我会太轻易放手,让你当她的妈妈。必须由我负责照顾她,希望你能理解。"

玛吉的表情道尽一切:"一通电话我马上到。"

多萝西重重叹息。

就这样决定了。有生以来第一次,她要当塔莉的妈妈。

二〇一〇年九月十二日,傍晚六点十七分

强尼去见塔莉的财务经理人法兰克,确认她的财务状况,这次会议几乎耗掉一整天。现在他搭上了渡轮,独自坐在车上,旁边的座位上放着一大沓她的财务记录。

凯蒂走了之后,这些年她的人生彻底分崩离析,而他竟然完全不晓得。他以为是她自行选择离开屏幕,他以为她签下天价出版合约,即将展开另一段风光得意的事业高点。如果他愿意多关心一点,应该很容易发现真相。

但他没有。

啊,凯蒂,你一定会狠狠修理我……他疲惫地想。

他靠在真皮椅背上,望着渡轮宽阔的弧形开口,一片沙滩海湾映入眼帘,那是班布里奇岛上的"翼端高尔夫球场"。渡轮靠岸,他驶下高低不平的金属坡道,开上平顺的柏油路。

他抵达自家的车道前,屋子沐浴在傍晚的阳光中。现在是黄金时刻,日落前最美的景致,所有色彩如水晶般澄澈清晰。九月是西北地区最好

的月份，补偿接下来灰暗阴雨的季节。

在那短暂的瞬间，他看到这里以前的模样。凯蒂走了以后很多事情都变了，这栋房子和院子也不例外。以前这片庭院有种野性不羁的氛围，他老婆总是"打算"整理。那时候，所有的植物、花朵、灌木都长得太高也蔓延得太广，花朵挤在一起，有如在学校操场抢地盘的小恶霸。那时候，院子里到处都是玩具，有滑板、安全帽和塑料恐龙。

现在庭院变得非常整齐。园丁每周固定来整理，扫落叶、剪枝丫、修草坪，植物变得比较健康，花朵硕大鲜艳。

他开进黑暗的车库，在车上多坐了一会儿整理思绪。重新振作起来之后，他下车进屋。

他一进去，双胞胎立刻冲下楼，互相撞来撞去、你推我挤，感觉很像在看大球滚下山丘。很久以前他便不再为此吼他们，也不再担心他们会摔下来，他们就是那样。他们穿着蓝色与金色的班布里奇岛球队制服，脚上的滑板鞋绝对至少大两号。

过去几年，他和双胞胎关系紧密。住在洛杉矶的那段时间让他们父子更加亲近，他们很高兴能搬回这里。尽管如此，他还是感受到父子关系渐渐出现隔阂，他们开始有秘密，威廉更是如此，就连最一般的问题，威廉也会闪烁其词，例如：

"刚才是谁打的电话？"

"没有啊。"

"噢，所以你刚才和鬼讲电话？"

诸如此类。

"嗨，爸。"威廉跃下最后三级楼梯，一秒后路卡跟进。他们一起重重落下，地板为之震动。

老天，他好爱这两个儿子，然而，少了凯蒂的指引，他在数不清的小地方让他们失望。独自一个人，他无法成功做个好爸爸，他对不起儿子，更对不起玛拉。他伸手扶住门边的小桌子。少了凯蒂，这些年他犯了太多错，为什么他到现在才清楚看出自己有多失败？

有一天他们会原谅他吗？

"爸，你没事吧？"路卡问。当然是路卡。照顾路卡……他不会懂。他或许会是最想念我的一个……

强尼点头："明天我们要去帮多萝西打扫粉刷，准备接塔莉回家，我知道你们一定很想帮忙。"

"她和妈都喜欢蓝色。"威廉说，"应该很适合她的房间。"

路卡上前一步，抬头凝视强尼。"爸，不是你的错。"他轻声说，"我是说塔莉的事。"

强尼伸手摸摸路卡的脸颊。"你真的好像妈妈。"他说。

"威廉像你。"路卡说。这是他们家的神话，一次次叙述、传递与重复，最终成真。

强尼微笑。或许用这样的方式他们将可以迎向未来，让凯蒂在千万个小地方继续存在，他们便能继续前进。他终于准备好要往前迈进了。多么讽刺，塔莉出事才让他明白什么最重要。

"姐姐呢？"

"老天，爸，你猜。"威廉说。

"房间？"

"她整天窝在那里做什么？"

"她现在正经历很艰难的阶段，体谅她一下好吗，征服者？"

"好。"他们异口同声地说。

他经过他们身边上楼。尽管他在玛拉紧闭的房门前停下脚步,但他没有敲门,也没有说话,他拼了命地想给她空间。今天在医院,他看出她的伤痛有多深,过去两年他学到了惨痛教训:聆听与说话一样重要。等她愿意谈,他会拿出最好的态度,他绝不会再辜负她。

他回到卧室,将大沓文件扔在床上,花了很长时间洗热水澡。他正在擦干头发时听到有人敲门。

他迅速穿上牛仔裤和T恤,高声说:"请进。"

门被打开了,玛拉双手紧握站在门口。每次看到她,他心中依然会感到一阵悲哀。她好瘦、好苍白,相比从前,现在的她浑身透着哀戚。"可以跟你谈谈吗?"

"当然。"

她转开视线:"换个地方。"她转身离开他的卧室下楼。她走进洗衣间,拿起挂在洗衣机旁的厚运动外套穿上,推开后门。

她来到露台,坐在妈妈最喜欢的躺椅上。头顶上,枫树的长长枝丫被秋叶装点得五彩缤纷,嫣红、鲜橘和柠檬黄色落叶撒满露台,不时有几片卡在栏杆上。多少次孩子睡了之后,他和凯蒂坐在这儿,脚踏着夜色,听对方说话,也聆听浪潮。

他甩开回忆,在她旁边的椅子上坐下。他调整姿势,饱经风霜的旧木椅嘎嘎作响。

"我为了钱向《明星》杂志爆料。"她轻声说,"我告诉他们塔莉对药物和酒精上瘾,他们给了我八百五十元,上星期报道登出来了……我在塔莉家看到了。她出门之前看过那篇报道。"

强尼深吸一口气,呼出,接着又做了一遍,心里想着:帮帮我,凯蒂。确认能够以平稳的语气说话后,他才开口道:"你之前说都是你害的，原来是因为这样。"

她转头看他，苦恼的眼神令人心疼："真的是我害的。"

强尼望着女儿，看出她眼中的痛。"你妈不在之后，我们断了交情。"他说，"都是我不好。看到塔莉我总是痛到受不了，于是我选择逃避，唉，我根本是避之唯恐不及。伤害她的人不止你一个。"

"即便这样，我也不会觉得好过一点。"她哀戚地说。

他轻声说："那天在宿舍发生的事，我想过不知几千遍。我不该乱发脾气，我愿意不惜一切代价换取重来的机会，我要告诉你我爱你，无论你做怎样的选择，你永远都可以相信我爱你。"

"这就是我需要的。"她抹抹双眼。

"我也要向塔莉道歉。我错了，不该责怪她。"

玛拉点头，但没有说话。

强尼回想教养女儿时犯过的所有错，那些他应该留下却转身离开的时刻，那些应该谈心他却沉默以对的时刻。单亲爸爸自顾不暇时所做的错误选择。"你愿意原谅我吗？"

她注视着他。"我爱你，爸。"她说。

"我也爱你，小宝贝。"

玛拉的笑容淡薄而忧伤："塔莉怎么办？她八成以为——"

"现在你想对她说什么？"

"我想告诉她我很爱她，但没机会了。"

"一定有机会，等她醒来再跟她说就好。"

"最近我不太相信奇迹。"

他其实想说大家都一样，但最后改口说："你妈听到一定会很不高兴。她会告诉你一切都会往期望的方向发展，千万不要放弃希望，除非已经到了不得不的时候……"

"而在那种时候更该坚持下去。"玛拉轻声接着说完,有如他的回音。

在那美妙的瞬间,他感觉凯蒂就在身旁头顶上的树叶里窸窣摇曳。

"我想再去看布鲁医生,可以吗?"

强尼抬起视线向上看,看到暗处的玻璃罐晃动。谢谢,凯蒂。"我来预约门诊。"

26

二〇一〇年九月十四日,上午九点十三分

塔莉准备回家的前一天,雷恩与穆勒齐两家人一同来到萤火虫小巷的那栋屋子,有如专业清洁队。多萝西第一次看到有人这么勤快,而且相处得如此融洽。

后面的卧室,塔莉十四岁时用过的那间,再次准备迎接五十岁的她。所有壁纸和地毯都被拆掉,墙壁刷上漂亮的天蓝色。病床已经送来了,放在面向唯一那扇窗的位置。从塔莉躺着的地方,只要拉开窗帘就能看到好姐妹童年的家,只隔着一片菜园。新寝具是玛拉挑选的,白色提花底有一朵朵浮凸的小花朵。双胞胎选了放在柜子上的相片,至少有十多张,诉说着凯蒂与塔莉一生的友谊,比如塔莉抱着脸蛋粉红的婴儿,强尼和塔莉在台上领奖。多萝西多么希望也能放上她和塔莉的合照,但她一张也没有。在一片忙乱中,昏迷照护公司的护士来了,她至少给多萝西上了两个钟头的课,教她如何给塔莉做日常护理。

在所有人终于都离开之后,多萝西游荡过一个又一个房间,告诉自己绝对能做到。护士给的注意事项清单和许多参考资料,她全部读过两遍,还在空白处做了笔记。

有两次她差点破戒喝酒,但最后撑了过去。此刻她回到医院,在明亮的走廊上朝女儿的病房走去。她对负责这个楼层的一位护士笑了笑,然后打开门进去。

有个男人坐在她女儿的病床边朗读,多萝西一进门,他便抬起头,只看一眼,她便发现关于他的许多事:他相当年轻,很可能不超过四十五岁,外形有种异国多元文化的调调。他的头发往后绑成马尾,她猜想他的白袍下八成穿着褪色旧牛仔裤搭配摇滚乐队T恤,他脚上的橡胶软底鞋刚好是她最喜欢的那种。

"很抱歉。"他放下书站起来。她看到书名是《项塔兰》,页数很多,但他已经读完一半了。

"你在朗读给她听?"

他点头,上前伸出手:"我是戴斯蒙·葛兰特,急诊室医生。"

"多萝西,我是她妈妈。"

"呃,我该回去上班了。"

"你经常来看她吗?"

"我尽量在值班前后找时间过来,我常常在半夜来看她。"他微笑,"听说今天她要回家了。"

"对,再过一个小时左右。"

"很高兴认识你。"他往门口走去。

"戴斯蒙?"

他转身:"什么事?"

"萤火虫小巷十七号,在斯诺霍米什。如果你想为她读完那本书,我们住在那里。"

"谢谢,多萝西,我很乐意。"

她目送他离开,然后走到床边。距离事故发生已经过去了十一天,塔莉脸上的瘀伤逐渐变色,从李子的深紫变成烂香蕉的棕黄。无数的小伤口都结痂了,只有几道还冒出黄脓,饱满的嘴唇干裂。

多萝西从罩衫的大口袋里拿出一小罐蜂蜡霜,用拇指挑起一些搽在塔莉歪斜的嘴上。"这样应该会舒服一点。昨晚睡得好吗?"

"我?不太好。"她接下去说,仿佛她们在聊天,"你要回家了,我很紧张,我不想让你失望。你觉得不会?我真高兴。"

她抚摩女儿干干的光头:"等你准备好就会醒过来。治疗需要时间,我比谁都清楚。"

这句话刚说完,门开了,贝文医生和强尼走进病房。

"多萝西,你在这里啊。"医生站到一旁,让几位护士与两名救护车人员进来。

她挤出笑容。光是搬运塔莉就得用上这么多人手,多萝西怎么会以为能够独自照顾她?

"放轻松,多萝西。"强尼来到她身边。

她感激地看了他一眼。

接下来的一切进行得非常迅速。塔莉从病床移往轮床,拔除点滴与机器,推出去;多萝西在护士站签了一堆文件,拿到出院证明、照护须知手册,以及贝文医生写的注意事项。等到终于坐上强尼的车跟着救护车出发,她已经烦恼得快发疯了。

到了哥伦比亚街,车子驶下坡道,塔莉撞上的灰色水泥柱就在那里。下方的人行道拼凑出临时纪念会场,气球、干枯花朵与蜡烛堆积出类似小祭坛的感觉。一块标语牌上写着"快醒来，塔莉"，另一块上写着"我们为你祈祷"。

"你觉得她知不知道有这么多人为她祈祷？"她问。

"希望她知道。"

接下来多萝西没有再开口。她坐在舒适的真皮座椅上，看着景色从城市变成村镇再变成原野，从高楼大厦变成低矮篱笆，从水泄不通的笔直公路变成两旁种着行道树、只有寥寥几辆车的蜿蜒乡道。到了家，他们将车停在救护车后面。

多萝西急忙去开门、开灯，领着救护车人员去塔莉的房间，雷恩家的孩子挂起超大海报，上面写着"塔莉，欢迎回家"。

多萝西紧跟在救护车人员身后不停发问，认真地写下答案。

转眼间，全部都安顿好了。塔莉住进自己的房间，显然睡得很熟，然后救护车离去。

"要不要我留下来帮忙？"强尼问。

多萝西太专注思考，他的声音吓了她一跳。"噢，不用了，谢谢。"

"玛拉星期四会来，她会带吃的来。周末我会带双胞胎一起来，玛吉和巴德给了我们对面的钥匙。"

今天是星期一。

"玛吉要我提醒你，只要几个小时她就能赶来，万一你改变主意需要帮手，她会搭最快一班飞机过来。"

多萝西硬挤出笑容。"我可以的。"她对他说，同时为了说服自己。

他们一起走到门口，强尼停下脚步低头看她。

"不晓得你知不知道，你愿意照顾她，对她而言意义有多么重大。"

"我知道照顾她对我而言意义有多么重大，多少人能获得重新来过的机会？"

"假使压力太大——"

"放心，我不会喝酒。"

"我不是担心那个。我只希望你知道，我们所有人都愿意照顾她，我只是想说这个。"

她抬头望着眼前俊美的男人说："不晓得她知不知道她有多幸运。"

"我们也是到现在才知道自己有多幸运。"他轻声说，多萝西看到后悔爬上他脸庞的纹路。

多萝西知道该保持沉默。有时候人会做出错误的选择，也不得不承担苦果，只能努力改变未来。她送他出去，目送他开车远离，关上门，回去女儿的房间站在病床边。

一个小时后，护士来了，她交给多萝西一份照护清单，并说："跟我来。"

接下来的三个小时，多萝西紧紧跟随护士的每个动作，一步步学习如何照顾女儿。课程结束时，她的笔记本上写满心得与注意事项。

"你准备好了。"护士终于说。

多萝西用力吞咽了下："我不太确定。"

护士温柔微笑。"就像她小时候一样啊。"她说，"记得吧，小宝宝总是有一堆需求，换尿布、抱抱、说故事，你永远不知道他们想要什么，直到找到能让他们安静下来的那一个，现在就有点像那样。照着清单一样样做就对了，不会有问题。"

"她小时候我也是个不称职的妈妈。"多萝西说。

护士轻轻拍了她一下："每个妈妈都这么想，你一定行的。别忘记，她很可能听得见，所以要对她说话、唱歌、讲笑话，什么都好。"

那天晚上她第一次和女儿独处,多萝西悄悄溜进卧室,点燃栀子花芳香蜡烛,打开床头柜上的台灯。

她按下控制钮,让病床升起三十五度角,半分不差。片刻后,她重新将床放平,接着再重复一次。"希望你不会觉得头晕。医生交代过,每两小时要让你的头抬高、放平。"做完之后,多萝西温柔地掀开被单,按摩塔莉的双手与前臂。

她按摩女儿的四肢,帮她做被动式运动,过程中不停说话。

后来她根本想不起来自己说了什么,只知道当她抚摩女儿的脚,在干裂肌肤上抹上乳液的那一刻,她开始哭泣。

塔莉出院两周之后,玛拉第一次去布鲁医生的诊所看诊。走过空无一人的等候室,她忍不住想象裴克顿在这里,那双充满灵气的哀伤眼眸,黑色长发不时垂落脸庞。

"玛拉。"布鲁医生微笑欢迎,"能再见到你真是太好了。"

"谢谢。"玛拉坐在面对光亮木质办公桌的椅子上。诊室比印象中小,也没有那么冷漠。即使今天阴雨,艾略特湾的景色依旧迷人。

布鲁医生就座后说:"今天你想聊什么?"

有太多事情可以说,太多错误要纠正,太多疑惑要弄清,更有太多内疚与哀伤要化解。她想乱动并转开视线,或者数盆栽的叶片,但最终她开口说:"我很想妈妈,塔莉陷入昏迷,我把自己的人生搞得惨兮兮的,现在我只想爬进洞里躲起来。"

"你已经做过了,和裴克顿一起,可是现在你来了。"布鲁医生说。以前她的声音有这么温柔吗?

这句话对玛拉来说有如当头棒喝,让她的大脑被一种全新的领悟强势占据。布鲁医生说得对，那一切只是逃避躲藏：粉红头发、穿洞戴环、吸毒纵欲。但她真心爱过裴克顿，至少那是真的。或许支离破碎，或许病态危险，但很真。

"当时你想逃避什么？"

"那时候？思念我妈。"

"玛拉，有一种痛是躲不掉的，或许现在你知道了，有些痛需要正视。你最思念妈妈的什么？"

"她的声音。"她回答，接着又说，"她拥抱我的动作、她爱我的感觉。"

"你会永远思念她，我知道，因为我亲身体验过。有些日子，思念会强烈到让你无法呼吸，就算再过几年也一样，但也会有很多快乐的好日子，这种情形会持续几个月或好几年。无论以何种方式，你依然会在生命中寻觅她，随着你慢慢成长，也会越来越了解她，我保证一定会。"

"我那样对塔莉，妈会恨死我的。"她轻声说。

"妈妈有多么容易原谅子女，你一定想不到，干妈也是。问题在于，你能不能原谅自己？"

玛拉猛地抬起头，泪水刺痛双眼："我需要原谅自己。"

"很好，我们就从这里开始吧。"

回顾过去，谈论妈妈和塔莉，分析内疚与宽恕，玛拉发现这样做真的有帮助。有时夜里她躺在床上，拥抱回忆，想象妈妈在黑暗中对她说话。

因为她最想念妈妈的声音。在这个过程中，她了解到有一天该做的那件事，她知道有个地方能找到妈妈的声音，只等她有足够的勇气去寻找。

但她需要塔莉在身边。玛拉答应过妈妈。

几周后，多萝西每夜上床时都感到精疲力竭，第二天起床后仍会感到疲倦。照护清单永远放在伸手就能拿到的地方，她几乎随时拿在手里，一次次反复温习，总是生怕遗漏什么。她在脑海中念诵该做的每件事，有如念经一般：每过两个小时将病床升高、放平十五分钟，确认液体与食物的分量，检查鼻胃管，按摩手脚，擦乳液，刷牙，以温和的小规模动作运动四肢，保持床铺与床单清洁，每隔几个小时翻一次身，检查抽痰机。

过了一个多月，她终于不再害怕，六周之后护士停止增加注意事项。

到了十一月底，树叶开始落在满是黑土的泥泞茂盛菜园里，她终于相信自己真的能办到，第一次和女儿过圣诞节时，她已经可以放下清单了。她的生活有了固定的步调。护士每周来四次，她的名字叫诺拉，有十二个孙子，最大的二十四岁，最小的才六个月，上星期她说："哟，多特，就算我，也没办法做得这么棒，真的！"

二○一○年圣诞节，那个冷冽清澈的早晨，她终于感觉内心平静，至少是女儿昏迷的妈妈所能感受到的那种平静。那天她比平常早起，动手布置屋子以增添节庆气氛。当然啦，后面的储藏室没有装饰品，但她不介意，随机应变是她求生的技能，不过，在黑暗的橱柜里，她找到两个纸箱，里面装满塔莉的纪念品。

她停止动作，站直呆望。箱顶蒙着一层灰。

当初强尼送塔莉的衣物、盥洗用品与照片过来，顺便送来这两个箱子。当时多萝西觉得里面的东西神圣不可侵犯，只有塔莉一个人能看，但现在她觉得里面的东西说不定对塔莉有帮助。她弯腰拿起写着"安妮女王山"的那箱，重量很轻。可想而知，十七岁的塔莉哪可能保留一堆东西?

多萝西抹去灰尘,将箱子搬去塔莉的卧室。

塔莉躺在床上一动也不动,眼睛紧闭,呼吸平稳。窗外照进淡淡的银色日光,凝聚在地板上不住晃动,随着窗外树木摇曳而改变形状。光影在地上竞逐,窗前悬着捕梦网,光线穿过玻璃珠扩散。

"我把你的东西搬上来了。"她对塔莉说,"今天是圣诞节,我想或许可以和你聊聊里面的东西。"她将箱子放在床边。

塔莉没有动,夹杂灰白的红棕头发慢慢长出来,让她有种俏丽青春的感觉;瘀伤与割伤都恢复了,只留下几道银白疤痕。多萝西为女儿干燥的嘴唇抹上蜂蜡霜。

她将椅子搬来床边坐下,弯腰打开箱子。她拿出的第一样东西是件马吉拉大猩猩童装上衣,触感带来强烈记忆冲击。

妈咪,我可以吃布朗尼吗?

好啊,一点点大麻不会怎么样。克伦,把布朗尼拿来。

紧接着——多特,你女儿在抽筋……

她低头呆望着那件上衣。好小……

她惊觉自己太久没说话。"噢,抱歉,你大概以为我走掉了吧?我还在。我一再回去找你,有一天你会明白其中的意义。我一直很清楚自己的归宿在哪里,只是……我做不到。"她将衣服小心折好,放在一旁。

她拿出来的第二件东西是一本大簿子,有点类似相簿,塑料封面上印满蓝色勿忘我小花,以及一个拓荒时代装扮的娃娃。有人在上面写了"塔莉的剪贴簿"。

翻开第一页时,多萝西双手发抖,那一页贴着一张有花边的小照片,一个瘦瘦的女孩在吹蜡烛。背面有一封信,她大声念出来。

亲爱的妈咪：

今天是我十一岁生日。

你好吗？我很好。你一定正在路上准备来看我吧？因为你一定很想我，就像我想你一样。

爱你的女儿，塔莉

亲爱的妈咪：

你想我吗？我想你。

爱你的女儿，塔莉

她翻页继续读下去。后面还有几封信。

亲爱的妈咪：

今天在学校我们骑了小马。你喜欢小马吗？我很喜欢。外婆说你可能会过敏，我希望不会。你回来接我的时候，我们可以买匹小马。

爱你的女儿，塔莉

"你每封信都写上'你的女儿，塔莉'，难道你担心我不知道你是谁？"

床上的塔莉默不作声，双眼颤动睁开。多萝西急忙站起来："塔莉，你听得见我的声音吗？"

塔莉发出一个声音，仿佛疲惫叹息，又重新闭上眼睛。

多萝西站着等了很久，希望她有更多反应。塔莉睁开眼睛并不稀奇，但每次似乎都别有意义。"我继续念。"多萝西重新坐下翻页。

这样的信有几百封,早期是儿童不稳的笔迹,随着一年年过去,渐渐变成少女自信的文字。多萝西每一封都念出来。

今天我去考啦啦队,用的是杜比兄弟乐队的《柴纳格罗夫》。
你听过那首歌吗?
我知道所有总统的名字。你还希望我当总统吗?
为什么你一直不回来?

她很想停下来不念了,每封信里的每个字都有如利刃刺进她的心,但是她无法停止,这是她女儿的人生,全部写在信里。她泪眼蒙眬地一一读完,每封信、每张明信片和每则校刊剪报。

大约一九七二年,塔莉停止写信。她从不曾写下愤怒、指责或怨怼的话语,只是忽然不写了。

多萝西翻到最后一页,封底贴着一个蓝色小信封,封口粘着,收件人写着:多萝西·珍。

她的呼吸哽住。世上只有一个人称呼她多萝西·珍。

她缓缓打开信封,紧张地说:"这里有一封我妈写的信。塔莉,你知道她留了这封信吗?还是在你放弃我之后她才放在这里的?"

她抽出信纸,只有一张,薄如羊皮纸且皱巴巴,似乎被揉过又被抚平。

亲爱的多萝西·珍:

我一直相信你会回家。多年来我不断祈祷,我求上帝让你回到我身边。我告诉上帝,只要他愿意再给我一次机会,我绝不会再那么盲目。

但是上帝和你都不肯听老太婆的祈祷，我不怪上帝也不怪你。有些错误无法被原谅，对吧？牧师错了。我为上帝做了几百万幅小刺绣，但你的一句话更能给我救赎。

对不起。这句话这么短，才短短三个字，我却从来没有勇气说出口。我完全没有阻止你爸爸，连试都没试过。我办不到，我太害怕。我们都很清楚他有多喜欢点燃的香烟，不是吗？

我快死了，虽然我很想继续等你，但我的身体已经不行了。养育塔莉的过程我表现得好多了，我希望你知道这件事，我从来不是个称职的妈妈，但我是个好外婆。这是我必须背负的罪孽。

多萝西·珍，我不敢要求你原谅，但我真的很抱歉，我希望你知道。

假使可以从头来过就好了。

假使可以就好了。

多萝西低头呆望着信纸，文字在眼前晃动，变得模糊。她一直以为家中只有她一个人受虐，说不定其实有两个。

如果算上塔莉就有三个，她也因为外公的恶行而人生被毁，或许她并未直接受害，但也绝对因为他而受尽折磨。一个男人害惨了三代女人。

她深深呼出一口气，心中想着：好吧。

就那样，一句简单的话，好吧。这是她的过去。

她的过去。

她看着女儿，她有如睡美人，新长出来的短发让她显得很年轻。"我不再隐瞒了。"她说，其实只是呢喃。她会告诉塔莉一切，包括她妈妈在信中提到的憾恨，这是她送给女儿的圣诞礼物。多萝西要在这张病床边说完她的故事，从在医院没说完的部分继续下去，然后她会写下所有故事，以后塔莉写回忆录时就会有齐全的资料，需要什么都有。今后再也没有可耻的秘密，再也不逃避她做的错事，也不逃避那些不是她做的错事，这样或许有一天终能痊愈。

"塔莉，你说好不好？"她轻声问，拼命祈求能听到回答。

她身边的塔莉稳定呼吸，吸气，吐气。

27

那一年，冬季似乎永无止境，灰暗的日子一天接一天，有如整排脏床单。乌云笼罩天际，断断续续下着雨，田地变成乌黑烂泥，杉树枝丫颓然垂落，有如湿答答的衣袖。春日初次放晴时，斯诺霍米什山谷绵延一片翠绿，树木重新昂首往天空生长，尖端的新芽装点出柠檬绿，鸟儿一夜之间回归，喳喳争吵，飞低抢食从湿润泥土中探出头的粉红肥虫。

六月，当地人已经遗忘了忧郁冬季与失望春天。七月，农夫市集重新开张，已经有人在抱怨二〇一一年夏季太过酷热。

如同园中的花朵般，玛拉在漫长灰暗的季节积存力量，或者说找出一直存在于她内心的力量。

转眼就到了八月，不再回顾过往，往前看的时候到了。

"你确定要自己一个人去？"爸爸站在她身后问。她闭上双眼往后依偎着他，他双臂环绕稳稳抱住她。

"嗯。"她要做的这件事之中，至少这部分她很确定。她有很多话要告诉塔莉，她一直藏在心里，等候奇迹发生，但显然奇迹不会发生了。

事故之后已经过了将近一年，现在玛拉准备去上大学。昨天晚上，她帮爸爸整理流浪少年纪录片的资料，可怜的迷失的年轻人，脸颊凹陷，眼神空洞，逞强装凶，那些影像让她感觉一股寒意渗透骨髓。她知道自己多么幸运，能在这里，能够回家，得到安全。爸爸拍摄她时，她说出内心的感受：我很高兴可以回来。不过，她还有一些事情没做。

"我答应过妈妈要做一件事，我必须遵守承诺。"她说。

他亲吻她的头顶："我真的非常以你为荣，最近我有没有告诉过你？"

她微笑："自从我把头发染黑、拆掉眉环，每天你都这么说。"

"那并非我感到光荣的原因。"

"我知道。"

他牵起她的手，送她走出家门，到停在车道上的车子旁。"小心开车。"这句话最近对她而言意义重大，她点点头，坐上驾驶座发动引擎。

夏末的这一天十分舒爽。成群游客上下渡轮，温斯洛闹区的街上到处是人。过了海湾的另一头，交通壅塞一如往常，玛拉顺着车阵北上。

到了斯诺霍米什，她驶下交流道，开往萤火虫小巷。

她在车道上坐了一下，望着身边的灰色诺斯庄百货公司提袋。终于，她拿起袋子走到大门前。

空气清新凉爽，飘散着苹果与桃子在阳光下成熟的香气。从这里可以看到多萝西的小菜园欣欣向荣，红番茄、绿豆荚、一排排茂盛的花椰菜。

她还没敲门，门就开了。多萝西站在门口，穿着印花罩衫与宽松工装裤。"玛拉！她在等你。"她将玛拉拽过去紧紧抱住。将近十二个月来，每个星期四多萝西都对玛拉说一样的话。"这个星期她睁开眼睛两次，我觉得是好兆头，你说呢？"

"当然。"玛拉的声音有些紧绷。几个月前塔莉刚开始睁眼的时候，她曾经也这么想，事实上，第一次看到时她惊讶得忘记呼吸。她急忙叫来多萝西，她们靠在床边呼唤：快呀，塔莉，快回来……

她举起灰色纸袋："我带了一些东西要读给她听。"

"太好了！太好了！我正好得去菜园做点事，这个月杂草长得太凶。要不要喝柠檬水？我自己做的哟。"

"好啊。"她跟着多萝西穿过一尘不染的屋子。头顶的屋椽挂着干薰衣草，飘送阵阵香气，台面和桌子上都装饰着芬芳的玫瑰，有些放在龟裂的水壶里，有些放在铁盘中。

多萝西走进厨房，端着一杯冰柠檬水出来。

"谢谢。"

她们对望片刻，然后玛拉一颔首，转向长长的走廊，前往塔莉的房间。阳光从窗户洒落，照在蓝色墙面上有如水波荡漾。

塔莉躺在病床上，呈半坐半躺的姿势，双眼紧闭，掺杂银丝的不羁棕色鬈发勾勒出苍白消瘦的脸庞；米白色被子盖到锁骨下方，她的胸口以悠闲节奏稳定起伏。她的模样好安详，一瞬间，玛拉觉得塔莉似乎随时会睁开眼睛，露出灿烂开朗的笑容打招呼。她总是有这种错觉。

玛拉强迫自己往前走。房间里有栀子花的香气，那是多萝西最喜欢的护手霜味道。床头柜上摆着一本平装版《安娜·卡列妮娜》，这几个月戴斯蒙一直在读这本书给塔莉听。

"嗨。"玛拉对干妈说，"我要去上大学了。我晓得你已经知道了，这几个月我一直在说这件事。洛杉矶的洛约拉马利蒙特大学，很讽刺吧？我觉得小学校比较适合我。"她双手交握。她来不是为了说这个，至少今天不是。

好几个月又好几个月过去了，她相信奇迹会发生，但现在到了道别的时候。

除此之外还有一件事。

她内心的痛楚巨大,而且越来越膨胀。她拉出床边的椅子坐下,又往前移动。"你会撞车都是我害的,对不对?因为我很坏,为了钱向杂志爆料,我告诉全世界你对药物上瘾。"

说完这些话,没有回答的寂静令她沮丧。布鲁医生一直努力要她相信塔莉出事不是她的错,每个人都这么说,但只有这件事玛拉无论如何都无法说服自己。每次来看塔莉她总会忍不住道歉。

"真希望你和我能有重新来过的机会。我好想你。"玛拉的语气轻柔,略带犹豫。

在静默中,她叹息一声,弯腰拿起放在旁边地上的灰色提袋,取出她最珍惜的宝贝。妈妈的回忆录。

翻开时,她的手有点抖,第一页写着"凯蒂的故事",那是塔莉粗黑潦草的字体。

玛拉望着那几个字。她怎么依然不敢读里面的东西?她应该想要阅读妈妈人生最后的思绪,但一念及此事她就不舒服。"我答应过她,等我准备好会和你一起读。其实我还没有真正准备好,你也没有苏醒,但我就要离家了,布鲁医生说时候到了。她说得对,时候确实到了。"

玛拉轻声说:"开始喽。"然后开始放声朗读。

恐慌总是以相同的方式来袭。首先,我感到胃部上方纠结,接着变成恶心,然后是急促喘息,做再多次深呼吸也无法舒缓。但是让我害怕的东西每天都会不同,无法预知什么会让我发作,或许是老公的一个吻,也可能是他后退时眼中徘徊不去的哀伤。有时候我感觉得出来,虽然我还在，但他已经开始哀悼、想念。更让我难过的是，无论我说什么，玛拉都默默听从，我好希望能找回从前针锋相对的争吵，就算只有一次也好。玛拉，这是我想告诉你的第一件事：那些争吵才是真正的人生。你努力挣脱我女儿的身份，却还不清楚怎么做自己，而我则因为担心而无法放手。这是爱的循环，真希望我在当时就能懂。你外婆说过，有一天你会因为叛逆期的行为感到抱歉，而我会比你先知道。我晓得有些话你后悔不该说出口，我也一样，不过现在都不重要了，我希望你知道。我爱你，我知道你也爱我。

不过这些只是空话罢了，对吧？我希望能够更深入，所以请你忍受我年久失修的钝笔，听我说一个故事。这是我的故事，也是你的。故事的开端是一九六〇年，地点在北部的一个小农村，一片牧草地后方的小丘上坐落着一栋木板屋。不过真正精彩的部分是从一九七四年开始，天下最酷的女生搬进了对街的房子……

玛拉沉迷在故事中忘记了自己，那个寂寞的十四岁少女，在校车上被取笑，每天只有心爱的小说人物做伴。

他们叫我矬蒂，嘲弄我的打扮，问我湿了没。我从不回应，只是将包着牛皮纸的课本抱在胸前。佛罗多是我最好的朋友，此外还有甘道夫、山姆和阿拉贡。我在幻想中进行神秘大冒险。

玛拉完全可以想象：一个被排挤的女生，一天夜里独坐星空下，碰巧遇到另一个寂寞的女生，因为那一夜聊的几句话，一段友谊从此展开，改变了两人的一生。

我们自以为很美。玛拉，你是否经历过那个阶段，盲目跟随潮流到了荒谬的地步，毫无理性可言，但依然在镜中看到又酷又神奇的自己？那就是我的八十年代，当然啦，塔莉彻底控制着我的衣着……

玛拉摸摸自己的黑色短发，想起从前染成粉红色并用发胶固定成尖刺……

与你爸邂逅的那一刻，有如魔法般神奇。当时的他还没有感觉，但我对他一见钟情。如果够幸运，有时能在一双眼中看见整个未来。我希望你们三个都能得到那种爱，如果不到这种程度，千万不要屈就。

当我将宝宝抱在怀里，凝视他们迷蒙的眼睛，我知道那就是我的天职、我的热情、我的目标。虽然有些老派，但我是为了当妈妈而来到人世，我热爱为人母的每个瞬间。你和两个弟弟教会我关于爱的一切，想到要离开你们，我的心都碎了。

回忆录继续下去，蜿蜒曲折记述妈妈的人生，快念完时太阳已经下山了，夜色降临，但玛拉完全没有发现。橘色的户外灯光从窗口洒入，玛拉打开床头台灯，继续朗读。

玛拉，有件事你一定要知道：你是勇于对抗的人，绝不屈服于体制。我知道失去我你会伤得很深，你会想起我们之间的争执对立。

小宝贝，快点忘记吧，那只是你在做你自己，而我也在做我自己。记住其他事情，拥抱、亲吻、我们一起建的沙堡、一起装饰的杯子蛋糕、我们说过的故事，记住我是多么爱你，你的每个小细节我都好爱。玛拉，你是我最好的一部分，希望有一天你会发现我也是你最好的一部分。让其他的一切随风而逝吧，只要记得我们多爱对方就够了。

爱、家人与欢笑，当一切说完做尽之后，我记得的只有这些。这一生中大部分的时间，我都嫌弃自己做得不够多、野心不够大，看来我可以原谅自己的愚昧，因为当时的我太年轻。我希望子女明白他们是我的荣耀，我也深深以自己为荣。我所需要的就是我们一家人，你们、爸爸、我，我所向往的一切都成真了。

爱。

这就是我所记得的一切。

玛拉望着那两个字——记得，泪水刺痛她的双眼，让她看不清字句。透过婆娑泪眼，她看到妈妈，每个小细节都清清楚楚：她的金发似乎永远不会那么柔顺，绿眸能穿透灵魂看出心思，她永远能分辨哪些时候甩门是要她进去安慰，哪些时候不是；她的阵阵大笑声，亲吻道晚安前她总会拂去落在玛拉眼睛上方的头发，轻声说："我永远爱你，宝贝女儿。"

"噢，我的天，塔莉……我记得她……"

我感觉心脏跳动。在心跳声中，我听见潮浪起伏，夏季微风吹拂，也听见鼓声的咚咚节奏。

声音的记忆。

但现在我的黑暗中多了点什么，拍我、戳我，扰乱心跳的节奏。

"塔莉。"

那是我，或曾经是我。我又听到了，我的名字，当那些字连在一起发出声音时，我察觉到四周浮现出许多小光点，可能是萤火虫，也或许是手电筒，光点在我四周飞舞，像鱼群一样倏忽聚散。

话语。那些光点是话语，轻飘飘落我身旁。

"……天下最酷的女生……"

"……我们一起建的沙堡……"

"……你最好的一部分……"

顿悟让我倒抽一口气，有如骰子在胸中咔咔撞击。

玛拉。

那是她的声音，说出的却是凯蒂的话语。她的回忆录。那些年我反复看过太多次，都已经背下来了。我极力往前拉长身躯，拼命伸出双手，黑暗再次逼近，让我动弹不得，光点直接穿过我。

有人握住我的手。玛拉。我感觉到了。她的手温暖有力，手指弯曲握住我的手，在这个毫无道理的世界中，唯一实在的东西。

你能听见她说话。凯蒂说。

我转身，她就在那里，沐浴在不可思议的绝美光芒中。我看见她体内的光，她的绿眸、金发和开朗笑容。

在黑暗中，我听见："噢，我的天，塔莉……我记得她……"

就这样，我记起了她。我记起我度过的人生，我没学到的教训，我如何让所爱的人失望，以及我多么爱他们。我想起看到他们围绕在我的病床边，听到他们为我祈祷。我想找回他们。我想找回他们。

我望着凯蒂，在她眼中看见一切：我们的过去，除此之外还有更多，那是渴望。我看见她对我们所有人的爱，我、她的丈夫子女、她的父母，那份爱因为希望与失落更加耀眼。

塔莉，你想要什么？

玛拉的话语落在我们四周,在水中闪烁,如亲吻般落在我的皮肤上。"我想要重新来过的机会。"我一说出这句话,这个选择所带来的力量便在全身悸动,让我疲惫无力的四肢强健起来。

塔莉,我是来道别的,我必须继续前进,你也是。我需要你笑着对我说再见,我只需要这个。看见你的笑容我就能安心,知道你不会有问题。

"我很怕。"

展翅高飞吧。

"可是——"

我已经不在了,塔莉,但我永远陪在你身边。去吧……

"我永远不会忘记我们。"

我知道,快走吧。好好活下去,这是一份大礼……还有……告诉双胞胎——

"我知道。"我轻声说。她想嘱咐的话早已交代过了,我将那些话牢牢存在心上、埋入灵魂。我会告诉路卡,妈妈在夜里去看他,在他耳边呢喃,守护睡梦中的他,她现在很快乐,希望他也能过得幸福……我会告诉威廉,伤心并没有错,他不必拼命填补妈妈离去后留下的空洞。她要传达的信息是:我没有消失,只是远去。她想让他们学习的一切将由我来教导,我绝对会让双胞胎知道她有多爱他们。

转身离开她是我做过的最艰难的事,我立刻感觉寒冷,身体沉重。我眼前有座巨大黑暗的山丘,我努力想爬上顶点,但陡峭的坡度一直让我跌落。

顶端有一道光,我奋力向前,往光的方向努力靠近,踏出另一步。

光离我越来越远。

我必须爬上山顶,外面的世界就在那里,可是我好累好累,不过我继续努力。我缓缓地往上爬，每一步都万分艰辛，黑暗将我推回去，光点变成雪花，每一片都灼痛我的皮肤。但前方有一道光，越来越明亮，有如灯塔投射的光束，不时闪烁指引我方向。

这时我呼吸急促，脑海中想着：拜托。我意识到那是祈祷，我人生中第一次真正的祈祷。

我办不到。

不。

我一定要办到。我想象凯蒂在身边，就像以前那样，一起推着脚踏车走上夏季丘，只有月光为我们照路。我奋力往前一跃，突然间便置身山顶，我嗅到栀子花与干薰衣草的香气。

现在到处一片光明，刺痛我的眼睛，让我看不见。光线来自我身边一个圆锥形的物品。

我眨眼，努力控制呼吸。

"我成功了，凯蒂。"我低喃，声音轻到听不见，或许我根本没有说出口。我等着她说"我知道"，但四周只有我的呼吸声。

我再次睁开眼睛，努力聚焦。我身边有个人，坐在一道道光影间，她俯身看着我。

玛拉。她的样子像从前一样，美丽健康。

"塔莉？"她小心翼翼地说，仿佛担心我是幽灵或幻象。

假使这是梦，也是场好梦。我回来了。我费了好大的力气才开口道："玛拉。"

我尽力想撑住留下来，但我办不到。时间在不知不觉中流逝，睁开眼睛时，我看见玛拉和玛吉，我想微笑，但没力气。那是我妈的脸吗？

我想说话，但只发出沙哑的声音，也可能只是我的想象。

接下来我只知道自己又睡着了。

28

多萝西坐在医院等候室，双手紧握放在腿上，膝盖靠得非常紧，只要她一动，突出的骨头便互相撞击。所有人都来了：强尼和双胞胎，玛拉一脸呆滞紧张，似乎坐立不安，还有玛吉与巴德。距离塔莉睁开眼睛试图说话已经过了三天，当时他们立刻将她送回医院，接下来便是无止境的等待。

一开始感觉有如奇迹发生，但现在多萝西不那么有信心了。她很清楚，无论如何不能奢望奇迹，不是吗？

贝文医生保证塔莉真的醒来了，他说沉睡这么久之后，需要一点时间才能完全清醒。他警告他们或许会有长期的后遗症，会这样也很正常，沉睡一年之后，不可能一醒来就吵着要喝咖啡、吃甜甜圈。

多萝西祈求几个月的愿望终于成真了。每天晚上她都跪在女儿床边祈祷，她的关节老化，跪着很痛、很不舒服，但她确信疼痛是必须付出的代价，于是她跪下祈祷，夜复一夜，秋季转暗进入深冬，然后再度点亮明艳春光。当蔬菜在土地扎根积蓄能量成长，她夜夜祈祷；当苹果树结实成熟，她夜夜祈祷。她祈求的心愿始终如一：上帝啊，求您让她醒来。

在那所有时刻，当她说出那些迫切的恳求，她从不允许自己真的想象这一刻。她不敢想象祈祷应验，生怕因此带来厄运。

她一直这样告诉自己，现在她才明白这又是另一个谎言，这些年来她常欺骗自己。她不敢想象这一刻，因为她害怕。

万一塔莉醒来后不想和她有任何瓜葛,那该怎么办?

这种状况很可能发生。多萝西一直是个糟糕透顶的妈妈,现在她好不容易学会称职的表现,终于有勇气一头栽进母亲的角色,结果却不是真的,至少对塔莉而言不是真的,因为整个过程她一直在沉睡中。

"你又在哼哼。"玛吉轻声说。

多萝西抿住嘴唇:"紧张的时候我总会这样。"

玛吉握住多萝西的手。有时她依然感到不可思议,她和玛吉竟然能产生如此自在的亲切感,懂你的人只要一个轻轻触碰就能传达莫大意义。

"我很害怕。"她说。

"你当然会害怕。你是妈妈,担惊受怕是母职的一部分。"

多萝西转头看着玛吉:"我对母职一无所知。"

"你学得很快。"

"万一她醒来后不想和我有任何瓜葛,那该怎么办?我不知道如何回到没有她的生活。我不能就直接走到她床边说嗨吧?"

玛吉的笑容很忧伤,像她的眼神一样疲惫。"多萝西,她一直以来都希望找回和你的关系。我还记得,她问过我她究竟哪里不好,为什么你不要她。老实说,我的心都碎了。我告诉她有时候人生不会照期望发展,但绝不能放弃希望。当时她才十七岁,你妈妈刚去世,她很害怕要去寄养家庭。我们带她回来,给她住的地方。住进我们家的第一个晚上,她睡在凯蒂的房间。她躺在床上,我坐在旁边向她道晚安,她抬起视线看我,对我说:'有一天她会想我。'我回答:'她怎么可能不想你?'塔莉轻声说:'我会等。'声音小到我几乎听不见。她真的一直在等,多萝西,她以千万种不同的方式等待你。"

多萝西多么希望自己能够相信。

对塔莉而言，时间过得迷迷茫茫，只有模糊影像及无意义的印象——一辆白车，穿粉红衣服的女人说什么现在好多了；一张会移动的床，白色房间角落的电视机；许多人说话，有如远处的蜂鸣。现在只剩下一个人说话。声响朝她而来，分离，重组成……话语。

"嗨，塔莉。"

她缓缓眨眼睁开。有个男人站在旁边，他穿着白袍，她无法真正看清他，这里的光线太昏暗。她想念光。那是什么意思？而且她好冷。

"我是贝文医生，这里是圣心医院。大约五天前你被送进来，记得吗？"

她蹙眉，努力思考。她觉得仿佛困在黑暗中好几个小时、好几年、好几辈子了。她什么都不记得，隐约有印象的只有一道光……流水声……春季青草的气息。

她的嘴唇干得发痛，她试着润了润，而她的喉咙更是疼得像着了火。"怎么……"

"你出了车祸，头部受到多处创伤。你的左手臂骨折，左脚踝也是，不过骨头断得相当整齐，两处都愈合良好。"

车祸？

"不行，塔莉，别乱动。"

她刚才动了吗？"多……久？"她甚至不晓得想问什么，等到他回答时，她根本不知道他说了什么，因为她的眼睛又闭上了。她只想稍微睡一下……

她听见也感觉到什么东西，有别人在。她深吸一口气，缓缓呼出，然后闭上双眼。

"嗨。"

强尼。他在这里,在她身边。他的旁边站着玛吉和玛拉,还有……白云?妈妈在这里做什么?

"你回来了。我们以为失去你了。"强尼轻声说,语气激动地颤抖着。

她想说话,但无论怎么努力,依然只能发出含混不清的声音。她无法清晰思考。

她努力集中精神,急着想告诉他一件事。"强尼……我……"

见到她了。

这句话是什么意思?见到谁?

"塔莉,别担心。"他说,"我们有很多时间。"

她闭上双眼,飘荡回梦乡。一段时间后,她在恍惚间听到说话声,强尼和另一个男人在交谈,话语飘向她——恢复非常顺利,脑部活动正常,给她时间。不过这些话对她而言毫无意义,于是她任由声音流过。

她再次醒来时强尼依然在,玛吉也是。她睁开眼睛时,看见他们坐在床边轻声交谈,她立刻明白这次醒来感觉不同。

一看到她睁开眼睛,玛吉哭了出来:"你醒了。"

"嗨。"塔莉哑声说。虽然只是一个简单的字,但她必须集中精神才能说出,才能在话语中找到自己。她说了一句话,她不知道是什么话,但她确定没人听得懂。她发觉自己说话迟缓,发音有些模糊,不过看见他们的笑容,这一切都无所谓了。

强尼靠过来:"我们好想你。"

玛吉跟着靠近:"不愧是我的好丫头。"

"这里……多久?"她知道这个问题应该还有很多其他字,但她无法掌握。

玛吉看了强尼一眼。

"你六天前入院。"强尼平静地说,接着深吸一口气,"发生事故那天是二〇一〇年九月三日。"

玛吉说:"今天是二〇一一年八月二十七日。"

"可是……等等。"

"你陷入昏迷将近一年。"强尼说。

一年。

她闭上双眼,感到一阵恐慌。她对事故完全没有印象,也不知道自己陷入昏迷,更——

嗨,塔莉。

突然,一道美丽的回忆出现在黑暗中陪伴她。两个成年妇女并肩骑单车,手臂张开……星光……凯蒂在她身边说:谁说你可以死?

那不可能是真的,只是想象,一定是这样没错。

"我猜医生应该给我打了一堆药吧?"塔莉缓缓睁开双眼。

"对,"玛吉说,"幸亏这样你才保住命。"

原来如此。在濒死状态下受到药物影响,于是她在想象中看到好姐妹,一点也不奇怪。

"你必须接受物理治疗与作业疗法。贝文医生推荐了一位很出色的治疗师,他会帮你复健,他相信不用多久你就可以回家自行生活了。"

"家。"她轻声说,纳闷究竟哪里才是家。

梦中,她坐在海边的躺椅上,凯蒂在身边,但眼前并非班布里奇岛的灰色卵石海岸,也不是艾略特湾波涛汹涌的蓝色海水。

"这是什么地方？"她在梦中问。等待回答时，青蓝海面泛起一道强光，照耀所有东西，亮到塔莉什么都看不见。

每当有人和你撞屁股，或是告诉你并非每件事都与你有关，或是当你听见我们的音乐，在这所有时刻，你都会听见我的声音。我在你的回忆里。

塔莉惊醒，猛然坐起，因为动作太急而喘不过气，头痛也加重了。

凯蒂。

在那片光里的记忆瞬间回来，如大球碾过。她和凯蒂一起在一个地方，另一个世界，她握着她的手，听见她说：我永远在你身边。每当你听见我们的音乐，或是笑到流眼泪，我就在那里；当你夜里闭上眼睛回忆，我就在那里。永远。

是真的，虽然难以让人相信。

不是药物作用，也不是因为脑部受伤，更不是痴心妄想。是真的。

29

第二天，塔莉接受了没完没了的检查，戳戳弄弄，拍X光。她恢复的速度之快，不仅让所有人惊讶，她自己也吓了一跳。

她终于获准出院了，强尼问："准备好了吗？"

"其他人怎么都没来？"

"他们忙着准备欢迎你回家，场面很盛哟。准备好了吗？"

她坐在轮椅上，停在唯一的窗户前，戴着安全帽以防摔倒。她的反射动作有些失调，万一又撞伤头就糟了。

"嗯。"有时候她会找不到想说的字，所以应答都尽可能简单。

"外面有多少？"

她蹙眉："多少什么？"

"你的粉丝啊。"

她叹息一声："我没有粉丝。"

他从病房另一头走到她身边，将轮椅转向面对窗户："看清楚一点。"

她随着他的视线看过去。楼下的停车场上站着一群人，缩在五彩缤纷的雨伞下，人数超过三十。"我没……"她才刚开口，就看到了标语牌。

塔莉 ❤ 我们 ❤ 你！

塔莉，早日康复。

姐妹淘永不放弃！

"他们是为我而来？"

"你从昏迷中康复可是大新闻呢，消息一传开粉丝和记者立刻蜂拥而至。"

眼前的人群变得模糊。一开始她以为是雨变大了，后来才反应过来原来是她哭了。她回想起最近几年的遭遇，现在终于证明大家没有忘记她。

"塔莉，他们爱你。听说芭芭拉·华特斯想专访你。"

她完全不知道该说什么，不过无所谓，强尼已经开始忙了。他握住包覆橡胶的轮椅把手，推她离开病房，她最后回顾一眼。

到了大厅，他停下来拉好刹车。"我出去请你的粉丝和记者离开，马上回来。"

他将轮椅停在墙边，背对大厅，然后走出玻璃自动门。

在这个八月底的午后,即使阳光露脸,依然下着毛毛细雨,当地人称这种天气为"太阳偷闲"。

强尼一出去,摄影机立刻对准他,闪光灯此起彼落,那些标语牌——"塔莉 ♥ 我们 ♥ 你!""早日康复""为你祈祷"缓缓落下。

"我知道各位都听说塔莉·哈特奇迹般地恢复,这确实是奇迹。圣心医院的所有医生都给予了塔莉无微不至的照顾,雷吉诺·贝文医生更是尽心尽力,我相信她一定希望我代为表达感激之意。她也希望我代为感谢各位粉丝,因为有你们的祈祷,她才能顺利康复。"

"她在哪里?"有个人大喊。

"我们要看她!"

强尼举起一只手要大家安静。"现在塔莉必须专注养病,相信大家应该能体谅。她——"

人群集体惊呼,强尼面前的人一致转身,面对医院大门。摄影师开始互相推挤,闪光灯齐发。

塔莉坐在医院门口,自动门不断开开关关。她快喘不过气了,轮椅走得歪歪扭扭,显然是因为她没体力所以无法推正,细雨落在她的安全帽上,打湿了上衣。他走过去。

"你确定?"他问。

"当然……不。过去吧。"

他推她上前,人们安静下来。

她不自在地对他们微笑,说:"我的样子不如以前了。"

欢呼喝彩声大得让强尼不禁后退,标语牌再次被高高举起。

等到终于安静下来,她说:"谢谢大家。"

"你什么时候重回荧幕?"一个记者大喊。

她横扫人群一眼,然后看看强尼。他最了解她,打从她事业刚起步就一直在她身边。她看到他的表情,他是不是想起二十一岁的她?那时候的她满怀抱负,持续好几个月每天寄履历给他,甚至愿意不支薪,他知道她一直拼了命想获得成就。唉,以前的她放弃一切也要得到陌生大众的爱。

她深吸一口气,接着说:"不回去了。"她想进一步解释,说名气已经不是她所追求的东西,她再也不需要,但是要找出那么多词汇并整理成句子实在太困难。现在她知道什么最重要。

人群爆发喧嚣,一堆问题朝塔莉飞来。

她转头看向强尼。

"我从来没有这么以你为荣。"他的声音很轻,不让其他人听见。

"因为我放弃?"

"因为你永不放弃。"他摸摸她的脸,那温柔的动作令她哽咽。

强尼握住轮椅把手,推动轮椅回到医院大厅,人群依旧不停地高声发问。

不久之后,他们上车,沿着5号州际公路往北行驶。

他们要去哪里?她应该要回家才对。

"走错了。"

"是你在开车吗?"强尼问,他没有看她,但她感觉得出来他在笑,"当然不是,你坐在乘客的位子。我知道你最近脑子受过伤,不过我相信你应该记得,司机负责开车,乘客只要看风景就好。"

"我们……要去哪里?"

"斯诺霍米什。"

塔莉第一次想到自己昏迷了一整年,怎么没有人告诉她这段时间她待在哪里？他们故意隐瞒吗？为什么她之前没有想到要问？

"巴德和玛吉一直在照顾我吗？"

"不是。"

"你？"

"也不是。"

她蹙眉："疗养中心？"

他指了指通往斯诺霍米什的交流道："你在斯诺霍米什不是有栋房子？你一直住在那里，和你妈妈一起。"

"我妈？"

他的眼神变得温柔："奇迹不止发生一次。"

塔莉完全不知道该说什么。就算听到是大明星约翰尼·德普本人担任她的看护，陪伴她度过那漫长黑暗的一年，或许她也不会如此惊讶。

不过，一道记忆不断逗弄她，靠近又远离。难以捉摸的话语与光线，薰衣草护手霜与 Baby Soft 香水的气息……比利别逗英雄……

凯蒂说：仔细听，是你妈。

强尼将车开到萤火虫小巷的房子前停下，转身看着塔莉，停顿许久，才说："我不知道怎么告诉你我有多么抱歉。"

眼前这个男人让她心中冒出强烈温柔，几乎到了痛楚的程度。如何才能让他明白她在黑暗中学到的那些事情，以及在光明中学到的那些？

"我见到她了。"她轻声说。

他蹙眉："谁？"

她捕捉到他意会的瞬间。

"凯蒂。"

"噢。"

"你可以说我发疯、脑部受损或药物作用,随便。总之我看到她了,她握着我的手,要我转告你:'你表现得很好,没有什么需要孩子原谅的地方。'"

他的脸垮了下来。

"她认为你一定自责得要命,怪自己没有为她坚强起来,你希望当时让她说出有多害怕。她说:'告诉他,我只要有他就够了,他说的话完全是我需要听的。'"

塔莉握住他的手,他们一起走过的那些岁月再次回到两人之间,还有他们一起分享过的那些欢笑、泪水、希望与梦想。"我愿意原谅你害我伤心,只要你也愿意原谅我。所有的一切。"

他缓缓点头,眼眸闪着泪光:"塔莉,我想你。"

"嗯,强尼小子,我也想你。"

玛拉全心投入布置,准备热烈欢迎塔莉回家,然而,虽然她和外公外婆聊天说话,陪两个弟弟嬉笑玩闹,但心中一直感到如履薄冰,焦虑让她的胃无比紧绷。她亟须塔莉的原谅,但她哪有资格求她原谅?另一个同样因为塔莉回家而心慌意乱的人是多萝西。短短几天,塔莉的妈妈似乎小了一整圈,不知怎么缩水了。玛拉知道多萝西最近在打包,收拾她寥寥几样东西。在大家忙着布置派对时,多萝西说她要去苗圃拿东西,几个钟头过去了,她始终没有回来。

塔莉一进门,所有人鼓掌欢呼,热烈迎接她回家。外公外婆小心翼翼地拥抱她,双胞胎兴奋地尖叫。

"我就知道你会好起来。我每天晚上都祈祷。"路卡对塔莉说。

"我也每天晚上都祈祷。"威廉不落人后。

塔莉坐在轮椅上，感觉很疲惫，头以奇怪的角度歪着，笨重的银色安全帽让她看起来像小孩。"我知道……有两个小男生……快要过生日喽。去年我错过了，这次要买两份礼物。"说这么多话让塔莉很辛苦，好不容易说完时，她脸颊涨红，快喘不过气。

"八成是两辆同款保时捷。"爸爸说。

外婆大笑，赶双胞胎去厨房拿蛋糕。

玛拉靠着假笑与含糊应付撑过整场派对。她运气不错，塔莉体力不支，八点便早早道晚安。

"推我去房间好吗？"塔莉握住玛拉的手捏了捏。

"没问题。"玛拉握住把手，推着轮椅经过窄长的通道，走向后面的房间。到了门口，她将轮椅转向，把塔莉推进房间，里面有张医院病床，到处摆满鲜花，每张桌子都挤了很多照片。床边有个点滴架。

"这就是我度过一整年的地方……"塔莉说。

"对。"

"栀子花，我有印象……"塔莉说。

玛拉帮忙扶她进浴室，塔莉刷完牙，换上挂在门后的棉麻质地睡袍。她坐回轮椅上，玛拉推她到床边，然后扶她站起来。

塔莉转身面向她。简单一个眼神，玛拉便看见了一切：我的责任是爱你……争吵……你是我最好的朋友……谎言。

"我好想你。"塔莉说。

玛拉泪流满面，为所发生的一切哭泣：失去母亲又从回忆录里寻获，她背叛塔莉，让所有爱她的人伤痕累累。"对不起，塔莉。"

塔莉缓缓举起双手，干干硬硬的掌心捧住玛拉的脸。"你的声音带我回来。"

"《明星》杂志的那篇报道……"

"陈年往事了。来,扶我上床,我好累。"

玛拉抹去泪水,掀开被子扶塔莉上床,然后爬上床窝在塔莉身旁,就像从前一样。

塔莉沉默许久之后说:"人家不是说濒死的时候会看见一道光,眼前会闪过一生的回忆吗?那些都是真的。陷入昏迷的时候,我……离开了躯壳,我看到你爸在病房陪我。感觉很像在角落徘徊,看着下面那个很像我又不是我的人。我受不了,于是转过身,那里有……—道光,我走过去,紧接着我发现自己骑着脚踏车,在夏季丘,我在黑暗中骑车。你妈在我身边。"

玛拉倒抽一口气,一手捂住嘴。

"玛拉,她与我们同在。她会永远守护你、爱你。"

"我很想相信。"

"相不相信只是选择的问题。"塔莉微笑,"对了,她很高兴你把粉红头发染黑,她托我转告你。噢,还有一件事……"她蹙眉,似乎绞尽脑汁地回想,"噢,对了,她说:'世事皆有终点,这个故事也不例外。'你懂那是什么意思吗?"

"那是《霍比特人》里的句子。"玛拉说。也许你会觉得世界上只有悲伤与你为伴,也不想告诉我或爸爸,当那一天来到时,你要想起放在床头柜的这本书。

"那本童书?怪透了。"

玛拉微笑。她一点也不觉得怪。

"我是多萝西,我有成瘾问题。"

"嗨,多萝西!"

三教九流的人围成一圈,多萝西站在中央,他们都是今晚戒毒匿名互助会的成员。一如往常,聚会地点是位于斯诺霍米什前街的老教堂。

室内清凉昏暗,满是走味咖啡与干硬甜甜圈的气味。她分享自己戒瘾的故事,说她花了多长时间,以及那条路有时黑暗又艰苦。今晚她特别需要支持,比任何时候都需要。

聚会结束后,她离开木造小教堂,跨上自行车。通常聚会结束后她都会留下来聊聊天,她很久没有一散会就离开了。今晚她太紧绷,没办法友善应对。

今晚的天空呈现蓝黑色,树木摇曳,繁星点点。她独自骑在大街上,转弯时举手示意,渐渐离开市区。

回到家,她转进车道,停住车。她小心地将脚踏车靠在房子外墙上,走到正门前转动门把。里面一片寂静,有股剩菜的气味,好像是意大利面,也有新鲜罗勒的香气,几盏灯亮着,但大致上寂静无声。

她重新将皮包背好,进去,关上门。干薰衣草强烈浓郁的香气充满鼻腔,她悄悄在屋里移动,到处都看得到派对留下的东西,例如"欢迎回家"的横幅,流理台上的彩色餐巾纸,放在洗碗槽边晾干的玻璃杯。她缺席的那场派对。

她真是个胆小鬼。

她进到厨房,打开水龙头接了一杯水,靠在流理台边大口喝着,仿佛快渴死了。阴暗的走道就在眼前,一边是她的房间,另一边则是塔莉的房间。

胆小鬼,她再次想着。她没有踏上走道去做该做的事,反而失魂落魄地走出后门,来到露台。

她闻到烟味。

"你在等我？"她轻声问。

玛吉站起来："当然。我知道你一定会觉得很困难，但你已经躲得够久了。"

多萝西觉得膝盖发软，差点瘫倒。这辈子她没有交过知心好友，没有在需要时会给予支持的姐妹淘，现在终于有了。她伸手握住身边的木椅，紧紧抓住。

露台上一共有三把椅子。多萝西在慈善二手店找到这几把摇椅，花了好几个月的时间整修。她抛光并漆上各种狂野缤纷的色彩，最后在椅背写上名字：多萝西、塔莉和凯蒂。

当时感觉浪漫又乐观。她拿着油漆刷在粗糙的木头表面涂上鲜艳色彩，想象塔莉醒来会说什么，然而现在她看出自己的行为有多么一厢情愿。她凭什么以为塔莉会愿意在早上陪妈妈坐在露台上喝茶……看到那把椅子永远空着，等待不会回来的凯蒂，塔莉难道不会伤心欲绝？

"我以前跟你说过做妈妈是怎么回事，你还记得吗？"玛吉坐在黑暗中呼出烟。

多萝西绕过一个空篮子，坐在写着她名字的椅子上。她发现玛吉坐的是塔莉的椅子。

"你说过很多事情。"多萝西叹息着往后靠。

"做了妈妈才懂得害怕的滋味。整天担惊受怕，无时无刻不是如此，所有事情都让你害怕，橱柜门、绑架和天气，任何东西都可能伤害我们的孩子，我发誓。"她转过身来，"讽刺的地方在于，他们需要我们坚强起来。"

多萝西用力吞咽了一下。

"为了我的凯蒂，我努力坚强起来。"玛吉说。

多萝西听到朋友哽咽，想都没想便站了起来，跨过两人之间的小小距离，将玛吉拉起来拥入怀中。她感觉到玛吉多么瘦弱，这个拥抱让她颤抖不已，于是多萝西明白了：有时候比起无人理睬，被安慰反而更痛。

"强尼说夏天时要去撒她的骨灰。我不知道怎么才能办到，但时候到了。"

多萝西不知道该说什么，只好继续抱紧。

玛吉后退，眼泛泪光："有你的帮助我才能度过，你知道吧，我好像没有告诉过你。每次你让我坐在这里抽烟，看你播种、拔草，对我都是帮助。"

"我什么都没有说。"

"多萝西，我需要时你一直陪伴我，塔莉需要时你也一直陪伴她。"她抹去泪水，挤出笑容，轻声说，"去看你女儿吧。"

塔莉从沉睡中醒来，一时不知身在何处。她匆忙坐起身，因为动作太急而晕眩，陌生的房间一阵天旋地转。

"塔莉，你没事吧？"

她缓缓眨眼，想起这是什么地方。萤火虫小巷的房子，她以前的房间。她打开床头灯。

她妈妈坐在靠墙的椅子上，正别扭地站起来，双手紧握。她的打扮像捡垃圾的老流浪汉，加上柏肯凉鞋配白短袜，颈子上挂着塔莉小时候在主日学校做的通心粉项链，虽然只剩下一些残骸。这么多年过去了，妈妈竟然还保存着。

"我……很担心。"妈妈说，"你第一次在这里睡。希望你不介意我在这里。"

"嗨，白云。"塔莉轻声说。

"现在我是多萝西了。"妈妈露出有些僵硬的歉然笑容，往床边走来，"七十年代早期，我在公社选了'白云'这个名字，当时我们嗑药嗑得整天都神志不清，而且一丝不挂。那时候感觉很多烂主意都很棒。"她低头看着塔莉。

"听说照顾我的人是你。"

"没什么。"

妈妈从口袋中拿出一个小东西，颜色有点金黄，圆形，比二十五美分硬币略大一些。上面印着一个三角形，左边角落用黑字印着"戒瘾"，右边则印着"纪念"，三角形中有个罗马数字十。

"记得二〇〇五年你来医院看我的那次吗？"

每一次和妈妈见面塔莉都记得清清楚楚。"记得。"

"那是我人生最惨的谷底。人被打久了也会累，不久之后我进了勒戒中心。对了，是你付的钱，所以谢了。"

"之后你一直没有再犯？"

"对。"

妈妈的告白让塔莉心中绽放出意料之外的希望，塔莉不敢轻易相信，但也不敢轻易不信。"所以你才去我家说要帮我。"

"我想劝导你，却做得很差劲，一个老太婆杠上了发脾气的女儿。"她自嘲道，"戒瘾之后对人生的看法更清楚。我照顾你，是为了补偿以前没有照顾过你。"

妈妈靠向前，摸摸颈子上的通心粉项链。她眼中的温柔让塔莉大为惊讶。"我知道只是短短一年，我不奢望什么。"

"我听见你的声音。"塔莉想起片段。黑暗与光明。你让我感到好光荣，我没有告诉过你吧？这个回忆有如高级巧克力柔软香浓的馅儿。"你站在病床边说故事给我听，对不对？"

妈妈一脸诧异，接着表情变得有些悲伤："那些事情很多年前就该告诉你。"

"你说以我为荣。"

她终于伸手摸摸塔莉的脸颊，动作充满母爱的温柔："我怎么可能不以你为荣呢？"

妈妈泪眼婆娑。"塔莉，我一直都很爱你，我所逃避的是自己的人生。"她缓缓打开床头柜抽屉，拿出一张照片，"从这里讲起应该很不错。"她将照片递给塔莉。

母亲瘦弱颤抖的手让照片不断晃动，塔莉接过去。

那张照片很小，和扑克牌的尺寸差不多。白色花边弯折污损，因为历经太长的岁月，黑白图像有着龟裂般的细碎纹路。

照片里是个年轻男子，坐在脏兮兮的门廊台阶上，一只穿着靴子的脚往前伸，腿相当长。他的黑色长发也很脏，身上的白T恤有一块块汗渍，牛仔靴光彩不再，双手满是黑垢。

但他的笑容开朗、牙齿洁白，因为他脸形瘦长，这样的笑容应该显得太过，但在他脸上完全没有违和感。他微微歪向一边笑着，眼睛漆黑如夜，仿佛藏着千万个秘密。在他身旁，一个包着松垮褪色尿布的婴儿躺在台阶上睡着了，男人一手按着宝宝娇小的裸背，动作显得小心翼翼。

"你和你爸爸。"妈妈柔声说。

"我爸爸？你不是说不晓得——"

"我说谎。我念高中的时候爱上他。"

塔莉再次低头看照片，以指尖轻抚，研究每个线条与阴影，几乎不敢呼吸。她从不曾在亲戚脸上看到与自己相同的特征，但这个人是她的爸爸，她看着他。"我遗传到他的笑容。"

"对，你的笑声也和他一模一样。"

塔莉感觉内心深处有个东西终于卡对了位子。

"他爱你，"妈妈说，"也爱我。"

塔莉听见妈妈嗓音破碎地说，她抬起头，不只母亲哽咽，她也热泪盈眶。

"瑞斐尔·班内修·蒙托亚。"

塔莉激动地说出那个名字："瑞斐尔。"

"瑞弗。"

塔莉藏不住内心汹涌的情感。这件事改变了一切，改变了她。她有父亲，爸爸，而且他爱她。

"我可不可以——"

"瑞弗在越南捐躯了。"

塔莉原本没有意识到她建造了一片梦想乐园，但一听到这句话，乐园瞬间崩塌毁灭。"噢。"

"不过，关于他的所有事我都会告诉你。"妈妈说，"以前他常对你唱西班牙歌，把你抛到半空中逗你笑。你的名字是他取的，那是乔克托族原住民的语言，他说这样一来你就是真正的美洲人，所以我总是叫你塔露拉，为了纪念他。"

塔莉望着妈妈的迷蒙泪眼，看到了爱、失落和心痛，此外还有希望、她们母女的人生。"我等了好久。"

多萝西轻触塔莉的脸颊。"我知道。"她轻声说。

那是塔莉等待一生的抚触。

在塔莉的梦中,她坐在我家露台的躺椅上。当然啦,我在她身边,我们的样子像从前一样,年轻且充满欢笑,总是说个不停。那棵老枫树的枝丫装点着秋季的金黄与艳红,几个玻璃罐挂在粗绳上,里面的小蜡烛散发着明亮火光,照耀在我们的头顶,点点摇曳金光洒落地面。

我知道有时候塔莉会坐在外面的椅子上想念我,回忆着我们两个骑脚踏车冲下夏季丘,双臂张开,都相信世界不可思议地广阔光明。

在这里,在她的梦中,我们是永远做伴的好姐妹,一起变老,穿着一身紫,高唱那些毫无意义同时又充满意义的傻歌曲。这里没有癌症、没有衰老、没有遗憾,也没有争吵。

我永远与你同在。我在梦中对她说,她知道绝无虚假。

我转身,只是稍微移动,只是斜睨一眼,立刻就到了另一个地方、另一个时空。班布里奇岛,我的家。我的家人齐聚一堂,因为我听不见的笑话而同声欢笑。玛拉放寒假回家过节,她终于交到了能够相知一生的那种朋友。我爸爸很健康。强尼找回了笑容,很快他会发现自己再次坠入爱河,他会抗拒……但最后还是会投降。我的儿子,我的两个可爱的儿子,他们在我眼前长成男子汉,威廉将在人生道路上全速冲刺,喧嚣、热闹且叛逆不羁,而路卡则默默跟随,在人群中几乎难以引起注意,直到他露出迷人的笑容。夜里,我听见路卡的声音,他在睡梦中对我说话,生怕会忘记我。我对他们的思念强烈到难以承受。他们会平安地茁壮成长,我一直都知道,现在他们也知道了。

再过不久,我妈就会来陪我,虽然她还不晓得。

我暂时转开视线,回到萤火虫小巷。现在是早上,塔莉一跛一跛地走进厨房陪妈妈喝茶，然后母女俩一起在花园忙碌，我看出她体力很好，她再也不必坐轮椅，现在连拐杖都不用了。

时光飞逝，过了多久呢？

在她的世界或许是几天、几星期……

突然间，花园里出现了一个男人，他在跟多萝西说话。

塔莉放下咖啡杯走过去，花园的土地刚翻过，相当难走，她的脚步缓慢而谨慎。最近她的平衡感不太好。她从母亲身边走过，迎向那个男人，他手中拿着——一双拖鞋？

"戴斯蒙。"塔莉说。她伸出手，他握住，两人接触的瞬间，我瞥见他们的未来——一片灰色卵石海滩，接近浪潮处放着两把木椅……摆满美食的餐桌，我的家人和她的家人一同围坐，一张婴儿餐椅被推过来……那是栋老房子，露台环绕，俯瞰着海洋。好姐妹心跳的一瞬间，我看尽了这一切。

那一刻，我知道她会过得很好。她的人生将以一贯的方式继续，悲伤心碎、梦想实现、大胆冒险，但她将永远记得我们——很久以前，两个少女在彼此身上赌了一把，从此变成最好的朋友。

我靠近她，我知道她感觉到了。最后我在她耳边低语，她听见了，或许她以为只是想到我会说的话，但无所谓。

现在我该放下了。

我放下的当然不是"塔莉与凯蒂"。我们永远是彼此的一部分，是最好的姐妹淘。

但我必须往前走，她也是。

我最后一次回头，从那遥远遥远的地方，我看到她的笑容。

作者的话

《萤火虫小巷》这本书在许多方面改变了我的写作生涯。写这本书之前，我已经出了十八本小说。老实说，我自认很清楚我是怎样的小说家，没想到塔莉与凯蒂的故事找上了我，写下她们的故事改变了我对写作的看法。我第一次写出如此不同的小说，跨越数十年光阴，接触流行文化，探讨姐妹淘的关系，故事完全以这对好姐妹的视角叙述。没错，《萤火虫小巷》确实也有爱情元素，但并非主线，《萤火虫小巷》真正的核心是塔莉与凯蒂的友谊。这个故事融入了许多我自己的人生与过往，我花了好几年的时间写作。

终于完工时，我整个人真的像被抽干了。

但我一直知道这个故事还没有说完。写完一本书之后有这种感觉，对我而言是第一次也是唯一一次。通常一旦完成最后修订，我便能顺利放手让角色去过他们幸福快乐的生活。《萤火虫小巷》不一样，塔莉和白云的故事始终盘踞在我心中，悄悄提醒我还没结束。即使开始动笔写其他小说，我依然无法放下她们。

有一天，我知道是时候重回萤火虫小巷看看大伙儿的近况了。既然那是我创造的世界，回去应该很容易，然而我却遭遇到极大的困难，怎么也无法找回这个故事和这些人物。我早该想到不会那么简单，大家都知道离家多年之后重新回去有多难，开始写作《再见，萤火虫小巷》时就发生了这种近乡情怯的状况。有太多故事可说，各个角色的人生路都有太多方向可走，我无所适从，草稿写了一遍又一遍，故事编了一个又一个。塔莉与白云、玛拉与强尼，他们的故事我写了好多个版本，多到脑袋都装不下。太多选择让我感觉像在森林里迷失方向，不管选哪一条路，最后都通往错误的方向。我最后恍然大悟，明白少了什么——凯蒂。写这些角色的故事怎能没有凯蒂？凯蒂在世时好比黏合剂，将这些人凝聚在一起，这是她的世界，少了她，我当然回不去。当然啦，如此一来又多了一点问题，因为在《萤火虫小巷》里，她已经去世了。

幸好我是个有灵性的人，我相信很多东西虽然看不见但确实存在。于是，既然知道错误何在，那就有办法补救了，虽然有点……不太正统，甚至必须请读者陪我走一趟奇异旅程。那一刻，《再见，萤火虫小巷》这个故事在我心中成形，这本小说有了新课题：当失去心中最重要的人、凝聚整个家庭的人，留在世上的人将经历怎样的心路历程。

我不禁觉得好笑，我早该想到必须从这个方向着手，毕竟《萤火虫小巷》是给我母亲的献礼，她在我年轻时因乳腺癌而辞世，书写凯蒂这个角色让我找到纪念我母亲的最好方式。因此，理所当然我应该想到续集要探讨失去所爱之后如何走出伤痛。找到主题与合适的架构之后，我终于能够做真正想做的事：写一本扣人心弦的小说，让熟悉的角色发展出自己的故事，而不是单纯的续集。我不认为一定要先看过《萤火虫小巷》才能读这本书，不过对于看过的读者而言，《再见，萤火虫小巷》将会带来更多的层次、更深的感动。

致谢

我每次写作都必须仰赖朋友给我力量，让我能够想象故事、赋予生命。这趟旅程特别坎坷，好几次我都想放弃，幸亏有朋友从旁支持。感谢苏珊·伊丽莎白·菲力普斯与吉儿·柏奈特，她们点醒我动笔写这个故事的时候到了，感谢梅根·钱斯与吉儿·玛莉·蓝狄斯，幸亏有你们，我才能完成这本书。千真万确。感谢你们。

另外也要感谢詹妮弗·安德林与麦修·许尔，谢谢你们给我最需要的东西——时间。

图书在版编目（CIP）数据

再见，萤火虫小巷 /（美）克莉丝汀·汉娜著；康学慧译. —北京：北京联合出版公司，2022.5（2022.10 重印）
ISBN 978-7-5596-5594-3

Ⅰ.①再… Ⅱ.①克… ②康… Ⅲ.①长篇小说—美国—现代 Ⅳ.①I712.45

中国版本图书馆 CIP 数据核字（2021）第 261992 号
北京市版权局著作权合同登记 图字：01-2021-5309 号

Fly Away by Kristin Hannah
Copyright © 2013 by Kristin Hannah

This edition arranged with JANE ROTROSEN AGENCY LLC
through Big Apple Agency, Labuan, Malaysia.
Simplified Chinese edition copyright © 2022
by Beijing Xiron Culture Group Co., Ltd.
All rights reserved.

本書中文譯稿由城邦文化事業股份有限公司—春光出版事業部授權使用，非經書面同意不得任意翻印、轉載或以任何形式重製。

再见，萤火虫小巷

作　　者：[美] 克莉丝汀·汉娜
译　　者：康学慧
出 品 人：赵红仕
责任编辑：龚　将

北京联合出版公司出版
（北京市西城区德外大街 83 号楼 9 层　100088）
嘉业印刷（天津）有限公司印刷　新华书店经销
字数 298 千字　880 毫米 × 1230 毫米　1/32　印张 12.5
2022 年 5 月第 1 版　2022 年 10 月第 2 次印刷
ISBN 978-7-5596-5594-3
定价：55.00 元

未经许可，不得以任何方式复制或抄袭本书部分或全部内容
版权所有，侵权必究
如发现图书质量问题，可联系调换。质量投诉电话：010-82069336